Kim Schneyder
Manche mögen's reicher

PIPER

Zu diesem Buch

Molly Becker ist mit Philip überglücklich – wäre da nicht das Problem mit der Heirat: Nach nun beinahe zwei Jahren hat sie ihn noch immer nicht in ihren geheimen Lottogewinn eingeweiht. Nicht gerade die ideale Grundlage für eine Beziehung, die doch eigentlich auf gegenseitigem Vertrauen und Offenheit basieren sollte. Aber Molly hat mal wieder einen genialen Plan geschmiedet: Es muss doch auch in Philips Vergangenheit ein dunkles Geheimnis geben, vielleicht hat er ja zum Beispiel eine uneheliche Tochter mit einer japanischen Mezzosopranistin, dann könnte Molly ganz einfach sagen: »Ach, und ich habe ja da noch diesen Lottogewinn …«, sie würden darüber lachen, und alles wäre geritzt. Gemeinsam mit ihrer Freundin Tessa und einem Privatdetektiv macht Molly sich auf die Suche – und findet bald mehr über Philip heraus, als ihr lieb ist …

Kim Schneyder verbrachte ihre Kindheit in Deutschland und in der Schweiz. Nach einer pharmazeutischen Ausbildung war sie unter anderem als Werbedesignerin, Werbetexterin und Eheberaterin tätig. Heute lebt sie mit ihrem Mann und ihrer Tochter in Österreich. Nach ihren Erfolgsbüchern »Frauen rächen besser«, »Ich und er und null Verkehr«, »Hilfe, ich bin reich!«, »Im Bett mit Brad Pitt« und »Hilfe, ich hab den Prinzen verzaubert!« ist »Zum Teufel mit den Millionen« ihr siebter Roman.
Weiteres zur Autorin: www.kim-schneyder.com

Kim Schneyder

Manche mögen's reicher

Roman

Piper München Zürich

Mehr über unsere Autoren und Bücher:
www.piper.de

Von Kim Schneyder liegen bei Piper vor:
Frauen rächen besser
Ich und er und null Verkehr
Hilfe, ich bin reich!
Im Bett mit Brad Pitt
Hilfe, ich hab den Prinzen verzaubert
Zum Teufel mit den Millionen

FSC
www.fsc.org
MIX
Papier aus verantwortungsvollen Quellen
FSC® C083411

Originalausgabe
August 2013

Umschlaggestaltung: Cornelia Niere, München
Umschlagmotiv: Cornelia Niere (Artwork), Tyler Stalman/iStock (Frau)
Satz: Kösel, Krugzell
Gesetzt aus der Minion
Papier: Munken Print von Arctic Paper Munkedals AB, Schweden
Druck und Bindung: CPI – Clausen & Bosse, Leck
Printed in Germany ISBN 978-3-492-30290-6

Inhalt

WO

Winners only

Ihr Partner für Erfolgsmanagement & Lifebalance!

Werden auch Sie zum Gewinner!

- Imageberatung
- Professionelle Typoptimierung
- Inner-Balance-Finding
- Mental Enforcement
- Autogenes Training
- Hypnosetherapie
- Shavasana-Entspannung
- Wellness & More
- Fitnesscoaching
- Kommunikationstraining
- Rhetoriktraining
- Tanning & Depilation
- Mode & Accessoires
- Parfümerie
- Hairstyling
- Zahnoptimierung
- Kosmetik

JETZT NEU:

- No Limits – from zero to hero
- Eigenhaarverpflanzung

Erfolgsbeweis durch Before-/After-Screening!

It's time to taste a winner's life!

Come and join us!

www.winners-only.net

Across Germany and soon all over the world …

Das ist ja interessant. Soeben habe ich in der jüngsten Ausgabe von *Women's Bazaar* gelesen, dass in Deutschland aktuell circa zweiundvierzig Millionen Frauen leben. Davon sind 42,5 Prozent verheiratet, 8,3 Prozent geschieden, 11,4 Prozent verwitwet und 37,8 Prozent ledig. Von den ledigen Frauen wiederum geben 1,2 Prozent an, lesbisch zu sein, sechsunddreißig Prozent sind gar nicht auf der Suche nach einem Partner (weil zu alt; zu egoistisch; zu enttäuscht; zu wenig kompromissbereit), aber immerhin 62,8 Prozent sind noch auf der Suche nach dem Richtigen beziehungsweise können sich vorstellen, eines Tages eine Ehe mit einem geeigneten Partner einzugehen.

Sechzehn Millionen Ledige also, und davon wollen 62,8 Prozent heiraten, das ergibt sage und schreibe zehn Millionen heiratswillige Frauen.

Zehn Millionen.

Plus eine.

Denn ich, Molly Becker, bin ja auch noch unverheiratet.

Immer noch.

Hm …

Spanking

Nicht, dass Sie das jetzt falsch verstehen. Ich habe es nicht unbedingt nötig, geheiratet zu werden. Im Gegenteil, in meinem Leben gibt es eine Menge Umstände, die mich völlig unabhängig machen.

Ganz auf die Schnelle fällt mir da zum Beispiel ein:

1) Ich bin allein verantwortliche Geschäftsführerin von Winners only, einer erfolgreichen und ständig weiter expandierenden Lifestylekette.
2) Ich verfüge neben meinem hohen Einkommen aus oben genannter Tätigkeit über ein ansehnliches Vermögen in Höhe von circa … ähm … also, das hängt vom aktuellen Aktienkurs ab, aber Daumen mal Pi schätze ich es im Moment auf etwa eineinhalb Millionen Euro (zum Mitschreiben: *1,5 Millionen*)!
3) Abgesehen davon ist mein Lebensgefährte niemand Geringerer als Philip Vandenberg, seines Zeichens Gründer des legendären Eragon-Konzerns, Selfmademillionär und seit zwei Jahren auch noch Haupteigentümer von Winners only (aber dass mir jetzt ja keiner denkt, ich wäre mit ihm nur in die Kiste gehüpft, um diesen Job zu kriegen; Philip und ich hatten schon Sex, *bevor* er den Laden übernahm!).
4) Ach ja, und ein schmuckes Haus mit Pool besitze ich auch noch (offiziell ist es jedoch nur von mir und meinen Freundinnen Tessa und Lissy zu einem lächerlich geringen Preis gemietet).
5) Philip verwöhnt mich in jeder Hinsicht, wie es kein Ehemann der Welt besser könnte.

6) Das beinhaltet auch hervorragenden Sex, sowohl bezüglich Qualität als auch Quantität (na ja, Letztere zumindest, wenn er nicht wieder einmal für seine neue Firma in Paraguay weilt; wir haben's übrigens auch schon mit Telefonsex versucht, aber da ticken wir anscheinend nicht ganz synchron).
7) Philip ist mir hundertprozentig treu. Woher ich das weiß? Na, weil mir sonst schon längst etwas aufgefallen wäre. Frauen haben schließlich einen sechsten Sinn für so etwas, nicht wahr?
8) Ich habe ein äußerst abwechslungsreiches Berufs- und Privatleben, sodass ich für Sachen wie Familie und Kinder im Moment eigentlich gar keine Zeit hätte.
9) Und nur damit keine Irrtümer aufkommen: Philip und ich sind nur deshalb noch nicht verheiratet, weil ich seine Anträge mehrmals abgewiesen habe, weshalb mich übrigens …
10) … die ganze Welt für verrückt hält – einschließlich Lissy und Tessa –, was genau genommen aber nur daran liegt, dass …
11) … weder Philip noch Lissy, noch Tessa, noch meine Eltern, noch sonst irgendjemand von meinen Vermögenswerten aus den Punkten 2 und 4 wissen, die ich einem Lottogewinn vor zwei Jahren zu verdanken habe, und ich diesbezüglich unbedingt Klarheit schaffen will, bevor ich meine Einwilligung gebe.

Was ich damit sagen will: Ich bin eine moderne und unabhängige Frau, und meine Beziehung mit Philip Vandenberg funktioniert auch ohne Trauschein ausgezeichnet.

Wozu dann also heiraten?

Hab ich doch gar nicht nötig.

»Was liest du da gerade?« Das kam von Tessa, die mir am Pool Gesellschaft leistet. Sie angelt sich träge ihren Erdbeerdaiquiri und saugt am Strohhalm.

»Ach, nichts Besonderes«, antworte ich ausweichend. »Nur so eine Frauenzeitschrift.«

»Schon klar.« Sie wirft ihr superlanges, blondes Haar zurück und sieht mich aus ihren blauen Augen direkt an. »Ich wollte wissen, welchen Artikel du gerade liest.«

»Ach so. Also, das ist nur … Statistikkram, über Bevölkerung, unverheiratete Frauen und so, weißt du.«

Tessas Augen werden augenblicklich schmal. »Unverheiratete Frauen? Ach, deswegen wirkst du auf einmal so verkrampft.«

»Wie bitte? Verkrampft? Ich? Unsinn!« Ich lache künstlich auf. »Wieso sollte ich bei diesem Thema denn bitte schön verkrampft sein?«

Tessa starrt mich ungläubig an. »Das ist ein Witz, oder? Du bist jetzt schon seit zwei Jahren mit Philip zusammen …«

»Ein Jahr und elf Monate«, korrigiere ich, als könnte ich damit abwenden, was unweigerlich folgen wird.

»Sag ich doch, fast zwei Jahre«, reitet Tessa ungerührt auf ihrer Welle weiter, »und Philip hat dich noch immer nicht geheiratet.«

»Ja, aber nur, weil ich das nicht wollte«, stelle ich hastig klar.

»Was noch doofer klingt«, meint sie mit einem leichten Kopfschütteln, um dann nachzulegen: »Falls es überhaupt stimmt …«

»Natürlich stimmt es!«, rufe ich empört aus.

»Was stimmt?« Das kam von Lissy, die in diesem Moment aus dem Haus gekommen ist. Sie stoppt vor unseren Liegestühlen und sieht uns fragend an.

»Verdammt, wie siehst *du* denn aus?«, entfährt es Tessa bei ihrem Anblick.

Jetzt fällt es mir auch auf. Lissy ist bleich wie ein Gespenst, dazu wirkt sie abgemagert und hat dunkle Ringe unter den Augen.

»Keine Ahnung. Was meinst du?« Lissy zuckt die Achseln, wobei ihr ein Bikiniträger von der hageren Schulter rutscht.

»Ich sage es ja nicht gern, Lissy«, mische auch ich mich vorsichtig ein, »aber du siehst wirklich ziemlich fertig aus. Es ist die Prüfung, stimmt's?«

Lissy studiert neben ihrem Job bei Winners only auch noch Jura, und im Herbst will sie ihr Staatsexamen machen.

»Zugegeben, es ist ein bisschen anstrengend im Moment«, versucht sie mit einer lässigen Handbewegung abzuwiegeln. »Aber du kennst mich ja, wenn ich etwas mache, dann richtig.«

Stimmt. Lissy ist der zuverlässigste Mensch, den ich kenne. Das war übrigens auch der Grund, warum ich ihr damals den Job in unserer Rechtsabteilung verschafft habe. Na ja, das und der Umstand, dass sie meine beste Freundin ist, natürlich.

»Du bist gut«, schnaubt Tessa. »Die Prüfung ist erst in drei Monaten, und du hast den Stoff doch sicher schon zehnmal durch, stimmt's?« Ihr Kopf ruckt zu mir herum. »Sie kann das ganze Grundgesetz auswendig, kannst du dir das vorstellen?«

»Quatsch, Tessa, ich kann es natürlich nicht auswendig«, protestiert Lissy sofort.

»Doch, kannst du«, behauptet Tessa ungerührt. »Oder glaubst du, ich höre es nicht, wenn du im Nebenzimmer andauernd deine öden Paragrafen runterleierst wie ein Mufti sein Gebet?«

»Jetzt übertreibst du aber gewaltig«, versucht Lissy einen weiteren lahmen Protest. »Und ich glaube, du meintest einen *Muezzin.*«

»So, ich übertreibe?« Tessa hat sich aufgesetzt und starrt Lissy herausfordernd an. »Und woher kenne ich das: *Die Würde des Menschen ist unantastbar. Sie zu achten und zu schützen ist Verpflichtung aller staatlichen Gewalt?*«, beginnt sie aufzusagen.

Lissy und ich wechseln einen erstaunten Blick.

»Äh, keine Ahnung«, murmelt Lissy dann und wird ein bisschen rot dabei.

»... *Das Deutsche Volk bekennt sich darum zu unverletzlichen und unveräußerlichen Menschenrechten als Grundlage jeder menschlichen Gemeinschaft, des Friedens und der Gerechtigkeit der Welt*«, fährt Tessa mit grimmigem Blick fort. »*Jeder hat das Recht auf Leben und körperliche Unversehrtheit. Die Freiheit der Person ist unverletzlich. ...*«

»Schon gut, schon gut«, versucht Lissy sie zu bremsen, aber Tessa kommt gerade erst richtig in Fahrt.

»... *Männer und Frauen sind gleichberechtigt. Der Staat fördert die tatsächliche Durchsetzung der Gleichberechtigung von Frauen und Männern ...*«

»Hör mal, Tessa ...« Lissy bekommt hektische Flecken an den Wangen.

»*Ehe und Familie stehen unter dem besonderen Schutze der staatlichen Ordnung ...*« Tessa muss kurz Luft holen, und Lissy nützt die Unterbrechung.

»Okay, Tessa, wir haben's kapiert: Du hast mich also beim Lernen erwischt.« Lissy stemmt die Arme in die Hüften. »Aber das ist doch kein Verbrechen, oder?«

»Wenn man damit seine Zimmernachbarin in den Wahnsinn treibt, schon«, behauptet Tessa. »Ehrlich, Leute, schön langsam komme ich mir in diesem Haus vor wie zwischen zwei völlig durchgeknallten ...«

»Moment mal, wieso *zwei?*«, falle ich ihr ins Wort. »Wer denn noch?« Ich zögere. »Nicht, dass ich dich für durchgeknallt halten würde«, füge ich schnell mit einem entschuldigenden Blick zu Lissy an.

»Das fragst du noch?« Jetzt hat Tessa mich ins Visier genommen. »Denkst du, ich merke nicht, wie es dich nervt, dass ihr noch nicht verheiratet seid?«

»Wie bitte?« Ich schnappe empört nach Luft. »Aber das stimmt doch gar nicht, Tessa, das nervt mich kein bisschen.«

»So?« Tessa ist auf einmal ganz ruhig geworden, was mich ehrlich gesagt ein bisschen nervös macht. »Und was steht dann in diesem Artikel, der dir diese tiefe Furche zwischen die Augen gezaubert hat?«

»Welche Furche?« Meine Hand zuckt automatisch hoch. Mist. Da ist tatsächlich eine Furche. Nicht tief zwar, aber sie ist da! Ich reibe ein paarmal hastig über die Stelle, jedoch ohne damit die geringste Wirkung zu erzielen.

»Wie ich schon sagte, es sind nur ein paar belanglose Statistiken«, murmle ich und lasse die Zeitschrift dabei achtlos neben mir zu Boden gleiten – woraufhin Tessa sich prompt bückt und sie sich greift. Es dauert keine drei Sekunden, bis sie den verdammten Artikel gefunden hat.

»Sieh mal einer an …« Sie nickt gewichtig, während Lissy sich neben mir auf die Liege gesetzt hat und interessiert ihren Kopf in die Hände stützt. »Lissy, wusstest du, dass es in Deutschland mehr als zehn Millionen Frauen gibt, die nur darauf warten, geheiratet zu werden?«

»Echt, so viele?«, meint Lissy erstaunt.

»Unsinn, Tessa«, fahre ich dazwischen. »So steht das da doch gar nicht. Sie schreiben nur, dass diese Frauen grundsätzlich bereit wären zu heiraten – sofern sie überhaupt irgendwann einmal einen geeigneten Partner finden.«

»Den du aber schon hättest«, wirft Lissy mit entwaffnender Logik ein.

»Genau«, nickt auch Tessa, bevor sich ihre Augen wieder auf den Artikel heften. »Oh, alles klar. Da steht auch, dass die Frauen in Deutschland im Durchschnitt mit dreißig heiraten.« Sie sieht uns bedeutungsvoll an. »Molly läuft die Zeit davon, *das* ist es.«

»Von wegen, das ist es«, brause ich auf. »*Im Durchschnitt* bedeutet, dass sehr viele Frauen auch wesentlich später heiraten, mir läuft also gar nichts davon.«

Eine kleine Pause entsteht, bevor Lissy zaghaft sagt: »Aber

ein bisschen merkwürdig ist es schon, Molly, das musst du zugeben. Was hindert euch denn daran, endlich zu heiraten? Du und Philip seid doch das perfekte Paar.«

Ich starre sie an und suche gleichzeitig krampfhaft nach einer guten Antwort – einer Antwort, bei der ich ihnen nichts von meinem Lottogewinn erzählen muss, den ich damals vor der ganzen Welt verheimlicht habe, wohlgemerkt.

»Seht ihr, ich hatte recht«, übernimmt jetzt wieder Tessa mit einer ordentlichen Portion Triumph in ihrer Stimme. »Die eine macht sich fertig, weil ihr Märchenprinz sie nicht schon längst zum Traualtar geschleift hat, und die andere dröhnt sich den ganzen Tag lang mit dämlichen Gesetzen zu. Ehrlich, Lissy, das ist wirklich nicht mehr zum Aushalten, da war es mir noch lieber, als du mit Manfred die Wände hast wackeln lassen. Wie sieht's denn damit aus? Läuft da nichts mehr zwischen euch?«

Manfred ist übrigens der Nachbarsohn. Er ist ein riesiger Bodybuilder mit dem Gemüt von Fozzie Bear und Lissys allseits bekannter heimlicher Liebhaber.

»Doch, schon«, nickt Lissy. »Aber in letzter Zeit natürlich seltener, da mir ja kaum noch Zeit dafür bleibt. Und wir haben überhaupt nicht die Wände wackeln lassen«, stellt sie dann noch klar.

»So, meinst du?« Tessa gibt sich damit nicht zufrieden. »Und wonach klingt deiner Meinung nach dann: *Oh, Manfred, du bist ja unersättlich … ah … ah …*« Sie imitiert wollüstiges Stöhnen, um dann auf eine tiefere Stimme umzusteigen: »*Selber schuld, Baby, dein kleiner Knackarsch macht Mr. Beaufort eben scharf!*«

Mir entfährt ein spontanes Kichern.

»*Mr. Beaufort?*«

»Ja, so heißt ein amerikanischer Basketballspieler, ein baumlanger Kerl«, antwortet Lissy automatisch, um gleich darauf knallrot anzulaufen.

»Baumlang, damit hätten wir das Stichwort«, meint Tessa

grinsend. »Kein Wunder, bei Manfreds Beule in der Hose. Egal, wie auch immer«, wischt sie den Gedanken mit einer energischen Handbewegung zur Seite. »Jedenfalls war mir euer Gestöhne noch allemal lieber als diese verdammten Paragrafen. An manchen Tagen kriege ich sie gar nicht mehr aus meinem Kopf.« Wie zum Beweis verfällt sie wieder ins Zitieren: *»Jede Mutter hat Anspruch auf den Schutz und die Fürsorge der Gemeinschaft. Den unehelichen Kindern sind durch die Gesetzgebung die gleichen Bedingungen für ihre leibliche und seelische Entwicklung und …«*

Plötzlich stoppt sie abrupt und schlägt sich die Hand vor den Mund.

»Oh mein Gott!«, ruft sie aus, und ihr Blick bleibt gebannt an meinem Gesicht hängen – um nach ein paar Sekunden bedeutungsvoll hinunter zu meinem Bauch zu wandern.

»Was ist?«, frage ich verwundert, während ich automatisch versuche, ihn ein bisschen einzuziehen.

»Dein Bauch …«, stammelt Tessa und zeigt jetzt auch noch mit dem Finger darauf. Dann beginnt sie auf einmal übers ganze Gesicht zu strahlen. »Ich werd verrückt, Lissy, Molly ist schwanger!«, ruft sie aus.

»Schwanger?« Auch Lissys Augen heften sich jetzt fasziniert auf meinen Bauch. »Dann ist es ja kein Wunder, dass sie es auf einmalig so eilig hat mit der Hochzeit.«

Mist.

Sosehr ich mich auch bemühe, ich kriege meine Wampe nicht flach. Scheint so, als hätte da jemand ein bisschen zu viel gefuttert in letzter Zeit. Und ich hatte schon den Wäschetrockner in Verdacht, unsere Wäsche schrumpfen zu lassen, und deshalb letzte Woche einen neuen bestellt.

Wie auch immer, als Erstes muss ich meine aufgekratzten Freundinnen von ihrem Trip herunterholen.

»Kriegt euch wieder ein, Leute!«, rufe ich. »Ich bin nicht schwanger!«

»Wie bitte?« Tessa und Lissy wechseln irritierte Blicke. »Ja, und … dein Bauch?«

Jetzt starren wir alle drei gemeinsam darauf.

»Ach, das … das sind nur … Blähungen«, fällt mir im letzten Moment ein. »Ich habe … ähm … eine Laktoseintoleranz, wisst ihr?«

»Eine Laktoseintoleranz, echt?« Lissy guckt besorgt. »Davon hast du uns nie etwas gesagt.«

»Natürlich nicht«, schüttle ich den Kopf. »Ich wollte nicht, dass ihr euch deswegen Gedanken macht, außerdem ist es auch nur eine ganz leichte. Der Arzt hat gemeint, sie wäre nur marginal und würde bald vorübergehen.«

»Bald vorübergehen, einfach so?« Tessa runzelt kritisch die Stirn. »Also, soviel ich weiß …«

Das Läuten meines Handys unterbricht sie.

Ich atme insgeheim auf. Ich bin nicht gerade sattelfest, was das Thema Nahrungsmittelintoleranzen angeht, weswegen das jetzt ein bisschen peinlich hätte werden können.

Ich werfe schnell einen Blick auf das Display. Es ist Frank Lessing.

Frank hat einen Summa-cum-laude-Doktortitel in Wirtschaftswissenschaften und ist mir letztes Jahr ziemlich auf die Nerven gegangen, weil er für die finanziellen Belange bei Winners only zuständig ist und anfangs mit meinen Geschäftsstrategien nicht ganz einverstanden war. Aber schließlich ist es mir dann doch gelungen, ihn durch ein paar ziemlich gefinkelte Schachzüge von meiner Professionalität zu überzeugen, und seit er mit seinen Investitionen bei Winners only sogar ein paar Millionen verdient hat, ist er endgültig ein Fan von mir und meinem unglaublichen Geschäftssinn.

»Es ist Frank«, verkünde ich, bevor ich abnehme.

Lissy zieht die Augenbrauen hoch, und Tessa wirkt auf einmal ganz angespannt. Kein Wunder, hatte sie doch eine heiße Affäre mit Frank, nachdem der durch eine … nennen wir es kleine Indiskretion, an der ich nicht unbeteiligt war … in den Besitz ziemlich pikanter Privataufnahmen aus Tessas Zimmer gekommen ist.

»Hallo, Frank«, sage ich.

»Hi, Molly«, gibt er zurück.

Im Hintergrund höre ich, wie Lissy mit gedämpfter Stimme zu einer Retourkutsche für Tessa ansetzt: »Apropos Gestöhne, Tessa: Bei Franks Besuchen musste ich mir auch immer allerhand anhören.«

»Was hast du auf dem Herzen, Frank?«, sage ich ins Telefon, während ich das Mikro mit der hohlen Hand abschirme.

»Es geht um die bevorstehende Aktionärsversammlung«, kommt er ohne Umschweife zum Thema.

»Keine Ahnung, was du meinst«, murmelt Tessa als Entgegnung auf Lissys Bemerkung.

»Ja, was ist damit?«, frage ich.

»Der springende Punkt dabei ist die Vorschau auf den diesjährigen Geschäftsverlauf«, erklärt Frank. »Ich habe mir gerade die Zahlen des ersten Quartals angesehen, und ich denke, darüber sollten wir reden.«

»Ach ja? Ich hoffe, es ist alles in Ordnung damit«, sage ich zögernd. Um ehrlich zu sein, habe ich die aktuellen Zahlen gar nicht im Kopf. Ich weiß nur, dass unsere Läden brummen wie nie, und das ist doch wohl die Hauptsache bei einem Geschäft.

Aus den Augenwinkeln sehe ich, dass zur Abwechslung Lissy jetzt Tessa herausfordernd anstarrt. »Damit meine ich zum Beispiel den einen Abend, als du Frank *Spanking* angeboten hast. Was zum Teufel habt ihr da überhaupt angestellt? Den Geräuschen nach hätte ich darauf getippt, dass ihr euch gegenseitig ohrfeigt.«

»Nun, rein vom Ergebnis her sind sie nicht gerade berauschend«, höre ich Frank sagen.

»Wirklich?«, frage ich verwundert. »Aber unsere Umsätze

sind im letzten Jahr durch die Decke gegangen, unsere Leute kommen ja kaum mit der Arbeit nach.«

Tessa hat jetzt ein klein wenig Farbe im Gesicht gekriegt.

»Quatsch, das haben wir natürlich nicht«, antwortet sie steif auf Lissys Behauptung, ohne jedoch weitere Erklärungen zu liefern.

»Es hat aber so geklatscht«, meint Lissy lauernd. »Als hättet ihr euch geschlagen.«

»Also gut, ja, ein bisschen vielleicht«, räumt Tessa widerwillig ein. »Aber nicht ins Gesicht, wenn du verstehst.«

»Ach, du meinst …« Lissy führt den Satz nicht zu Ende, sondern zieht stattdessen ein bisschen schockiert die Augenbrauen hoch.

»Das stimmt schon«, vernehme ich wieder Franks Stimme. »Die Umsätze haben sich auch gut entwickelt, das Problem ist nur wieder einmal die Umsatzrendite. Wenn man die Deckungsbeiträge im Verhältnis zu den Roherträgen heranzieht …«

Okay, wir sind soeben wieder bei den Begriffen angekommen, die mich unweigerlich auf Schleuderkurs bringen. Das ist das Problem bei diesen Fachleuten: Sie sprechen mit Vorliebe Sprachen, die kein normaler Mensch versteht.

»Und was war dann diese andere Sache?« Lissy kramt in ihrem Gedächtnis. »Bond… irgendwas?«

»Du meinst *Bondage?*«, fragt Tessa zurück.

»Ja, genau.«

»Ich bitte dich, Lissy, sag nicht, dass du *das* nicht kennst.« Tessa klingt regelrecht erschüttert.

»Nein, woher auch?«, sagt Lissy verwundert.

»Jetzt komm schon, *jeder* kennt das.« Tessa scheint sich nicht sicher zu sein, ob Lissy sie nur auf den Arm nimmt, weswegen ihr Blick jetzt Hilfe suchend zu mir schwenkt. »Du kennst doch Bondage, Molly, oder?«

Mein Bewusstsein kann sich nicht entscheiden zwischen

Franks Wirtschaftschinesisch, das unaufhörlich aus dem Hörer flutet, und der Frage meiner Freundin, weshalb ich ganz automatisch antworte: »Klar kenne ich das – kennt doch jeder!«

»Wie bitte?« Ups, das war Frank.

»Oh, nichts, Frank, ich habe nur Tessas Frage beantwortet, red nur weiter«, beeile ich mich zu sagen.

»Tessa ist bei dir?« Er zögert kurz. »Lass sie von mir grüßen.« Dann macht er weiter mit seinem Vortrag: »Also, um noch einmal auf unser Kurs-Gewinn-Verhältnis zurückzukommen …«

»Siehst du?«, sagt Tessa triumphierend zu Lissy. »Sogar Molly kennt das.«

Moment mal, was soll das denn heißen? *Sogar Molly kennt das.*

Als wäre ich Lieschen Müller, die keine Ahnung von gutem Sex hat – jetzt mal vorausgesetzt, Bondage *hat* etwas mit gutem Sex zu tun.

»Schön, von mir aus. Und was ist es nun?« Lissy ist jetzt neugierig geworden.

»Also gut, hör zu …« Tessa rückt näher an sie heran, um dann leise flüsternd und gestenreich auszuführen, worum es sich bei diesen Spielchen handelt.

Ungünstigerweise textet Frank mich inzwischen weiter mit seinem Statistikkauderwelsch voll, sodass ich nicht mitbekomme, welche Geheimnisse die beiden da austauschen. Ich sehe nur, wie Lissy große Augen macht und immer wieder nickt, und als Tessa fertig ist, wirkt sie auf einmal ziemlich … *begeistert?*

Schön langsam wird mir das Ganze ein bisschen zu verwirrend.

»Okay, Frank, hör zu«, unterbreche ich ihn. »Wir sollten das in aller Ruhe besprechen. Wie dringend ist es denn, ich meine, wann hättest du Zeit?«

»Es ist ziemlich dringend, da die Aktionärsversammlung

schon in zwei Wochen ist«, meint er. »Und Zeit hätte ich sofort, falls es dir passt. Zufälligerweise habe ich sogar am Nachmittag in der Nähe von eurem Laden einen Termin.«

»Okay …« Ich werfe einen Blick auf die Uhr und überlege. »Dann würde ich sagen, wir treffen uns gleich nach dem Mittagessen in unserer Cafeteria«, schlage ich vor. »Bei der Gelegenheit können wir auch den neuen Kaffee testen, den wir jetzt im Sortiment haben, es soll der beste der Welt sein.«

»Der beste der Welt? Na, ich bin gespannt!«

Nach dem Gespräch kann ich mich endlich wieder der angeregten Diskussion meiner Freundinnen widmen, doch anscheinend sind sie bereits durch mit ihrem Thema. Tessa nickt zufrieden, und Lissy hat einen Schimmer in den Augen, den ich nicht richtig deuten kann.

»Und, meine Lieben?« Ich klatsche in die Hände und sehe sie erwartungsvoll an. »Hab ich was versäumt?«

Lissy antwortet: »Nein, hast du nicht … nachdem du das ja schon kennst.«

»Was kenne?«, frage ich begriffsstutzig.

»Na, *Bondage.*« Sie sieht mich versonnen an. »Wobei ich mir das bei dir und Philip irgendwie gar nicht vorstellen kann.«

»So, meinst du?« Jetzt bin ich es, die ein bisschen rot anläuft. An dieser Stelle wäre es vielleicht ganz hilfreich zu wissen, wovon zum Teufel wir da überhaupt reden. Andererseits, Tessa hat gesagt, dass das jeder kennt, also kann es doch nicht so schlimm sein. Aber sicherheitshalber ergänze ich: »Mit Philip mache ich das auch nicht, ich kenne es nur … von früher.«

»Von früher?«, wiederholt sie mit aufblitzenden Augen. »Ach, du meinst mit Frederic. Hätte ich mir eigentlich denken können – nachdem ihr schon das ganze Kamasutra durchhattet.«

Genau, das Kamasutra. Oder zumindest, was Frederic, mein Schweinebacke-Ex, darunter verstand. Allein beim Gedanken daran steigert sich die Grundspannung meiner Muskeln.

»Äh, ja, genau.« Ich stemme mich von meiner Liege hoch. »Wie auch immer, Lissy, du solltest jedenfalls dringend eine Pause einlegen, sonst machst du dich noch kaputt.«

»Ja, du hast recht.« Sie nickt merkwürdig widerspruchslos, während ihr Blick suchend über das Nachbarsgrundstück gleitet. »Vielleicht lade ich mir Manfred für den Abend ein.«

»Oh nein, bitte nicht«, stöhnt Tessa auf. »Dann geht das Gegrunze wieder los.«

»Ich kann auch gerne meine Paragrafen durcharbeiten, falls dir das lieber ist«, kommt es schnippisch von Lissy zurück. »Wie wär's zur Abwechslung mal mit ein bisschen Strafrecht? Das hatten wir noch nicht.«

»Bloß nicht!«, winkt Tessa ab. »Dann schon lieber Manfred. Aber weißt du was? Mir ist das sowieso egal, weil ich heute Abend ausgehe.«

»Ach ja, und mit wem?«, frage ich.

»Mit … jemandem, den ihr noch nicht kennt. Er ist schwerreich und so ganz nebenbei wesentlich jünger als Frank. Und er besitzt einen Fußballclub in England«, ergänzt sie. »Du kannst Frank übrigens ruhig davon erzählen. Du triffst dich doch mit ihm, oder nicht?«

Ah, daher weht der Wind.

Ich nicke.

»Ja, um eins in der Cafeteria.«

»Worum geht es dabei?«, will Lissy wissen.

»Nichts Besonderes, bloß der übliche Geschäftskram«, antworte ich. »Nächste Woche ist Aktionärsversammlung, und dafür müssen wir noch ein paar Zahlen durchgehen.«

»Die müssten eigentlich ziemlich befriedigend sein, oder? Soviel ich gehört habe, kommen deine Neuerungen bei den Kunden extrem gut an.«

»Das stimmt, die Geschäfte laufen hervorragend«, bestätige ich. »Also, dann bis später.« Ich will mich vom Acker machen.

»Einen Moment, Molly«, lässt Tessa sich vernehmen.

»Ja?«, frage ich.

»Du bist uns noch eine Antwort schuldig«, behauptet sie.

»Eine Antwort?«, frage ich verwirrt.

»Ja, wir wollten wissen, warum du und Philip nicht endlich heiratet, schon vergessen?«

»Oh, das ...« Verdammt, jetzt hat sie mich doch noch festgenagelt. »Also, eigentlich ist es wegen ...« Ich zucke die Achseln. »Ich will unbedingt reinen Tisch machen, bevor wir heiraten«, erkläre ich.

»Reinen Tisch machen? Inwiefern?« Auch Lissy ist jetzt neugierig geworden.

Zum Beispiel, dass ich einen fetten Lottogewinn gemacht habe und das bis zum heutigen Tag niemandem erzählt habe, schießt es mir durch den Kopf. Ehrlich, dieser Schuh drückt mich gewaltig, aber je länger das nun her ist, desto schwieriger wird es, damit herauszurücken. Ich meine, ich habe es ja nicht nur Philip verschwiegen, sondern auch Lissy und Tessa, die doch meine allerbesten Freundinnen sind, ja nicht einmal meine eigenen Eltern wissen davon.

Aber vor allem Philip. Ein lebenslanger Bund zwischen zwei Menschen sollte auf gegenseitigem Respekt und vorbehaltloser Ehrlichkeit basieren, das ist meine feste Überzeugung, wie also kann ich ihm *das* dann verheimlichen?

Und ich habe auch schon den perfekten Plan dafür. Philip ist doch Selfmademillionär, das heißt, dass er früher in der ganzen Welt herumgekommen ist und mit allen möglichen Leuten seine Geschäfte gemacht hat. Das wiederum kann eigentlich nichts anderes bedeuten, als dass es auch in seiner Vergangenheit das eine oder andere dunkle Geheimnis geben muss. Folgerichtig brauche ich nur noch abzuwarten, bis er in einem plötzlichen Anfall von Vertrauensseligkeit mit irgendeinem gewaltigen Geheimnis herausrückt. Wer weiß, vielleicht hat er vor Jahren einmal einen Staatsstreich in einer Bananenrepublik finanziert oder Unsummen am Finanzamt vorbeigeschleust, oder er hat eine uneheliche Tochter mit einer japanischen Mezzosopranistin oder so was in der Art, und dann könnte ich ganz einfach sagen: »Ach, das ist ja wie bei mir damals mit meinem Lottogewinn …«, und wir würden herzhaft darüber lachen, und das Problem wäre gelöst.

Bloß, von Philip kam bisher nichts. Die Geschichten, die ich aus ihm herauskitzeln konnte, waren allesamt harmlos, jedenfalls nichts im Vergleich zu einem verheimlichten Lottogewinn.

Lissy und Tessa sehen mich immer noch erwartungsvoll an. Also bastle ich mir schnell etwas zurecht, das der Wahrheit am nächsten kommt.

»Ihr wisst ja, wie das ist, Philip hat eine bewegte Vergangenheit, und da würde ich gerne noch das eine oder andere erfahren, bevor wir den Bund fürs Leben schließen, und vielleicht interessiert ihn ja auch das eine oder andere aus meiner Vergangenheit.«

»Ich bitte dich, Molly! Philip ist Millionär, und mehr braucht eine Frau von einem Mann nicht zu wissen«, weist Tessa mich zurecht.

»Was gab es denn in deinem Leben Besonderes?«, will dagegen Lissy wissen.

»Na ja, das Übliche …« *Anderthalb Mille im Lotto, von denen ihr nichts wisst,* zuckt es mir schon wieder durch meinen Kopf. »Aber hauptsächlich geht es um Philip.« Ich sehe demonstrativ auf meine Uhr. »Wie auch immer, ich muss mich auf die Socken machen. Bis später!«

Als ich mich wegdrehe und gehe, höre ich noch von Lissy: »Ach, übrigens, Tessa, eines musst du mir unbedingt noch verraten: Was ist eine *Budapester Beinschere?*«

Okay. Sollte mich jemand fragen, ob ich *das* auch kenne, werde ich garantiert nicht mit Ja antworten, so viel steht schon mal fest.

Kopi Luwak

Winners only.

Ich bin immer wieder aufs Neue stolz, wenn ich dieses Gebäude betrete. Alles glitzert und funkelt vor Glas und Chrom, und die Empfangshalle mit dem weißen Marmorboden, den ich letztes Jahr neu habe verlegen lassen, erfüllt mich mit regelrechter Ehrfurcht. In der Mitte habe ich einen großen Messingstern mit den Firmenkürzeln *WO* einarbeiten lassen, weil ich so etwas Ähnliches einmal in einem amerikanischen Film gesehen habe, und ein Kunde hat uns später darauf hingewiesen, dass er haargenau so aussieht wie der Stern beim CIA-Hauptgebäude in Langley. Aber egal. Sieht es bei uns eben ein bisschen aus wie beim Geheimdienst, Hauptsache, die Kunden sind davon beeindruckt.

Und das sind sie, da bin ich mir sicher. Wir haben unsere Produktpalette auf meine Initiative hin im letzten Jahr um einiges erweitert, sodass wir uns inzwischen ohne Übertreibung als weltweit einziges Unternehmen damit rühmen dürfen, aus unseren Kunden auf Wunsch völlig neue und damit automatisch erfolgreichere Menschen formen zu können. Hat einer eine schlechte Frisur? Ab ins hauseigene Hairstylingcenter, unser Starcoiffeur Pepe hat noch für jeden die passende Lösung gefunden. Oder gar eine Glatze? Auch kein Problem. Pflanzen wir eben neue Haare ein. Schlaffe oder fleckige Haut? Wenn's weiter nichts ist. Wir haben von Naturkosmetik bis hin zur allerneuesten Lasertechnik alles im Haus. Riesenzinken im Gesicht? Unsere Chirurgen freuen sich schon darauf. Ein Styling wie Witwe Bolte? Wir bieten nicht nur Stilberatung, sondern haben praktischerweise auch die entsprechenden Boutiquen im Haus. Schwaches Selbstwertgefühl? Was darf's denn sein? Psychotherapie, Hypnose oder vielleicht ein No-Limits-Arrangement, mit dem wir aus Durchschnittsbürgern Superhelden machen?

Ehrlich, es gibt praktisch nichts an einem Menschen, was wir nicht auf irgendeine Weise optimieren können. Nichts.

Es ist umwerfend. Und es ist *mein* Unternehmen. Na ja, zum Teil wenigstens, denn hauptsächlich gehört es natürlich Philip.

Aber ich bin die Chefin. Allein verantwortlich, wohlgemerkt.

Frank erwartet mich bereits in der Cafeteria. Er entdeckt mich, als ich durch die Vorhalle schreite, und winkt.

»Hi, Frank«, begrüße ich ihn.

»Hi, Molly, gut siehst du aus.«

»Danke«, sage ich artig.

Wir tauschen Küsschen aus, dann gleitet mein Blick an ihm hinunter und wieder hinauf.

»Du aber auch.«

Nachdem Frank und ich letztes Jahr Frieden geschlossen haben, habe ich es mir nicht nehmen lassen, ihn ein wenig umzustylen. Vorher ist er dahergekommen wie der Prototyp eines Steuerberaters – reichlich zugeknöpft, und alles ein bisschen zu glatt und zu gebügelt. Jetzt dagegen trägt er sein leicht angegrautes Haar hinten etwas länger, und seine Anzüge sind nicht mehr ausnahmslos schwarz, sondern zwischendurch auch mal farbig und von lockerem Schnitt, sodass er jetzt wie ein Topmanager daherkommt – was er eigentlich ja auch ist.

Wir plaudern ein bisschen, bis Vicky, die Bedienung, neben mir auftaucht.

»Hi, Molly. Was darf's denn sein? Ein Tiramisu?« Ohne meine Antwort abzuwarten, will sie es in ihren tragbaren Computer eintippen.

»Tiramisu?«, frage ich hastig. »Wie kommst du denn darauf?«

Sie sieht mich irritiert an. »Na, weil du immer …«

»Jetzt will ich jedenfalls keines«, falle ich ihr ins Wort und registriere aus den Augenwinkeln, wie Frank mich schmunzelnd beobachtet.

»Dann nehme ich eines«, mischt er sich ein. »Ich habe gehört, es soll phantastisch schmecken.«

»Das stimmt allerdings«, lasse ich ihn wissen. »Und wir bereiten es mit Vollkornbiskotten zu, also ist es genau genommen sogar gesund«, fällt mir ein. »Okay, dann nehme ich auch eines. Und dann hätten wir gerne noch zwei Tassen von dem neuen Kaffee ... Du trinkst doch noch einen Kaffee, Frank?«, frage ich mit einem Blick auf den Espresso, der bereits vor ihm steht.

»Wenn er gut ist, gerne«, nickt er.

»Er soll umwerfend sein, nicht wahr, Vicky?«

»Du meinst den Kopi Luwak?«, fragt sie.

»Genau den. Hat Cesare euch schon dafür geschult?«, erkundige ich mich. Cesare ist ein italienischer Barista, den ich engagiert habe, um uns hinsichtlich der neuesten Kaffeetrends auf dem Laufenden zu halten und unser Personal zu schulen.

»Ja, gestern erst«, nickt Vicky stolz.

»Fein, dann lassen wir uns gerne überraschen.« Nachdem Vicky gegangen ist, beuge ich mich gespannt vor. »Also, Frank, dann schieß mal los. Wie steht's mit unseren Zahlen?«

»Nun, wie ich bereits am Telefon versucht habe zu erklären ...«, hebt er an.

»Da habe ich leider nicht alles mitbekommen, weil Lissy und Tessa neben mir heftig diskutierten«, stelle ich von vornherein klar.

»Ach ja? Worüber denn?«, fragt er.

Ich rufe mir die Wortfetzen des Gesprächs ins Gedächtnis, und nachdem mein Gehirn das Puzzle zusammengesetzt hat, habe ich plötzlich das reichlich absurde Bild vor mir, wie Tessa Frank den Hintern versohlt.

»Also, hauptsächlich ging es um ...« Ich räuspere mich, um Zeit zu gewinnen, und vermeide es sicherheitshalber, ihm in die Augen zu sehen. »Es ging um Frauenkram, eigentlich gar nichts Besonderes.«

»Ach.« Er nickt ein bisschen irritiert. »Und wie geht's Tessa so?«, fragt er beiläufig.

»Ganz gut so weit«, antworte ich. Eine kleine Pause entsteht, dann übermannt mich die Neugierde. »Wie kam es überhaupt zur Trennung zwischen euch?«, platze ich heraus.

Frank erwidert überrascht meinen Blick.

»Sag bloß, das hat sie dir nicht erzählt«, meint er verwundert. »Ich dachte immer, Frauen reden miteinander über so was.«

»Ja, das tun sie«, nicke ich. »Aber das heißt noch lange nicht, dass man dabei auch die Wahrheit erfährt.«

»Ach so. Wieso, was hat sie denn gesagt?« Jetzt beugt er sich interessiert vor.

Frank ist ein verklemmter Arsch. Das waren Tessas Worte gewesen, wenn ich mich recht entsinne. Aber das kann ich ihm jetzt natürlich schlecht sagen.

»Wörtlich weiß ich es nicht mehr«, weiche ich aus. »Aber sinngemäß lief es darauf hinaus, dass es an dir gelegen hat.«

»An mir, soso.« Er wiegt den Kopf hin und her. Dann murmelt er: »Nun, das kann man natürlich interpretieren, wie man will.«

»Wie lautet denn deine Version?«, frage ich.

Er zögert kurz, bevor er antwortet: »Ganz einfach: Sie war mir zu teuer.«

»Wie, zu teuer?«

»Sie gab zu viel Geld aus«, präzisiert er. »Nachdem es eine Weile ganz gut gelaufen war mit uns, war ich so leichtsinnig, ihr eine meiner Kreditkarten zu geben, damit sie mich nicht immer zum Einkaufen mitschleppt, und von da an geriet sie völlig außer Kontrolle.«

»Aber du kannst es dir doch leisten, oder nicht?«

»Grundsätzlich schon«, räumt er widerwillig ein. »Aber hast

du überhaupt eine Ahnung, wie viel Tessa für Mode ausgeben kann, wenn sie unbegrenzten Kredit hat?«

Ja, habe ich. Kurz nachdem ich damals meinen Sechser gemacht hatte, habe ich sie und Lissy über ein ausgefeiltes System indirekt zum Gratisshopping eingeladen, mit dem Ergebnis, dass Lissy sich ein paar T-Shirts gewünscht hat und Tessa die Komplettausstattung einer Nobelboutique.

»Alles klar«, nicke ich verständnisvoll. »Und das war alles, oder gab es sonst noch Probleme zwischen euch?«

»Nein, nicht wirklich.« Frank schüttelt versonnen den Kopf.

Beinahe wäre mir der Satz: *Lag es vielleicht am Spanking?* rausgerutscht, aber ich kann es mir im letzten Moment verkneifen. Allein der Gedanke: Die haben sich gegenseitig den Hintern versohlt?! Und ich will mir gar nicht erst ausmalen, was das andere, dieses *Bondage,* für eine Sauerei ist.

»So, die Herrschaften ...« Vicky ist mit einem Tablett zurückgekehrt. Während sie die Sachen serviert, kommentiert sie: »Einmal Tiramisu für die Dame, einmal Tiramisu für den Herrn, einmal bester Kaffee der Welt für die Dame, einmal bester Kaffee der Welt für den Herrn ...«

»Vielen Dank.« Ich lange nach dem Zuckerstreuer.

»Denk nicht mal daran, Molly!«, faucht Vicky mich plötzlich an.

Meine Hand zuckt erschrocken zurück.

»Wie bitte?«

»Tu bloß keinen Zucker in den Kopi Luwak«, ermahnt sie mich mit strengem Gesichtsausdruck. »Cesare hat gesagt, damit *ermordet* man guten Kaffee geradezu, und mit Milch übrigens auch!«

»Ja, aber ... und was ist mit Cappuccino?«, frage ich verdattert.

»Das ist etwas anderes, wir reden hier von Kopi Luwak.« Es fehlte nicht viel, und sie hätte den Namen buchstabiert. Junge, Junge, Cesare scheint sie ja einer richtigen Gehirnwäsche unterzogen zu haben.

»Schon gut, schon gut. Ja dann …« Ich wechsle einen Blick mit Frank, der aber nicht weniger ratlos zu sein scheint.

»Am besten probieren wir ihn einfach«, schlägt er vor.

Ohne meine Antwort abzuwarten, hebt er seine Tasse an die Lippen und schlürft vorsichtig daran, und ich tue es ihm gleich.

»Wusstet ihr, dass ein Kilo von diesem Kaffee über tausend Euro kostet?«, fragt Vicky begeistert.

Frank verschluckt sich fast.

»Wie bitte, tausend Euro?«, fragt er ungläubig.

»Du hast richtig gehört«, sage ich mit betonter Coolness. Immerhin bin ich es gewesen, die diese Sorte auf Cesares Anraten hin in unser Sortiment aufgenommen hat.

»Und wie viel verlangt ihr für eine Tasse?«, will Frank wissen.

»Zwölf Euro«, antworte ich.

»Zwölf Euro, für eine Tasse *Kaffee*?« Er starrt mich fassungslos an.

»Klar, billiger geht es nicht, bei dem Einkaufspreis«, erkläre ich.

»Das stimmt allerdings.« Ich sehe, wie er in seinem Hirn die Rechenmaschine anwirft. »Wobei, genau genommen seid ihr damit für eine betriebswirtschaftlich korrekte Kalkulation sogar zu billig, weißt du das?«

»Das kommt darauf an, wie man es sieht«, halte ich ihm entgegen. »Vom prozentualen Aufschlag her hast du natürlich recht, aber wenn man einfach davon ausgeht, dass man eine Tasse Kaffee verkauft, dann sind sechs Euro Aufschlag doch nicht schlecht, oder?«

»Rohaufschlag«, korrigiert er. »Vor Steuern, Platzgemeinkosten und und und. Zwölf Euro für eine Tasse Kaffee!«, wiederholt er schließlich und starrt wieder kopfschüttelnd auf die dampfende Tasse in seiner Hand.

»Ja, aber nicht für irgendeinen Kaffee, sondern für den

exklusivsten und besten Kaffee der Welt.« Vicky ruft es aus, als stünde sie gerade für einen Werbespot Modell, und ich werte es als eine neuerliche Bestätigung dafür, wie überaus motivierend eine entsprechende Umsatzbeteiligung für Mitarbeiter sein kann.

»Vicky hat recht«, unterstütze ich sie. »Das ist der beste Kaffee der Welt und somit gerade gut genug für den elitären Anspruch unseres Unternehmens«, setze ich gleich noch einen drauf. Dann nicke ich dem verdutzten Frank zu und koste noch einmal. Verdammt heiß, das Zeug. Und irgendwie sauer.

Aber natürlich vor allem köstlich!

Vicky hat noch mehr auf Lager: »Wenn ihr darauf achtet, könnt ihr die feinen indonesischen Aromen herausschmecken, und die feine Säure, die diesen Kaffee so einzigartig macht ...« Sie macht eine Pause und wartet auf unsere Reaktionen.

»Mhm, stimmt«, sage ich genießerisch.

»Er ist wirklich gut«, nickt auch Frank. Dann sieht er in unsere Gesichter und beeilt sich zu sagen: »*Außerordentlich* gut natürlich.«

»Ja, nicht wahr?«, begeistert sich Vicky. »Cesare hat gemeint, man spürt förmlich, wie die Aromen über den Gaumen schleichen, und mir ist daraufhin ganz spontan ein Reim eingefallen. Wollt ihr ihn hören?« Sie sieht uns erwartungsvoll an.

Ein Reim? Donnerwetter, das nenne ich Engagement.

»Sehr gerne«, nicke ich. »Wer weiß, vielleicht können wir ihn in eine Werbung einbauen, wenn er gut ist.«

»Ja, meinst du?« Vickys Augen leuchten auf. »Gut, also ...« Sie holt tief Luft und trägt mit großer Geste vor: »*Erst muss er schleichen durch die Katz, bevor er schmecken tut ganz schmatz!*« Sie sieht uns erwartungsvoll an. »Und, wie findet ihr es?«

Frank und ich wechseln einen schnellen Blick.

Okay. Den Satz werden wir wohl eher nicht für unsere Werbung verwenden.

»Ja, also ... es klingt auf alle Fälle interessant«, bringe ich schließlich hervor. »Wir müssten nur vielleicht noch ein bisschen an der Werbebotschaft feilen.«

»Wieso an der Werbebotschaft? Die ist doch eindeutig«, meint Vicky enttäuscht.

»Also ich hab sie nicht ganz kapiert«, gesteht Frank.

»Echt nicht?«, fragt Vicky.

»Ehrlich gesagt, nein. Ich habe zwischendurch *Katz* verstanden. Soll das etwa Katze heißen?«

»Ja, klar, was sonst? Ich habe es nur ein bisschen gekürzt, für den Reim«, klärt sie uns auf. »Anfangs hat es ja *Schleichkatz* geheißen, aber damit wäre der Satz zu lang gewesen.«

»Ja, aber ... was hat unser Kaffee denn mit einer Schleichkatze zu tun?«, frage ich verständnislos.

Vickys Blick tanzt unsicher zwischen uns hin und her.

»Na, alles«, sagt sie schließlich. »Die Katzen sind ja die, die dieses Aroma erzeugen.«

»Und wie, wenn ich fragen darf?«, meint Frank mit einem geduldigen Lächeln. »Sind sie als Erntehelfer tätig, oder wie?«

»Nein, natürlich nicht.« Vicky schüttelt energisch den Kopf.

Ich habe meine Tasse abgestellt und merke, wie sich ein leichtes Kribbeln an meinem Hinterkopf einstellt. Täusche ich mich, oder waren ihre Worte tatsächlich: *Erst muss er schleichen durch die Katz?*

»Könntest du vielleicht etwas präziser werden, Vicky?«, fordere ich sie auf. »Was genau machen denn diese Katzen?«

»Sagt bloß, ihr wusstet das nicht«, meint sie erstaunt. Und als wir beide die Köpfe schütteln, erklärt sie: »Die Katzen fressen die Kaffeebohnen und scheiden sie danach wieder aus.«

»Wie bitte?!« Frank hat seine Tasse mit einem deutlich vernehmbaren Klirren abgestellt. »Dieser Kaffee wird aus Bohnen gemacht, die von Katzen ... *verdaut* worden sind?«

»Ja, sicher, dadurch kommt dieses besondere Aroma zustande, diese Säure, und das Fruchtige und ... äh ... das Ganze halt«, nickt Vicky, und plötzlich wirkt sie gar nicht mehr so überzeugend. »Und macht euch keine Sorgen, die Bohnen werden in der Katze nicht wirklich verdaut, sondern kommen in einem Stück wieder heraus«, fällt ihr noch ein, als würde das einen großen Unterschied machen.

Frank und ich glotzen auf unsere Kaffeetassen, als wären sie mit Schlachtabfällen gefüllt.

Cesare! Was hat er mir von diesem Kaffee vorgeschwärmt, wie köstlich er sei und wie exklusiv und dass jeder Laden, der etwas auf sich halte, den in Zukunft führen müsse. Aber dass er das Verdauungsprodukt einer dämlichen Katze ist, das hat der Mistkerl mit keinem Wort erwähnt!

»Okay, ich glaube, das ist dann doch nicht ganz mein Geschmack, so ohne Zucker und Sahne«, höre ich mich langsam sagen, und plötzlich verspüre ich das brennende Verlangen, mir die Zähne zu putzen und den Mund mit Seife auszuspülen.

»Geht mir genauso«, nickt Frank.

»Aber Sie trinken Ihren Kaffee ansonsten doch auch immer schwarz, Dr. Lessing«, wendet Vicky ein.

Man kann Frank ansehen, dass er sie am liebsten erwürgen würde.

»Gut beobachtet«, bringt er mühsam beherrscht hervor. »Das war auch so, bis vor Kurzem, aber jetzt habe ich mich umgestellt, weil mein Blutzuckerspiegel zu niedrig ist, daher hätte ich jetzt gerne einen stinknormalen Cappuccino, wenn's recht ist.«

»Ja, für mich auch«, schließe ich mich an. »Und dazu ein großes Glas Wasser, bitte!«

»Schön, wie ihr wollt.« Vicky wirkt fast ein bisschen beleidigt. »Dann trinkt ihr den also nicht mehr aus?«

»Nein!« Frank und ich sagen es wie aus einem Mund und schütteln gleichzeitig hastig die Köpfe.

»Aber es war eine sehr interessante Erfahrung«, füge ich hinzu und nehme mir vor, gleich morgen die Präsentation dieses Kaffees zu überarbeiten. Vor allem sollten darin keinesfalls die Worte *Katze* und *verdauen* vorkommen.

Als sie weg ist, langt Frank in seinen Aktenkoffer, zieht ein kleines Mundspray hervor und sprüht sich damit mehrere Male kräftig in den Rachen.

»Auch?« Er hält es mir fragend hin.

»Oh ja, danke.« Ich neble meine Mandeln ein, bis mir die Tränen kommen.

»Nicht zu fassen, wie dekadent die Welt geworden ist.« Frank schüttelt angewidert den Kopf. »Was kommt als Nächstes: Wein aus Hühnerpisse?«

Mir entfährt ein Kichern.

»Beschrei's nicht. Aber ganz abgesehen von dieser besonderen Art der … *Erzeugung* – wie hat er dir geschmeckt?«

»Ganz ehrlich? Überhaupt nicht«, gesteht er und verzieht sein Gesicht zu einem schrägen Grinsen. »Ein bisschen zu sehr nach Katzenhintern für meinen Geschmack.«

Ich muss erneut lachen.

»Ich hatte ja keine Ahnung«, bekenne ich. »Cesare kriegt was zu hören, wenn ich ihn das nächste Mal sehe.« Dann komme ich wieder zurück zu unserem eigentlichen Thema: »Aber jetzt Schluss mit Kaffeeklatsch. Wir wollten über die Firma sprechen.«

»Ja, stimmt.« Auch Frank wird wieder ernst. »Also, es geht hauptsächlich um das KGV …«, hebt er an, doch ich unterbreche ihn sogleich.

»Bitte nur die Kurzfassung, Frank, und, wenn möglich, in Normalbürgersprache.«

»Oh, ja, klar.« Er denkt kurz nach, bis er eine geeignete Formulierung findet. »Kurz gefasst geht es wieder einmal darum, dass Winners only zwar gute Umsätze erzielt, aber durch die hohen Ausgaben keine Gewinne macht.«

»Wie bitte, wir machen keine Gewinne?«, frage ich verwundert.

»Nein, unterm Strich bleibt sogar ein kleiner Verlust.«

»Aber das begreife ich nicht«, sage ich ratlos. »Seit ich die Geschäftsführung übernommen habe, steigern wir andauernd die Umsätze, da muss doch irgendwann auch etwas übrig bleiben, oder nicht?«

»Nicht zwangsläufig.« Frank zuckt die Achseln. »Wenn auch die Kosten entsprechend steigen …«

»Aber die Kosten steigen doch gar nicht ständig«, entgegne ich. »Es ist nur so, dass wir im letzten Jahr unsere Produktpalette deutlich erweitert haben. Ich weiß nicht, ob du es mitbekommen hast, aber wir bieten jetzt auch Eigenhaarverpflanzungen an …«

»Um ehrlich zu sein, achte ich bei einem Unternehmen nicht so sehr auf die Einzelprodukte, mir geht es vielmehr um das Gesamtergebnis«, gesteht er.

»Schon klar«, nicke ich. »Aber ebendas versuche ich ja mit den neuen Produkten zu verbessern, und dazu bedurfte es einiger Investitionen. Bleiben wir zum Beispiel bei dieser Haarverpflanzung, die ist der Renner«, begeistere ich mich. »Weißt du, wir arbeiten dabei mit der neuen FUE-Methode. Dabei wird nicht mehr wie früher ein ganzer Hautstreifen am Hinterkopf entnommen, sondern man kann jetzt einzelne Grafts aus den üppiger behaarten Partien entnehmen und sie überall dort einpflanzen, wo sie benötigt werden, verstehst du?«

»Nicht ganz«, schüttelt er den Kopf. »Was sind Grafts?«

»Das sind winzige Hautpartikel, so klein wie eine Stecknadelspitze, in denen durchschnittlich drei Haarwurzeln sitzen«, führe ich aus. »Die entnimmt man dort, wo sie ausreichend vorhanden sind, wie zum Beispiel am Rücken, am Bauch oder im Intimbereich …« Ich beuge mich ein bisschen vor und senke die Stimme, damit die Gäste an den anderen Tischen nicht alles mitkriegen. »Speziell bei Männern sind da zum Beispiel die hinteren Regionen immer ein Thema, wenn du verstehst …«

»Du meinst, ihr verpflanzt Haare vom Hintern auf den Kopf?«, bringt er es nüchtern auf den Punkt.

»Äh … ja, auch das, wenn es zielführend scheint, aber eigentlich meinte ich damit die Haare vom Hinterkopf … egal, jedenfalls ist es eine sensationelle Methode, die uns jede Menge neue Kunden bringt. Du würdest nicht glauben, wie viele Männer im Alter Probleme mit ihrer Kopfbehaarung bekommen …« Mein Blick bleibt an seinem schütter werdenden Haaransatz hängen. »… Na ja, jedenfalls ist das ein Riesengeschäft, in das man aber natürlich am Anfang investieren muss«, rede ich weiter, während Franks Hand automatisch zu seinem Scheitel hochgezuckt ist. »Oder nehmen wir unsere neuen Laser, die sind der Wahnsinn!« Ich gerate schon wieder ins Schwärmen. »Wir haben alle unsere Filialen mit Fraxellaser der neuesten Generation bestückt, damit lassen sich pro Sitzung zwanzig Prozent der Haut erneuern, und das beinahe ganz ohne lästige Nebenwirkungen wie Schwellungen oder Rötungen.« Meine Augen bleiben an seinen Wangen und Augenregionen hängen. »Das bedeutet, dass zum Beispiel nach allerhöchstens fünf unkomplizierten Sitzungen das alles hier …« Ich fuchtle vor seinem Gesicht herum. »… weg wäre und du um zwanzig Jahre jünger aussehen könntest. Und das Beste daran: Niemand würde mitbekommen, dass du etwas hast machen lassen, alle würden nur denken, dass du dich im Urlaub großartig erholt haben musst, weil du so gut aussiehst. Wie du also siehst, sind wir auf dem neuesten Stand der Technik, aber natürlich sind diese Geräte auch nicht billig. Sogar mit Mengenrabatt waren es immer noch dreihunderttausend pro Stück, und das will erst einmal eingespielt werden.« Ich mache eine Pause, um meine Worte wirken zu lassen, doch dann fällt mir noch etwas ein: »Und abgesehen von der technischen Ausrüstung habe ich auch noch eine Menge in die optische Ausstattung unserer Geschäfte investiert, nimm nur die Vorhalle, die sieht umwerfend aus mit dem neuen Marmor, oder etwa nicht?«

»Na ja, ein bisschen wie bei der CIA«, meint er.

»Aber das ist doch gut«, rufe ich aus. »Was könnte mehr Vertrauen erwecken als ein amerikanischer Geheimdienst?«

»Die lassen aber Menschen verschwinden und zetteln Revolten in fremden Staaten an«, gibt er zu bedenken.

»Ja, aber nur, um Atomkriege zu verhindern und um gemeine Diktatoren zu stürzen. Wo gehobelt wird, da fallen Späne, nicht wahr?«

Frank mustert mich einige Sekunden lang schweigend.

»Was ist?«, frage ich unsicher. »War ich zu schnell?«

»Nein, nein, ich hab's kapiert«, meint er trocken. »Ich werde langsam faltig und bekomme eine Glatze.«

Oh Mann. Ich und mein loses Mundwerk. Immer, wenn ich über unsere Produkte rede, geht es mit mir durch, das war schon damals mit Philip so. Ich könnte mich ohrfeigen.

»Nicht doch, Frank, ich habe das nur als Beispiel gemeint«, beeile ich mich zu sagen und lege dann voller Überzeugung nach: »Du siehst großartig aus!« Vicky ist gerade mit unseren Cappuccinos zurückgekehrt. »Nicht wahr, Vicky, Frank sieht großartig aus?«, suche ich mir sicherheitshalber eine Bestätigung.

Vicky sieht zuerst mich und dann Frank verwundert an und sagt dann: »Ja sicher, wenn du meinst. Hier bitte, zweimal Cappuccino.« Sie knallt die Tassen um einiges weniger behutsam auf den Tisch als vorhin den teuren Kopi Luwak.

»Siehst du, Frank.« Er scheint aber noch nicht ganz überzeugt zu sein, also lege ich nach: »Für einen Mann deines Alters wirkst du sogar noch ziemlich jugendlich. Wie alt bist du überhaupt? Siebenundvierzig? Achtundvierzig?«, rate ich.

»Zweiundvierzig«, antwortet er.

»Wie bitte, zweiundvierzig?«

Okay, ganz ehrlich, unter uns, dann könnten bei ihm ein oder zwei Lasersitzungen vielleicht wirklich nicht schaden.

»Sag ich doch, irgendwas um die vierzig«, nicke ich ihm aufmunternd zu.

»Lass gut sein, Molly«, unterbricht er mich. »Das ist nicht weiter schlimm. Bei meiner Familie dürfte sich ein Chinesischer Faltenhund in den Stammbaum verirrt haben, wir Lessings sehen alle so aus, daran bin ich längst gewöhnt.«

»Ehrlich?«, stoße ich verblüfft hervor.

»Ja, es ist mir völlig egal.« Er lächelt. »Ich bin Wirtschaftsfachmann und kein verdammtes Model.«

»Ja, dann ... ist es ja gut. Und nur zur Klarstellung, Frank, das war gerade rein geschäftlich gesprochen, mich persönlich stören ein paar Falten bei einem Mann nicht, ganz im Gegenteil, ich finde, das verleiht einem erst das richtige Profil, weil es ...« Ich suche nach dem richtigen Ausdruck. »... von Lebenserfahrung und Weisheit zeugt. Das finden übrigens die meisten Frauen. Nicht wahr, Vicky?« Inzwischen wird sie ja wohl kapiert haben, worum es hier geht.

»Was denn?«, fragt sie stattdessen jedoch, weil sie mir anscheinend gar nicht zugehört hat.

»Dass ein paar Fältchen einen Mann erst richtig interessant machen«, helfe ich ihr auf die Sprünge.

Sie braucht ein paar Sekunden für ihre Antwort. Dann verzieht sie abfällig das Gesicht und sagt: »Machst du Witze, Molly? Ich bin erst neunzehn, für mich beginnt ab dreißig schon die geriatrische Abteilung. Okay, kann ich sonst noch was für euch tun?«, erkundigt sie sich dann fröhlich.

»Nein, danke, Vicky, du hast uns schon genug geholfen«, sage ich lahm, und sie rauscht schwungvoll davon.

»Eines muss man ihr lassen: Sie ist wenigstens ehrlich«, meint Frank grinsend.

Ich mustere ihn überrascht.

»Jetzt mach nicht so ein Gesicht, Molly. Ich bin keine dreißig mehr, und nachdem ich ohnehin nicht auf junges Gemüse stehe ... Kommen wir lieber zurück zu unserem Thema. Molly, es ist so: Ich persönlich mache mir überhaupt keine Sorgen, was die Zukunft von Winners only betrifft.«

»Echt nicht?«, frage ich verblüfft.

»Nein, kein bisschen. Ich weiß zwar nicht, wie du deine Geschäfte im Allgemeinen planst – oder ob du sie *überhaupt* planst –, aber wenn ich im letzten Jahr eines gelernt habe, dann dass du diesbezüglich so eine Art Naturtalent zu sein scheinst. Worum es mir im Augenblick also geht, sind einfach ein paar gute Argumente, um unsere Investoren bei Laune zu halten.«

Ich bin mir nicht ganz sicher, was er damit meint – was aber auch daran liegen könnte, dass ich ein bisschen benommen bin von seinen Komplimenten.

Dr. Frank Lessing, Mr. Wirtschaftsguru höchstpersönlich, hält mich für ein Naturtalent! Das muss ich unbedingt Lissy und Tessa erzählen, und meinen Eltern und Philip, ach ja, und vor allem Fräulein Berhammer, meiner ehemaligen Wirtschaftskundelehrerin, die mich immer *Miss Pleitegeier* genannt hat, bloß weil ich einmal bei der theoretischen Renditeberechnung einer Hühnerfarm zwei Millionen Miese gemacht habe. Jetzt mal ehrlich, wer interessiert sich schon für eine Hühnerfarm?

Wie durch einen Nebel höre ich Franks weiteren Vortrag: »Ich weiß aus Erfahrung, wie wichtig das bei solchen Sitzungen ist. Wie du sicher mitgekriegt hast, ist unser Aktienkurs im letzten Halbjahr stark gesunken, was aber angesichts der allgemeinen Börsenflaute nicht weiter verwunderlich ist, im Gegenteil, umso besser können wir jetzt punkten, wenn wir irgendetwas völlig Neues präsentieren.«

Moment mal. Stopp.

Hat er gerade gesagt, unser Aktienkurs wäre *gesunken*?

Ich habe bis auf ein kleines Notfallkonto mein komplettes Barvermögen in Winners-only-Aktien investiert, weil mir das als die lohnendste Anlageform erschienen ist, und der Begriff *lohnendste Anlageform* macht sich nicht besonders gut in Kombination mit dem Zusatz *sinkender Aktienkurs.*

»Und was konkret stellst du dir darunter vor?«, frage ich, nachdem ich mich vom ersten Schreck erholt habe.

»Nun, die Sachen, die du gerade erwähnt hast, wären schon mal ein Anfang, immerhin scheinen das tatsächlich Erfolg versprechende Produkte zu sein …« Er unterbricht sich erneut. »Jetzt mal im Ernst, Molly: Lassen Leute das wirklich machen? Ich meine, Haare vom Hintern auf den Kopf verpflanzen?«

»Ja, schon, wenn es ansonsten keine Reserven gibt, was bleibt denn anderes übrig?«, zucke ich die Schultern.

»Hm, das passt irgendwie zu Kopi Luwak, findest du nicht?«

Wir müssen beide lachen.

»Na ja, egal«, meint er dann. »Jedenfalls sind das ganz gute Argumente. Hast du sonst noch was? Ich bräuchte eine richtige Bombe, verstehst du? Wie sieht's denn zum Beispiel mit Expansionsplänen aus?«

»Expansionspläne? Nun, in Deutschland sitzen wir mit unseren fünfzehn Standorten ja bereits in den großen Städten mit entsprechenden Einzugsgebieten, weshalb ich mich im letzten Jahr lediglich auf die Angebotserweiterung sowie die Ausstattung unserer Filialen beschränkt habe.«

»Okay, das klingt vernünftig. Und wie sieht's international aus?«

»International?«

»Ja, warum nicht? Das Geschäftsmodell von Winners only müsste doch eigentlich überall auf der Welt funktionieren, wo es ausreichenden Wohlstand gibt.«

»Also, es gab da schon mal Pläne«, sage ich zögernd.

Nach unserem erfolgreichen Börsengang im letzten Jahr war ich so voller Energie und Tatendrang, dass ich am liebsten gleich ins ganze Universum expandiert hätte, aber nach und nach geriet das dann irgendwie immer mehr in den Hintergrund.

»Und was wurde daraus?« Frank mustert mich gespannt.

»Na ja, es gab eine Menge anderer Sachen zu erledigen. Wie du ja weißt, bedurfte es einiger Aufräumarbeit nach Clarissas Angriffen …« Clarissa Hohenthal, meine superbiestige Exchefin, hat damals versucht, sich über ein paar Strohmänner Winners only unter den Nagel zu reißen, was ich aber im letzten Moment gerade noch verhindern konnte. »... und ich fand es in erster Linie wichtig, die bestehenden Filialen zu konsolidieren und auf den neuesten Stand zu bringen.« Und möglicherweise hat sich dann auch ein kleines bisschen Trägheit eingeschlichen, aber das behalte ich lieber für mich.

»Okay, das alles ist verständlich«, nickt Frank. »Aber sag, in welches Land wolltet ihr denn expandieren?«

»Ja, weißt du, die Pläne waren noch nicht hundertprozentig konkret«, winde ich mich, aber ein Blick in Franks Augen sagt mir, dass er nicht lockerlassen wird, ehe ich damit herausrücke, daher sage ich: »Aber wir hatten an Los Angeles gedacht.«

Für ein paar Sekunden kehrt Ruhe ein, während deren Frank mich wortlos anstarrt.

Mist. Das hätte ich mir eigentlich denken können. Er hält es für eine bescheuerte Idee, natürlich. Los Angeles ist eine Million Kilometer entfernt, und die Amis werden ganz bestimmt nicht darauf warten, dass ausgerechnet wir daherkommen und ihnen erklären, wie Lifestyle funktioniert, wo die den Begriff doch vermutlich erfunden haben.

»Das ist großartig«, vernehme ich im Chaos meiner durcheinanderwirbelnden Gedanken.

»Es war aber nur so eine Idee, weil ich zufällig eine Bekannte habe, die seit zwei Jahren dort lebt«, wiegele ich schnell ab, damit Frank mich nicht für eine hoffnungslose Traumtänzerin hält.

»Nein, nein, Los Angeles wäre großartig«, wiederholt Frank, und jetzt erst dringt es wirklich zu meinem Bewusstsein durch.

»Wie, du findest das wirklich gut?«, frage ich nach.

Frank nickt. »Aber ja. Wo auf der Welt gäbe es mehr komplexbeladene Verrückte, die ihren Träumen nachjagen, als in Los Angeles, und die meisten von denen könnten die eine oder andere Veränderung wahrscheinlich verdammt gut gebrauchen.

Grob geschätzt würde ich also sagen, dass die Hälfte der Bevölkerung dort haargenau in eure Zielgruppe passt.«

»Ja, genau, so ähnlich haben wir uns das auch gedacht.«

Um genau zu sein, haben wir es damals natürlich anders formuliert. Wir fanden, dass man mit dem umfassenden Angebot von Winners only in einer dynamischen Metropole wie Los Angeles sicher vielen erfolgsorientierten und modernen Menschen bei der Verwirklichung ihrer Ziele beistehen könnte.

Aber wozu sich in Haarspaltereien verlieren? Im Prinzip läuft es auf dasselbe hinaus, nicht wahr?

»Ausgezeichnet. Dann werde ich das bei der Aktionärsversammlung verkünden.« Frank wirkt zufrieden. »Wobei wir uns natürlich auch noch Gedanken über die nötige Finanzierung machen müssten. Wie sieht es damit aus?«

»Mit der Finanzierung? Nun, nachdem die Pläne noch nicht konkret waren, haben wir das auch noch nicht im Detail berechnet«, sage ich vorsichtig.

Offen gestanden habe ich keinen blassen Schimmer, was die Winners-only-Filialen in Deutschland gekostet haben, geschweige denn, wie viel wir in Amerika dafür berappen müssten.

Aber wozu haben wir unseren Finanzexperten? Und anscheinend weiß Frank diesbezüglich tatsächlich Rat.

»Okay, dann gehen wir einfach von folgendem Ansatz aus: Die Filialen in Deutschland stehen jeweils mit etwas mehr als drei Millionen Anlagewert in den Büchern«, beginnt er.

Drei Millionen? Pro Filiale? Bei fünfzehn Filialen sind das dann ja …

»Heißt das, dass Winners only fünfundvierzig Millionen wert ist?«, stoße ich hervor.

»Nein, das heißt es nicht«, schüttelt Frank den Kopf.

Oh, schade. Ich dachte schon, ich wäre die Geschäftsführerin eines Fünfundvierzig-Millionen-Konzerns.

»Der Unternehmenswert bemisst sich nicht nur am Anlagevermögen, sondern vor allem auch an der Ertragslage und den Zukunftsperspektiven«, redet Frank weiter. »Wenn ihr schwarze Zahlen schreibt, könnte Winners only also durchaus auch hundert Millionen wert sein oder mehr – das haben wir bei der Aktienbegebung letztes Jahr übrigens auch als Wertansatz genommen und dementsprechend nur zehn Prozent des Unternehmens angeboten.«

Wow. Ich, Molly Becker, bin die Geschäftsführerin eines Hundert-Millionen-Euro-Unternehmens. Das muss ich bei nächster Gelegenheit unbedingt vor meinen Freundinnen loswerden, und bei Mami und Papi, ach ja, und nicht zu vergessen bei Fräulein Berhammer, der alten Krähe!

»Und da wir die Dependance in L.A. als unseren Flagship-Store in den Staaten betrachten, wird er natürlich noch um einiges größer und imposanter aussehen müssen als unsere hiesigen Filialen, also würde ich vorsichtig geschätzt mal fünf Millionen dafür veranschlagen«, fährt Frank fort.

Ich habe gerade an meinem Cappuccino genippt und verschlucke mich fast.

»Fünf Millionen, für *eine* Zweigstelle?«, hauche ich fasziniert.

»Ja, mindestens«, nickt er. »Wir müssen da in die Vollen gehen. Vergiss nicht, wenn das erste Geschäft ein Erfolg wird, kannst du mit dem Konzept ganz Amerika erobern, und hast du es erst mal in den Staaten geschafft, steht dir die ganze Welt offen.«

Die ganze Welt. Mir bleibt die Luft weg. Das ist haargenau die Vision, die mich die ganzen Jahre über begleitet hat. Und Frank hat recht. Wenn eine Geschäftskette in Amerika erfolgreich ist, dann kann sie expandieren, wohin sie will, Beispiele dafür gibt es zur Genüge, ich sage jetzt nur McDonald's, oder Burger King, oder … na ja, die ganzen anderen, die mir in der Aufregung gerade nicht einfallen.

Bleibt nur ein klitzekleines Problem: die fünf Millionen.

»Genau das dachte ich mir auch«, versuche ich mich möglichst geschäftsmäßig und abgebrüht zu geben. »Und was meinst du, wie wir das am besten finanzieren können?«

»Also, ich sehe da mehrere Möglichkeiten …«

Mehrere Möglichkeiten? Das ist gut, das ist sogar sehr gut. Vor allem, da mir auf die Schnelle keine einzige einfällt.

»Gibt es noch Kapitalreserven vom letzten Börsengang?«, fragt er unvermittelt.

»Du meinst von den zehn Millionen?«, frage ich.

Er nickt.

»Also, soviel ich weiß, ist nicht mehr allzu viel davon übrig«, sage ich zögernd.

»Euer Hauptkonto ist abgeräumt, das ist mir bekannt«, meint er. »Aber gibt es außerdem noch Konten, für Investitionsrücklagen zum Beispiel?«

»Nein, nicht wirklich.«

»Wie bitte, die ganzen zehn Millionen sind weg?«, entfährt es ihm.

Also, für einen abgebrühten Finanzexperten hat das jetzt eindeutig zu hastig geklungen, finde ich.

»Aber ich habe dir doch gerade erklärt, dass wir im letzten Jahr eine Menge investiert haben«, rechtfertige ich mich eilig. »Die neuen Laser zum Beispiel: Fünfzehn Geräte à dreihunderttausend, das allein macht schon …«

»Viereinhalb Millionen«, hilft er mir weiter, als ich zu rechnen beginne.

»Genau, und dazu noch die Haartransplantationsgeräte samt den nötigen räumlichen Ausstattungen, die Marmorböden und noch vieles mehr. Wir haben zum Beispiel neue Ambientebeleuchtungen, die den Puls unserer Kunden nachweislich um drei bis fünf Schläge pro Minute senken«, fällt mir noch ein.

»Schon gut, Molly.« Frank hebt beschwichtigend die Hände und spricht dann mit sanfter Stimme weiter: »Ich bin weit davon entfernt, dein Geschäftsgebaren zu kritisieren, aber vielleicht solltest du deine Ausgaben in Zukunft etwas zurückfahren. Meinst du, du kriegst das hin?«

»Ja, natürlich, kein Problem«, nicke ich eifrig. »In nächster Zeit stehen ohnehin keine größeren Investitionen an – außer vielleicht der Homeshoppingkanal, mit dem Tessa mir seit Monaten in den Ohren liegt …«

»Molly.« Franks Gesichtsausdruck wirkt jetzt ein bisschen angestrengt. »Du musst dich entscheiden, L.A. oder Homeshopping.«

»Okay, schon gut, das Homeshopping kann warten«, versichere ich ihm schnell. Ehrlich gesagt war ich ohnehin skeptisch, was den Vertrieb von Designermode via Teleshopping betrifft. »Aber du sprachst von mehreren Möglichkeiten bei der Finanzierung«, erinnere ich ihn.

»Genau.« Er rührt gedankenverloren in seinem Cappuccino. »Nachdem beim Eigenkapital nichts zu holen ist, könnten wir auch strategische Partner ins Boot holen.«

»Du meinst, dass sich jemand an Winners only beteiligt?«

»Das wäre eine Möglichkeit. Vorzugsweise natürlich Investoren, die bereits Erfahrung in den Staaten haben, ich wüsste da ein paar Leute.«

»Das hieße aber auch, dass die sich in die Unternehmensführung einmischen würden, oder?«

»Höchstwahrscheinlich ja«, nickt er.

Plötzlich zuckt eine Vision durch mein Gehirn, wie mehrere Buchhaltergestalten in weißen Hemden und steifen Krawatten mit erhobenem Zeigefinger mahnend auf mich einreden – wodurch diese Option für mich automatisch aus dem Rennen ist.

»Ich bin mir nicht sicher, ob das unserem Unternehmen zuträglich wäre«, bastle ich mir schnell eine professionell klingende Ausrede zurecht. »Du weißt schon, wegen der vielen Köche und dem Brei … Was sind also die weiteren Möglichkeiten?«, frage ich gespannt.

»Nun, dann bleiben noch genau drei.« Frank legt den Löffel beiseite und nimmt in aller Ruhe einen Schluck von seinem Cappuccino, was mich ehrlich gesagt ein paar Nerven kostet.

»Erstens: Du könntest Philip fragen, ob er erneut investieren will.«

Philip? Das halte ich für keine gute Idee. Seit Philip sich vor zwei Jahren von Eragon zurückgezogen und Winners only gekauft hat, hatte er genügend Stress damit, und seine neuen Unternehmen in Paraguay (Philip baut dort Titan ab – das war übrigens mein Vorschlag, aber fragen Sie mich bloß nicht, wie ich darauf gekommen bin!) sind gerade so halbwegs in Schwung gekommen, daher möchte ich ihn nicht wieder mit einem neuen Investment behelligen.

»Lieber nicht«, antworte ich daher. »Philip hat mit seiner Titanmine genug um die Ohren.«

Und ganz ehrlich, abgesehen davon reizt es mich auch, dieses Projekt allein durchzuziehen, ohne Multimillionär an meiner Seite, der mir den Weg bereitet.

»Wie du willst«, zuckt Frank die Schultern. »Bleiben noch zwei.«

»Die da wären …« Ich bin gespannt wie ein Flitzebogen. Schön langsam sollten wir zu einem passenden Ergebnis kommen, sonst können wir unser sensationelles Projekt begraben.

»Du finanzierst es entweder über eine Bank, oder wir geben weitere Aktien aus.«

Aktien. Aber natürlich! Das hat doch im Vorjahr schon so gut geklappt und uns satte zehn Millionen gebracht.

»Aktien! Wir nehmen die Aktien!«, stoße ich hervor.

»Gut«, nickt er zufrieden. »Dann brauche ich nur noch einen Zeitrahmen, an dem ich mich orientieren kann. Was schätzt du, wie lange wird es dauern, um einen geeigneten Standort zu finden?«

Einen Standort in L.A.? Gute Frage. Ich kenne die Stadt nur

aus Film und Fernsehen. Ich bin überhaupt noch nie in den USA gewesen. Andererseits, ich habe eine alte Bekannte, die seit zwei Jahren dort lebt und inzwischen sicher eine Menge Leute kennt, wie lange kann es also schon dauern, um so etwas ins Laufen zu bringen?

»Genau kann ich das natürlich nicht sagen, aber ich gehe mal von zwei Monaten aus«, sage ich.

Frank sieht mich überrascht an.

»Nur zwei Monate? Glaubst du wirklich, ihr kriegt das so schnell hin?«

»Ja, ich denke schon. Damit meine ich natürlich nicht die Eröffnung, aber die geeigneten Räumlichkeiten sollten wir bis dahin doch gefunden haben«, rudere ich angesichts seiner überraschten Reaktion ein wenig zurück.

»Hm.« Frank lässt sich meine Worte durch den Kopf gehen. »Als Allerersten bräuchtest du eine kompetente Person vor Ort, das ist dir klar?«

»Die habe ich bereits«, verkünde ich triumphierend.

»Tatsächlich? Wer ist es?«

»Es ist eine alte Schulkollegin von mir. Sie ist vor zwei Jahren mit einer Freundin nach Hollywood gereist, um dort ihr Drehbuch zu verkaufen, und im Anschluss ist sie dann gleich dortgeblieben.«

»Das klingt ja interessant. Dann ist ihr Drehbuch also verfilmt worden?«

»Nein, noch nicht, große Filmprojekte ziehen sich meistens über mehrere Jahre hinweg«, winke ich ab. »Aber weißt du, wer jetzt ihr Freund ist?«

»Keine Ahnung. Irgendein Hollywoodstar?«

»Das kann man so sagen«, nicke ich gewichtig. »Es ist Jason Griffin.«

»Kenne ich nicht«, kommt es von Frank unbeeindruckt zurück.

»Na, Jason Griffin, der Regisseur«, lege ich nach.

»Ach ja? Welche Filme hat er denn gedreht?«

»Also, berühmt wurde er mit …« Wie hieß der Schinken schnell noch? Es klang irgendwie so endgültig. Ah, ich hab's. »*The Last Countdown.*«

»Kenne ich auch nicht«, schüttelt Frank den Kopf.

Menno. Wie soll man jemanden mit Hollywoodstars beeindrucken, wenn der keine Filme guckt?

»Das ist ein künstlerisch hochwertiger Streifen, der ganz viele Preise gewonnen hat, mit schonungsloser Gewalt und dennoch einer tiefschürfenden Botschaft«, erkläre ich aufgekratzt. »Und Jason hat noch viele weitere Filme gemacht, immer mit vielen Toten und so … jedenfalls ist er eine fixe Größe in Hollywood, so ähnlich wie Quentin Tarantino, weißt du?«

»Den kenne ich.« Jetzt zieht Frank anerkennend eine Augenbraue hoch. »Und wie heißt diese Bekannte? Vielleicht habe ich ja von ihr gehört.«

»Davon gehe ich aus. Es gab damals einen ziemlichen Wirbel um sie, weil sie angeblich eine Affäre mit Brad Pitt hatte.«

»Nein!« Frank stößt einen anerkennenden Pfiff hervor.

Dachte ich mir doch, dass ihn das beeindrucken wird. Ich habe es selbst kaum glauben können, als ich Lilly damals in den Schlagzeilen entdeckte, und das war übrigens auch der Grund, warum ich sie nach all den Jahren überhaupt kontaktiert habe.

»Doch, ich schwör's dir!«, sage ich eindringlich. »Die Affäre hat sie natürlich abgestritten, aber von da an war sie bekannt wie ein bunter Hund, wie du dir denken kannst.«

»Kein Wunder. Und wie heißt sie nun?«

»Lilly Tanner.«

»Lilly Tanner? Nie gehört.« Er wirkt ein bisschen enttäuscht.

»Das liegt wahrscheinlich daran, dass du keine Klatschblätter liest«, vermute ich.

»Diese Magazine?« Er schüttelt verächtlich den Kopf. »Nein danke, nichts für mich.«

War ja klar. Darauf hätte ich eine Million gewettet.

»Ist ja auch egal. Jedenfalls hat Lilly inzwischen ausreichend Kontakte in Hollywood, was wir vielleicht auch für unsere Werbung nutzen können, aber auf jeden Fall kann sie uns behilflich sein, die nötigen Leute für unser Projekt zu finden.«

»Ich muss sagen, das klingt wirklich gut.« Frank nickt zuversichtlich.

Ein Summen unterbricht unser Gespräch. Frank wirft einen Blick auf seinen Organizer und sagt dann mit einer entschuldigenden Geste: »Tut mir leid, Molly, ich muss zu meinem nächsten Termin.«

»Kein Problem«, sage ich und erhebe mich mit ihm. »Und wie gehen wir jetzt weiter vor?«

Er denkt kurz nach, bevor er antwortet: »Ich schlage Folgendes vor: Ich leite die nächste Aktienauflage in die Wege, wobei wir uns die genaue Menge und den Ausgabepreis noch überlegen können, und du kümmerst dich um das Amerikaprojekt.« Er zögert noch einmal kurz. »Und als Startfrist werde ich sechs Monate ansetzen, wenn du einverstanden bist.«

»Sechs Monate? Geht klar, das sollten wir schaffen, wenn ich mich ordentlich ins Zeug lege«, antworte ich voller Tatendrang.

»Prima. Und lass Philip von mir grüßen. Wo steckt er überhaupt im Moment?«

»Ach, schon wieder in Paraguay«, sage ich ein bisschen frustriert.

»Schon wieder?« Frank runzelt die Stirn. »Ich dachte, er hätte inzwischen einen Stellvertreter vor Ort.«

»Ja, hat er auch. Aber es gibt jetzt so ein bescheuertes Gesetz in Paraguay, dass Grundstücke, die nicht zu wenigstens dreißig Prozent als Landwirtschaft betrieben werden, bei Bedarf vom Staat enteignet werden können, und deswegen plant Philip den Anbau von Stevia, du weißt schon, diesen neuen Zuckerersatz.«

Frank schüttelt verständnislos den Kopf. »Nicht zu fassen.

Manche Regierungen lernen's wohl nie. Und dann wundern sie sich, dass sie nie über den Status von Bananenrepubliken hinauskommen.«

»Du sagst es.« Philip und ich haben uns grün und blau geärgert darüber, und ich habe ihm geraten, den ganzen Laden einfach wieder zu verkaufen, aber er ist noch immer der festen Überzeugung, dass alles wie am Schnürchen laufen wird, wenn er dieses Problem erst aus dem Weg geräumt hat.

Frank drückt mich, und dann geht er. Ich lasse mich wieder auf die Bank sinken und nippe an meinem Cappuccino, der inzwischen ganz kalt geworden ist. Erst jetzt merke ich, wie aufgewühlt ich bin. Plötzlich stehe ich vor diesem gewaltigen Projekt, und diesmal ist es kein vager Zukunftsplan ohne Eile mehr, nein, diesmal ist es fix.

Sechs Monate, dann wird Winners only in Los Angeles eröffnen.

Und ich soll dieses Megaprojekt stemmen.

Oh mein Gott. Auf einen Schlag wird mir ganz mulmig zumute. Worauf habe ich mich da bloß eingelassen? Ich habe doch gar keine Ahnung von diesen Dingen. Ich habe noch nie ein Geschäft eröffnet, und schon gar nicht in Amerika.

Okay, nur die Ruhe, Molly. Jetzt bloß keine Panik kriegen. Du bist schon mit schwierigeren Situationen fertiggeworden, außerdem hast du gute Leute um dich herum, die dir dabei helfen werden.

Also gut, dann wollen wir mal nachdenken. Als Erstes muss ich eine Konferenz einberufen, damit wir alles in Ruhe besprechen und die weiteren Schritte festlegen können. Fiona, meine Assistentin, muss auf alle Fälle dabei sein, und natürlich Lissy, die ist nämlich superklug. Ach ja, und Tessa. Nicht, weil sie so klug wäre, aber die wird sicher fuchsteufelswild, wenn sie erfährt, dass ich Lissy mit einbezogen habe und sie nicht. Ach ja, und nicht zu vergessen: Ich muss Lilly Tanner kontaktieren, meine Bekannte in Hollywood. Hoffentlich hat sie noch dieselbe Telefonnummer wie damals. Denn um ehrlich zu sein, habe ich sie nur aus Neugierde von unserer Presseabteilung ausforschen lassen, nachdem ich ihr Bild in den Zeitungen gesehen hatte, kurz mit ihr telefoniert und mich danach nie mehr bei ihr gemeldet, nachdem unser Projekt dann doch wieder im Sande verlaufen ist.

Ich bedeute Vicky, mir einen frischen Kaffee zu bringen, dann schnappe ich mir mein Handy, wähle das Adressbuch und beginne, darin zu blättern.

Ah, da haben wir sie schon: Lilly Tanner. Elendslange Nummer, aber kein Wunder, ist ja auch ein anderer Kontinent. Gerade will ich sie anwählen, als mein Handy plötzlich läutet. Ein schneller Blick zeigt mir, dass es Tessa ist.

»Hallo, Tessa«, melde ich mich.

»Hi, Molly«, sagt sie. »Ist euer Treffen schon vorbei?«

»Das mit Frank?«

»Was denn sonst?« Sie klingt ein bisschen ungehalten.

»Ja, er ist gerade gegangen.«

»Und? Was ist dabei rausgekommen? Habt ihr über mich gesprochen? Hast du ihm von meinem Rendezvous heute Abend erzählt?«, feuert sie eine ganze Salve an Fragen ab.

»Welches Rendezvous?« Mir gehen so viele Gedanken durch den Kopf, dass ich ein bisschen auf der Leitung stehe.

»Na, das mit dem Multimillionär, du weißt schon, der mit dem Fußballclub«, erinnert sie mich.

»Ach das … Nein, dazu sind wir gar nicht gekommen. Wir haben eigentlich überhaupt nicht über euch beide geredet«, behaupte ich nicht ganz wahrheitsgemäß, »weil wir ein paar ziemlich unglaubliche Entscheidungen getroffen haben. Du wirst staunen, kann ich dir nur sagen.«

Tessa ignoriert meine letzte Bemerkung völlig, stattdessen sagt sie mit einer gehörigen Portion Enttäuschung in der Stimme: »Das heißt also, du hast überhaupt nicht an mich gedacht? Eine schöne Freundin bist du.«

»Aber Tessa, woher sollte ich denn wissen, dass du dich noch für Frank interessierst, vor allem jetzt, wo du deinen neuen Freund hast, diesen reichen Fußballclubbesitzer?«, fällt mir zu meiner Verteidigung ein.

Einen Moment lang höre ich sie nur atmen, dann presst sie hervor: »Also, genau genommen ist der noch nicht mein Freund.« Ein paar Sekunden verstreichen, während es sich so anhört, als würde sie ganz leise ein paar Flüche ausstoßen. »Jedenfalls habe ich mir sehr wohl Gedanken über dich und Philip gemacht«, meint sie dann mit hörbarem Vorwurf.

»Über mich und Philip? Und wieso?«

»Na, wegen deinem merkwürdigen Vergangenheitsbewältigungsdingsbums, ohne das du angeblich nicht heiraten willst – was übrigens kein Schwein versteht«, fügt sie an.

»Ach ja?« Ich übergehe die letzte Bemerkung. »Und, hast du eine Lösung dafür gefunden?«

»Klar, hab ich: Nimm dir doch einfach einen Detektiv!«

»Einen Detektiv?«, frage ich überrascht.

»Ja. Wozu hast du denn deinen Superschnüffler, diesen Joe Ranger? Der soll ein bisschen in Philips Vergangenheit herumwühlen, damit du endlich beruhigt bist – vorausgesetzt natürlich, Philip war in seinem bisherigen Leben nicht der New-York-Ripper oder so –, und dann kannst du endlich den Sack zumachen.«

Einen Detektiv auf Philip ansetzen? Der Vorschlag klingt ebenso verrückt wie faszinierend. Aber dann kommen mir sofort Bedenken. Wäre das nicht ein gewaltiger Vertrauensbruch? Und was, wenn er irgendwie Wind davon kriegt?

»Molly? Bist du noch dran?«, kommt es aus dem Hörer.

»Entschuldige, Tessa, ich war nur ein bisschen überrumpelt von deiner Idee. Offen gestanden wäre ich nie auf den Gedanken gekommen.«

»Aber es ist das einzig Vernünftige, das musst du zugeben«, meint sie.

»Hm, ich weiß nicht«, murmle ich unschlüssig. »Das muss ich mir erst in Ruhe überlegen.«

»Ich weiß nicht, was es da noch zu überlegen gibt. Du willst Informationen über Philips Vergangenheit, und der Detektiv kann sie dir beschaffen, so einfach ist das. Noch einmal, Molly: Lass dir nicht zu viel Zeit damit, sonst ist Philip eines Tages weg. Vergiss nie: Er ist reich!«

»Ich weiß, Tessa, und er sieht gut aus, und er ist charmant, und er ist witzig, und er ist sexy. Glaub mir, niemand weiß das besser als ich.«

»Aber vor allem ist er *reich*!« Tessa betont das Wort, als bekäme es dadurch eine Art magische Wirkung. »Lass dir gesagt sein, Molly, irgendwann wird eine andere kommen und ihn dir wegschnappen. Also, worauf wartest du? Mach endlich Nägel mit Köpfen!«

Irgendwann wird eine andere kommen und ihn dir wegschnappen.

Allein dieser Satz jagt mir ein Dutzend kalte Schauer über den Rücken. Tessa hat recht. Ich habe Philip schon so lange hingehalten, da wäre es vielleicht wirklich das Beste, Joe Ranger auf ihn anzusetzen, um mir endlich die nötigen Informationen für meinen famosen Geheimnisaustauschplan zu verschaffen.

Eigentlich muss es doch klappen. Philip ist so viel herumgekommen in seinem Leben, da gibt es ganz sicher das eine oder andere Geheimnis, das er aus guten Gründen für sich behält, ähnlich wie ich meinen Lottogewinn.

Und wenn ich das erst einmal herausgefunden habe, na ja, dann greift mein bereits erwähnter Plan: Ich bringe es nur noch bei nächster Gelegenheit zur Sprache, und schon können wir beide mit der ganzen Wahrheit herausrücken, ohne dem anderen etwas schuldig zu bleiben.

Und dann ist es endlich, endlich so weit: Ich kann Philips Antrag annehmen. Alles, was ich dazu brauche, ist also ein

Geheimnis von ihm. Eine Kleinigkeit würde schon reichen, es muss ja gar nichts Großes sein.

Hm …

Bei genauer Betrachtung *soll* es gar nichts Großes sein.

Hopeless Love?

»Ja, hallo?«

»Ist dort Lilly? Lilly Tanner?«

»Am Apparat.«

»Hier spricht Molly Becker ... aus Deutschland.«

»Ja, das habe ich bereits an der Vorwahl erkannt.«

»Sehr gut. Erinnerst du dich noch an mich? Wir haben vor einiger Zeit mal telefoniert ...«

»Um ehrlich zu sein, nein, tut mir leid. Wie war noch mal dein Name?«

»Molly. Molly Becker. Ich bin Geschäftsführerin von Winners only, und wir haben damals über eine geplante Expansion meines Unternehmens in Amerika gesprochen ... ähm, und über die guten alten Grundschulzeiten, natürlich.«

»Ah, jetzt fällt's mir wieder ein. Das war diese Unterwäschefirma, oder?«

»Nein, keine Unterwäsche ... oder besser gesagt nur zu einem kleinen Teil, wir bieten in unseren Geschäften nämlich auch Bekleidung an. Wir sind ein Lifestyleunternehmen, du weißt schon, Imageberatung, Typoptimierung, mentales Training, Bodyshaping, Anti-Aging und dergleichen. Wir sind Deutschlands führendes Unternehmen in der Branche – was sage ich, genau genommen verfügen wir über ein Angebotsspektrum, das weltweit einzigartig ist.«

»Ach, jetzt erinnere ich mich wieder. Du hast mich damals nach meiner Verwechslungsaffäre angerufen, stimmt's?«

»Genau, richtig, und wir haben über die alten Zeiten geplaudert, das war lustig.«

»Ja, das war es wirklich ... Und, gibt es einen bestimmten Grund, aus dem du mich jetzt anrufst?«

»Nein, also … ach, was soll's, ja, gibt es. Es ist so: Wir haben definitiv beschlossen, unsere erste Amerikafiliale zu eröffnen, und zwar innerhalb der nächsten sechs Monate.«

»Sechs Monate? Wow, ihr gebt ganz schön Gas.«

»Ich weiß, das ist ein bisschen kurzfristig, aber die Entscheidung ist so überraschend gekommen, weil wir neue Aktien auflegen, und dafür … ach, egal. Was wir jetzt jedenfalls bräuchten, wäre eine Person, die sich in Los Angeles gut auskennt, und da habe ich spontan an dich gedacht, als alte Schulfreundin – und ich würde natürlich auch dafür zahlen, versteht sich.«

»Ja, weißt du, Molly, das klingt wirklich interessant, aber im Moment kann ich dir da leider nicht weiterhelfen, in bin nämlich gerade in Rumänien.«

»In Rumänien? Was machst du denn da?«

»Jason dreht dort seinen neuen Film, und damit wir nicht wieder über Monate getrennt sind, hat er mich dafür als Drehbuchautorin und Regieassistentin engagiert.«

»Echt? Das ist ja großartig. Aber wieso dreht ihr ausgerechnet in Rumänien?«

»Ganz einfach, weil es dort billiger ist. Viele Studios drehen mittlerweile in solchen Ländern. Und in unserem Fall passt es auch, weil die Geschichte hauptsächlich dort spielt.«

»Das ist aber nicht deine Geschichte, oder? Wie hieß die schnell noch: *Hopeless Love?*«

»*Endless Love,* so heißt meine Geschichte. Nein, damit sind wir noch nicht übers Planungsstadium hinausgekommen. Für altmodische Liebesgeschichten findet man heutzutage keine Investoren mehr, die Studios investieren stattdessen lieber in blutrünstige Vampirschocker wie den, den wir gerade drehen.«

»Oh, das tut mir leid.«

»Muss es nicht. Es ist auch so ein wahnsinnig interessanter Job, vor allem für einen Filmfreak wie mich, außerdem kann ich auf die Art wenigstens mit Jason zusammen sein.«

»O ja, ich kenne das, mein Partner ist auch immer wieder geschäftlich weg. Aber zurück zu meinem Anliegen: Du kannst mir da also nicht weiterhelfen?«

»Nein, nicht persönlich, tut mir leid. Aber sag, was genau müsste diese Person denn für euch erledigen?«

»Nun, als Erstes brauchen wir eine geeignete Immobilie, das heißt, sie müsste Kontakt zu den Maklern aufnehmen und eine erste Vorsondierung für uns machen. Und dann müssten wir natürlich abklären, wie es mit behördlichen Auflagen aussieht, dafür wäre wohl ein ansässiger Unternehmensberater am nützlichsten, und später geht es um die Vermarktung, und da habe ich vor allem an dich gedacht. Du kennst doch inzwischen sicher eine Menge Leute, stimmt's?«

»Das kann man wohl sagen. Nach dem Skandal damals wurde ich ziemlich herumgereicht, und Jason stehen in Hollywood sowieso alle Türen offen. Aber weißt du was, Molly? Ich wüsste vielleicht jemanden für dich.«

»Wirklich? Das wäre großartig!«

»Es ist eine sehr gute Freundin von mir …«

»Es müsste allerdings jemand sein, der auch Deutsch spricht, mein Englisch ist nämlich nicht so gut.«

»Kein Problem. Es ist Emma, meine Freundin, die mich damals zu der Reise nach Hollywood überredet hat. Alleine hätte ich nie den Mut dazu gehabt, aber Emma ist aus einem anderen Holz geschnitzt. Die geht zur Not mit ihrem Dickschädel auch kerzengerade durch die Wand.«

»Dann ist sie genau die Person, die wir brauchen! Ich kann dir gar nicht sagen, was für eine Erleichterung das bedeutet. Ich leite Winners only jetzt zwar schon seit zwei Jahren, aber eine neue Filiale in den Staaten aufzumachen geht doch über das Tagesgeschäft hinaus.«

»Das kann ich mir vorstellen. Du hast da übrigens eine Wahnsinnskarriere hingelegt, das hätte dir damals in der Schule kaum jemand zugetraut. Respekt!«

»Vielen Dank, Lilly. Dann meinst du also, deine Freundin wäre bereit, uns zu helfen? Was macht sie überhaupt in den USA? Hat sie einen Job?«

»Ja, sie ist Schauspielerin, und neuerdings gibt sie auch Schauspielunterricht.«

»Wow, in Hollywood? Aber hat sie dann überhaupt Interesse an einer normalen Tätigkeit?

»Da bin ich mir sogar ziemlich sicher. Emma hat jede Menge Zeit, bislang ist sie nicht über Nebenrollen hinausgekommen.«

»Na dann … großartig. Kannst du mir ihre Telefonnummer geben, damit ich sie anrufen kann?«

»Klar, kein Problem. Und grüß sie von mir, wenn du sie anrufst.«

»Tausend Dank, Lilly. Du hast was gut bei mir.«

»Nichts zu danken.«

»California International World's Best Acting School.«

»Hallo, hier spricht Molly Becker. Bin ich da richtig bei Emma Wagner?«

»No, sorry, this is Emma Lopez-Cruz speaking. With what can I help you?«

»Äh … nun, es ist so: Eine Freundin von mir, Lilly Tanner, hat mir Ihre Nummer gegeben. Und ich soll Sie auch schön grüßen.«

»Lilly? Warum sagen Sie das nicht gleich?«

»Tut mir leid. Dann sind Sie also doch Emma Wagner?«

»Ja – und auch nein. Den Namen Wagner streichen Sie gleich wieder, ich habe nämlich seit zwei Jahren einen Künstlernamen: Emma Lopez-Cruz.«

»Gut, ich habe verstanden. Wir könnten aber auch gerne bei den Vornamen bleiben, wo wir doch dieselbe Freundin haben, was meinst du?«

»Gute Idee. Wie war dein Name noch?«

»Molly. Molly Becker.«

»Künstlername oder echt?«

»Echt. Wozu sollte ich denn einen Künstlernamen brauchen?«

»Na, weil du dich gerade bei meiner Schauspielschule bewirbst, um eine Hollywoodkarriere zu starten.«

»Ach so, du meinst … Nein, darum geht es nicht, ich rufe aus einem ganz anderen Grund an. Ich bin die Geschäftsführerin eines großen deutschen Lifestyleunternehmens, Winners only, und wir beabsichtigen, noch in diesem Jahr eine neue Dependance in Los Angeles zu errichten.«

»Eine was?«

»Eine Filiale. Wir wollen expandieren.«

»Ach so. Und wozu braucht ihr mich dann?«

»Nun, wir bräuchten eine clevere und zuverlässige Person vor Ort, die für uns eine geeignete Immobilie sucht und die behördlichen Auflagen vorsondiert. Idealerweise müsste diese Person also in Los Angeles leben und zugleich auch Deutsch sprechen, daher ist mir als Erstes Lilly eingefallen. Da die aber zurzeit verhindert ist, hat sie uns dich empfohlen.«

»Ah, verstehe. Ist sicher nicht einfach, dafür jemand Geeigneten zu finden, was?«

»Nein, allerdings nicht, vor allem muss man ja zunächst einmal irgendwo anknüpfen. Und du bist inzwischen sicher voll integriert, nicht wahr, sprachlich und so?«

»Sprachlich? Oh ja, klar, überhaupt kein Problem … *no problem at all.* Im Gegenteil, wenn man so lange in den Staaten lebt wie ich, hat man manchmal sogar Probleme, die entsprechende deutsche Vokabel zu finden. Selbst wenn ich mit meiner Familie in Deutschland telefoniere, falle ich gelegentlich ins Amerikanische, weil ich inzwischen nicht nur amerikanisch rede, sondern auch amerikanisch denke, *you know?* Da, schon wieder … passiert mir andauernd! Verrückt, was?«

»Äh … ja, das ist in der Tat erstaunlich. Also gut, könntest du dir also grundsätzlich vorstellen, den Job für uns zu übernehmen?«

»Tja, mal sehen … Ich habe natürlich eine ganze Menge anderer Verpflichtungen. Wie du ja sicher weißt – *as you know for sure* –, bin ich nicht nur Schauspielerin, sondern betreibe auch eine Schauspielschule – *an acting school.*«

»Verstehe. Aber könntest du das nicht koordinieren? Und nur, damit es keine Irrtümer gibt: Wir bezahlen natürlich dafür!«

»Ach ja? Und wie viel? *How much?*«

»Ich weiß nicht, was der übliche Satz für eine derartige Tätigkeit ist, aber ich dachte an einen Beratervertrag mit fünfzig Euro die Stunde. Wärst du damit einverstanden?«

»Fünfzig Euro? Ja … also, ich meine, das ist natürlich nicht übertrieben viel, aber da dich meine beste Freundin an mich verwiesen hat – also gut, dann will ich mal nicht so sein. Ich mach's. *I'll do it!*«

»Dann sind wir im Geschäft? Super! Ich lasse dir noch heute die entsprechenden Unterlagen mailen, damit du dir ein Bild von unseren Geschäften machen kannst, und den Beratervertrag schicke ich dir gleich mit.«

»Ja, gut. Und sollte irgendetwas nicht klar sein, kann ich dich unter dieser Nummer erreichen?«

»Aber natürlich, jederzeit. Ich freue mich, Emma. Also dann … *Welcome on board*!«

»Wie bitte?«

»*Welcome on board* – willkommen an Bord, sozusagen … auf unserem Schiff!«

»Auf welchem Schiff?«

»Na, auf dem Winners-only-Schiff.«

»Ihr habt ein Schiff?«

»Nein, nein, das war metaphorisch gemeint.«

»Äh … ja, ich freue mich auch. *I am very pleased!*«

»Ranger.«

»Joe, hier spricht Molly.«

»Weiß ich. Mein neuer Telefonterminal liefert mir sämtliche Informationen über eine Person, sobald jemand über eine gespeicherte Nummer anruft.«

»Tatsächlich? Und weshalb melden Sie sich dann mit *Ranger* und nicht zum Beispiel mit *Hallo, Molly*?«

»Weil's cooler klingt.«

»Ach so. Ja dann … Wie läuft's denn so, Joe?«

»Könnte nicht besser sein. Seit ich Ihren Fall letztes Jahr lösen konnte, rennen mir die Kunden regelrecht die Tür ein. Ich habe inzwischen sieben Mitarbeiter, und die werden nicht mal reichen. Wissen Sie übrigens, wer neuerdings Kunde von mir ist?«

»Nein, wer denn?«

»…«

»Joe? Sind Sie noch dran?«

»Ja, bin ich. Mir ist nur gerade eingefallen, dass ich das gar nicht verraten darf. Sie wissen schon, Berufsgeheimnis.«

»Joe, das ist unfair. Jetzt, wo Sie mich neugierig gemacht haben … Geben Sie mir wenigstens einen kleinen Tipp!«

»Also gut, nur so viel: Wenn in nächster Zeit ein Politiker mit ein paar ziemlich krummen Dingern auffliegt, dann stecken wir dahinter.«

»Und weiter?«

»Nichts weiter, wir ermitteln gerade in der Sache.«

»Kommen Sie, Joe, jeden Tag fliegen Politiker wegen krummen Dingern auf, Sie müssen da schon ein bisschen konkreter werden.«

»Tut mir leid, ich habe schon zu viel gesagt.«

»Joe!«

»Okay, okay – es geht um internationale Bankgeschäfte. Aber das haben Sie nicht von mir, ist das klar?«

»Aber Joe, das ist doch praktisch … Ach, vergessen Sie's.

Weshalb ich anrufe: Ich habe einen ziemlich heiklen Auftrag für Sie, und dabei muss ich mich zu hundert Prozent auf Ihre Diskretion verlassen können.«

»Kein Problem. Diskretion ist mein zweiter Vorname. Worum geht's denn? Gibt's wieder Probleme bei Winners only?«

»Nein, diesmal ist es privater Natur.«

»Okay, schießen Sie los.«

»Oh Gott, ich kann kaum glauben, dass ich das sage: Ich möchte, dass Sie Philips Vergangenheit für mich durchleuchten.«

»Okay. Ich notiere mir das nur schnell. Also, Philip … und wie noch?«

»Na, Vandenberg …«

»Meinen wir den gleichen Philip Vandenberg?«

»Wie viele Philip Vandenbergs kennen Sie denn noch?«

»Mal nachdenken … nur den einen.«

»Ich auch.«

»Das heißt also … Sie wollen, dass ich Ihren Verlobten durchleuchte?«

»Genau. Wobei, wir sind eigentlich gar nicht verlobt, nicht im förmlichen Sinn.«

»Rechtlich gesehen macht das keinen großen Unterschied. Und wieso wollen Sie das? Glauben Sie, er hat Dreck am Stecken?«

»Nein, Joe.«

»Aber weshalb dann? Glauben Sie, er hat sich an Sie herangemacht, um sich Ihre Firma unter den Nagel zu reißen?«

»Aber nein, Joe, Winners only gehört doch ihm, jedenfalls zum größten Teil.«

»Ach so. Na, dann bleibt eigentlich nur noch eine Möglichkeit: Sie glauben, dass er Sie betrügt.«

»Nein, Joe, natürlich nicht. Es ist nur … Ach, es ist kompliziert, das zu erklären, Joe. Tun Sie mir einfach den Gefallen und machen Sie es, okay?«

»Natürlich, wie Sie wollen. Ich habe nicht vergessen, was ich Ihnen zu verdanken habe. Für Sie tue ich alles, Molly, das wissen Sie.«

»Ja, Joe, und ich weiß das zu schätzen.«

»Alles klar. Dann müssen Sie mir nur noch sagen, wie weit wir für Sie zurückrecherchieren sollen.«

»Das ist eine gute Frage … Wissen Sie was, suchen Sie einfach nach allem, was Sie finden können innerhalb der letzten … sagen wir zwanzig Jahre, okay?«

»Alles klar, mach ich. Und wie dringend ist es?«

»Ziemlich dringend. Ich brauche die Infos für meine Zukunftsplanung, wissen Sie.«

»Okay, Molly, dann räume ich diesem Auftrag oberste Priorität ein und setze nur meine besten Leute darauf an.«

»Sehr gut, Joe. Und was glauben Sie, bis wann kann ich mit den ersten Ergebnissen rechnen?«

»Erfahrungsgemäß in circa einer Woche.«

»Gut, Joe, ich höre dann von Ihnen.«

»Geht klar. Ach, und Molly …«

»Ja, Joe?«

»Nur für den Fall, dass wir auf etwas … sagen wir: Gravierendes stoßen sollten: Wollen Sie die ganze Wahrheit wissen, oder sollen wir gewisse Bereiche herausfiltern?«

»Herausfiltern? Wie meinen Sie das?«

»Na, zum Beispiel gibt es Kunden, denen es einzig und allein um die Untreue des Partners geht, und geschäftliche Belange sind ihnen egal.«

»Nein, nein, Joe, ich will natürlich alles wissen. Wenn schon, denn schon.«

»Also gut, Molly, wie Sie wollen.«

Hollywood!

Es ist neun Uhr am nächsten Morgen, als ich mein Büro betrete. Lissy, Tessa und Fiona erwarten mich bereits, und diesmal wirkt zur Abwechslung sogar Tessa ungewöhnlich interessiert.

Ich verteile die dampfenden Kaffeebecher, die ich aus der Cafeteria mitgenommen habe, und lasse mich nach einer kurzen Begrüßung in meinen bequemen ledernen Chefsessel sinken.

Es vergehen keine zwei Sekunden, bis Tessa sagt: »Jetzt mach's nicht so spannend, Molly. Wie steht's denn nun mit unserem *Project Hollywood*?«

»Sehr gut«, antworte ich mit einem verheißungsvollen Lächeln. »Ich habe ein paar Telefonate geführt, und wie es aussieht, habe ich bereits die richtige Person vor Ort gefunden.«

»Die was tun soll?«, will Fiona wissen.

Fiona ist meine persönliche Assistentin und ganz nebenbei auch noch Physiotherapeutin, was den Vorteil hat, dass sie mir während unserer Besprechungen bei Bedarf auch meine Blockaden wegmassieren kann. Und abgesehen davon ist sie superfleißig und mein größter Fan, was mir ehrlich gesagt manchmal ein bisschen peinlich ist, weil die Gründe für ihre grenzenlose Bewunderung nicht immer – wie soll ich es ausdrücken? – ganz real sind.

»Um das zu besprechen, sind wir unter anderem hier zusammengekommen«, erkläre ich. »Aber als Erstes geht es natürlich darum, eine geeignete Immobilie für uns zu finden.«

»Zum Mieten oder Kaufen?«, fragt Lissy.

»Zur Miete. Da wir nicht wissen, ob sich unser Engagement überhaupt bezahlt machen wird, will ich die Investitionen vorerst so gering wie möglich halten.«

»Okay. Und welche Investitionshöhe ist angedacht?«

Ha. Auf die Frage habe ich nur gewartet.

»Wie ihr vielleicht wisst, stehen unsere Deutschlandfilialen mit durchschnittlich drei Millionen in den Büchern«, rezitiere ich, aber natürlich ohne zu erwähnen, dass ich die Zahlen von Frank habe. »Was nichts anderes bedeuten kann, als dass unser Flagship-Store in den Vereinigten Staaten – denn genau das wird die Filiale in L.A. – um einiges aufwendiger und luxuriöser werden wird. Als logische Konsequenz werden wir also fünf Millionen dafür budgetieren. Minimum«, füge ich noch hinten an.

»Fünf Millionen?«

Lissy und Fiona haben die Augen aufgerissen und machen sich eifrig Notizen, während Tessa an ihren ultralangen Fingernägeln herumfeilt.

»Was ist das, ein Flagship-Store?«, fragt sie.

Sehr gut. Das war die nächste Frage, auf die ich gehofft habe. Nachdem Frank den Begriff gestern fallen gelassen hat, habe ich ihn später gegoogelt.

»Als Flagship-Store oder auch Vorzeigeladen wird eine Filiale eines Unternehmens bezeichnet, die als Vorzeigeobjekt fungiert«, kommt es wie aus der Pistole geschossen von Lissy, die mir damit doch glatt die Butter von meinem Klugscheißerbrot nimmt.

Aber okay. Macht nichts. Zum Glück fällt mir noch etwas anderes dazu ein.

»Er zeichnet sich meistens durch eine spezielle Bündelung exklusiver Merkmale wie etwa bevorzugte Lage, besondere Ausstattung und/oder größeres Sortiment als in den gewöhnlichen Filialen aus«, ergänzt Fiona.

Vielen Dank auch. Das war so ziemlich genau der Rest von meinem Text.

»Brav gepaukt, Mädels«, meint Tessa spöttisch, aber obwohl sie die Gelangweilte gibt, kann ich ihr ansehen, dass auch sie insgeheim beeindruckt ist.

»Das hätte ich selbst nicht besser erklären können«, spreche ich ein Lob aus. »Also, nachdem das wie gesagt unsere Vorzeigefiliale wird, brauchen wir natürlich eine entsprechend repräsentative Immobilie. Das wäre der erste Schritt, aber mindestens ebenso wichtig sind die behördlichen Auflagen in Kalifornien, das ist die zweite große Aufgabe, der sich unsere Kontaktperson widmen muss«, führe ich weiter aus.

»Stimmt, das dürfen wir keinesfalls außer Acht lassen«, nickt Fiona.

»Wobei ich mir diesbezüglich bei den Amerikanern keine Sorgen mache«, meint Lissy. »Soviel ich weiß, sind die wesentlich lockerer als unsere Bürokraten.«

»Das denke ich auch, aber wir müssen dennoch auf Nummer sicher gehen«, stimme ich ihr zu.

»Und wen hast du nun für diesen Job?«, will Fiona wissen.

»Es ist die Freundin einer alten Schulkollegin von mir, Lilly Tanner«, berichte ich. »Sie selbst ist mir natürlich als Erste eingefallen, aber sie ist im Moment nicht verfügbar, weil sie sich für Dreharbeiten in Rumänien aufhält.«

»Dreharbeiten?«, höre ich, und gleichzeitig rucken die Köpfe von allen dreien hoch. »Heißt das, sie ist Schauspielerin?«

»Nein«, antworte ich. »Sie ist Drehbuchautorin. Ihr müsstet übrigens von ihr gehört haben. Erinnert ihr euch an den Skandal im letzten Jahr, als Brad Pitt angeblich eine heiße Sexaffäre mit einer Deutschen hatte?«

Lissy und Fiona schütteln die Köpfe, aber Tessa sagt: »Klar erinnere ich mich. Das war doch ein Riesenaufhänger, und ich habe mich noch gewundert, was ein Mann wie Brad an der findet, wo er doch jede haben könnte.« Sie schlägt lasziv ihre superlangen Beine übereinander, als säße der gute Brad ihr höchstpersönlich gegenüber, und lässt damit keine Zweifel offen, an wen sie dabei zum Beispiel gedacht hat. »Aber nicht, dass ich Angelina besser finden würde«, schiebt sie dann mit abfällig gekräuselten Lippen nach.

»Wieso, wie sieht sie denn aus, diese Lilly?«, will Fiona wissen.

»Du kannst sie dir ansehen, indem du sie googelst«, schlage ich vor. »Gib einfach die Begriffe *Brad Pitt, Skandal* und *Deutsche* ein.«

»Und sicherheitshalber noch *Schlampe* und *Luder*, dann findest du sie garantiert«, ergänzt Tessa grinsend.

Fiona greift nach ihrem Tabletcomputer und tippt die Begriffe ein. »Ah, da ist sie schon.«

Sie wischt mehrmals über die Bedienoberfläche, um in den Berichten zu stöbern, während Lissy mit ihrem Sessel näher rückt und ebenfalls einen Blick auf die Bilder wirft.

»Du meine Güte, da war ja ganz schön was los«, ruft Lissy aus. »Hier steht, dass sie sogar Sadomasospielchen getrieben haben. Stimmt das?« Sie sieht mich fragend an.

»Unsinn, das war bloß eine Zeitungsente«, antworte ich. »Ich habe damals mit Lilly telefoniert, und sie hat mir glaubhaft versichert, dass das eine Verwechslung war, die einer dieser Sensationsreporter dann zur ganz großen Story aufgebauscht hat.«

»Hier schreiben sie aber, dass Brads Geliebte Lillifee Springwater geheißen hat und nicht Lilly Tanner«, wendet Fiona ein.

»Das ist mir auch aufgefallen, aber gemeint war die ganze Zeit über Lilly, du brauchst nur die Fotos zu vergleichen.«

»Dann ist das ein Künstlername von ihr?«

»Vermutlich ja.« Ich mache eine hilflose Geste. »Genau weiß ich es nicht, darüber haben wir nie geredet.«

»Also eines kann ich euch garantieren: Die hat ganz sicher keine Sadomasospielchen getrieben«, mischt sich Tessa mit einem verächtlichen Schnauben ein. »Seht sie euch doch nur einmal an: Die ist doch viel zu brav für so etwas.«

»Wow!«, ruft Fiona auf einmal aus. »Seht nur, sie hatte sogar ein Zusammentreffen mit George Clooney, und bei der Oscarverleihung ist sie dann auch noch aufgetaucht.« Ihr Blick wird ganz schwärmerisch. »Die Frau ist zu beneiden.«

»Alles Quatsch«, bleibt Tessa stur, und man kann ihr deutlich ansehen, wie neidisch sie ist. »Für so eine hätte Clooney sich ganz bestimmt nicht interessiert.«

»Also, ich finde sie eigentlich ganz hübsch«, erwidert Lissy. »Außerdem wirkt sie irgendwie nett.«

»Nett mag schon sein«, kommt es widerwillig von Tessa. »Aber doch nicht hübsch – es sei denn, man steht auf Sex im Rüschennachthemd, wenn ihr wisst, was ich meine.«

»Sie erinnert mich an jemanden …« Fiona kräuselt nachdenklich die Stirn.

»Also, ich kenne sie ja persönlich, und ich finde sie auch ganz hübsch«, bringe ich mich wieder ein. »Aber abgesehen von diesen alten Geschichten, wisst ihr, mit wem sie aktuell zusammen ist?« Ich mache eine Pause, um die Spannung zu erhöhen.

»Nein, sag schon!«

»Mit Jason Griffin«, verkünde ich und wundere mich selbst, wie sehr ich es genieße, mit meinen berühmten Bekannten anzugeben.

»Du meinst den Regisseur?«, kommt es auch prompt begeistert von Fiona zurück, während Lissy blitzschnell den Namen in ihren Laptop eingibt und Tessa wieder nur den Kopf schüttelt.

»Nie von dem gehört«, meint sie. »Besonders berühmt kann der nicht sein.«

»Du hast ja keine Ahnung, Tessa«, widerspricht Fiona ihr aufgeregt. »Jason Griffin ist ein *Kult*regisseur!«

»Fiona hat recht«, nickt Lissy. »Der hat schon eine Menge Auszeichnungen bekommen, und nicht nur das. Er sieht auch noch prima aus. Seht nur!« Sie hält den Laptop so, dass wir ein Foto von Jason Griffin aus einem Pressebericht sehen können.

»Zugegeben.« Diesmal ist auch Tessa kleinlaut geworden.

»Ich weiß. Wie Pierce Brosnan in jung«, nickt Fiona begeistert.

»Ehrlich, Molly, deine Freundin scheint es wirklich zu etwas gebracht zu haben«, wiegt Lissy anerkennend den Kopf. »Wie lange ist es her, dass sie in die Staaten gegangen ist?«

»Das ist es ja: gerade mal ein Jahr«, lasse auch ich mich von ihrer Begeisterung anstecken. »In dieser kurzen Zeit hat sie es nicht nur geschafft, in der Filmbranche Fuß zu fassen, sondern sie ist auch noch die Freundin eines berühmten Regisseurs geworden.«

»Was in diesem Fall aber wahrscheinlich aufs selbe hinausläuft«, meint Tessa nachdenklich. »Dennoch, in nur einem Jahr, und mit eher durchschnittlichem Aussehen ... Habt ihr schon mal überlegt, was eine echte Klassefrau da drüben erreichen könnte?« Sie wirft ihr Haar zurück und schürzt ihre Lippen. »Eine Frau mit umwerfendem Haar und sinnlicher Ausstrahlung ...« Sie macht ein Hohlkreuz, damit ihr Busen besser zur Geltung kommt. »... eine Frau mit perfekten Brüsten ...« Als Nächstes schlägt sie ihre Beine übereinander. »... und den längsten Beinen des Kontinents ... eine Frau wie ...«

Sie unterbricht sich unvermittelt und sieht mich durchdringend an. »Molly, dir ist doch klar, dass eine perfekt auf den amerikanischen Markt zugeschnittene Modelinie der Schlüssel zum Erfolg sein wird!«

»Nun, das ist sicher auch ein wichtiger Faktor«, räume ich zögernd ein.

»Nein, nein, das ist *der* entscheidende Faktor«, stellt sie klar und durchbohrt mich weiterhin mit ihrem Blick. »Ihr habt selbst gerade gesagt, dass ein Flagship-Store ein größeres und exklusiveres Sortiment haben muss als die normalen Filialen, was nichts anderes bedeutet, als dass ich als deine Chefmodeeinkäuferin so schnell wie möglich nach Los Angeles muss, um die Lage zu sondieren. Das ist dir doch hoffentlich klar?«

Ich fühle mich ein bisschen ertappt und wechsle einen schnellen Blick mit Fiona. »Nun, es stimmt schon, das wird zu gegebener Zeit sicher nötig sein«, winde ich mich. »Aber zum Start werden nur ich und eine Begleitperson hinüberfliegen.«

»Na, das passt doch.« Tessa nickt zufrieden. »Und wann fliegen wir?«

»Tut mir leid, Tessa.« Ich vermeide es, ihr in die Augen zu sehen, weil mich die Erfahrung gelehrt hat, dass ein zürnender Blick von ihr tödlich sein kann. »Aber die erste Reise unternehme ich mit Lissy.«

So, jetzt ist es heraus. Wobei, Fiona wusste es natürlich schon, weil ich sie gestern darum gebeten habe, die Flüge zu buchen, und ihr bei der Gelegenheit auch klargemacht habe, dass ich sie in dieser Phase als meine Assistentin lieber hier in Deutschland hätte.

»Wie bitte? Mit Lissy?«

Autsch. Einen kurzen Moment lang habe ich nicht aufgepasst und mir Tessas Blick eingefangen, der mir durch und durch geht.

Ganz anders bei Lissy. Sie findet fürs Erste gar keine Worte, sondern starrt mich nur ungläubig an.

»Du nimmst *mich* mit, Molly?«, fragt sie dann nach.

»Ja, genau«, lächle ich sie an.

»Und wieso ausgerechnet mich?« Sie kann es kaum glauben.

»Ja, wieso ausgerechnet sie?«, schließt sich auch Tessa der Frage an, wenngleich natürlich aus gegensätzlichen Motiven.

»Aus mehreren Gründen«, erkläre ich. »Erstens, weil du dringend eine Pause brauchst, Lissy, sonst kippst du uns noch um. Das hast du übrigens auch gesagt, Tessa«, komme ich deren Einwand gleich zuvor, weil ich aus den Augenwinkeln gesehen habe, dass sie Luft für einen neuerlichen Einwand geholt hat. »Zweitens, weil dein Englisch eindeutig das beste ist, und drittens, weil du Juristin bist und mir in Abstimmung mit unserer Rechtsabteilung bei der einen oder anderen Entscheidung sicher wertvolle Hilfe leisten kannst.« Ich lasse mich in meinen Sessel zurücksinken. »Also, wie sieht's aus, Lissy, bist du dabei?«

»Ob ich dabei bin? Was für eine Frage! Wann fliegen wir?«, stößt Lissy mit leuchtenden Augen hervor.

»Gute Frage. Fiona hat das für uns gebucht.« Mein Blick schwenkt auf Fiona um. »Das hast du doch, oder?«

»Klar«, nickt Fiona und zieht sichtlich stolz zwei Kuverts aus einer Mappe hervor. »Euer Flug geht am Mittwoch um sechs Uhr früh. Ihr fliegt Businessclass und kommt um circa zehn Uhr Ortszeit in Los Angeles an, wo bereits ein Mietwagen für euch bereitstehen wird. Im Anschluss könnt ihr direkt im Holiday Inn einchecken, das gewissermaßen im Epizentrum von Hollywood liegt und wo ich bereits eine Suite für euch reserviert habe.«

»Businessclass ... und eine Suite?«, haucht Lissy fasziniert, um dann sogleich besorgt die Stirn zu runzeln. »Aber ist das alles nicht viel zu teuer?«

»Zugegeben, ein bisschen was kostet es«, zuckt Fiona die Schultern und beginnt aufzuzählen: »Die Flüge viertausend Euro ...«

»Für uns beide, oder?«, fällt Lissy ihr ins Wort.

»Nein, pro Person«, erwidert Fiona. »Und die Suite kommt auf siebenhundert die Nacht, das ist jetzt allerdings für euch beide. Ich habe übrigens vorerst für eine Woche reserviert, aber das können wir bei Bedarf jederzeit verlängern.«

»Aber das sind dann doch ...« Lissy rechnet schnell nach. »Mit Spesen gut und gern zwanzigtausend Euro, und das nur für eine Woche!«

Okay, jetzt, wo sie diese Zahl nennt, kommt mir das auch ein wenig üppig vor. Franks Worte von unserer letzten Besprechung drängen sich wieder in mein Gedächtnis: ... *vielleicht solltest du deine Ausgaben in Zukunft etwas zurückfahren.* Womit er vermutlich genau so etwas gemeint haben dürfte.

»Genau. Zwanzigtausend, und die wichtigste Person ist nicht einmal mit von der Partie«, kommt es vorwurfsvoll aus Tessas Ecke.

Fiona scheint mein Zögern bemerkt zu haben.

»Also, wenn ihr meine Meinung hören wollt: Es geht hier um ein Fünf-Millionen-Projekt, und zwar Minimum, wie Molly gesagt hat, was sind da im Vergleich zwanzigtausend Mäuse?«

»Aber nur für diese eine Reise?«, bringt Lissy als Einwand.

»Völlig egal«, schüttelt Fiona unbeirrt den Kopf. »Vergesst nicht, dass ihr dorthin reist, um Geschäfte zu machen, und euch mit Leuten trefft, die die Finanzkraft und das Potenzial von Winners only in erster Linie an eurem Auftreten messen werden. Wie potent würden die unsere Kette also wohl einschätzen, wenn ihr auf Touristenplätzen anreist und euch in billigen Hotelzimmern einmietet, habt ihr euch das schon überlegt? Ich betrachte diese Ausgaben jedenfalls als durchaus vernünftige Investitionen in unsere Positionierung in den Staaten.«

Wir lassen uns ihre Worte einige Sekunden lang durch den Kopf gehen. Sie hat recht. Alles, was sie gesagt hat, ist vollkommen logisch. Wir müssen Winners only als großes, erfolgreiches Unternehmen präsentieren – was wir ja auch sind –, also dürfen wir nicht allzu sparsam auftreten. Na, wenn das keine erfreulichen Voraussetzungen für eine Reise sind!

»Dem ist nichts mehr hinzuzufügen«, schließe ich mich daher beschwingt Fionas Ausführungen an. »Und nur um eins klarzustellen, Tessa: Natürlich wirst auch du zu gegebener Zeit dort hinfliegen müssen, um dich um die Ausstattung unserer Boutique zu kümmern, und ebenso wird Fiona noch in den Genuss kommen.«

Fiona strahlt mich an.

»Da freue ich mich jetzt schon drauf, Molly. Vielen Dank.«

Und auch Tessas Miene hellt sich ein wenig auf.

»Aber ich würde das nicht zu spät ansetzen, sonst kann ich nicht für eine Ausstattung garantieren, die eines Flagship-Stores würdig ist«, formuliert sie geschraubt.

»Keine Bange«, beruhige ich sie. »Sobald die ersten Weichen gestellt sind, kannst du loslegen.«

»Wunderbar«, meint Fiona mit einem konzentrierten Blick auf ihren Notizblock. »Das wären also diese Punkte ... Ach ja, noch etwas habe ich mir aufgeschrieben: Wir müssen uns rechtzeitig um das geeignete Personal kümmern.«

»Stimmt«, nicke ich. »Dafür werden wir am besten einen Headhunter engagieren, und sobald wir die richtigen Leute gefunden haben, werden wir sie von unseren Experten auf die Winners-only-Linie bringen lassen. Sonst noch jemand eine Idee?« Ich lasse meinen Blick schweifen, und wieder ist es Fiona, die aufzeigt.

»Fiona?«

»Ich hätte da so eine Idee ...«, beginnt sie zögernd. »... Bin mir allerdings nicht sicher, ob sie sich umsetzen lässt.«

»Reden kostet nichts«, ermuntere ich sie. »Also schieß los!«

»Nun, da wir doch mit diesem Laden in Amerika ganz groß durchstarten wollen, sollten wir uns vielleicht ein paar Werbeträger suchen, die uns auf Anhieb bekannt machen können.«

»Das klingt vernünftig. An wen hast du da zum Beispiel gedacht?« Ich lehne mich interessiert vor.

»Oh, an niemand Bestimmten«, versichert sie schnell. »Ich habe nur letztens in einem Bericht gelesen, dass auch in Hollywood längst nicht mehr alles so rundläuft wie in den alten Zeiten, sprich, die haben zum Teil große Probleme, was die Finanzierung ihrer Filme betrifft, und das wiederum bedeutet, dass es mittlerweile haufenweise Stars gibt, die sich zu moderaten Tarifen für Werbezwecke hergeben ...«

Einen echten Hollywoodstar engagieren? Für unsere Werbung? Darauf wäre ich gar nicht gekommen, aber ich muss zugeben, es klingt verlockend. Und da ich immerhin die

Geschäftsführerin bin, könnte ich vielleicht sogar persönlich in einem Spot …

Binnen Sekundenbruchteilen läuft in meinem Oberstübchen eine Szene ab, wie Matthew McConaughey mich in knappen Shorts und mit nacktem Oberkörper die Stufen zu einem Megapalast aus Stahl und Glas hinaufträgt, auf dem chromblitzend die Aufschrift *Winners only* prangt, meine Haare wehen im Wind, und im Hintergrund ertönt die Melodie aus *Vom Winde verweht …*

»… die großen Namen wie Matthew McConaughey oder Tom Cruise werden wir uns natürlich nicht leisten können«, lässt Fiona meinen Traum sogleich wieder platzen, bevor sie weiter ausführt: »Aber ich könnte mir vorstellen, dass wir das eine oder andere frische Gesicht in unsere Werbung einbauen können. Wir könnten damit zwei Fliegen mit einer Klappe schlagen. Einerseits sind diese Leute in den Staaten meistens schon megabekannt und somit gute Werbeträger, und andererseits könnten wir es in weiterer Folge auf Winners only buchen, sobald einer von denen auch in Europa richtig groß rauskommt.«

Ich muss nicht lange überlegen, um den Vorschlag für wirklich gut zu befinden. Er ist zwar nicht so verlockend wie der McConaughey-Spot, aber doch ziemlich gut.

»Das klingt ganz hervorragend, Fiona«, nicke ich. »Was meint ihr?«

Auch Lissy und Tessa nicken.

»Gute Idee«, meint Lissy, »wobei wir uns da gar nicht nur auf den Nachwuchs beschränken müssen. Sicher gibt es in dem Geschäft auch immer wieder Leute, die gerade einen Durchhänger haben und später mit einem frischen Projekt wieder neu durchstarten, und mit denen hätten wir dann eine ähnliche Botschaft: *Mit Winners only zurück zum Erfolg*, oder so ähnlich.«

»Ausgezeichnet, Lissy, das werden wir uns merken«, sage ich und sehe gleichzeitig, dass Fiona längst schon alles notiert hat.

»Also gut«, sagt sie. »Ich werde gleich ein Exposé mit allen wesentlichen Punkten für diese Emma ausarbeiten, damit sie sich so schnell wie möglich an die Arbeit machen kann.«

»Ja, tu das, Fiona.«

Ich lehne mich zufrieden zurück und nippe an meinem Kaffee. Das läuft ja wie geschmiert. Die Besprechung ist wirklich konstruktiv verlaufen, wir haben die wichtigsten Punkte abgearbeitet und sogar noch ein paar neue und ziemlich interessante Ansätze gefunden, die uns ganz sicher weiterbringen werden.

Plötzlich ist mir nach Feiern zumute. Wir stehen unmittelbar vor einem gewaltigen Abenteuer, genau genommen ist es sogar der Aufbruch in eine völlig neue Welt für uns. Ein Glas Sekt wäre jetzt genau das Richtige, oder noch besser, Champagner.

Gerade will ich aufstehen und einen entsprechenden Vorschlag machen, als Fiona mir dazwischenfunkt.

»Das hätten wir also«, murmelt sie gedankenverloren, dann jedoch zieht sie plötzlich einen Notizzettel hervor, der an ihre Mappe geheftet war. »Ach, das hätte ich beinahe vergessen: Molly, wir zwei Hübschen haben am Dienstagnachmittag einen Termin bei Rent a Reptile«, verkündet sie schwungvoll.

Ihr Tonfall klingt, als müsste ich mich darüber freuen, aber irgendetwas an ihren Worten verursacht spontan ein unheilvolles Kribbeln in meiner Nackengegend.

»Rent a Reptile?«, frage ich nach. »Was ist das?«

»Wie der Name schon sagt: Bei denen kann man Reptilien mieten«, erklärt sie.

Reptilien?!

Allein dieser Begriff lässt meine Nackenhaare kerzengerade in die Höhe schnellen.

»Und was bitte schön sollen wir mit den Viechern anfangen?«, stoße ich hervor.

»Wie bitte?« Sie sieht mich verwundert an. »Aber Molly, das

haben wir doch letzte Woche besprochen. Das wird unser neuer Aufhänger für No Limits, schon vergessen?«

Ach du Scheiße. No Limits. Das ist unser Programm zum Überschreiten der persönlichen Grenzen, basierend auf der reichlich verrückten Idee, dass man im Leben alles erreichen kann, wenn man erst einmal bereit ist, sich seinen Ängsten zu stellen und die eigenen Schranken zu überwinden. Wir haben das seit letztem Jahr in unserem Programm, und Fiona kommt immer wieder mit neuen Highlights daher, die sie zudem unbedingt mit mir ausprobieren will. Meistens gelingt es mir, mich unter irgendeinem Vorwand davor zu drücken, aber einmal hat sie mich doch drangekriegt und mich zu einem Fallschirmsprung gezwungen, in der festen Überzeugung, mir damit einen Gefallen zu tun.

Ein Fallschirmsprung. Ich!

Jeder, der mich kennt, weiß, durch welche Hölle ich damals gegangen bin, und seither reicht bereits die Nennung des Begriffs No Limits aus, um bei mir eine mittelschwere Panikattacke hervorzurufen.

So auch jetzt. Ich fühle, wie meine Atmung schwer wird, gebe mir jedoch alle Mühe, mir nichts anmerken zu lassen.

»Tut mir leid, Fiona, ich hatte in letzter Zeit so viel um die Ohren, daher habe ich es nicht mehr hundertprozentig im Kopf …«

Die Wahrheit ist, dass mein Hirn seit diesem Erlebnis damals eine Art Abwehrmechanismus installiert haben muss, und ich habe dafür auch schon eine eigene Theorie entwickelt: Sobald Fiona irgendetwas in der Richtung anschneidet, schaltet mein Gehör auf Notprogramm um, als würde jemand meinen Kopf in einen überdimensionalen Wattebausch packen, und bewahrt mich so davor, die Vorstellung dieser absurden Abenteuer, in die sich eine schräge Gattung von Geistesgestörten auch noch freiwillig stürzt, in mein Bewusstsein dringen zu lassen, damit ich nicht dem Wahnsinn anheimfalle oder etwas in der Art.

Das funktioniert ganz gut, außer in Fällen wie diesen, wenn Fiona wieder einmal etwas Neues ausprobieren will und mich deshalb nicht vom Haken lässt.

»Verstehe, Molly«, nickt sie verständnisvoll. »Umso mehr kannst du jetzt eine kleine Auszeit gebrauchen, damit du den Kopf mal wieder richtig frei bekommst. Adrenalin, Molly, das ist es, was du brauchst, danach wird es dir viel besser gehen, du wirst sehen.« Sie nickt mir aufmunternd zu.

Lissy und Tessa wechseln einen verständnislosen Blick. Kein Wunder, sie kennen mich eine Ewigkeit, haben das Wort Adrenalin bisher aber noch nie mit meinem Namen in Zusammenhang gebracht.

»Molly braucht Adrenalin?«, fragt Lissy verwundert nach.

»Aber klar, vor allem, da sie in letzter Zeit nicht mehr so exzessiv trainieren kann wie vor ihrer Tätigkeit als Geschäftsführerin«, nickt Fiona überzeugt.

Ach ja, das hatte ich ganz vergessen. Fiona hält mich ja auch noch für eine extrem durchtrainierte Sportskanone, woran mein Exfreund Frederic die Schuld trägt, aber das ist eine lange Geschichte.

Jedenfalls nimmt das Gespräch jetzt eine ziemlich unangenehme Wendung, wogegen ich etwas unternehmen muss.

»Fiona hat vollkommen recht«, sage ich mit größtmöglicher Überzeugung in der Stimme. »Adrenalin, das ist manchmal genau das Richtige für mich.«

»Für *dich*?«, fragt Tessa mit hochgezogenen Augenbrauen.

»Ja, wusstet ihr das nicht?«, gebe ich möglichst lässig zurück. »Adrenalin gibt einem den Kick, das bringt die Körperzellen erst so richtig in Fahrt. Also lass hören, Fiona, um was handelt es sich diesmal?« Ich ringe mir ein Lächeln ab, um zu signalisieren, wie sehr ich mich auf dieses Abenteuer freue.

»Die meisten Menschen haben Angst vor Reptilien«, holt Fiona aus, und ich nicke interessiert. »Zum Beispiel vor Echsen, Riesenspinnen oder Schlangen, nicht wahr?«

Ich nicke wieder und fühle dabei, wie mein Lächeln gefriert.

»Und deswegen habe ich mit Rent a Reptile ein Arrangement getroffen, dass die für uns einen Käfig voller Schlangen vorbereiten, in den wir uns dann zehn Minuten lang einsperren lassen«, verkündet sie fröhlich.

Schlangen? Sagte sie gerade *Schlangen?!*

Plötzlich kann ich nicht mehr nicken, weil mein Körper sich in einen einzigen Krampf verwandelt hat.

Nur zur Erklärung: Mir ist grundsätzlich jedes Tier suspekt, das weder zu den Paarhufern gehört noch ein Fell trägt oder mehr als zwanzig Kilo wiegt, und von Viechern wie Reptilien und dergleichen will ich gar nicht erst reden. Die absolute Spitze auf dieser Negativskala für mich sind aber – dreimal dürfen Sie raten – Schlangen. Mit Abstand!

Vor denen hatte ich immer schon eine Riesenangst, mehr noch als vor jedem anderen Lebewesen auf diesem Planeten. Das letzte Mal, als ich mit so einem Vieh in Berührung kam, war ich dreizehn, und damals fiel ich glatt in Ohnmacht, obwohl es nur eine doofe Gummischlange war, die mir unser Klassenclown Olaf »Gelbzahn« Verluschnigg in meinen Turnbeutel gesteckt hatte.

Aber okay. Jetzt bloß keine Panik aufkommen lassen. Am besten tief durchatmen und in Ruhe nachdenken – soweit das mit einem Puls von hundertachtzig überhaupt möglich ist.

Fiona hat von Dienstag geredet, also bleibt mir noch ausreichend Zeit, um mir eine gute Ausrede einfallen zu lassen. Denn eines steht fest: Ich werde definitiv nicht zu diesen Mordsviechern in den Käfig steigen. Das würde ich ganz einfach nicht überleben.

Yoga Nidra

»Das Entscheidende bei einer Asana ist die Atmung, Molly«, belehrt Samir mich zum hundertsten Mal, »ohne Atmung können deine Chakren nicht zur Ruhe kommen. Also lass den Atem fließen …«

Samir ist unser Entspannungsguru bei Winners only. Er ist ein baumlanger, spindeldürrer Inder mit der Aura von Gandhi – abgesehen von seiner Ray-Ban-Sonnenbrille und den Nike-T-Shirts, die er immer trägt –, und ihn habe ich nach dem Wochenende gleich als Erstes aufgesucht, weil ich unbedingt ein bisschen runterkommen muss von meinem Megastress. Jetzt hocke ich im Lotossitz neben Samir auf einer Bambusmatte, im Hintergrund dudeln fernöstliche Zupfinstrumente, und Samir gibt mir mit ruhiger Stimme und deutlichem Akzent seine Anweisungen.

»Tiiieeef einatmen …«

Ich tue, wie mir geheißen, und kämpfe gleichzeitig gegen den Hustenreiz an, den die Räucherstäbchen mir bereiten.

»… ausatmen … und wieder einatmen … Fühlst du es, Molly, fühlst du, wie die Entspannung von deinem Körper Besitz ergreift?«

»Aber so was von«, nicke ich eifrig und nehme zur Bestätigung noch einen tiefen Atemzug – der mich diesmal aber wirklich husten lässt.

»Geht's?« Samir mustert mich besorgt von der Seite.

»Klar, alles bestens. Ich fühle mich schon total entspannt«, verkünde ich.

Und ich bin froh darüber, denn ehrlich gesagt hatte ich das dringend nötig.

Wir haben am Freitagabend nach Dienstschluss noch im

Down Under gleich um die Ecke ein paar Gläser Sekt auf unsere Expansionspläne gekippt, und danach wollte ich eigentlich ganz relaxt ins Wochenende gehen, um mal wieder so richtig abzuschalten. Bloß, das hat dieses Mal irgendwie nicht funktioniert. Es ist mir nicht eine verdammte Sekunde lang gelungen, mich auch nur ansatzweise zu entspannen. Und irgendwann ist mir klar geworden, woran es lag: Mir sind einfach zu viele belastende Gedanken durch den Kopf gegangen.

Die bevorstehende Aktionärsversammlung zum Beispiel, und auch die geschäftliche Entwicklung der Firma. Frank hat bei unserem Zusammentreffen gesagt, dass der Aktienkurs gefallen sei und dass wir keine Gewinne schreiben würden. Ich habe später bei meiner Hausbank und bei unserer Buchhaltung die genauen Daten abgefragt, und zu meinem Schrecken musste ich dabei feststellen, dass die Aktien in den letzten Monaten über dreißig Prozent an Wert eingebüßt haben, was bedeutet, dass sich auch mein Barvermögen, das ich zur Gänze in Winners only investiert habe, von stattlichen eineinhalb Millionen auf unter eine Million reduziert hat. Mit anderen Worten: Ich habe fünfhunderttausend Euro verloren, und das in drei Monaten! Als mir das bewusst wurde, stand ich knapp vorm Umkippen, aber dann gelang es mir, mich wieder zu beruhigen, indem ich mir einredete, dass Aktienkurse lediglich Momentaufnahmen seien, die sich ebenso schnell wieder erholen können, sobald ein Unternehmen positive Zahlen liefert. Der nächste Schock ließ allerdings nicht lange auf sich warten: Auch bei unserer laufenden Geschäftstätigkeit schreiben wir nicht nur keine Gewinne, sondern sogar einen kleinen Verlust, und sollte das bei der Aktionärsversammlung bekannt werden, ist eine weitere Talfahrt der Aktien und damit auch meines Vermögens vorprogrammiert. Frank hat also vollkommen recht gehabt. Winners only steigert zwar ständig die Umsätze – das war übrigens die einzige gute Nachricht –, aber wenn wir unsere Ausgaben nicht besser in den Griff kriegen, kann das auch sehr schnell ein ziemlich hässliches Ende nehmen.

»Molly, hörst du mir überhaupt zu?« Das kam von Samir, der mich streng anguckt.

»Aber sicher, Samir, ich bin voll bei der Sache«, behaupte ich.

»So? Und was habe ich gerade gesagt?«, fragt er im Oberlehrertonfall.

»Äh … es geht um die Atmung. Du hast gesagt, dass die Chakren ohne Atmung nicht arbeiten können.« Ich kichere. »Wie übrigens der Rest auch nicht.«

»Wie bitte?«, fragt er verwirrt.

»Na, der Rest des Körpers … der ganze Mensch. Ohne Atmung, verstehst du?« Ich zwinkere ihm zu.

»Das Einzige, was ich verstehe, ist, dass du mir nicht zuhörst, Molly«, erwidert er humorlos. »Ich rede schon lange nicht mehr von der Atmung, wir sind inzwischen bei der Imagination – oder zumindest könnten wir das sein, wenn du mir freundlicherweise zuhören würdest.«

»Echt? Ähm, ich meine, das weiß ich natürlich, es ist nur … ich kann mich in dieser Haltung nicht richtig entspannen, weißt du?«

Das ist übrigens nicht gelogen. Mir tun wirklich die Beine weh, und mein Rücken ist jetzt noch verkrampfter als zu Beginn unserer Übung. Ich habe keine Ahnung, wer sich ausgerechnet den Lotossitz als Entspannungshaltung ausgedacht hat, aber der Typ muss entweder Knie aus Gummi gehabt haben oder ein ausgesprochener Witzbold gewesen sein.

»Ach ja, ist das so?« Samir betrachtet mich skeptisch. »Also schön, von mir aus, wenn dir diese Asana nicht behagt, können wir auch gerne eine andere wählen. Wir haben vierundachtzigtausend verschiedene zur Auswahl.«

»Vierundachtzigtausend? Haha, echt witzig.« Ich lache ihn an, aber er denkt gar nicht daran, mein Lachen zu erwidern.

»Das ist nicht witzig, Molly, und du musst endlich aufhören, die Weisheiten unserer Vorväter ins Lächerliche zu ziehen, sonst wirst du nie die höheren Stufen der Entspannung kennenlernen.«

Ich werfe ihm einen irritierten Blick zu. Meint er das ernst? Es gibt wirklich vierundachtzigtausend verschiedene Yogastellungen? Die spinnen doch, diese Inder. Für einen winzigen Moment bin ich versucht, Samir zu bitten, mir die alle vorzumachen, aber da ich mittlerweile weiß, wie empfindlich er bei diesem Thema ist, verzichte ich lieber darauf.

»Aber Samir, ich betrachte das doch nicht als Spaß, wie kommst du überhaupt auf so was?« Ich werfe ihm einen vorwurfsvollen Blick zu, den er mir aber nicht ganz abzunehmen scheint. »Es liegt wirklich nur an diesem Sitz – dabei tut mir das Kreuz weh, und deswegen kann ich mich nicht entspannen. Können wir es nicht mit dieser anderen Stellung versuchen, dieser Shava*dings*?«

»Du meinst Shavasana?«, fragt er mit gerunzelter Stirn. Und als ich nicke: »Also gut, leg dich hin ... Beine hüftbreit auseinander, die Füße locker zur Seite fallen lassen, die Arme weg vom Körper und die Handinnenflächen zeigen nach oben ...«

Ich befolge brav seine Anweisungen und lege mich hin, dann zupfe ich meinen Rock gerade und breite entspannt meine Arme aus.

Na also, das ist doch gleich etwas anderes ... wobei natürlich eine Federkernmatratze besser wäre als diese steife Bambusmatte.

»Gut, Molly, und jetzt konzentriere dich wieder auf deinen Atem ... atme ganz tief ein ... und wieder aus ... tief ein ...«

Ich atme möglichst tief und spüre sofort die tiefe Entspannung, die sich in mir breitmacht. Hervorragend, ganz hervorragend. Genau so stelle ich mir eine gelungene Antistresssitzung vor.

Investitionen zurückfahren und bei den laufenden Ausgaben achtgeben, das war Franks Empfehlung. Mit anderen Worten:

Wir müssen sparen. Darauf läuft es in Wahrheit doch hinaus, nicht wahr?

Aber gut, das kriege ich hin. Vorerst sind ohnehin keine größeren Investitionen geplant, und nachdem die Umsätze immer noch steigen, müsste sich unser Ergebnis in absehbarer Zeit eigentlich ganz automatisch wieder ins Plus drehen.

Schön. Dann passt ja alles.

Aber ich kann mir das noch so oft vorreden, wirklich beruhigen tut es mich nicht.

Fünfhunderttausend.

Ich habe fünfhunderttausend Euro verloren. Dieser Stachel sitzt tief und schmerzhaft, und irgendetwas in mir drinnen sagt mir, dass ich ihn erst wieder loswerde, wenn der Kurs sich erholt hat und auf meinem Konto wieder die volle Summe zu Buche steht …

»Molly!«

Ich öffne die Augen und sehe Samirs Gesicht direkt über meinem. Er hat schon wieder diese strenge Falte zwischen seinen Augen, die ehrlich gesagt so gar nicht zur Aura eines Entspannungsgurus passt.

»Ja, Samir?«, frage ich arglos.

»Du hast mir schon wieder nicht zugehört«, beschwert er sich.

»Doch, habe ich«, behaupte ich schnell.

»Und was habe ich gerade gesagt?«

Menno. Was soll das denn werden? Heiteres Yogaraten oder was?

»Du hast gesagt, dass ich tief atmen soll …«, beginne ich.

»Das ist schon eine Ewigkeit her«, meint er düster.

Ups. War da noch etwas inzwischen? Ehrlich, so eine Entspannungssitzung kann manchmal ganz schönen Stress bedeuten.

»Weiß ich doch, Samir«, beeile ich mich zu sagen. »Es ist nur …« Ich suche schnell nach einer Ausrede.

»Was ist es denn diesmal? Wieder nicht bequem genug?«, fragt er schmallippig.

»Nein, das ist es nicht …« Was kann bequemer sein, als auf dem Rücken zu liegen? Okay, eine bequemere Matratze wäre nicht schlecht, aber die Ausrede nimmt er mir sicher nicht ab. »Es liegt an … den Räucherstäbchen.«

»An den Räucherstäbchen?«, wiederholt er verständnislos.

»Ja, die sind …« *Sie qualmen fürchterlich und stinken wie die Pest,* liegt es mir auf der Zunge, aber dann fällt mir gerade noch rechtzeitig ein, dass Samir eine besondere Sorte verwendet, die er sich von seinem Onkel aus Indien schicken lässt. Ah, ich hab's. Wir müssen doch sparen, nicht wahr? »Es sind zu viele«, erkläre ich mit entschlossener Stimme.

»Wie bitte?«

»Ja«, nicke ich. »Du musst nämlich wissen, ich hatte vorige Woche eine Sitzung mit unserem Finanzexperten, Dr. Lessing, und wir haben uns darauf geeinigt, im Rahmen einer dringend notwendigen Budgetkonsolidierung sämtliche Ausgaben unseres Betriebes einer Überprüfung zu unterziehen, um eventuell vorhandene Einsparungspotenziale zu erfassen und ohne Verzögerung auch gleich in die Tat umzusetzen.« Hey, der Satz war gut. Den muss ich mir unbedingt für mein nächstes Treffen mit Frank merken, der wird Augen machen.

Bei Samir jedoch verfehlt er seine Wirkung, denn der antwortet verwundert: »Einsparungen, bei den Räucherstäbchen? Die kosten doch nicht einmal einen Cent das Stück.«

»Einen Cent? Und wie viele hast du angemacht?« Ich lasse meinen Blick schnell durch den Raum schweifen. »Vier, fünf, oder gar sechs?«

»Es sind sechs«, bestätigt er.

»Da siehst du es.« Zur Abwechslung setze einmal ich den strengen Blick auf.

»Aber die kosten doch nicht einmal sechs Cent«, argumentiert er.

»Samir, Samir ...« Ich wedle belehrend mit dem Zeigefinger vor seiner Nase herum. »Ein Konzern wie Winners only besteht aus unvorstellbar vielen Einzelkomponenten, daher ist es unerlässlich, im Rahmen einer Konsolidierungsphase *sämtliche* Bereiche zu erfassen.« Ich lege eine kleine Pause ein, um meine Worte nachwirken zu lassen, bevor ich weiterrede: »Ohne mich jetzt aber in Details verlieren zu wollen, läuft es schlicht und einfach darauf hinaus, dass wir entweder allgemein einsparen oder aber die Löhne unserer Mitarbeiter kürzen müssen.«

Das hat gesessen. Samir zuckt zusammen wie unter einem Peitschenhieb. Wir zahlen weit über dem Branchenschnitt, und das weiß er auch. Sein Blick beginnt für einen Augenblick hektisch zu flackern, dann meint er: »Schon okay, ich habe verstanden.« Er überlegt schnell. »Wir könnten die Räucherstäbchen auch ganz weglassen, wenn du willst«, schlägt er dann vor.

Na bitte, geht doch. Man muss nur die richtigen Knöpfe drücken.

»Das wäre vielleicht ein bisschen übertrieben«, sage ich gönnerhaft. »Ein paar davon können wir uns schon leisten, wegen der Atmosphäre, sagen wir also ... drei Stück pro Sitzung?«

»Ja, okay.« Samir nickt und springt gleichzeitig hoch, um drei der glimmenden Stäbchen zwischen Daumen und Zeigefinger auszudrücken, ohne dabei eine Miene zu verziehen. Nachdem er sich wieder zu mir gesetzt hat, fragt er vorsichtig: »Und damit ist das Thema Lohnkürzung vom Tisch?«

»Ja, ich denke schon«, nicke ich.

»Gott sei Dank«, meint er erleichtert. »Ich habe mir nämlich gerade einen neuen Flachbildfernseher bestellt, LED, fünfundfünfzig Zoll, High Definition. Der kostet eine Stange, weißt du?«

»Schon verstanden, Samir, mach dir deswegen keine Sorgen«, beruhige ich ihn. »Also gut, wo waren wir stehen geblieben?«

»Deine Atmung«, sagt er. »Und dann versuchen wir es mit einer abgewandelten Version von Yoga Nidra, wenn du möchtest.«

»Yoga Nidra? Klingt gut. Was ist das?«

»Es ist eine Art von Imagination, zu der ich dich mit meiner Stimme führen werde ... also, tief atmen ... ein ... und wieder aus ... ein ... und wieder aus ...«

Ich tue wie mir geheißen, und binnen weniger Sekunden falle ich wieder in einen angenehmen Entspannungszustand. Diesmal wartet Samir nicht lange ab, sondern textet gleich drauflos: »Und jetzt stellst du dir vor, dass du dich auf einem Schiff befindest«, sagt er. »Das Meer ist tiefblau, und die Sonne scheint vom azurblauen Himmel ...«

Also, an dem Text sollte er vielleicht noch ein bisschen arbeiten. Zweimal *blau* so kurz hintereinander in einem Satz klingt nicht besonders professionell.

»... in der Ferne entdeckst du eine Insel, auf die du zusteuerst. Du erkennst Palmen und einen wunderbaren weißen Sandstrand ...«

Das allerdings klingt verlockend.

Wobei sich natürlich auch die Frage stellt, ob ich ganz allein auf dem Schiff bin, was mir ehrlich gesagt ein bisschen Angst machen würde. Ich habe keine Ahnung, wie man so ein Ding steuert, und wie man aus diversen Horrormeldungen weiß, kann so ein Kahn bei unsachgemäßer Bedienung auch ganz schnell untergehen – wie übrigens auch unser Geschäft, schießt es mir durch den Kopf, und bei dem bin ja eigentlich ich der Kapitän. Wir befinden uns im Moment in unruhigen Gewässern, um bei Samirs Seefahrerbildnis zu bleiben, daher heißt es jetzt höllisch aufpassen und so schnell wie möglich wieder einen gewinnträchtigen Kurs ansteuern. Was bei nüchterner Betrachtung durchaus im Bereich des Möglichen liegt, ja, es kann sogar sehr schnell gehen, genau genommen innerhalb weniger Wochen.

Los Angeles.

Das ist der Schlüssel zu allem. Wenn wir dieses Projekt erst einmal auf der Schiene haben – vor allem, wenn wir es vor der

Aktionärsversammlung auf der Schiene haben, damit Frank es als sensationelle Investition ankündigen kann –, sind wir ganz automatisch aus dem Schneider. Wie ich vom letzten Jahr noch gut in Erinnerung habe, werden die gegenwärtigen kleinen Verluste gar kein Thema mehr sein, im Gegenteil, die kann Frank sogar unter dem Deckmäntelchen Zukunftsinvestition in eine sorgfältig geplante Unternehmensstrategie einfließen lassen. Der Aktienkurs wird daraufhin explodieren, und zusätzlich werden die neu aufgelegten Aktien Geld ohne Ende in unsere Kassa spülen. Genau genommen muss ich mir also gar keine Sorgen machen. Wir werden einen grandiosen Start in Los Angeles hinlegen, und danach werden wir ganz Amerika erobern, und danach den Rest der Welt. Wir werden Millionen und Abermillionen verdienen, und irgendwann werden Philip und ich uns eine schicke Villa in Beverly Hills kaufen und coole Partys geben, bei denen sich Oscarpreisträger und Wirtschaftsmagnaten die Klinke in die Hand geben.

Also, der Gedanke ist jetzt *wirklich* entspannend, viel besser als Samirs doofe Schiffsfahrt zu dieser mickrigen Insel. Ob ich ihm das sagen sollte, damit er das in seine nächste Imagination einbaut? Nichts gegen seine Methoden, aber es gibt immer etwas zu verbessern, nicht wahr?

Wobei, im Moment sagt er gar nichts. Wahrscheinlich will er mich jetzt meinen Träumen überlassen, damit ich irgendeine höhere Stufe der Entspannung erreiche oder so. Auch gut, so kann ich mich wenigstens meiner wunderbaren Vision hingeben, während die fernöstlichen Klänge mich einlullen, untermalt von einer anderen Melodie, die so ähnlich klingt wie der Klingelton meines Handys.

Ups. Das *ist* mein Handy. Samir hat diesbezüglich klare Regeln, Handys sind ein absolutes Tabu in seinem Tempel der Ausgeglichenheit und Ruhe. Ich hatte mir auch fest vorgenommen, es lautlos zu stellen, bevor ich hierherkam, und es dann glatt vergessen. Wann hört das Mistding denn endlich auf, eigentlich müsste es nach ein paarmal Läuten doch auf Mobilbox umschalten. Da, endlich, es verstummt – um nach wenigen Sekunden gleich wieder anzuschlagen.

Es hilft nichts. Ich muss rangehen. Vorsichtig öffne ich meine Augen einen Spaltbreit und zucke erschrocken zusammen. Samir, der weise Guru, guckt, als würde er mich am liebsten aus dem Fenster werfen.

»Du hast dein Handy mit?«, zischt er.

»Tut mir leid, Samir, es geht nicht anders, wegen unseres Konsolidierungsprogramms …«, stammle ich, doch er unterbricht mich mit einer herrischen Geste.

»Vergiss es, Molly, bei Kunden wie dir hat meine Arbeit überhaupt keinen Sinn. Weißt du, was ich jetzt machen werde?«

O Gott. Er wird doch wohl nicht kündigen.

»Ich gehe jetzt in die Cafeteria und ziehe mir einen doppelten Mokkaccino rein, und ein Red Bull, oder nein, zwei, und dann gehe ich ins Fitnessstudio und lasse Dampf ab – am Sandsack«, verkündet er grimmig.

»Okay, geht klar«, nicke ich. »Es geht nichts über ein bisschen Fitness. Viel Spaß dabei!« Ich winke ihm nach, doch er würdigt mich keines weiteren Blickes, als er davonschlurft.

Na gut, kann man nichts machen. Mein Handy läutet immer noch, und auf einmal werde ich ganz aufgeregt. Es könnte Philip sein! Hastig springe ich hoch, laufe zu meiner Handtasche hinüber und zerre mein Handy hervor.

Nanu. Es ist Joe Ranger. Was will der denn? Er hat doch gesagt, seine Nachforschungen würden mindestens eine Woche dauern, wieso läutet er also schon nach wenigen Tagen bei mir Sturm, als stünde der Weltuntergang direkt bevor?

Dumme Frage, schießt es mir im nächsten Augenblick durch den Kopf.

Und als mir die logische Antwort darauf bewusst wird, ist es, als würde eine eiskalte Hand nach meinem Herzen greifen.

Die Akte V

Joe trägt knallenge Jeans über Schlangenlederboots, dazu ein schwarzes Hemd mit Westernapplikationen und einen weißen Cowboyhut. Obwohl das eher ein Karnevalsoutfit darstellt als die geeignete Bekleidung für einen erwachsenen Mann, sieht er darin in Verbindung mit seinem Dreitagebart gar nicht mal schlecht aus. Als ich ihm in meinem Büro die Hand schüttle, zuckt für einen winzigen Moment die Szene vom letzten Jahr durch mein Gehirn, als er als bedauernswerter Langzeitarbeitsloser Josef Ranninger in mein Leben getreten ist, und während ich ihn jetzt ansehe, kommt in mir unwillkürlich Stolz über die gelungene Verwandlung in den megacoolen Detektiv Joe Ranger hoch, die ich mithilfe der Möglichkeiten von Winners only an ihm vollbracht habe. Sollte es also eines Beweises für die Effektivität unseres Unternehmens bedürfen – bitte, hier steht er.

Joe erwidert mit einem knappen Lächeln meinen Händedruck, dann legt er einen kleinen Aktenkoffer vor mir auf den Schreibtisch. Er wuchtet sich in den Besuchersessel und schlägt breitbeinig seinen rechten Stiefel über das linke Knie.

»Was ist das?«, frage ich zögernd.

Dabei kann ich es mir denken. Es muss das Dossier über Philips Vergangenheit sein, was sonst?

»Ach, bloß ein paar Mitbringsel«, meint er mit einem lässigen Grinsen.

»Ein paar Mitbringsel?«, sage ich mit einem Anflug von Erleichterung.

Mitbringsel klingt gar nicht so schlecht, auf jeden Fall wesentlich besser als *Philip ist in Wahrheit ein russischer Spion* oder so was in der Art.

Ich entkrampfe mich also ein bisschen und öffne den Koffer. Zu meiner Verwunderung enthält er aber weder Akten noch einen USB-Stick oder irgendwas dergleichen, sondern bloß ein bisschen billigen Schmuck und Nippes.

»Nicht schlecht, was?«, meint Joe selbstgefällig.

»Ja ... in der Tat ... Was *ist* das überhaupt?«

»Das ist die neueste Generation von Überwachungskameras und Mikros«, erklärt er großspurig, und gleichzeitig zieht er ein Notebook aus einer anderen Tasche, die er neben sich am Boden stehen hat. »Warten Sie, ich führe es Ihnen vor. Nehmen Sie zum Beispiel diese Anstecknadel ...« Er beugt sich vor und deutet auf eine kleine pinkfarbene Rose. Als ich sie hochnehme, erkenne ich die Anstecknadel an der Rückseite. »Wenn ich mir die an den Kragen stecke und mit dem Notebook vernetze ...« Er nimmt mir die Rose aus der Hand und steckt sie sich an den Kragen, wodurch er plötzlich aussieht, als wollte er sich für den Christopher Street Day bewerben. Dann schaltet er das Notebook ein, fingert ein bisschen daran herum und stellt es so vor mir auf den Tisch, dass ich den Bildschirm einsehen kann. »Okay, und jetzt sagen Sie mir, was Sie darauf sehen.«

Ich starre konzentriert auf den Bildschirm, kann aber beim besten Willen nichts erkennen außer einer Art Nebelsuppe. Oder nein, da ist etwas im Hintergrund, ganz schemenhaft. Das ist doch ... mein Fenster?

»Ich glaube, Sie müssen es ein bisschen verdrehen«, sage ich vorsichtig.

»Verdrehen? Was denn?«, fragt er verständnislos.

»Na, die Blume oder die Kamera, oder sich selbst, ganz wie Sie wollen. Ich sehe darauf nur mein Fenster, und ich schätze, Sie wollten eigentlich mich filmen, oder?«

»Ja, stimmt«, sagt er und beginnt an der kleinen Blüte herumzunesteln. »Passt es so?«

»Noch nicht ganz.« Ich beobachte konzentriert den Bildschirm. »Noch ein bisschen nach links.«

»Von Ihnen aus oder von mir aus?«, fragt er mit gerunzelter Stirn.

»Von Ihnen aus. Moment … stopp! Und jetzt ein kleines bisschen zurück. Ja, genau so.«

Hey, das ist wirklich gut. Ich kann mich jetzt in aller Deutlichkeit hinter meinem Schreibtisch sitzen sehen und ertappe mich dabei, wie ich schnell einen Arm auf den Schreibtisch lege und eine geschäftsmäßige Haltung einnehme.

»Stark, was?«, grinst Joe. »Und jetzt kommt das Beste: Drücken Sie mal auf die Plustaste.«

»Auf dem Notebook?« Er nickt, und ich probiere es aus. Sofort zoomt die kleine Kamera näher an mich heran, und als ich die Minustaste drücke, fährt sie wieder zurück. Ich betätige erneut die Plustaste, bis ich mich gut im Bild habe.

»Die Dinger sind der Hammer«, kommentiert Joe. »Hochauflösend und praktisch in jedem noch so kleinen Teil installierbar, und dazu mit Mikro. Wenn Sie damit jemanden ausspionieren, bekommen Sie garantiert jede Information, die Sie brauchen.«

Er hat recht. Zum Beispiel bekomme ich gerade die Information, dass ich dringend zum Friseur muss. Seit letztem Jahr trage ich mein Haar blond, und das Bleichmittel sowie der achtlose Umgang in den letzten Tagen lassen es reichlich spröde aussehen, vor allem in Anbetracht der Tatsache, dass wir Mittwoch früh nach Hollywood düsen.

Oh Gott, das ist ja schon übermorgen, wird mir plötzlich bewusst. Ich brauche vorher unbedingt noch einen Termin bei Pepe, unserem Frisurenkünstler. Unwillkürlich drücke ich auf die Plustaste und verziehe mein Gesicht zu einem Lächeln. Und wo wir schon dabei sind: Eine Gesichtspackung wäre auch nicht schlecht, und eine Runde Zähnebleichen.

Schließlich hebe ich meinen Blick.

»Großartig, Joe. Und die Sachen sind alle für mich?«

»Ja klar, das sind doch bloß ein paar Mitbringsel, falls Ihnen mal wieder jemand dumm kommen will.« Er spielt damit auf die Ereignisse vom letzten Jahr an, als mehrere hinterlistige Attentäter unter der Führung meiner Exchefin Clarissa versucht haben, Winners only mit falschen Anschuldigungen in Misskredit zu bringen.

»Ja, vielen Dank«, sage ich. »Aber das ist nicht der eigentliche Grund, weshalb Sie mich so dringend sprechen wollten, oder?«

»Nein, ist es nicht.« Ihm ist anzusehen, dass das nun Folgende unangenehm wird, und mein Magen zieht sich augenblicklich zusammen.

Wusst ich's doch. Es geht um Philip. Er hat sicher etwas ganz Schreckliches getan.

»Es hat mit Philip zu tun, stimmt's?«, frage ich leise.

Joe nickt mit betrübter Miene.

»Deswegen hatten Sie es auch so eilig ...« Ich atme tief ein und versuche, stark zu bleiben. »Okay, wie schlimm ist es? Hat es was mit Spionage zu tun, oder gar ... Terrorismus?« Das letzte Wort habe ich mehr gehaucht als gesagt, so schrecklich ist die Vorstellung.

»Wie bitte? Spionage, Terrorismus?« Joe schüttelt energisch den Kopf. »Nein, so schlimm ist es auch wieder nicht.«

Ich atme erleichtert auf.

»Oder zumindest wissen wir derzeit noch nichts über derartige Aktivitäten. Vergessen Sie nicht, wir stehen ganz am Anfang unserer Ermittlungen«, gibt er zu bedenken.

»Das ist mir klar, und deswegen habe ich mich auch gewundert, dass Sie bereits Ergebnisse haben«, sage ich.

»Das liegt daran, dass ich Ihren Nachforschungen oberste Priorität eingeräumt habe, Ihr Fall hat DEFCON 1«, bringt er mit gewichtiger Miene hervor.

»DEFCON 1?«, wiederhole ich verblüfft. Den Begriff kenne ich aus irgendeinem Film. Aber ging es da nicht um einen Irren, der Amerika mit Atomwaffen zerstören wollte?

»Ja, das bedeutet allerhöchste Alarmstufe«, nickt er.

»Aja?«, mache ich interessiert. »Dann ist das wohl eine Abkürzung?«

»Eine Abkürzung?« Mit der Frage scheint er nicht gerechnet zu haben. Er denkt schnell nach. »Äh, ja, allerdings, DEFCON ist die internationale Abkürzung für … *Detektivische* … *Falllösungs* … ähm … *Coproduktion* … auf *Nuklearstandard*«, würgt er schließlich hervor und bekommt dabei eine kräftige Farbe im Gesicht.

Alles klar. Er hat keine Ahnung, wofür das steht. Das ist aber auch nicht von Bedeutung. Solange er sich ordentlich in den Fall reinhängt, kann er es von mir aus auch nennen, wie er will.

»Und wie gehen Sie in solchen Fällen vor?«, frage ich, ohne weiter auf seine Erklärung einzugehen, und während ich das noch sage, geistern in meinem Kopfkino plötzlich vermummte Gestalten mit automatischen Waffen herum, die sich von einem Hochhaus abseilen und in meterdicke Tresore einbrechen.

»Als ersten Schritt setzen wir in solchen Fällen unseren allerbesten Computerprofi ein«, erklärt Joe.

»Tatsächlich? Wie viele Computerprofis haben Sie denn?«

»Nun … fest angestellt eigentlich nur den einen«, antwortet er. »Aber der ist der Beste, das können Sie mir glauben.«

»Schon gut, ich glaube Ihnen.« Vor allem aber glaube ich, dass Joe einen ausgeprägten Hang zur Dramatisierung hat, was mich in diesem Zusammenhang aber auch beruhigt. Vielleicht sind die Ergebnisse seiner Nachforschungen ja doch nicht so tragisch, sondern einfach nur ein bisschen übertrieben dargestellt. »Also gut, Joe, heraus damit: Was haben Sie über Philip herausgefunden?«

»Sie wollen es also wirklich wissen?« Er sieht mir forschend in die Augen.

Mann, manchmal kann er einem echt auf die Nerven gehen.

Erst macht er tonnenweise mysteriöse Andeutungen, und dann fragt er, ob man es wissen will?

»Natürlich will ich es wissen, Joe, was dachten Sie denn?«, entfährt es mir.

»Okay, okay.« Er macht eine beschwichtigende Geste. »Sie sind der Boss, Molly. Also gut …« Er greift in seine Tasche und zieht einen Umschlag hervor, den er vor mir auf den Tisch legt.

Es läuft mir eiskalt den Rücken hinunter. Da ist es also. Das Dossier über Philip.

Die *Akte V.*

Ich wage kaum, den Umschlag zu öffnen und die vielen zusammengehefteten Seiten daraus hervorzuziehen. Mit angehaltenem Atem und zusammengekniffenen Lidern, als könnte mich der Inhalt blenden, riskiere ich einen Blick und sehe unendliche Reihen von Zahlen – aus denen ich aber zumindest im ersten Moment nicht wirklich schlau werde.

»Was ist das?«, frage ich.

»Das sind Unternehmenszahlen, oder besser gesagt die Jahresergebnisse von Philips Unternehmen«, erklärt Joe. »Und zwar angefangen von den ersten Jahren seiner Selbstständigkeit bis hin zur Übernahme von Winners only und seinem Rückzug aus dem Eragon-Konzern.«

»Ah, verstehe …« Ich werfe einen hilflosen Blick auf die Zahlenkolonnen. Um das zu verstehen, würde ich Tage brauchen, und vermutlich auch noch den einen oder anderen geduldigen Wirtschaftsexperten, um mir alles zu erklären.

Ich sehe Joe an. »Könnten Sie es für mich zusammenfassen? Gibt es irgendwelche Hinweise auf …« Wie nenne ich das am besten? »… Unregelmäßigkeiten?« Genau, das sagen sie in den Filmen auch immer, wenn irgendwo eine Riesensauerei abgeht.

»Was meinen Sie mit Unregelmäßigkeiten?«, fragt Joe zurück.

Okay, wie es aussieht, guckt er keine Filme.

»Damit meine ich … unerlaubte Handlungen?«

Kaum habe ich das ausgesprochen, würde ich mir am liebsten die Ohren zuhalten und davonrennen. Natürlich ist es Teil meines Planes, ein Geheimnis über Philip herauszufinden, andererseits, sollte es sich um etwas wirklich Schlimmes handeln, will ich es doch gar nicht wissen.

Aber jetzt ist es ohnehin zu spät für einen Rückzieher. Zu groß ist meine Neugierde. Die Büchse der Pandora ist geöffnet.

Joe mustert mich erneut prüfend, dann sagt er bedeutungsvoll: »Das könnte durchaus der Fall sein.«

»Wie meinen Sie das?«, hauche ich.

»Nun, ich habe den ganzen Zahlensalat von Bronislaw – das ist übrigens unser Computerprofi«, erklärt er schnell, als er meine hochgezogenen Augenbrauen sieht. »Ein Pole, superintelligent, und billig, kann ich Ihnen sagen – na, jedenfalls ist er das Ganze durchgegangen, und soweit er das beurteilen konnte, gibt es mehrere Jahre, in denen Philip Millionengewinne gemacht hat, aber dennoch liegen dafür keine Steuererklärungen beim Finanzamt vor.«

Ich fasse es nicht. Es ist der klassische Sachverhalt. Philip hat Millionen am Finanzamt vorbeigeschleust. Was ich eigentlich nur als weit hergeholte Befürchtung in Erwägung gezogen hatte, bekomme ich nun tatsächlich bestätigt.

Ich bin wie vom Donner gerührt. Nicht, dass es mir moralisch allzu viel ausmachen würde – ich bin ohnehin der Meinung, dass unser Staat den Bürgern viel zu viel abknöpft –, aber allein der Gedanke, dass Philip etwas Ungesetzliches tut, ist für mich völlig neu.

Jetzt komm schon, Molly, flüstert mir plötzlich eine Stimme ins Ohr, wie sonst wird man aus dem Nichts zum Multimillionär? Denk doch nur an diese russischen Neureichen!

Ja, dann … ist es doch gar nicht so schlimm. Im Gegenteil, fällt mir ein, damit habe ich eigentlich genau das, was ich für meinen cleveren Geheimnisaustauschplan brauche. Philip hat Millionen an Steuergeld hinterzogen, um … na, um sich eben diese Millionen zu ersparen. Ich dagegen habe Millionen im Lotto gewonnen – und auch da bloß anderthalb – und es niemandem gesagt, aber nur, weil ich wollte, dass niemand zu Schaden kommt. Außerdem habe ich meinen Liebsten inzwischen schon Unmengen an Geschenken zukommen lassen, und zwar anonym, ohne jeden Dank, das muss an der Stelle auch mal erwähnt werden.

Da bedarf es also keiner langen Überlegungen, wer von uns beiden das schlechtere Gewissen haben muss, oder?

Plötzlich ist alles ganz einfach. Ich muss das jetzt nur noch irgendwie geschickt zur Sprache bringen, bis Philip alles zugibt, und dann kann endlich auch ich mit meinem kleinen Geheimnis herausrücken

Fein. Wäre ja alles geritzt. Ich kenne Philips großes Geheimnis – hinter das Joes Computerheini allerdings erstaunlich schnell gekommen ist. In meinem Hinterkopf gehen plötzlich ein paar Alarmglocken an.

»Sagen Sie, Joe …«, hebe ich unbehaglich an.

»Ja?«

»Ihr Computermann, dieser …«

»Bronislaw«, hilft er mir weiter.

»Genau, Bronislaw … heißt der echt so, oder ist das ein Spitzname?«

»Nein, nein, der heißt so. Ist angeblich ein uralter polnischer Name.«

»Aha. Okay. Also, dieser Bronislaw, der hat diese Dinge über Philip ja unheimlich schnell herausgefunden.«

»Das können Sie laut sagen. Der Typ hackt sich in null Komma nichts in die Behördenrechner rein, und danach steigt er wieder aus, ohne dass irgendjemand etwas mitbekommt, einfach so, wie ein Geist. Und erst die Steuerberaterkanzleien und Sozialversicherungen, das müssten Sie mal sehen. Die nimmt er quasi zum Frühstück.« Joe kratzt sich unbehaglich hinter dem Ohr. »Unter uns, Molly: Wäre er nicht mein bester Mitarbeiter, müsste man eigentlich Angst vor dem Kerl haben.«

»Das kann ich mir vorstellen«, nicke ich nachdenklich. »Worauf ich aber hinauswill: Wenn man so einfach an diese Daten herankommt, dann dürften die wohl auch nicht besonders heikel sein, oder?«

Joe sieht mich irritiert an.

»Ich fürchte, ich kann Ihnen nicht ganz folgen.«

»Na, diese Steuern, die Philip angeblich nicht bezahlt hat ... das ist doch nicht so schlimm, oder? Ich meine, würde das Ganze auffliegen, dann ließe sich das doch sicher mit einer kleinen Geldstrafe aus der Welt schaffen, nicht wahr?«

»Eine kleine Geldstrafe? Machen Sie Witze?« Joe starrt mich ungläubig an. »Molly, Steuerhinterziehung in Millionenhöhe, und das über Jahre hinweg – also, so viel bei mir von meinen Rechtskursen hängen geblieben ist, stehen auf derart schwere Vergehen mehrjährige Haftstrafen.«

Oh mein Gott. Philip müsste ins Gefängnis? Allein der Gedanke versetzt mir einen heftigen Stich. Ich sehe Philip plötzlich vor mir, wie er in einem zerrissenen Sträflingskostüm tonnenschwere Steine schleppt. Die Sonne brennt unerbittlich auf ihn herab, und der Aufseher schwingt mit sadistischem Lachen die Peitsche –

Oh nein, das darf ich nicht zulassen. Dieses Geheimnis muss für alle Zeiten gewahrt bleiben. Unbedingt, um jeden Preis!

»Also gut, Joe.« Ich sehe ihn durchdringend an. »Sie müssen mir etwas versprechen.«

»Ja, was denn?« Er zieht verwundert die Augenbrauen hoch.

Ich senke verschwörerisch meine Stimme: »Was wir heute besprochen haben, darf diesen Raum nie verlassen, ist Ihnen das klar?«

»Ja, sicher.« Er nickt, aber ich kann ihm ansehen, dass er nicht so recht kapiert, worauf ich hinauswill.

»Und ich muss Sie nicht daran erinnern, dass Sie in Ihrer

Eigenschaft als von mir beauftragter Ermittler der allerstrengsten Geheimhaltungspflicht unterliegen?«, fahre ich deshalb fort.

»Nein, müssen Sie nicht«, schüttelt er beflissen den Kopf. »Abgesehen davon wissen Sie, wie sehr ich in Ihrer Schuld stehe. Ich würde niemals etwas tun, das Ihnen schaden könnte, Ihnen oder sonst jemandem, der Ihnen nahesteht«, versichert er mir.

»Sehr gut, Joe, nichts anderes wollte ich hören.« Ich atme erleichtert aus. »Und dieser Bronislaw?«, fällt mir ein.

»Was ist mit ihm?«, fragt Joe.

»Hält der dicht? Ich meine, weiß er um seine Geheimhaltungspflicht?«

»Aber sicher«, nickt Joe überzeugt. »Den kümmert es kein bisschen, über wen er was recherchiert. Abgesehen davon schert er sich selbst ja auch nicht um deutsche Steuergesetze«, fällt ihm dann ein. »Er hat noch nicht einmal eine Steuernummer, was wohl daran liegt, dass er … also …« Joe zögert und verstummt schließlich.

»Darf ich raten? Er lebt illegal in Deutschland, nicht wahr?«, bringe ich es auf den Punkt.

»Äh, ja, das könnte durchaus sein«, ringt Joe sich ab.

»Das heißt, Sie beschäftigen ihn illegal?«, lege ich den Finger sicherheitshalber noch ein bisschen fester auf die Wunde.

»Illegal ist vielleicht nicht das richtige Wort«, beginnt Joe sich zu winden, um mir dann zu versichern: »Ich würde ihn ja anmelden, liebend gern sogar, aber er bekommt keine Aufenthaltsbewilligung, weil er bereits in seiner Heimat ein paar Probleme hatte.«

»Probleme? Welcher Art?«, bohre ich nach.

»Nun, es könnte sein, dass er irrtümlich ein paar Überweisungen von fremden Konten auf Konten getätigt hat, die er zufälligerweise ein paar Tage zuvor eingerichtet hatte …«

»Wie bitte? Er hat fremde Konten geplündert?«, rufe ich fassungslos.

»Schscht!« Joe sieht sich erschrocken um, als könnte uns jemand belauschen. »Nicht so laut, Molly, das darf niemand hören, sonst bin ich meinen besten Mann los!«

»Schon kapiert.« Ich werde wieder leiser. »Aber wie Sie sich vielleicht vorstellen können, bereitet es mir ein bisschen Sorge, dass sie so jemanden auf Philip angesetzt haben. Was, wenn er sich diesmal an dessen Konten gütlich tut?«

»Also, deswegen brauchen Sie sich keine Sorgen zu machen, Molly«, versichert Joe mir schnell. »Bronislaw ist heilfroh, dass er in Polen gerade noch mal davongekommen ist, und er hat mir hoch und heilig geschworen, nie wieder irgendwas in der Richtung zu versuchen.«

»Sind Sie sicher?«

»Ja, ganz sicher«, nickt er überzeugt.

»Na schön. Aber erinnern Sie ihn zur Sicherheit noch einmal daran, ja?« Ich denke kurz nach und sehe Joe dann intensiv an. »Aber nur für den Fall, dass er doch auf dumme Ideen kommt: Sie wissen, was Sie dann zu tun haben?«

Joe erwidert meinen Blick und schluckt.

»Sie meinen …«

»Genau!« Ich sehe ihn noch einmal eindringlich an, damit er sieht, wie wichtig mir das ist.

»… ich soll ihn umlegen?«, bringt er seinen Satz zu Ende.

»Aber nein, Joe, nicht umlegen«, rufe ich aus. Also guckt er doch ab und zu Filme, nur anscheinend die falschen. »Wie kommen Sie auf so einen Quatsch? Ich meinte natürlich, dass Sie ihn dann bei der Einwanderungsbehörde melden müssen, damit die ihn abschieben.«

Joe starrt mich ein paar Sekunden lang sprachlos an.

»Ach so …« Er stößt ein erleichtertes Lachen aus. »Ich meine, das war mir natürlich klar, ich habe das auch nur als Witz gemeint.«

»Als Witz? Ah, der war gut.«

Ich lache ein bisschen mit, obwohl mir gar nicht danach ist.

Der Schock, dass Philip etwas angestellt hat, wofür er ins Gefängnis kommen könnte, sitzt tief. Doch dann tröste ich mich schnell. Immerhin haben die, die davon wissen, selbst genügend Dreck am Stecken, sodass dieses Geheimnis bei ihnen gut aufgehoben ist.

Nachdem ich mich wieder gefasst habe, sage ich: »Joe, Sie haben vorhin gemeint, dass Sie am Beginn Ihrer Ermittlungen stehen. Was kommt denn noch?«

Joe hat wieder zu seiner souveränen Ermittlerrolle zurückgefunden. Diesmal schlägt er zur Abwechslung den linken Fuß über das rechte Knie und sagt: »Nun, als professionelle Ermittler gehen wir bei solchen Fällen immer in einer bestimmten Reihenfolge vor: Zuerst besorgen wir uns Informationen über den finanziellen Status des zu durchleuchtenden Objektes, wobei die aktuelle Einkommenssituation sowie die Steuererklärungen stets im Vordergrund stehen, und als Nächstes nehmen wir die privaten Gegebenheiten unter die Lupe.«

»Die privaten Gegebenheiten?«, wiederhole ich mit einem Anflug von Unbehagen.

»Genau«, nickt Joe. »Wir checken seine Kontobewegungen, also wie viel wann wohin fließt, wir durchwühlen seine Sozialversicherungsdaten, wir knöpfen uns seine Kreditkartenabrechnungen vor, bis wir sämtliche Ausgaben vor uns liegen haben.« Joes Blick ist jetzt härter geworden. Seine Wangenmuskeln treten hervor, und sein Blick ist merkwürdig abwesend, während er fortfährt: »Und wenn uns dabei irgendetwas auffällig vorkommt – und sei es eine Kleinigkeit –, haken wir unerbittlich nach. Wenn wir schließlich mit ihm fertig sind, wissen wir nicht nur, wann und von wem er geboren wurde, sondern auch, wie lange er Windeln getragen hat, ob er Masern hatte oder nicht, ob er gegen Pocken geimpft ist, wie viele Pickel er in der Pubertät auf dem Hintern hatte, mit wem er als Erstes gevögelt hat und ob ihm dabei einer abgegangen ist …«

»Joe!«, rufe ich erschrocken aus.

»Ja?« Er stiert mich verdutzt an.

Scheint so, als wäre es ein bisschen mit ihm durchgegangen. Aber ich nehme ihm das nicht übel, weil ich die Ursache dafür kenne. Eine der Maßnahmen bei seiner Verwandlung vom Totalversager zum coolen Detektiv war eine Hypnosetherapie zur Stärkung seines Selbstbewusstseins, und anscheinend hat Doc Weitzmann ihm dabei suggeriert, er wäre ab sofort wie einer dieser abgebrühten Filmdetektive. Jede Wette, würde man ein bisschen kramen, könnte man den Text, den er soeben losgelassen hat, wortwörtlich in irgendeiner Filmszene wiederfinden.

»Ich hab's begriffen, Joe«, sage ich sanft. »Und wir haben uns darauf geeinigt, dass sich Ihre Nachforschungen auf die letzten zwanzig Jahre beschränken, vergessen Sie das nicht.«

»Ach so … ja, natürlich.« Er setzt sich aufrecht hin und rückt seinen Hut artig gerade. »Jedenfalls gibt es wahrscheinlich noch eine ganze Menge über Ihren Verlobten herauszufinden, das wollte ich damit sagen.«

Noch eine Menge herauszufinden. Joes Worte hallen in meinem Kopf nach. Eigentlich brauche ich gar nichts mehr zu wissen. Das größte und verhängnisvollste Geheimnis kenne ich ja bereits, und für meine Zwecke ist das mehr als genug. Also könnten wir es damit auch gut sein lassen und die Ermittlungen einstellen.

Joe ist mein Zögern aufgefallen.

»Sie wollen doch, dass wir weiter ermitteln, Molly, oder nicht?«, fragt er nach.

»Nun …« Ich überlege fieberhaft.

Ich muss eigentlich gar nichts mehr über Philip herausfinden. Alles, was ich brauche, weiß ich bereits. Andererseits, Philip ist nicht gerade gesprächig, was seine Vergangenheit betrifft, und immer, wenn ich ihn danach frage, speist er mich mit irgendwelchen unbedeutenden Anekdoten ab.

Warum also nicht die Gelegenheit beim Schopf packen und mich ein bisschen über ihn schlaumachen? Ich könnte endlich ein wenig an seinem bisherigen Leben teilhaben und würde ihm dadurch wahrscheinlich viel näher kommen als bisher. Ja, ich könnte mir sogar vorstellen, dass ich ihn nur umso mehr lieben werde, je mehr ich über ihn weiß.

Nein, eigentlich bin ich mir da sogar ziemlich sicher …

Ich meine, *ganz* sicher.

Wozu also noch zögern?

Der feine Herr in fremden Landen

Es ist kurz vor sechs, als ich zu Hause eintreffe. Nachdem ich meinen Mini in der Einfahrt abgestellt habe und ausgestiegen bin, wuchte ich mir die zahlreichen Einkaufstüten über die Schultern und bewege mich schwerfällig auf das Haus zu.

»Meine Güte, Molly, was schleppst du da alles an?«

Das kam von Lissy. Als ich den Kopf hebe, entdecke ich sie auf einer Liege am Pool. Sie hat ein Glas Orangensaft neben sich stehen und ein Buch in der Hand. Als ich genauer hingucke, kann ich den Titel ausmachen: *Perfektes Englisch in zehn Tagen.*

Das kenne ich. Genau dasselbe habe ich letztes Jahr verwendet, um mein dürftiges Schulenglisch aufzupolieren, damit ich für meine Lieben unerkannt die gute Fee spielen kann, indem ich sie bei allen möglichen erfundenen Preisausschreiben gewinnen lasse.

»Ach, ich habe nur ein paar Sachen für die Reise eingekauft«, erkläre ich und lege schnaufend die Tüten ab. »Und wie ich sehe, bereitest du dich auch schon vor.« Ich deute auf das Buch und ihre Ohrstöpsel, die an einem tragbaren CD-Player hängen. »Wie kommst du voran?«

»Geht so, danke«, lächelt Lissy. Sie klopft mit den Fingerknöcheln auf den Buchrücken. »Das mit den zehn Tagen ist allerdings Quatsch.«

»Ja, ich weiß«, nicke ich. »Ich habe dasselbe Programm durchgearbeitet, und nach zwei Monaten hatte ich noch nicht einmal die Hälfte durch.«

»Zwei Monate?« Lissy sieht mich überrascht an und lacht auf einmal auf. »Ach so, das war ein Witz.« Immer noch lachend nickt sie und sagt: »Ich werde es jedenfalls bis zu unserem Abflug locker durchhaben, die Texte sind ja babyleicht. Hatten wir alles schon in der Schule.«

Wie bitte? An welcher Schule? Scheint so, als wäre mir da das eine oder andere entgangen, was aber wieder nur beweist, wie mies meine Lehrer im Vergleich zu Lissys waren.

»Genau, du sagst es«, murmle ich undeutlich. Ich setze mich neben Lissy und nippe an ihrem Saft. »Jedenfalls brauchte ich unbedingt ein paar Sachen zum Anziehen. Das war schon komisch: Als ich meine Garderobe für die Reise checken wollte, wurde mir auf einmal klar, dass ich kaum etwas für das kalifornische Klima habe. Wie steht's denn bei dir? Hast du schon eingekauft?«

»Eingekauft?« Sie schüttelt verständnislos den Kopf. »Ich wüsste nicht, wozu. In Los Angeles hat es derzeit dreißig Grad, genau wie bei uns.«

»Ja, das mag schon sein, aber mit deutlich weniger Niederschlag«, kläre ich sie auf.

»Was bedeutet, dass man noch weniger Sachen zum Anziehen braucht«, hält Lissy mit strenger Logik dagegen.

»Aber nur auf den ersten Blick«, argumentiere ich. »Überleg mal: Wenn die Sonne scheint, schwitzt man mehr, und dann braucht man logischerweise auch mehr Sachen zum Wechseln. Außerdem geht es nicht nur ums Wetter«, bringe ich als Extratrumpf vor. »Vergiss nicht, wir treten als Businessladies auf, was auch bedeutet, dass wir in angesagte Lokale gehen müssen, und da werden sie uns ohne schicke Sachen vermutlich gar nicht reinlassen, denkst du nicht auch?«

Das hat gesessen. Lissy wird auf einmal ganz unsicher.

»Herrje, daran habe ich nicht gedacht«, sagt sie. »Aber ich habe gar keine passenden Sachen für so was«, fällt ihr ein. »Die sind doch viel zu teuer.«

Das ist mittlerweile ein echtes Problem bei Lissy. Nicht, dass ich etwas gegen Sparsamkeit hätte, aber Lissy ist eindeutig *zu* sparsam. Nach meinem Gewinn habe ich immer wieder versucht, ihr ein paar edlere Stücke zukommen zu lassen, damit sie nicht andauernd in ihrem deprimierenden Jeans-und-Ur-alt-T-Shirt-Look herumlaufen muss, aber das hatte überhaupt keinen Sinn. Lissy weigert sich aus Vernunftgründen hartnäckig, etwas zu tragen, das mehr als einen zweistelligen Betrag kostet. Erst im Frühjahr habe ich ein pfirsichfarbenes Armani-Kostüm aus den neuen Kollektionen für sie abgezweigt, mit dem Erfolg, dass sie es zwei Wochen später ungetragen bei eBay verkauft und den Erlös in vierzehn verschiedenfarbige Baumwoll-T-Shirts mit Che-Guevara-Aufdruck und einen krisensicheren Pfandbrief investiert hat.

»Das soll jetzt nicht das Problem sein, Lissy.« Ich denke schnell nach, während sie mich hoffnungsvoll ansieht, dann sage ich: »Weißt du was, Tessa und du, ihr habt doch dieselbe Größe, oder?« Lissy nickt. »Also werde ich ihr einfach sagen, dass sie dir ein paar von ihren Outfits abgeben soll, die sie am besten auch gleich selbst für dich aussucht und mit den passenden Accessoires kombiniert.«

Das mit den Accessoires erscheint mir besonders wichtig. Bei Lissy könnte es sonst passieren, dass sie ein hochkarätiges Versace-Kostüm mit einer Einkaufstüte von Aldi und Gummistiefeln komplettiert, weil es die gerade günstig im Schlussverkauf gibt.

»Hältst du das für eine gute Idee?« Lissy zieht besorgt die Augenbrauen hoch. »Du weißt doch, wie heikel Tessa mit ihren Sachen ist – dabei hat sie so viele, dass sie sie gar nicht alle tragen kann. Verrückt, was?«

Allerdings. Tessa verfügt im Obergeschoss über zwei nicht gerade kleine Zimmer, und eines davon – das größere – ist bis unter die Decke vollgestopft mit Kleidungsstücken, Schuhen, Handtaschen und sonstigem Klimbim.

»Zugegeben«, nicke ich. »Aber ich weiß auch, wie schnell sie sich von ihren alten Stücken trennt, wenn sie sich im Gegenzug dafür neue aussuchen kann.«

»Gutes Argument. Du weißt aber schon, dass das teuer werden wird?«, gibt Lissy zu bedenken.

»Ist nicht schlimm«, winke ich ab. »Wir verbuchen das als Spesen, abgesehen davon zahlen wir ja nur den Einkaufspreis. Jedenfalls wäre das der einfachste Weg, Tessas Sachen sind ohnehin so gut wie neu, und vielleicht hört sie dann auch mit dem Schmollen auf, weil sie nicht gleich bei der ersten Reise dabei ist. Was meinst du, wäre das okay für dich?«

»Klar, Molly, die Idee ist super. Ganz ehrlich, mit neuen Sachen hätte ich sowieso keine Freude gehabt.«

Das glaube ich ihr aufs Wort. Ihre Bescheidenheit rührt mich einmal mehr. Gerade will ich etwas Lobendes sagen, als ich ein Vibrieren in meiner Jackentasche spüre. Nachdem ich mein Handy herausgefischt habe, sehe ich, dass es Philip ist. Schnell gehe ich dran.

»Hallo, Molly.« Seine Stimme! Wie sehr ich mich danach gesehnt habe.

»Philip, endlich!«, rufe ich erleichtert aus.

Wir haben es das ganze Wochenende nur ein einziges Mal geschafft, miteinander zu telefonieren, und auch da kam ich nicht dazu, ihm von unserer geplanten Reise zu berichten, weil er schon nach wenigen Minuten wieder zu einer wichtigen Besprechung gerufen wurde – und danach hat er sich nicht wieder gemeldet, und ich habe ihn auch nicht angerufen, weil ich nicht wollte, dass er mich für eine hysterische Gans hält.

»Tut mir leid, dass ich es gestern nicht mehr geschafft habe, dich zurückzurufen«, kommt er möglichen Vorhaltungen zuvor. »Wir haben im Moment richtig viel um die Ohren.«

»Das hatte ich befürchtet«, sage ich seufzend. »Ich hoffe, du kommst gut voran – und dann so schnell wie möglich wieder zurück nach Hause.«

Aus den Augenwinkeln sehe ich, wie Lissy aufsteht und mir verlegen zuwinkt. »Sag Philip einen schönen Gruß von mir«, flüstert sie, dann verkrümelt sie sich ins Haus.

Typisch Lissy. Taktvoll bis in die Zehenspitzen.

»Natürlich, Molly, ich tu, was ich kann«, kommt es aus dem Hörer.

»Übrigens, Lissy lässt dich grüßen«, sage ich. Und dann leiser: »Und sie ist gerade ins Haus gegangen. Nur damit du dir keinen Zwang antust …«

»Zwang antun? Wobei denn?« Er klingt merkwürdig geistesabwesend.

»Na, bei unserem Gespräch, falls du irgendwelche Ideen hast, du weißt schon …«

»Nein, weiß ich nicht.«

Menno. Also, in dieser Hinsicht könnte er echt ein bisschen lockerer werden. Nicht, dass ich mir seit unserem missglückten Telefonsexversuch allzu viel erwarten würde, aber Tatsache ist doch, dass wir ein sexuell aktives Paar sind, das jetzt schon länger getrennt ist.

»Philip«, sage ich mit leisem Tadel in der Stimme. »Du bist schon über eine Woche fort, und ich vermisse dich. In jeder Hinsicht«, füge ich sehnsuchtsvoll an, und dabei fallen mir unwillkürlich die Tage nach unserer letzten langen Trennung im vergangenen Herbst ein. Wir sind regelrecht übereinander hergefallen, Philip war unersättlich, und wir haben uns geliebt, immer wieder und wieder …

»Ach so, ja, ich vermisse dich natürlich auch«, kommt es von ihm zurück, und es klingt ungefähr so emotional wie das Vorlesen eines Kuchenrezeptes.

Einen Moment lang bin ich versucht, ihn darauf anzusprechen, aber dann zwinge ich mich zur Ruhe. Ist okay, Molly, er hat jetzt andere Sorgen. Niemand versteht das besser als du, bist du doch auch Managerin und Geschäftsfrau.

»Ja, äh … gut. Übrigens, Philip, hat Frank dir schon von unseren Expansionsplänen erzählt?«, fällt mir dann ein.

»Ja, hat er. Ist es also endlich so weit?« Na bitte, geht doch. Plötzlich klingt er um einiges munterer.

»Ja, wir werden in Los Angeles starten«, berichte ich stolz. »Und in einem halben Jahr soll alles fertig sein. Lissy und ich fliegen übermorgen hinüber, um uns nach einer geeigneten Immobilie umzusehen.«

»Nach einer Immobilie?« Er zögert kurz. »Aber vorerst doch nur zur Miete, oder?«

»Ja, sicher. Am Anfang müssen wir natürlich vorsichtig sein, da wir nicht wissen, wie unser Konzept ankommen wird.«

»Okay, gut.« Er klingt erleichtert, was mir aber zu denken gibt. Traut er mir etwa nicht zu, so ein Projekt allein zu stemmen?

»Du brauchst dir keine Sorgen zu machen, Philip«, sage ich. »Frank hat alles abgesegnet, und er bereitet auch schon die nächste Aktienbegebung vor, damit wir nicht auf Kredite angewiesen sind.«

»Gut so. Und wie lange werdet ihr in L.A. bleiben?«, will Philip wissen.

»Das steht noch nicht fest, es hängt davon ab, wie schnell wir was finden.«

»Und habt ihr einen Profi vor Ort, der euch zur Hand gehen wird? Ich könnte euch da ein paar Leute empfehlen.«

Einen Profi? Aber klar doch. Wir haben Emma Wagner, oder besser Emma Lopez-Cruz, stolze Inhaberin der California International World's Best Acting School. Okay, mit dem Namen sollten sich vielleicht bei Gelegenheit die Marketingexperten von Winners only befassen – aber abgesehen davon verbietet mir allein schon mein Stolz, mir von Philip helfen zu lassen.

»Klar, haben wir«, behaupte ich deshalb, und dann beginne ich eifrig zu berichten: »Du wirst es übrigens nicht glauben, Philip: Es handelt sich um die Freundin einer ehemaligen Schulkollegin von mir, Lilly Tanner, und die wiederum stand letztes Jahr in allen Medien, weil sie angeblich eine Affäre mit Brad Pitt hatte. Du erinnerst dich wahrscheinlich daran.«

»Um ehrlich zu sein, nein«, kommt es trocken zurück.

Ach ja, ich vergaß. Philip gehört ja auch zu den Menschen, die keine billigen Klatschmagazine lesen, und die Berichte, die ich ihm als Ausgleich dafür liefere, scheint er offensichtlich ganz schnell wieder zu verdrängen.

»Jedenfalls gab es einen Riesenwirbel deswegen«, rede ich aufgeregt weiter, »und du kannst dir ja vorstellen, wie die Klatschpresse auf so eine Meldung reagiert. Was die alles über Lilly geschrieben haben, die Bandbreite ging von der *German Bitch* bis zur nächsten *Mrs. Pitt*, es war der reinste Irrsinn.«

»Klar«, meint Philip. »Und, hatte sie eine Affäre mit ihm?«

»Nein, natürlich nicht. Lilly ist eine ganz Liebe, die würde so etwas nie machen, und das war alles nur eine dumme Verwechslung. Aber sie lebt seit damals in Los Angeles, und jetzt kommt das Allerbeste: Rate mal, wer ihr aktueller Freund ist!«

»Keine Ahnung.«

Also, das begreife ich jetzt nicht. Philip klingt, als würde ihn das kein bisschen interessieren, dabei reden wir gerade von *Hollywood.*

»Jason Griffin«, verkünde ich triumphierend.

»Jason Griffin? Kenne ich nicht.«

Wie bitte? Er kennt Jason Griffin auch nicht?

»Jason Griffin, der Hollywoodregisseur«, helfe ich ihm auf die Sprünge. »Der ist in den Staaten fast so bekannt wie Quentin Tarantino.«

»Den kenne ich.«

»Klar, den kennt jeder«, sage ich mit einem Anflug von Ärger. Dieses Gespräch kommt mir verdächtig bekannt vor. Es verläuft beinahe haargenau gleich wie vor ein paar Tagen das mit Frank. Kein Wunder, dass er und Philip Freunde sind. »Jedenfalls sind Lilly und Jason ein Paar, schon seit einem ganzen Jahr. Für Hollywoodverhältnisse ist das so etwas wie die diamantene Hochzeit.«

»Was du nicht sagst. Und diese Lilly hilft euch mit ihren Kontakten?«

»Nein, nicht Lilly, sondern ihre Freundin Emma, die lebt nämlich auch dort«, sage ich.

»Das trifft sich ja bestens. Dann seid ihr in guten Händen, nicht wahr?«

»Ja, sind wir ...« Das kam ganz automatisch über meine Lippen, doch gleichzeitig werde ich in meinem Inneren ganz aufgewühlt. Dieses Gespräch, Philips merkwürdige Reaktionen, seine Teilnahmslosigkeit – da stimmt doch was nicht.

Und dann durchzuckt es mich: Er steckt wieder in Schwierigkeiten, aber klar doch. Genauso wie im letzten Jahr, als ihm ein erpresserischer Beamter eine wichtige Baugenehmigung vorenthalten wollte.

»Philip, ist alles in Ordnung bei dir?«, stoße ich hervor. »Steckst du in Schwierigkeiten, gibt es vielleicht Probleme mit den Fina- ähm ... Behörden?«

Ups. Beinahe wäre mir das Wort *Finanz*behörden herausgerutscht, weil sich Joes Bericht gerade völlig unpassend in mein Bewusstsein gedrängt hat.

»Aber nein, Molly, wie kommst du denn auf so was?«, fragt Philip überrascht zurück.

»Na, weil du so einsilbig klingst, genau wie damals, als du dich mit diesem Peguerez herumärgern musstest.«

»Aber nein, Molly, es ist nichts dergleichen, glaub mir.« Er bemüht sich um einen lockeren Tonfall, der ihm aber nicht gelingen will. »Hier läuft alles bestens«, liefert er zur Bekräftigung gleich noch einen passenden Bericht. »Wir haben inzwischen ein Expertenteam für die Stevia-Anpflanzung gefunden, also geht es nur noch um die Auswahl der Arbeiter und um ein paar Formalitäten, dann kann die Sache anlaufen.«

»Ja, wenn das so ist ...« Plötzlich habe ich eine Idee. »Dann könntest du doch im Anschluss gleich zu uns nach Los Angeles düsen, Philip. Wir könnten Filmstudios besuchen und in schicke Restaurants gehen, und wer weiß, vielleicht lernen wir sogar ein paar echte Filmstars kennen«, begeistere ich mich.

»Das klingt toll, Molly, aber es geht leider nicht.« Philip lässt meine Träume ansatzlos platzen. »Ich kann hier zurzeit unmöglich weg.«

»Aber gerade hast du gesagt, dass bei euch alles auf der Schiene ist«, wende ich enttäuscht ein.

»Ja, ist es auch, aber das heißt deswegen nicht, dass ich mich gleich aus dem Staub machen kann.«

»Schade.« Ich bin so enttäuscht, dass ich kurz vorm Weinen stehe. »Und wie lange wirst du noch bleiben?«

»Kann ich nicht genau sagen«, meint er, und jetzt kann ich wenigstens so etwas wie Bedauern in seiner Stimme hören. »Schätzungsweise zwei weitere Wochen, oder auch ein paar Tage länger.«

»Was, so lange noch?«

»Ja, tut mir leid.« Eine kleine Pause entsteht, dann sagt er: »Aber so schlimm ist das nicht, Molly. Du hast doch jetzt dein Amerikaprojekt, nicht wahr?«

Mein Amerikaprojekt? Ja, sicher, das ist toll. Aber ein Amerikaprojekt kann man nicht küssen, und man kann nicht mit ihm herumalbern, und man kann mit ihm auch nicht …

Jedenfalls ist es kein Mann, und schon gar nicht Philip.

»Ich will aber kein Amerikaprojekt, Philip, ich will dich«, sage ich schmollend.

»Ich weiß, Molly, und es tut mir aufrichtig leid.«

Moment mal. War das nicht die Stelle, an der er zum Beispiel hätte sagen müssen: »Ich will dich auch, Molly, mehr als alles andere auf der Welt«, und nicht ein schnödes »Ich weiß«?

Plötzlich überkommt mich ein merkwürdiges Gefühl. Es ist, als würde ich die Kontrolle über etwas verlieren, das Dumme daran ist nur, dass ich nicht einmal weiß, über was. Ich weiß nur, dass hier irgendetwas mächtig schiefläuft.

»Tja, Molly«, redet Philip weiter, als ich nichts sage. »Ich muss jetzt Schluss machen, ich habe Termine.«

Termine? Jetzt am Abend? Doch dann fällt mir die Zeitverschiebung ein. Wie spät ist es überhaupt in Paraguay? Halb drei. Okay, dann hat der Nachmittag für Philip gerade erst begonnen.

»Schon gut, Schatz«, sage ich und hänge ein trübes »Ich vermisse dich« an.

»Ich weiß, aber mach dir deswegen keine Sorgen, Molly. Ihr werdet so viel Spaß haben in Los Angeles, dass du mich schon bald vergessen hast, du wirst sehen.«

Das war als Aufmunterung gemeint, aber es stimmt mich nur noch nachdenklicher. Ist es so schwer, »Ich vermisse dich auch« zu sagen, oder »Ich liebe dich« oder irgendetwas in der Art? Hat es sich in der Männerwelt immer noch nicht herumgesprochen, dass wir Frauen so etwas brauchen?

»Ja, wahrscheinlich hast du recht, Philip«, murmle ich.

Wir verabschieden uns, und nachdem die Verbindung unterbrochen ist, kullert plötzlich eine dicke Träne über meine Wange. Ich sitze eine Minute lang wie betäubt da und starre auf mein Handy. Dieses Gespräch war äußerst seltsam. Normalerweise ist Philip witzig und charmant, und er findet immer einen Weg, mich aufzuheitern, selbst wenn er mir die Mitteilung machen muss, dass ich noch für eine Weile auf ihn verzichten muss.

Aber diesmal? Nichts dergleichen.

Du hast doch jetzt dein Amerikaprojekt.

Was zum Teufel hat er damit gemeint? Irgendwas hat sich verändert, das kann ich fühlen. Bloß was? Liegt es nur am Stress, den er gerade hat?

Ich kann mir beim besten Willen keinen Reim darauf machen, und in meiner Hilflosigkeit wähle ich die erstbeste Nummer, die mir einfällt.

»Ranger.« Seine Stimme klingt so trocken wie die eines Cowboys nach einem Zwanzigstundenritt durch die Wüste.

Ich zucke unwillkürlich zusammen. Ich habe die Nummer nicht absichtlich gewählt, mein Unterbewusstsein muss das für mich erledigt haben. Und es hat ausgerechnet Joe Ranger angerufen, den Privatdetektiv. Meinen Ermittler.

»Molly, sind Sie das?«, fragt er nach, als ich mich nicht gleich melde.

»Oh … Ja, Joe, ich bin's«, sage ich schnell.

»Dachte ich mir schon, als ich Ihre Nummer auf der Anzeige sah«, meint er. »Was kann ich für Sie tun?«

»Also … es geht um Philip«, beginne ich zögernd.

»Sie wollen wahrscheinlich wissen, ob wir bereits neue Ergebnisse haben, aber da muss ich Sie enttäuschen. Bronson ist nach wie vor mit unerbittlicher Präzision an der Sache dran, aber gestern hatte einer seiner Freunde Geburtstag, und deswegen …«

»Entschuldigen Sie, Joe«, unterbreche ich ihn. »Wer ist Bronson?«

»Na, Bronislaw, unser polnischer Computerexperte«, klärt er mich auf. »Sie haben bei unserem letzten Gespräch so seltsam auf seinen Namen reagiert – und um ehrlich zu sein, waren Sie nicht die Erste –, deswegen habe ich mir für ihn etwas Flotteres überlegt, bei mir hat das damals ja auch Wunder gewirkt. Wie finden Sie es?«

Bronson? Statt Bronislaw? Nun, es ist ein bisschen dick aufgetragen, aber ansonsten …

»Eigentlich ganz cool«, gebe ich zu. »Jedenfalls um Längen besser als Bronislaw.«

»Genau, das finde ich auch. Was ich sagen wollte: Er hat gestern mit ein paar Kumpels aus seiner Heimat einen draufgemacht, und … na ja, wenn die Brüder erst mal saufen, dann gibt's kein Morgen mehr. Aber wir sind an der Sache dran, das versichere ich Ihnen.«

»Da mache ich mir keine Sorgen. Aber deswegen rufe ich gar nicht an …« Ich zögere, während ich nach den richtigen Worten suche. »Genauer gesagt geht es weiterhin um Philip, nur wollte ich diesmal fragen, ob Sie auch Beschattungen in Paraguay durchführen können.« Kaum habe ich das ausgesprochen, durchzuckt es mich heftig.

Ich kann gar nicht glauben, dass ich das gerade gesagt habe.

Ich will Philip *beschatten* lassen?

Und dennoch muss es sein, nach dem merkwürdigen Gespräch von vorhin kann ich gar nicht anders.

»Lassen Sie mich raten.« Joe lässt wieder mal den cleveren Schnüffler raushängen. »Philip hält sich zurzeit dort auf, stimmt's?«

»Erraten.«

»Und gibt es auch einen konkreten Grund dafür, dass wir jetzt auch in Paraguay ermitteln sollen?«

»Nein …« *Er hat nur gerade so geklungen, als wäre ich ihm plötzlich schnurzpiepegal,* würde ich am liebsten sagen, aber dann lasse ich es lieber. »Ich will nur, dass unsere Ermittlungen vollständig sind, wissen Sie?«, antworte ich ausweichend. »Also, wie sieht es aus: Haben Sie Möglichkeiten, das für mich in die Wege zu leiten?«

»Aber klar«, gibt er locker zurück. »Ich kann unsere Südamerika-Zweigstelle aktivieren, falls Sie das möchten.«

»Sie haben eine Südamerika-Zweigstelle?«, frage ich ungläubig. Ich wusste zwar, dass Joe seit der öffentlichkeitswirksam in Szene gesetzten Aufklärung unseres Falles im letzten Jahr mit seinem Detektivunternehmen extrem erfolgreich ist, aber ich wäre nicht im Traum darauf gekommen dass er inzwischen sogar bis nach Südamerika expandiert hat.

»Na ja, es ist nicht direkt eine eigene Abteilung«, relativiert er. »Aber ich kann über den internationalen Privatdetektivverband einen Kollegen beauftragen, und im Endeffekt kommt das dann aufs Gleiche hinaus, nicht wahr?«

Ach so … Sei's drum. Ist ohnehin besser, ein ortskundiger Profi kümmert sich darum, als wenn Joe mit seinen Westernboots angeritten kommt und sich in dem Land hinten und vorn nicht auskennt.

»Gut, einverstanden«, sage ich. »Erledigen Sie das für mich, bitte.«

»Wie Sie wünschen. Und was genau wollen Sie wissen?«, fragt Joe.

»Nun … eigentlich alles, was Sie finden können.«

»Inklusive einer persönlichen Beschattung, wenn ich das richtig verstanden habe.«

»Äh … ja, genau.« Allein beim Gedanken daran wird mir ganz mulmig zumute.

»Also schön, Molly, dann wollen wir mal sehen, was der feine Herr so alles in fremden Landen treibt.«

Der feine Herr in fremden Landen?

»Augenblick mal, Joe, so will ich das nicht verstanden wissen«, beeile ich mich zu sagen.

»Was denn?«, fragt er.

»Na, was Sie gerade gesagt haben, von wegen, was Philip so treibt … das hat gerade so geklungen, als würde ich Philip verdächtigen, aber so ist es nicht. Philip macht bestimmt nichts Unrechtes, da bin ich mir sicher …«

»Und wieso wollen Sie ihn dann beschatten lassen?«, legt Joe den Finger gnadenlos auf meine Wunde.

»Das ist wegen … also, ich will nur ganz allgemein mein Bild von ihm vervollständigen, wie man das heutzutage eben so macht, bevor man sich auf eine feste Bindung einlässt.« Ich ringe mir ein gekünsteltes Lachen ab. »Würde mich übrigens gar nicht wundern, wenn Philip mich auch gerade überwachen ließe, haha. Aber wem erzähle ich das, Sie als Detektiv wissen das sicher am besten, nicht wahr?«

»Nein, so einen Fall hatte ich noch nie«, kommt es nüchtern von Joe zurück. »Bei der Überwachung von Partnern geht es in neun von zehn Fällen um Ehebruch oder Untreue.«

»Tatsächlich? Und worum geht es dann bei jedem zehnten Fall?«, greife ich nach dem sprichwörtlichen Strohhalm.

»Dabei handelt es sich meistens um finanzielle Belange,

wenn der Ehebruch schon bewiesen ist, um Munition für den bevorstehenden Scheidungsprozess zu sammeln«, zerstört er meine letzte Illusion.

»Kaum zu glauben.« Ich räuspere mich. »Nun, wie auch immer, ich kann natürlich nicht für die anderen sprechen, aber bei mir und Philip verhält es sich ganz anders.«

»Natürlich, Molly«, sagt er, und es klingt, als würde er einem Sterbenskranken ein langes Leben prophezeien.

»Ach ja, Joe, noch etwas, bevor ich's vergesse ...«

»Ja, Molly?«

»Philip darf unter keinen Umständen davon erfahren«, stelle ich klar. »Hören Sie? Unter gar keinen Umständen!«

»Von der Beschattung? Aber wo denken Sie hin, Molly? Wir sind schließlich Profis«, sagt er im Brustton der Überzeugung.

»Dennoch, ich rate Ihnen, seien Sie bloß vorsichtig. Philip ist der klügste Mensch, den ich kenne, und ich will nicht herausfinden, wie er reagiert, wenn er davon Wind kriegt, verstehen Sie?«

»Schon klar, Molly, machen Sie sich keine Sorgen, wir geben schon acht«, versucht Joe mich erneut zu beruhigen.

Als unser Gespräch beendet ist, lege ich das Telefon auf den Tisch und lasse mich auf die Liege zurücksinken. Auf einmal fühle ich mich ganz erschöpft, und mein Herz pocht.

Was habe ich nur getan? Ich habe soeben den Auftrag erteilt, Philip beschatten zu lassen. Nicht bloß ein paar Informationen über ihn einzuholen, nein, sondern ihn persönlich überwachen zu lassen. Aber was erwarte ich mir bloß davon? Etwas Besonderes kann dabei doch gar nicht herauskommen.

Ich meine, jetzt mal im Ernst, wir reden hier von Philip.

Von *meinem* Philip.

Oh Gott, ich glaube, mir wird schlecht.

Rent a Reptile

Die Nacht gerät zur mentalen Achterbahn.

Kurz nach dem Abendessen gucke ich mit Lissy und Tessa noch ein bisschen in die Glotze, dann werfe ich eine Melatonintablette ein und begebe mich früh zu Bett, wo ich aber kein Auge zutun kann. Meine Gemütsverfassung schwankt zwischen Euphorie über die große Reise und bitteren Selbstvorwürfen wegen des Beschattungsauftrages für Philip.

Als ich gegen eins zum x-ten Mal aufs Klo renne, obwohl ich nicht einmal muss, kommt Lissy aus ihrem Zimmer geschlurft, weil sie auch ganz aufgewühlt wegen unserer Reise ist, und spontan greifen wir nach dem Laptop und beginnen Pläne für Los Angeles zu schmieden. Als wir lange nach fünf wieder zurück in die Federn kriechen, haben wir uns einen genauen Plan für alle Sehenswürdigkeiten erarbeitet, die wir auf jeden Fall besuchen müssen, und inzwischen sind wir müde genug, um endlich ein paar Stunden Schlaf zu finden.

Dennoch bin ich wie gerädert, als ich gegen neun mein Büro betrete. Fiona hat offenbar bereits auf mich gewartet und folgt mir an meinen Schreibtisch.

»Morgen, Molly«, begrüßt sie mich gut gelaunt, während ich mich wie ein nasser Sack in meinen Sessel fallen lasse. Nach einem prüfenden Blick fügt sie an: »Oh, oh. Sieht so aus, als bräuchte da jemand dringend einen starken Kaffee. Habt ihr etwa gefeiert letzte Nacht?«

»Nein, Fiona, keine Feier. Lissy und ich haben bloß Pläne für unsere Reise geschmiedet.«

»Das wird bestimmt großartig.« Sehnsucht tritt in Fionas Blick. »Ich war noch nie in Amerika. Es muss phantastisch sein.«

»Davon bin ich überzeugt. Ich war übrigens auch noch nie dort«, gebe ich zurück.

»Echt nicht?« Sie mustert mich überrascht.

»Nein, umso mehr freue ich mich natürlich darauf. Aber keine Sorge, falls alles klappt, werden wir in Zukunft öfters in den Staaten zu tun haben, und dann nehme ich dich natürlich mit.«

»Danke, Molly, du bist die beste Chefin der Welt«, strahlt sie mich an.

»Keine Ursache, Fiona. Ich versuche nur, meine Mitarbeiter bei Laune zu halten, wie es jeder vernünftige Manager tun würde«, lächle ich zurück. »Aber sag, wie steht es heute mit meinen Terminen? Liegt etwas Wichtiges an?«

»Nein, überhaupt nicht«, schüttelt sie den Kopf. »Ich habe alles abgesagt, was nicht unaufschiebbar ist, und für den Nachmittag habe ich dich bei Pepe für ein frisches Haarstyling und in der Wellnesslounge für eine Moorpackung, Schokoladenpeeling und eine Hot-Stone-Massage angemeldet, und als Abschluss bekommst du noch ein bisschen Sprühbräune und eine kosmetische Sitzung samt Pediküre und Maniküre. Ich hoffe, das ist dir recht?«

»Wow«, rufe ich aus. »Womit habe ich das denn verdient?«

»Tu nicht so, Molly, verdient hättest du das jeden Tag!« Genau, Fiona hält mich ja für die Reinkarnation von Mutter Teresa oder so ähnlich, wobei mir der Grund dafür nicht hundertprozentig klar ist. Es muss daran liegen, dass ich sie von einer Physiotherapeutin zu meiner persönlichen Assistentin hochgestuft habe, was sie aber einzig und allein ihrer Cleverness zu verdanken hat … ja, okay, und ein bisschen auch dem Umstand, dass ich mir während diverser Besprechungen von ihr ganz wunderbar den Rücken massieren lassen kann. »Außerdem wollen wir alle, dass unsere Chefin gut aussieht, wenn sie zu den Amis rüberfliegt«, fügt sie hinzu.

»Okay, da ist was dran«, nicke ich. »Schließlich bin ich das

Aushängeschild unserer Firma, nicht wahr? Gut, dann habe ich also jetzt am Vormittag nichts zu tun?«

Das kommt mir ehrlich gesagt ziemlich gelegen. Ich bin noch immer hundemüde, also werde ich mir jetzt als Erstes einen doppelten Cappuccino reinziehen, und Hunger hätte ich auch schon wieder.

»Nicht ganz«, durchkreuzt Fiona jedoch meine Pläne. »Wir beide haben heute noch was vor, schon vergessen?«

»Was denn?«, frage ich arglos.

»Rent a Reptile.« Sie zwinkert mir zu. »Die Schlangengrube für unser No-Limits-Programm, die testen wir heute.«

Kaum ist das Wort *Schlange* gefallen, schaltet mein Körper ganz automatisch auf Hyperventilation um, und gleichzeitig kommt von irgendeiner Schaltzentrale in meinem Hirn die dringende Empfehlung, mich augenblicklich aus dem Fenster zu stürzen, um meinem Leiden ein schnelles Ende zu setzen.

Schlange! Allein der Begriff ist für mich ein Synonym für blankes Entsetzen. Dabei weiß ich nicht mal, wieso ausgerechnet diese Viecher mir dermaßen Panik bereiten. Möglicherweise gab es ja diesbezüglich ein Erlebnis in meiner frühen Kindheit, das ich verdrängt habe, aber auf jeden Fall gibt es kein anderes Geschöpf auf dieser Welt, das mich ähnlich stark zu entsetzen vermag. Ohne Scherz, eher würde ich mit einem ganzen Volksstamm Vogelspinnen campen gehen, als auch nur in die Nähe einer einzigen Schlange zu kommen.

Und jetzt das. Ein ganzer Käfig voll von diesen Monstern, und in den sollen wir beide hineingehen! Kein Wunder, dass mein ganzer Körper in eine Art Schockstarre verfallen ist, kaum dass Fiona das angesprochen hat. Sie scheint das noch gar nicht bemerkt zu haben, denn sie plappert munter weiter: »Weißt du, Molly, ich dachte, das wäre noch ein kleines Abschiedsabenteuer für uns zwei, wobei es für dich wahrscheinlich ohnehin ein Klacks ist …«

Ach ja, das ist die zweite grobe Fehleinschätzung von Fiona, was meine Person betrifft. Fiona hält mich für einen supersportlichen Adrenalinjunkie, was von ein paar Missverständnissen aus der Vergangenheit herrührt, und wer mich kennt, weiß, dass sie damit gar nicht falscher liegen könnte.

»... oder, Molly, ist doch so?«

Ups. Hat sie gerade mit mir geredet? Ja, hat sie. Und eigentlich muss ich ihr dankbar dafür sein, denn das gibt mir Gelegenheit, mich endlich aus meiner Erstarrung zu lösen – für die es nämlich gar keinen Grund gibt.

Genau, Sie haben richtig gelesen. Meine Reaktion gerade eben ist nur ein Reflex gewesen, weil Fiona mich so unvermutet auf dieses Thema angesprochen hat, so wie ein Augenlid zuklappt, wenn ein verdächtiges Objekt im Anflug ist. In Wahrheit gibt es nämlich nichts, wovor ich mich fürchten müsste, habe ich doch bereits meine Vorkehrungen getroffen.

Als Fiona letzte Woche diesen wahnwitzigen Selbstversuch angekündigt hat, habe ich sofort einen Plan zu schmieden begonnen, wie ich mich aus diesem Schlamassel heraushalten kann, ohne mein Gesicht zu verlieren. Und dieses Mal habe ich mir nicht bloß eine faule Ausrede einfallen lassen, um mich davor zu drücken (die Fallschirmnummer vom letzten Jahr habe ich noch allzu deutlich im Gedächtnis!), sondern mir etwas wirklich Cleveres einfallen lassen. Kurz nach Fionas Vorschlag hatte ich schon die zündende Idee. Ich habe mir kurzerhand das Telefon geschnappt und bei Rent a Reptile angerufen, wo ich gleich den Oberboss mit dem klingenden Namen Jake the Snake ans Rohr bekam. Als er hörte, wer ich bin, hatte er Sorge, dass ich unser Arrangement mit ihm aufkündigen würde, aber ich habe ihm verklickert, dass damit grundsätzlich alles in Ordnung sei, es jedoch bei unserem geplanten Selbstversuch mit meiner Assistentin ein Problem gebe. Diese Assistentin nämlich – Fiona möge mir verzeihen – sei in Wahrheit ein kleiner Hasenfuß mit einem schwachen Herzen, weswegen es ein unkalkulierbares Risiko darstellen würde, sie in einen

Käfig mit lebenden Reptilien zu schicken. Als Jake nicht gleich kapierte, worauf ich hinauswollte, habe ich ihm die Lösung für unser Problem ohne Umschweife präsentiert: Er brauche eigentlich nichts weiter zu tun, als die echten Viecher gegen welche aus Gummi auszutauschen, und idealerweise solle er sich etwas Pfiffiges ausdenken, damit diese Attrappen sich ein wenig bewegen und alles hübsch echt aussieht, und sollte Fiona dann in Panik verfallen, könnten wir sie sofort wieder beruhigen. Jake hat anfangs ein bisschen herumgedruckst, von wegen, er wisse nicht, wie er das anstellen solle, aber als ich ihm zur Abdeckung seiner Spesen einen kleinen Sonderbonus in Höhe von fünftausend Euro in Aussicht stellte, hat er sofort zugesagt.

Womit mein Problem gelöst ist und ich mir jetzt überhaupt keine Sorgen mehr zu machen brauche. Sofort fällt die Anspannung wieder von mir ab. Das wird ganz easy. Mehr noch, für mich wird es sogar ein Riesenspaß zu beobachten, wie Fiona sich anstellt, die die Tiere ja für echt hält.

Aber was war Fionas Frage gerade eben? Ach ja, ob das für mich nicht ein Klacks wäre, wie übrigens jedes Abenteuer, das einen normalen Menschen in Furcht und Panik versetzt.

»Du hast mich wieder mal erwischt, Fiona.« Ich kann mir ein überlegenes Grinsen nicht verkneifen. »Schlangen machen mir nicht das Geringste aus, im Gegenteil, ich finde sie sogar ziemlich interessant.«

»Interessant, echt?« Fiona nickt beeindruckt, und sofort bekomme ich ein schlechtes Gewissen, weil ich sie so schamlos beschwindle.

»Nicht dass ich eine als Haustier bräuchte, das nicht«, rudere ich ein bisschen zurück. »Und ich kann auch durchaus nachvollziehen, warum manche Leute Angst vor ihnen haben, selbst wenn ich mich diesbezüglich ... ähm ...« Ich räuspere mich. »... ganz gut im Griff habe.«

Fiona sieht mich bewundernd an. »Du bist unglaublich,

Molly. Ich kenne niemanden, der nur annähernd so viel Disziplin hat wie du.«

Ich bin ganz ergriffen. »Sag das nicht, Fiona, du bist zehnmal disziplinierter als ich. Ich weiß, wie viel Sport du treibst und wie hart du für unser Unternehmen arbeitest. Glaub mir, was das anbelangt, könnte ich von dir lernen, und nicht umgekehrt.«

»Ach, hör auf, Molly.« Jetzt wird sie rot. »Ich versuche nur, es dir gleichzutun. Ich bin die Kopie, während du das Original bist.«

Okay, schön langsam wird das wirklich peinlich.

»Weißt du was, Fiona, wir haben genug geredet.« Ich erhebe mich schwungvoll. »Zeit für etwas Spaß.«

»Siehst du, das ist der beste Beweis.« Sie sieht mich bewundernd an. »Für dich bedeutet ein Gang in einen Schlangenkäfig Spaß, und ich Feigling mache mir dabei fast in die Hose.«

Oh Mann. Ich muss in Zukunft unbedingt ein bisschen weniger dick auftragen.

»Sag mal, Fiona, kennst du diesen Typ eigentlich persönlich?«, frage ich, als wir vor der großen Halle mit der weithin sichtbaren, knallbunten Aufschrift Rent a Reptile anhalten.

»Du meinst Jake?«

»Genau.«

»Nein.« Sie schüttelt den Kopf. »Du etwa?«

»Ich?« Ich bemühe mich um einen verwunderten Ausdruck. »Woher sollte ich? Ich hatte ja noch keinerlei Kontakt mit ihm.«

»Ach ja, stimmt. Nein, ich bin heute auch zum ersten Mal hier, und unser Arrangement habe ich am Telefon beziehungsweise per E-Mail verhandelt. Aber so, wie Jake geklungen hat, dürfte er aussehen wie Crocodile Dundee, wie ein richtiger Abenteurer.«

Sie hat recht, den Eindruck hatte ich auch, was ich ihr aber natürlich nicht sagen kann. Dementsprechend betreten wir beide in gespannter Erwartung die Halle, wo uns augenblicklich intensiver Zoogeruch einhüllt.

»Puh, das stinkt vielleicht.« Fiona verzieht das Gesicht, und auch ich halte mir die Hand vor die Nase. »Hallo?«, ruft sie dann.

»Hallo, ist da jemand?«, tönt es aus der Tiefe des Raumes zurück.

»Wir sind Fiona Bach und Molly Becker von Winners only«, antwortet Fiona. »Wir haben einen Termin mit einem Herrn Jake … ähm … the Snake.«

Plötzlich taucht hinter ein paar großen Kisten eine Gestalt auf. Wir erkennen einen kleinen, massigen Körper in Blauzeug und Gummistiefeln, auf dem ein ungesund roter Kopf mit wässrig-blauen Augen und einem gelben Bauarbeiterhelm thront. Fiona und ich sehen uns verwundert an. Eines ist klar: Sollten wir die Schlangenkäfignummer fix in unser Programm aufnehmen, müssen wir dringend ein paar Veränderungen an Jakes Erscheinungsbild vornehmen, denn im Moment sieht er aus, als würde er ganz andere Sachen präsentieren – Fertigbetonkeller zum Beispiel.

»Ah, die Damen von Winners only!« Als ich seine Stimme im Original höre, kann ich auch seinen Akzent zuordnen. Der flachen Sprechweise nach muss er aus Österreich sein. Er ergreift Fionas Hand und fragt ein bisschen nervös: »Sie sind bestimmt Frau Becker. Küss die Hand, gnädige Frau.«

»Oh, nein, ich bin Fiona Bach, und das ist meine Chefin, Frau Becker.« Sie deutet auf mich.

Jakes Blick schwenkt zu mir herum, und jetzt schnappt er sich meine Hand.

»Hocherfreut, Gnädigste«, sagt er und deutet einen Diener an.

»Ich freue mich auch. Und, Herr … Jake … oder sollen wir lieber Snake sagen?«

»Nein, nein, Jake passt schon.« Er winkt ab. »Das ist zwar

bloß ein Künstlername, aber Sie wissen ja: There is no bizz like showbizz, hehe.«

»Ja, gut, dann also Jake … Und haben Sie auch alles vorbereitet für uns, so wie es ausgemacht war?«, frage ich mit besonderer Betonung auf dem letzten Satz.

»Ob ich alles vorbereitet habe?« Er lässt meine Hand wieder los und schluckt verdächtig. Meine Anspielung auf unser geheimes Arrangement scheint ihn nervös zu machen. »Aber selbstverständlich, es steht alles bereit.« Sein Blick pendelt zwischen Fiona und mir hin und her. Ganz offensichtlich drückt ihn das schlechte Gewissen wegen unseres Schwindels, aber darauf kann ich keine Rücksicht nehmen. Mir ist auch nicht wohl bei dem Gedanken, Fiona etwas vorzugaukeln, aber hier handelt es sich um einen Akt der Notwehr – und der gute Jake kann sich ja mit den fünftausend Euro trösten, die ich ihm bereits überwiesen habe.

»Ja dann … wenn mir die Damen bitte folgen würden«, sagt er unbeholfen und geht voraus.

Wir folgen ihm und kommen an verschiedenen Käfigen mit allen möglichen Tieren vorbei, wobei wir in der Mehrzahl nur Schilder mit der entsprechenden Bezeichnung und einem Foto sehen, während sich die Tiere anscheinend in ihren Bau verkrochen haben. Mir kann das nur recht sein, denn schon die Namen bereiten mir eine Gänsehaut: *Nashornleguan, Stirnlappenbasilisk, Nilwaran, Grüner Leguan, Schwarzer Leguan, Nilkrokodil.* Ehrlich gesagt bin ich heilfroh, dass ich mir die nicht auch noch angucken muss. Und dann erst die Schlangen: *Königspython, Boa Constrictor, Bergkönigsnatter, Grüne Mamba, Schwarze Mamba, Kreuzotter.* Igitt, ich mag gar nicht daran denken, obwohl wir nur an den Käfigen vorübergehen, fühle ich schon, wie mir der kalte Schweiß ausbricht.

»Wahnsinn, Jake, Sie haben sogar eine Schwarze Mamba hier?«, höre ich Fiona begeistert ausrufen. »Ich dachte, die wären extrem selten.«

»Ja, das sind sie«, nickt Jake und geht stur weiter.

»Und abgesehen davon, stehen die nicht unter Artenschutz?«, hakt Fiona nach.

»Artenschutz?«, wiederholt Jake. Er ist jetzt stehen geblieben und fragt betreten: »Sie werden mir deswegen keine Probleme machen, oder?«

»Aber nein, keineswegs«, mische ich mich schnell ein. »Wir wollen nur eine gute Show für unsere Kunden. Und nehmen Sie das Fiona nicht übel, sie hat schlicht einen Heidenrespekt vor diesen Tieren, im Gegensatz zu mir, nicht wahr, Fiona?« Ich nicke ihr zu, dann widme ich Jake einen intensiven Blick, damit er kapiert, worauf ich anspiele.

»Ach so.« Er versenkt gemütlich seine Hände in den Hosentaschen und erwidert meinen Blick. »Das mit der Show sehe ich übrigens genauso. Und weil Sie die Schwarze Mamba angesprochen haben – nicht jede schwarze Schlange ist auch eine Mamba, wissen Sie.«

»Dann ist es also gar keine?«, ruft Fiona überrascht aus. »Und was für eine Schlange ist es dann?«

»Eine Ringelnatter«, erklärt er. »Immerhin die größte, die mir jemals untergekommen ist.«

»Aber Ringelnattern sind normalerweise nicht so dunkel, soviel ich weiß«, meint Fiona, während sie näher an den Käfig herantritt, in dessen hinterer Ecke man jetzt das zusammengerollte Reptil erkennen kann.

»Stimmt«, bestätigt Jake.

»Und wieso ist *die* dann so?«, fragt Fiona.

»Gegenfrage: Wie bekommen Sie denn Ihre Ostereier bunt?«, meint Jake achselzuckend.

»Na, mit Lebensmittelfa…« Fiona schlägt sich bestürzt die Hand vor den Mund. »Sie meinen, Sie *malen* sie *an*?«

»Anmalen ist vielleicht der falsche Ausdruck«, erklärt Jake ungerührt. »Wir sprühen sie nur ein bisschen ein, wissen Sie, während der Fütterung.«

»Und das macht ihr nichts aus?«, fragt Fiona mit großen Augen.

»Ach wo, im Gegenteil. Seit wir die Farbe vorher erwärmen, genießt sie das sogar«, behauptet er.

»Ich fasse es nicht. Hast du das gehört, Molly? Die bemalen die Schlangen!«

Ich nicke, und gleichzeitig bin ich hochzufrieden. Der Mann scheut keinen noch so schrägen Trick für eine gute Show, und genau darum geht es heute.

»Und Ihre Grüne Mamba, ist die wenigstens echt?«, will Fiona von ihm wissen.

»Tja, was soll ich sagen?« Jake zuckt die Achseln und verzieht ein bisschen das Gesicht. »Es gibt auch grüne Ostereier.«

Fiona starrt ihn ungläubig an. »Ja, haben Sie denn überhaupt irgendwelche Giftschlangen hier?«

»Doch, eine haben wir: den alten Olli«, meint Jake mit einem Anflug von Stolz.

»Den alten Olli?«, wiederhole ich kichernd. »Lassen Sie mich raten: Das ist eine Blindschleiche, die Sie zur Sandviper umdekoriert haben.«

»Nein, Olli ist eine Kreuzotter, und er ist echt, das können Sie mir glauben.«

Ich glaube ihm zwar kein Wort, aber das ist mir auch egal. Im Gegenteil, zu wissen, dass es hier gar keine Giftschlangen gibt, beruhigt mich ungemein.

»Schön, wie auch immer.« Ich klatsche unternehmungslustig in die Hände. »Vertrödeln wir keine Zeit, ich will jetzt endlich in unseren Käfig. Welche Tiere haben Sie denn für uns vorbereitet?«, erkundige ich mich bei Jake, der sich wieder in Bewegung gesetzt hat.

»Das sind alles Würgeschlangen«, berichtet er. »Für solche Shows kommen ohnehin nur ungiftige Schlangen infrage, versteht sich. Für Sie haben wir mehrere Pythons vorbereitet, dann noch Boas, Ringelnattern, ach ja, und ein paar Milchschlangen, die sind schön bunt und trotzdem völlig ungefährlich«, zählt er auf.

Respekt, das hört sich ja nach einer ganz hübschen Sammlung an. Ich frage mich nur, wo er in der kurzen Zeit so viele Gummischlangen aufgetrieben hat, und tippe ganz spontan aufs Internet. Da gibt es doch heutzutage wirklich alles, nicht wahr?

»Ich hoffe nur, Sie haben sie anständig gefüttert, damit sie uns nicht als Vormittagssnack verdrücken wollen?«, riskiere ich einen Scherz, genau wissend, dass uns bloß Pappkameraden erwarten.

»Aber sicher, die sind voll bis oben, Sie müssen also gar keine Angst haben«, antwortet Jake.

Wir gelangen an das Ende der Halle, wo uns ein großer Glaskäfig erwartet. Und der sieht wirklich übel aus.

Jake hat kein bisschen übertrieben. Es müssen mindestens zwanzig Schlangen sein, die darin herumliegen. Ich sehe fette, eingerollte Leiber mit unheimlichen Mustern darauf, zum Teil ineinander verschlungen wie frisch Verliebte oder auch im Todeskampf, je nach Betrachtung, und dazwischen schlängeln sich mehrere kleine und in sämtlichen Regenbogenfarben schillernde Körper herum.

Bloß gut, dass die aus Gummi sind, sonst würde ich jetzt auf der Stelle –

Schlängeln sich herum.

Moment mal. Die bewegen sich! Ein jäher Schock durchfährt mich. Ich zucke zurück und schiebe mich dann unauffällig näher an Jake heran, während Fiona dicht an den Käfig herantritt und die Tiere interessiert beobachtet.

»Jake, was soll das?«, zische ich ihm zu.

»Was denn?«, fragt er mit Unschuldsmiene.

»Die bewegen sich!«, raune ich.

»Genau, wie Sie es wollten.«

»Ja, aber die sehen verdammt *echt* aus!«

»Das war doch der Plan, wenn ich Sie richtig verstanden habe.«

»Ja, aber …« Ich starre mit pochendem Herzen auf den Käfig. Jetzt hat sich alles wieder ein bisschen beruhigt, nur ganz hinten rührt sich noch was. »Gerade haben sich mehrere von denen bewegt.«

»Wenn man sie genau betrachtet, sind die eigentlich ganz hübsch«, ruft Fiona aus. »Komm doch mal her, Molly!«

»Gleich, Fiona«, vertröste ich sie, dann nehme ich Jake noch einmal ins Visier und senke wieder meine Stimme. »Sie garantieren mir also, dass die Viecher nicht echt sind, Jake? Ich warne Sie, seien Sie bloß ehrlich, sonst könnte ich … äh … ich meine, sonst könnte *Fiona* glatt einen Herzinfarkt bekommen.«

Täusche ich mich, oder ist er gerade zusammengezuckt?

»Nein, nein, keine Angst«, versichert er mir. »Die sind aus Gummi, das können Sie mir glauben.«

»Ja, wirklich?« Ich zögere. »Und wie haben Sie es hingekriegt, dass die sich bewegen?«

»Ach, das war gar nicht so schwer.« Er deutet nach oben. »Sehen Sie die Fäden?«

Ich folge seinem Finger, und dann kann ich sie tatsächlich erkennen. Es sind Plastikfäden, hauchdünn und durchsichtig, sodass man sie kaum sehen kann, schon gar nicht im Schatten des Käfiginneren zwischen all den Ästen und Zweigen, die den Schlangen hineingestellt wurden, und sie hängen in dichter Zahl von der Decke über dem Käfig herab.

Ich atme erleichtert auf. Gott sei Dank.

»Gut, was?«, grinst er. »Es funktioniert wie beim Puppentheater, die hängen alle an Fäden.«

»Ja, jetzt sehe ich sie«, nicke ich zufrieden. »Und wer bedient sie?«

»Bedient was?«, fragt Jake.

»Na, die Fäden.«

»Ach so, die Fäden. Also, die bedient … ein Mitarbeiter, aus dem Nebenraum.«

»Wie, nur einer, für so viele Schlangen?«, wundere ich mich.

»Sagte ich einer?« Jake wird ein bisschen rot und legt schnell nach: »Ich meinte natürlich mehrere … einer pro Schlange … fast jedenfalls, es müssen sich ja nicht alle gleichzeitig bewegen.«

»Ach so«, sage ich erleichtert. »Dachte ich mir doch, einer allein könnte das nie schaffen.«

»Wie sieht's aus, Molly? Können wir hinein?« Fiona ist schon ganz zappelig vor Aufregung.

»Ja, Fiona, von mir aus kann's losgehen. Ich habe nur ein paar Details mit Jake geklärt.«

»Details? Ich dachte, ich hätte schon alles mit ihm vereinbart.«

»Ja ja, das hast du natürlich. Ich wollte nur wissen, ob die Tiere … ähm … nach dem Fair-Trade-Prinzip gehandelt wurden und ob sie artgerecht gehalten werden«, reime ich mir schnell etwas zusammen.

»Ach so. Und, alles in Ordnung?«

»Ja, es passt alles«, nicke ich. »Also gut, gehen wir es an, würde ich sagen. Was müssen wir machen, Jake?«

Jake sieht mich an, als hätte ich ihn aus dem Schlaf gerissen.

»Oh, nichts Besonderes. Einfach hineingehen, und wenn Sie genug haben, kommen Sie wieder heraus.«

»Klingt einfach«, lächelt Fiona. »Dürfen wir sie anfassen?«

Wie bitte? Anfassen? Damit sie gleich merkt, dass die Brüder aus Gummi sind?

»Bloß nicht, Fiona, du darfst sie auf keinen Fall anfassen«, fahre ich sie an, und sie erwidert erschrocken meinen Blick.

»Und warum nicht?«, fragt sie.

»Na, weil … du würdest sie womöglich verschrecken«, erkläre ich hastig. »Nicht wahr, Jake, sie würde sie verschrecken.« Ich werfe ihm einen Hilfe suchenden Blick zu.

Jake blinzelt ein paarmal, kapiert aber anscheinend nicht, was ich meine.

»Natürlich dürfen Sie sie anfassen«, meint er großzügig. »Die haben das sogar gern, wegen der Körperwärme.«

Vielen Dank auch, Jake. Wieso hängen wir ihnen nicht gleich ein Made-in-Taiwan-Schild um?

»Genau das habe ich gemeint«, improvisiere ich hastig. »Man kann sie mit *warmen* Händen anfassen – die du aber nicht hast, Fiona. Ich weiß das vom Massieren«, hänge ich gleich dran, als sie den Mund zu einem Widerspruch öffnet.

»Ehrlich, ich habe kalte Hände?«, fragt sie und fasst sich dabei prüfend an die Wange.

»Ja, hast du, meistens jedenfalls. Aber selber kann man das natürlich nicht beurteilen.«

»Tut mir leid, Molly. Ich werd's mir merken, und beim nächsten Mal wärme ich sie vorher«, meint sie zerknirscht.

»So schlimm ist es auch wieder nicht«, lenke ich ein. »Nur die Schlangen solltest du nicht angreifen, die sind ziemlich empfindlich.«

»Merkwürdig, ich dachte, bei Kaltblütern …«, sagt Fiona. »Egal, ich würde mich sowieso nicht trauen. Okay, Jake, können wir?«

»Sicher, gehen Sie nur hinein.« Er zwinkert ihr zu. »Die beißen nicht.«

»Das will ich hoffen«, lacht Fiona. »Willst du zuerst, Molly?«

Ich zuerst? Ich schlucke, während mich eine Gänsehaut überkommt. Das sind zwar bloß Gummitiere, aber sie sehen dennoch unheimlich aus. Aber was habe ich schon für eine Wahl? Wer A sagt, muss auch B sagen, also heißt es jetzt die Zähne zusammenbeißen.

»Okay, sieh mir genau zu, Fiona.« Während ich mich der Käfigtür nähere, beobachtet Fiona mich gespannt. Meine Hand zittert, als ich den Türknauf nach unten drücke, die Tür gibt mit einem scharrenden Geräusch nach, ich tue einen Schritt nach vorn, und dann noch einen, und – stehe auf einmal mitten in diesem unheimlichen Schlangenkäfig.

Ich schließe schnell die Augen und hole tief Luft, um die nahende Ohnmacht abzuwehren.

»Alles okay bei dir, Molly?«, höre ich Fionas besorgte Stimme hinter mir.

»Alles bestens«, piepse ich zurück und räuspere mich schnell. »Ich muss mich nur ein bisschen akklimatisieren, weißt du, die besondere Aura dieser Tiere aufnehmen … ähm … und so.«

Jetzt komm schon, Molly, versuche ich mir Mut zu machen, du bist aus einem Flugzeug gesprungen und hast es überlebt, was sind dagegen ein paar Gummischlangen?

Okay, ich schaffe das. Ich *muss* es schaffen. Die sind bloß aus Gummi, wie die Dinger, mit denen die Jungs immer die kleinen Mädchen erschreckt haben, nichts weiter.

Ich zwinge mich, die Augen wieder zu öffnen und einen Blick auf die Schlangen vor meinen Füßen zu werfen. Da gibt es absolut nichts, wovor du Angst haben müsstest, rede ich mir ein. Zum Beispiel diese große Dicke mit dem Muster, das ich noch von unseren Zoobesuchen kenne, das ist bloß ein *Gummi*python. Und direkt neben meinem linken Fuß ist eine *Gummi*boa, und gleich daneben sind mehrere … wie hat Jake die Bunten vorhin genannt? Ach ja, *Gummi*milchschlangen.

Gummi, Gummi, Gummi.

Ja, so geht's. Ich muss mir nur unablässig ins Bewusstsein hämmern, dass die aus Gummi sind, und schon habe ich keine Angst mehr. Nicht die geringste. Im Gegenteil, ganz objektiv betrachtet sehen die wirklich interessant aus.

Fast niedlich.

»Und, Molly? Wie ist es?«, kommt es zaghaft von Fiona.

Ich drehe mich zu ihr um und sehe, dass ihr Blick immer noch gebannt an mir hängt.

»Wie erwartet: eigentlich ganz cool«, antworte ich mit einer lässigen Handbewegung.

»Ganz *cool*?«, haucht Fiona fasziniert. Dann wendet sie sich an Jake, der neben ihr steht: »Falls Sie sich jetzt wundern:

Mollys bevorzugte Hobbys sind Fallschirmspringen, Bungeejumping und Kickboxen. Die hat vor nichts und niemandem Angst.«

»Ach, darum.« Jake grinst fies.

Aber mir kann es egal sein, was er denkt, Hauptsache, er spielt unser Spiel mit – das man allerdings noch effektvoller betreiben könnte. Mit ein bisschen Bewegung zum Beispiel. Im Moment rührt sich nicht gerade viel, was ich schade finde. Ich könnte durchaus ein bisschen Action vertragen, aber wie es aussieht, sind Jakes verborgene Puppenspieler entweder eingeschlafen oder machen gerade Kaffeepause.

Doch halt! Da war was. Der fette Python neben mir, der hat sich bewegt. Sehr gut. Am besten wäre es, wenn er den Kopf heben würde, dann könnte ich …

Und als könnte der geheime Strippenzieher im Nebenraum meine Gedanken lesen, wandert jetzt der Kopf des Tieres in die Höhe, und obwohl ich weiß, dass es nur eine Attrappe ist, muss ich mich mächtig zusammenreißen, um nicht die Nerven zu verlieren. Der Schädel des Viehs ist gigantisch, fast von der Größe eines Fußballs, und einen Moment lang muss ich beinah lachen, weil die Hersteller damit hoffnungslos übertrieben haben. Jetzt mal im Ernst, ich kenne mich zwar nicht besonders gut aus mit Schlangen, aber *so* groß kann der doch niemals sein. Bleibt nur zu hoffen, dass es Fiona nicht auffällt, doch ein kurzer Seitenblick zeigt mir, dass sie im Gegenteil ganz hingerissen ist von dem Ding und … na ja, wie es aussieht, auch wieder einmal von mir.

Plötzlich überkommt mich der Übermut. Ob ich jetzt noch …

Nein, das geht nicht, das wäre übertrieben.

Andererseits, wann hat man schon die Gelegenheit …

Ach, was soll's. Ich hebe kurzerhand meine Hand, der Python starrt mich mit seinen toten Augen an, was mich einen Augenblick zaudern lässt – komm schon, Molly, Gummi, Gummi,

Gummi! –, und gebe ihm dann ein paar kräftige Klapse auf den riesigen Schädel.

Autsch, der fühlt sich ja ganz hart an. Muss wohl aus Hartgummi sein. Aus den Augenwinkeln sehe ich, wie Fiona den Mund weit aufgerissen hat, und seltsamerweise hat auch Jake ganz große Augen bekommen.

Sehr gut, besser kann man sich gar nicht in Szene setzen. Ich gebe der ollen Gummischlange sicherheitshalber gleich noch ein paar auf den Hinterkopf, was die plötzlich mit einem Züngeln ihrer widerwärtig gespaltenen Zunge quittiert.

Wow! Mein Herz rast. Ich muss sagen, das haben die wirklich gut hingekriegt. Wahrscheinlich sitzt im Inneren des Kopfes ein kleiner Motor mit Batterie oder so was in der Art, jedenfalls sieht das Ding absolut echt aus.

Okay, dann will ich es mal gut sein lassen. Das muss reichen.

»Ist der nicht ulkig?«, rufe ich Fiona zu. Und zu dem hässlichen Vieh, das mich immer noch anstarrt, sage ich versöhnlich: »Bist ein ganz Braver, gell!« Dann bewege ich mich vorsichtig wieder zurück zum Ausgang und tue dabei so, als dürfte ich auf nur ja keine Schlange treten.

»So, Fiona, jetzt du!«, sage ich schwungvoll, nachdem ich den Käfig verlassen habe.

Es dauert ein paar Sekunden, bis Fiona mir antwortet. »Molly, das war der Wahnsinn«, stammelt sie. »Wie du da reingegangen bist, ohne jede Angst, und wie du diesem … diesem *Monster* auch noch den Schädel getätschelt hast – einem Python! –, das war einfach unglaublich!«

»Was Sie aber unter keinen Umständen nachmachen sollten«, fällt Jake ihr nervös ins Wort.

Sehr gut, der Mann denkt mit.

»Genau, Fiona, wegen deiner kalten Hände, vergiss das nicht«, bekräftige ich.

Wobei ich ehrlich gesagt von der Berührung her gar nicht hätte sagen können, ob das Ding echt ist oder nicht. Aber

Fionas Hände sind sicher sensibler, immerhin ist sie Physiotherapeutin. Besser, wir gehen kein Risiko ein, damit nicht im letzten Moment alles auffliegt.

»Da macht euch mal keine Sorgen, den würde ich nie im Leben angreifen«, versichert sie uns.

Dann sieht sie mich an, als könnte ich ihr eine Portion Extramut mit auf den Weg geben, und betritt den Käfig. Kaum ist sie jedoch drinnen, bleibt sie wie angewurzelt stehen und sieht sich ängstlich um. Oh je, die Arme. Wie gerne würde ich ihr sagen, dass sie keine Angst zu haben braucht. Aber Moment mal. Das kann ich doch.

»Mach dir keine Sorgen, Fiona, die sind harmlos!«, rufe ich ihr zu und komme mir gleichzeitig schäbig vor, weil ich ihr nicht die ganze Wahrheit sage.

»Bist du sicher?«, fragt sie ängstlich zurück.

»Ganz sicher«, sage ich bestimmt. »Die haben mehr Angst vor dir als du vor ihnen, das garantiere ich dir.«

»Meinst du? Das kann ich mir ehrlich gesagt nicht vorstellen«, meint sie zaghaft.

Dann wagt sie sich einen winzigen Schritt nach vorn, und dann noch ein Stück, bis sie schließlich nach einigen Minuten die Mitte des Käfigs erreicht, wo sie sich langsam wieder zu uns umdreht.

»Alles klar, Leute.« Sie setzt ein verkrampftes Lächeln auf. »Ich befinde mich in einem Schlangenkäfig. Ich mache mir zwar fast in die Hosen dabei, aber ich bin da. Molly, kannst du ein Foto machen? Sonst glaubt mir das keiner.«

»Ja, sicher.« Ich zücke mein Handy und drücke ein paarmal ab. Schade, dass sie keines von mir gemacht hat, fällt mir ein. Philip würde vielleicht Augen machen, und Lissy erst, und Tessa ... Vielleicht sollte ich noch einmal reingehen, damit Fiona mich knipsen kann.

»Und du hast recht, Molly, die sehen wirklich interessant aus.« Fiona hat ein bisschen Vertrauen gewonnen und sieht sich in aller Ruhe um. »Die Bunten gefallen mir am besten, und die eine dahinten sieht irgendwie besonders aus … Was ist das für eine, Jake?«, will sie wissen.

»Was für eine?«, fragt Jake zurück.

»Die Schwarz-Braune mit dem Zickzackmuster auf dem Rücken.« Fiona zeigt in die Richtung.

»Zickzackmuster?!«, entfährt es Jake.

Nanu. Das hat jetzt nicht besonders souverän geklungen. Und wie er dazu guckt mit seinen aufgerissenen Augen, das sieht ja aus wie … *Panik?!*

Jake hat sich auf die Zehenspitzen gestellt, um besser sehen zu können, und dann schreit er plötzlich: »Ach du Scheiße, Olli! Wie ist der denn da reingekommen? Machen Sie, dass Sie da rauskommen, schnell!« Gleichzeitig reißt er die Käfigtür auf, hechtet förmlich auf die perplexe Fiona zu und zerrt sie mit einem einzigen heftigen Ruck aus dem Käfig. Als sie draußen sind, knallt er die Tür wieder zu und lehnt sich schwer atmend dagegen.

Fiona und ich starren ihn erschrocken an, und Fiona ist die Erste, die ihre Sprache wiederfindet.

»Was ist denn los, Jake? Ich dachte, Ihre Schlangen sind harmlos«, keucht sie.

»Ja, sind sie auch – bis auf Olli.« Jakes Blutdruck scheint sich verdreifacht zu haben, und auf seiner Stirn haben sich dicke Schweißperlen gebildet.

»Olli?«, frage ich, während es in meinem Nacken unangenehm zu kribbeln beginnt. »War das nicht die Kreuzotter?«

Jake nickt mit zusammengepressten Lippen.

»Die einzige Giftschlange, die Sie haben?«, ergänzt Fiona und wird dabei kreidebleich um die Nase.

Jake nickt wieder.

»Und die war da drin, zusammen mit uns?«, kreischt sie entsetzt auf. »Sind Sie wahnsinnig? Wie konnte das passieren?«

»Ich weiß nicht …« Er macht eine hilflose Geste. »Er muss

sich irgendwie dazwischengeschmuggelt haben, als wir die anderen umgepackt haben.« Er sieht uns abwechselnd an und verzieht dann sein Gesicht zu einem säuerlichen Grinsen. »Aber zum Glück ist ja nichts passiert, abgesehen davon wäre sein Biss auch nicht tödlich gewesen – jedenfalls nicht unmittelbar.«

»Jedenfalls nicht *unmittelbar*?«, wiederholt Fiona ungläubig. »Und was soll das heißen?«

»Dass wir wahrscheinlich Zeit gehabt hätten, ein Gegengift zu besorgen«, windet sich Jake und fügt noch schnell an: »Abgesehen davon ist Olli nicht aggressiv, vermutlich wäre gar nichts passiert.«

»*Vermutlich nichts passiert*?« Fiona funkelt ihn wütend an. »Das klingt nicht gerade überzeugend. Eines kann ich Ihnen sagen, Jake, falls Sie mit uns im Geschäft bleiben wollen, muss sich das dringend ändern. Wir können nicht das Leben unserer Kunden aufs Spiel setzen, das ist Ihnen hoffentlich klar?«

»Ja, natürlich«, nickt Jake zerknirscht. »So etwas wird nie wieder vorkommen, das verspreche ich. In Zukunft kriegt Olli seinen eigenen Käfig, damit es keine Verwechslungen mehr gibt.«

»Das wäre das Mindeste«, schnaubt Fiona. »Was meinst du, Molly, sollen wir überhaupt noch mit denen im Geschäft bleiben?« Sie sieht mich fragend an.

Ich erwidere ihren Blick, bin jedoch unfähig zu antworten, weil ich immer noch damit beschäftigt bin, die Gesprächsfetzen von vorhin zu sortieren.

Wie war dieser eine Satz von Jake gewesen?

Er muss sich dazwischengeschmuggelt haben, als wir die anderen umgepackt haben.

Umgepackt. Das bedeutet, sie haben die Schlangen aus anderen Käfigen heraus- und in diesen hineinbefördert, was wiederum bedeutet …

Oh mein Gott.

Mein Blick zuckt hoch zu den Fäden, die von der Decke hängen – oder besser gesagt schaukeln. Sie sind noch immer in Bewegung von dem Luftzug, den Jake mit seiner Türknallerei erzeugt hat, und jetzt erst erkenne ich, dass sie zwar von der Decke hängen, aber unten nirgendwo befestigt sind. Die sind bloß Attrappe, ganz im Gegensatz zu den Schlangen, die jetzt durch den Lärm in Aufruhr geraten sind und aufgeregt herumschlängeln.

Der Schock ist so heftig, dass sich meine Knie binnen Sekundenbruchteilen zu Pudding verwandeln.

Ich fasse es nicht.

Diese Inszenierung war gar keine Inszenierung, und diese Schlangen sind auch nicht aus Gummi, die sind allesamt echt.

Jake, dieser miese Betrüger!

Er hat mich reingelegt. Der Mistkerl hat fünftausend Euro kassiert und dann seelenruhig zugesehen, wie ich zu den Viechern hineinlatsche, und wie ich … wie ich …

Ach du Scheiße.

Habe ich tatsächlich gerade einem Riesenpython ein paar runtergehauen?

Lonesome Little Girls

Kennen Sie das auch? Es gibt Phasen im Leben, da geschehen so viele Dinge innerhalb weniger Tage, dass man damit locker seine halbe Biografie füllen könnte.

Bei mir ist das zum Beispiel gerade der Fall. Gestern noch hätte ich um ein Haar in einem Schlangenkäfig mein Leben gelassen, und keine dreißig Stunden später wandle ich zehntausend Kilometer entfernt auf dem heiligen Boden Hollywoods.

Alles ist so schnell gegangen. Lissy und ich sind um sechs Uhr früh in München gestartet und nur neuneinhalb Stunden später am Los Angeles International Airport gelandet. Von dort hat uns ein Bus zu unserem Autovermieter kutschiert, wo schon ein schicker Geländewagen samt Navi für uns bereitstand. Sicherheitshalber habe ich das Steuer übernommen, da Lissy kaum ihren winzigen Mini ohne Feindberührung durch den Straßenverkehr bringt, und eine knappe Stunde später sind wir auch schon beim Renaissance Hotel eingetroffen, das direkt neben dem Hollywood&Highland-Center am Hollywood Boulevard liegt. Fiona hat für uns angenehmerweise eine luxuriöse Suite im fünfzehnten Stock gebucht, von wo aus uns die Stadt praktisch zu Füßen liegt, und nachdem wir uns frisch gemacht und ein paar schicke Sachen angezogen haben, sind wir bereits auf dem Weg zu unserem ersten Termin.

Wir haben eine Verabredung mit Emma Wagner im French Crêpe, das laut ihren Angaben gleich um die Ecke von unserem Hotel liegt, und sind jetzt schon ganz begeistert von dieser Stadt. Als wir den Innenhof des H&H-Centers betreten, sehen wir uns staunend um. In der Mitte des mit bunten Platten belegten Platzes schießen in unregelmäßigen Abständen Wasserfontänen aus dem Boden, was ein paar ausgelassen kreischende Kinder zum Spielen nutzen, und rundherum ragen mehrere Stockwerke mit großzügigen Balustraden in die Höhe, an deren Verlauf wir verschiedene Geschäfte und Restaurants ausmachen können.

»Emmas Beschreibung nach müsste es irgendwo da oben sein«, sage ich und deute auf die Balustraden.

»Sieh mal, da ist es schon!«, ruft Lissy plötzlich aus.

Sie hat wie ich ihre Augen mit der flachen Hand gegen die Sonne abgeschirmt, und als ich ihrem Blick folge, erkenne ich hinter dem Geländer im zweiten Stock mehrere Tische mit Sonnenschirmen, und gleich darüber entdecke ich jetzt auch das Schild.

»Das klappt ja wie am Schnürchen. Dann müssen wir nur noch da hochkommen.«

»Huhu!«, hallt es im selben Moment über den Platz.

Lissy sieht mich fragend an.

»Huhu!«, hören wir erneut. »Molly Becker, bist du das?«

Das kam eindeutig von oben. Wir heben erneut die Köpfe, und dann sehen wir sie. Es ist eine voluminöse Frau in einem leuchtend roten Sommerkleid mit einem riesigen Hut auf dem Kopf. Sie lehnt am Geländer des French Crêpe, das sich unter ihrer Last bedenklich nach außen neigt, und rudert kräftig mit den Armen.

»Ich bin's, Emma! Hier oben! Huhu!«

»Hallo, Emma!«, rufe ich und winke zurück. »Sag, wo geht es denn hoch?«

»Nehmt den Lift im Gebäude!«, empfiehlt sie.

»Alles klar!« Ich recke einen Daumen hoch. »Bleib, wo du bist, wir kommen!«

Wir betreten die Passage und steigen in den Lift, der uns mit einem leisen Surren nach oben bringt. Als wir ihn zwei Stockwerke höher verlassen, kommt uns Emma mit ausgebreiteten Armen entgegengewatschelt.

»Endlich lernen wir uns persönlich kennen«, sagt sie. »Molly Becker und ihre Freundin …«

»Lissy«, helfe ich ihr weiter.

»Genau, das wollte ich gerade sagen«, nickt sie, dann drückt sie zuerst mich und danach Lissy mit einer Kraft, dass uns Hören und Sehen vergeht.

Aus der Nähe wirkt sie nicht mehr ganz so groß, aber dafür umso stämmiger, dazu hat sie ein lustiges, rundes Gesicht, das beinahe ebenso rot ist wie ihr Kleid und mit reichlich Sommersprossen übersät ist. Sie strahlt uns an.

»Die zwei Mädels aus Deutschland, was für eine Freude.«

»Und für uns erst, Emma«, gebe ich zurück.

Sie nimmt mich noch einmal genauer unter die Lupe.

»Ehrlich gesagt siehst du jünger aus, als ich dich mir vorgestellt hatte«, meint sie.

»Ja, wirklich? Was dachtest du denn, wie alt ich bin?«

»Na ja, älter auf jeden Fall – als Chefin einer großen Firma.« Sie nickt beeindruckt.

»Aber nachdem Molly eine Schulkollegin deiner Freundin Lilly ist, kann sie doch gar nicht älter sein«, gibt Lissy zu bedenken.

»Stimmt«, grinst Emma. »Es sei denn, sie hätte ein paarmal wiederholt.«

»Habe ich aber nicht«, stelle ich lachend klar, ohne jedoch näher darauf einzugehen, mit welchen Noten ich mich bis zum Abi gemogelt habe.

»Und wie bist du dann zu diesem Superjob gekommen?«, will sie wissen und schiebt sogleich ihre Vermutung nach: »Bist wohl mit dem Besitzer in die Kiste gehüpft, was?« Sie zwinkert mir zwar zu, aber dennoch entsteht eine unangenehme Pause.

»Ach du Schande!«, entfährt es ihr. »Du hast wirklich was mit deinem Boss?«

»Nein, so ist es nicht … ich meine, das war zumindest nicht der Grund …«, stammle ich.

»Molly hat schon mit Philip geschlafen, als sie noch gar nicht wusste, dass ihm Winners only gehört«, versucht Lissy mir beizuspringen, aber kaum ist das ausgesprochen, wissen wir beide, dass es haargenau das falsche Bild abgibt.

»Es ist eine komplizierte Geschichte, viel zu lang, um sie jetzt zu erzählen«, setze ich einen Schlusspunkt. »Jedenfalls hat meine Beziehung mit Philip nichts damit zu tun, dass er mir die Leitung der Firma übertragen hat.«

»Ach so? Ja dann …« Es ist unschwer zu erkennen, dass Emma mir kein Wort abnimmt. »Habt ihr schon was gegessen?«, weicht sie auf ein anderes Thema aus.

»Während des Fluges gab es was«, sage ich.

»Also hattet ihr noch nichts«, stellt Emma fest. »Ich kenne das. Abgesehen davon, dass der Airline-Fraß nach nichts schmeckt, sind auch die Portionen ein Witz. Kommt mit, wenn ihr was Ordentliches wollt.«

Wir folgen ihr zum French Crêpe, wo sie uns an ihren Tisch führt. Ich sehe mich kurz um. Die hübschen blauen Sonnenschirme bieten einen guten Schutz gegen die Mittagssonne, und wir haben einen hervorragenden Ausblick über das gesamte Gebäude mit dem berühmten *Hollywood*-Schriftzug als Hintergrundkulisse. Ich fühle mich auf Anhieb wohl.

»Das ist wirklich nett hier«, sagt auch Lissy, während sie ihren Blick schweifen lässt.

»Ja, hier lässt sich's leben«, nickt Emma. »Und erst das Essen, ihr werdet sehen! Worauf hättet ihr Lust?«

»Was kannst du empfehlen?«

»Hier ist alles gut, aber mein Favorit sind die Crêpes La Normandie mit Hühnchen und Pilzen. Ebenfalls sehr zu empfehlen ist das Roastbeefsandwich, und ohne die Waffles Versailles gehe ich hier prinzipiell nicht weg. Die müsst ihr unbedingt probieren«, gerät sie ins Schwärmen. »Sie sind ganz frisch, mit Bergen von frischen Erdbeeren, und seht nur, die Sahne stellen sie einem praktischerweise gleich auf den Tisch. Und ein doppelter Cappuccino rundet das Ganze ab.«

Lissy und ich machen Augen. Sämtliche Köstlichkeiten, die sie aufgezählt hat, stehen bereits auf dem Tisch – samt einer großen Dose Sprühsahne zur freien Verfügung.

»Das sieht wirklich köstlich aus«, sagt Lissy begeistert. »Und wie das duftet. Hast du etwa gleich für uns mitbestellt?«

Emma wirkt irritiert. »Nein, wieso?«

»Na, weil …« Lissy deutet auf die vollen Teller, aber dann bemerkt sie Emmas verständnislosen Blick. »Ach, nur so«, winkt sie schnell ab und lässt sich dann umständlich auf ihrem Stuhl nieder.

Auch Emma und ich setzen uns, und Emma macht sich ohne weitere Verzögerung über ihre dampfenden Crêpes her, während eine Bedienung in einem Spitzenschürzchen wie aus dem Nichts neben uns auftaucht und uns freundlich lächelnd begrüßt.

»Ich werde auch die Waffeln nehmen, plus Kaffee«, sage ich, und Lissy schließt sich mir an.

»Two times Waffles Versailles«, übernimmt Emma mit vollem Mund für uns die Bestellung. »And two Double Shot Cappuccinos for my friends from Germany, please!« Nachdem die Kellnerin wieder abgezischt ist, nickt sie uns bedeutsam zu. »Nirgendwo lernt man eine Sprache schneller als im betreffenden Land, das kann ich euch sagen. Am Anfang habe ich mich noch ein bisschen schwergetan mit dem Englischen, aber inzwischen ist es meine zweite Muttersprache. Ihr werdet es nicht glauben, aber ich muss mich fast schon zwingen, um mit euch deutsch zu reden, und meistens sage ich dann noch einmal alles ganz automatisch auf Englisch. I say everything one more automatic in English. Da, schon wieder!« Sie nickt bedeutungsvoll und schiebt sich den nächsten enormen Bissen in den Mund.

Lissy zieht ein bisschen die Augenbrauen hoch, und auch mir ist nicht entgangen, dass es bei Emmas Grammatik ein paar Ungereimtheiten gibt. Aber Hauptsache, sie wird verstanden, auf Schönheitspreise kommt es dabei nicht an. Ich sage jetzt nur Schwarzenegger.

»Würde mir übrigens auch nichts ausmachen«, meint Emma zwischen den beiden nächsten Bissen.

»Was denn?«, frage ich.

»Na, wenn du dich hochgeschlafen hättest.«

»Aber ich sagte doch, ich habe mich nicht hochgeschlafen«, protestiere ich.

»Schon gut«, winkt sie ab und schleckt mit ihrer Zunge einen Soßenbatzen von der Unterlippe. »Ich glaub's dir ja. Hast wahrscheinlich studiert, was?«

Studiert? Na ja, wenn mehrere angefangene Fächer auch zählen … und nicht zu vergessen die Schule des Lebens, die ist ja bekanntlich die wichtigste überhaupt.

»Klar hab ich studiert«, antworte ich vage und ignoriere dabei Lissys bohrende Blicke. »Aber darauf kommt es nicht an, weil Philip mich bereits als führende Mitarbeiterin von Winners only kennengelernt und von Anfang an meinen Geschäftssinn bewundert hat.«

In Wahrheit war es natürlich ein kleines bisschen anders, aber wozu lange auf Einzelheiten herumreiten?

»Was du nicht sagst«, meint Emma. »Ist aber im Endeffekt egal. Hauptsache, man kriegt den Job, nicht wahr?« Sie beugt sich vertraulich vor. »Ganz ehrlich war ich auch schon einmal nahe dran, meiner Karriere mit einem Techtelmechtel auf die Sprünge zu helfen.«

»Ehrlich?« Mein Blick zuckt automatisch zu ihren mächtigen Schultern.

»Ja, wenn ich's euch sage«, versichert sie uns.

»Und um welchen Job ging es da?«, erkundigt sich Lissy.

»Um die Hauptrolle in einem Werbespot«, erklärt Emma. Sie ist mit ihren Crêpes fertig und legt sich jetzt das Sandwich zurecht, als plante sie bei der nächsten günstigen Gelegenheit einen Überraschungsangriff. »Es ging um eine neue Nacho-

Sorte, und als ich davon erfuhr, war mir sofort klar, dass ich die Idealbesetzung dafür wäre …«

»Idealbesetzung? Inwiefern?«, fragt Lissy.

»Da fragst du noch?«, entgegnet Emma verwundert. Sie zeigt an sich herab. »Ich als reinrassiger Latinatyp, hallo?!«

Lissy und ich glotzen mehrere Sekunden lang stumm auf ihren ausufernden Körper und die ungesunde Röte in ihrem Gesicht.

Als Emma das registriert, legt sie nach, indem sie sich seitlich auf die Gesäßbacken klopft.

»JLo! Die Bräune! Mein Akzent! Die schwarzen Haare! Na, habt ihr es endlich?«, fragt sie ungehalten.

Mein Blick wandert unwillkürlich hoch zu ihrem Haaransatz, wo der Nachwuchs Rotblond als ihre natürliche Farbe verrät.

»Ja, genau, nicht zu übersehen«, würge ich schließlich hervor.

»Hast recht«, ringt sich Lissy ab, ohne weiter auf das Thema einzugehen.

»Seht ihr!« Emma nickt zufrieden und umfasst gleichzeitig ihr Roastbeefsandwich, als müsste sie es vor dem Verzehr erwürgen. »Ja, und dann gab es dieses Casting, zu dem ich natürlich hingegangen bin, und da sitzt dieser Zwerg von einem Regisseur und lehnt mich doch glatt ab, obwohl ich genau merke, wie er mir auf den Hintern starrt und sich in seiner Phantasie die ärgsten Schweinereien ausmalt …«

Sie kann sich nicht länger zurückhalten und schlägt ihre Zähne raubtiergleich in das wehrlose Sandwich.

»… jedenfalls war schnell klar, dass dieses Wiesel mit mir in die Kiste will und die Besetzung davon abhängig macht«, führt sie mit vollen Backen weiter aus.

»So ein Schwein!«, kommentiert Lissy eine Spur zu übertrieben.

»Das kannst du laut sagen«, schnauft Emma.

»Und wie ging es weiter?«, frage ich.

»Spontan wollte ich ihm natürlich eine reinhauen, wie das jede vernünftige Frau getan hätte, aber das ging nicht, da ich sonst nie wieder einen Job in der Branche gekriegt hätte – die Amis sind bei so was eigen, wisst ihr«, bringt sie als Erklärung vor, und wir nicken verständnisvoll, »deswegen habe ich es einfach gut sein lassen und bin gegangen.«

Sie vergräbt erneut ihre Zähne in das Sandwich. In diesem Augenblick bringt die Serviererin auch unsere Sachen, über die wir uns mit Appetit hermachen. Die frischen Waffeln schmecken himmlisch, und auch der Kaffee ist ganz ausgezeichnet.

»Okay, Emma«, komme ich auf ihre Geschichte zurück. »Du hast vorhin gesagt, dass du knapp davor warst, dich für deine Karriere auf eine Sexgeschichte einzulassen. Wie ging die Geschichte also weiter?«

»Nun, nachdem ich abgehauen war, habe ich noch einmal in Ruhe darüber nachgedacht, und irgendwann habe ich mir gesagt, was soll's, ist doch eigentlich nicht so schlimm, wenn ich den Typen ranlasse. Ich hatte schon schlimmere Gestalten in meinem Bett, und wir können schließlich beide davon profitieren: Für ihn geht der Traum eines jeden Mannes in Erfüllung, und ich komme im Anschluss ganz groß raus.«

Sie ist jetzt mit dem Sandwich fertig und wischt sich die fettigen Finger mit einer Serviette ab, dann begräbt sie ihre Erdbeeren unter einer wahren Sahnelawine.

»Das heißt, du hattest doch was mit ihm?«, fragt Lissy.

»Nein, so weit kam es nicht«, schüttelt Emma den Kopf. »Ich hatte mich zwar dazu entschlossen, aber als ich nach ein paar Tagen wieder dort anrief, wurde mir von seiner Sekretärin ausgerichtet, die Rolle wäre schon vergeben …«

»Ich glaube, ich spinne!«, ruft Lissy.

»Ach, so schlimm war es auch wieder nicht«, meint Emma. »Ich wollte damit nur sagen, dass ich seit damals verstehe, wie sich jemand …«

»Das meinte ich nicht«, unterbricht Lissy sie ungeduldig,

während ihre Augen gebannt auf den Platz gerichtet sind. »Ich glaube, da unten geht Tom Cruise!«

»Tom Cruise, echt?!« Ich springe so ungestüm hoch, dass mein Stuhl krachend hinter mir umfällt, und hechte zum Geländer. »Wo ist er? Wo?«

»Da!« Lissy zeigt auf einen Mann in Jeans und Sportsakko, der gemütlich über den Platz schlendert.

Mir stockt der Atem. Ich kann ihn zwar nur von der Seite sehen, aber dieses Gesicht würde ich unter Tausenden erkennen. Ich fasse es nicht. Da unten geht wirklich und wahrhaftig Tom Cruise!

Auch Emma reckt den Kopf, um besser sehen zu können.

»Hast du ihn schon persönlich kennengelernt, Emma?«, frage ich aufgekratzt.

»Nein, nicht persönlich, ich habe ihn nur einmal von der Ferne gesehen«, schüttelt sie den Kopf, während sie sich wieder ihrem Sahneberg zuwendet. »Aber den da unten kenne ich, der schwirrt öfter hier in der Gegend herum.«

»Wie jetzt?«, frage ich verwirrt.

»Seht nur, jetzt will jemand ein Autogramm von ihm«, berichtet Lissy aufgeregt. »Er ist es wirklich! Wir müssen auch runtergehen, Molly, ich muss unbedingt ...«

»Macht euch keinen Stress«, bremst Emma sie gemächlich zurück. »Das ist nur ein Doppelgänger.«

»Ein Doppelgänger?«, wiederholt Lissy ungläubig, und wir starren den Mann an. »Aber er sieht haargenau so aus wie Tom Cruise. Also, ich könnte schwören ...«

»Ist er größer als die Kinder, die bei den Fontänen spielen?«, unterbricht Emma sie.

Wir versuchen einen Größenvergleich aus der Entfernung.

»Ja, ist er«, sagt Lissy schließlich.

»Dann ist es nicht der Echte«, erklärt Emma bestimmt. »Tom Cruise ist winzig. Für die Kussszenen mit Nicole Kidman damals mussten sie ihn auf eine Limokiste stellen.«

»Wirklich? So klein wirkt er gar nicht in den Filmen«, wende ich enttäuscht ein.

»Tja, Schätzchen, das ist Hollywood. Übrigens, von diesen Doppelgängern wimmelt es hier nur so. Die lassen sich für ein paar Dollar mit den Touristen abbilden, und man kann sie auch für Partys oder Events buchen. Es gibt sogar eigene Agenturen dafür, die bekannteste ist Double Team.«

»Echt? Schade.«

Lissy produziert einen tiefen Seufzer, und auch ich begebe mich enttäuscht wieder auf meinen Platz zurück.

Wir essen schweigend ein paar Bissen, dann sagt Lissy: »Du Emma, was ich noch fragen wollte: Du bist doch Schauspielerin, nicht wahr?«

»Allerdings – und Lehrerin«, betont sie.

»Welche Rollen hast du bisher gespielt? Irgendetwas, das wir kennen?«

Das interessiert mich jetzt allerdings auch. In dem ganzen Kennenlernstress habe ich glatt vergessen, dass Emma Schauspielerin ist – was an sich schon eine Sensation ist.

Doch sie schüttelt den Kopf.

»Ich glaube nicht, dass ihr mich schon gesehen habt«, meint sie. »Oder läuft in Deutschland *The Untamed*?«

»Nein, nicht, dass ich wüsste«, verneine ich.

»Oder *Lonesome Little Girls?*«

Wir denken nach.

»Nein, auch nicht«, meint Lissy dann enttäuscht.

»Vielleicht haben sie in Deutschland andere Titel dafür«, überlege ich.

»Das könnte sein«, nickt Emma. »Aber ich glaube gar nicht, dass diese Serien im Ausland laufen. Das schaffen nur die ganz großen Hits, und das sind sie nicht. Was mich ehrlich gesagt auch nicht wundert«, fügt sie vielsagend an.

»Wie meinst du das?«, frage ich.

»Na ja, unter uns gesagt …« Sie sieht sich um, als könnte uns jemand beobachten. »Die Macher dieser kleinen Produktionen sind meistens totale Stümper.«

»Ach ja? Und woran erkennt man das?« Ich fühle, wie mich dieses Thema in seinen Bann zu ziehen beginnt.

»Nimm zum Beispiel die Besetzung …« Emma scheint nur auf dieses Thema gewartet zu haben, denn auf einmal zaubert sie wie aus dem Nichts einen Tabletcomputer hervor. »Hier, das bin ich in einer Szene aus *Lonesome Little Girls* …«

Lissy und ich rücken näher heran, während Emma die Szene ablaufen lässt. Wir sehen eine typisch amerikanische Wohnung, ähnlich wie die in *Friends*, in der sich zwei hübsche Teenager auf einer Couch sitzend angeregt über Jungs unterhalten. Dann geht die Wohnungstür auf, und herein kommt – Emma! Sie trägt ein blau-weißes Dirndl und hat blonde Zöpfe, und soweit ich ihr Englisch verstehen kann, beschwert sie sich bei den beiden anderen über ihren miesen Job.

»Emma, das bist ja du!«, ruft Lissy begeistert aus. »Wow. Das muss ein Wahnsinnsgefühl sein, sich selbst im Fernsehen zu sehen, oder? Und sag, wie viel verdient man mit so einer Rolle?«, schaltet sich im nächsten Moment die Buchhalterabteilung in ihrem Gehirn dazu.

Emma hat die Aufnahme gestoppt und sieht Lissy an, als wäre sie ein bisschen schwer von Begriff.

»Klar ist es cool, Schauspielerin zu sein, aber darum geht es im Moment nicht. Seht nur, für welche Rolle die mich besetzt haben!«

»Wieso, wen spielst du da überhaupt?«, frage ich irritiert.

»Eine Kellnerin.« Emma spricht das Wort aus, als wäre es die größte Zumutung überhaupt. »Und eine deutsche noch dazu – die in einem Bierzelt arbeitet!«

»Und was ist daran so schlimm?«, fragt Lissy.

»Wie bitte?«, entgegnet Emma aufgebracht. »Einen lateinamerikanischen Typ für die Rolle einer Deutschen zu besetzen ist doch wohl so ziemlich der größte Fehler, den ein Regisseur begehen kann, meinst du nicht?«

Sie sieht uns grimmig an, und uns bleibt nichts anderes übrig, als gehorsam zu nicken.

»Und erst die Rolle in *The Untamed*...«

Sie setzt erneut ihr Tablet in Gang, und als Nächstes kommt eine Szene in einem Zeltlager. Als Emma diesmal auf dem Bildschirm erscheint, trägt sie eine graue Uniform mit einer Schirmmütze über kurzem, braunem Haar, und in der rechten Hand hält sie einen Knüppel, den sie immer wieder drohend in ihre linke Handfläche klatschen lässt, während sie eine Gruppe von jungen Leuten anbrüllt, die sich sogleich zu Boden werfen und wie die Wahnsinnigen Liegestütze zu machen beginnen.

»Die Serie spielt in einem Camp für schwer erziehbare Jugendliche, wo ich die Oberaufseherin bin, eine *deutsche* Oberaufseherin, wohlgemerkt!« Sie schnaubt empört. »Seht nur, wie die mich ausstaffiert haben, ich sehe aus, als wäre ich direkt einem Nazifilm entsprungen.«

Lissy und ich verfolgen wortlos die Szene, wobei ich ganz ehrlich finde, dass sie Emmas Typ recht gut getroffen haben. Sie wirkt wie im echten Leben stark und resolut, nicht zu vergessen das Bedrohliche, wie es ihre Rolle auch verlangt.

»Vielleicht liegt es daran, dass du Deutsche bist«, wagt Lissy schließlich eine Vermutung, weil sie merkt, dass Emma auf eine passende Antwort wartet.

»Aber deswegen habe ich mir doch extra meinen Künstlernamen zugelegt: Emma *Lopez-Cruz*«, wendet Emma ein.

»Ja, sicher, und den finde ich auch gut«, nickt Lissy beflissen. »Aber sobald die sich nach deinem Werdegang erkundigen, musst du ihnen erzählen, woher du kommst, oder etwa nicht?«

Emma starrt sie einige Sekunden lang an, und ich befürchte schon, dass Lissys Antwort sie wütend gemacht hat. Doch dann sagt sie: »Weißt du was, Lissy? Ich glaube, du hast recht. Sobald die mitkriegen, dass ich Deutsche bin, stecken sie mich automatisch in diese Schublade.« Sie lässt sich ihre eigenen Worte noch einmal durch den Kopf gehen. »Dass ich da noch nicht selber draufgekommen bin. Vielleicht sollte ich beim nächsten Casting einfach behaupten, ich käme aus Puerto Rico. Was meint ihr?«

»Hm, ich weiß nicht ...«

Wir tun so, als würden wir über ihren Vorschlag nachdenken.

»Kannst du überhaupt Spanisch?«

»Mist.« Emma sieht mich aus großen Augen an. »Das müsste ich noch lernen. Oder ich mach's einfach so: Ich behaupte, ich wäre eine Amerikanerin aus Texas, wegen des Akzents, denn die Sprache hab ich ja schon im kleinen Finger – this language I have already in my little finger«, hängt sie als Beweis an.

Lissy und ich sehen uns fragend an, dann sage ich: »Das wäre zumindest eine Möglichkeit.«

»Aber dein Pseudonym müsstest du dann wieder ändern«, gibt Lissy zu bedenken.

»Nein, nein, das passt schon, Texas liegt doch an der Grenze zu Mexiko, nicht wahr?«, sage ich mit einem bedeutsamen Blick, damit wir endlich von diesem Thema wegkommen.

»Oh«, sagt Lissy, als sie es kapiert. »Genau, du hast recht. In Texas haben ganz viele einen mexikanischen Namen, wegen der illegalen Einwanderer. Stand neulich in einem Bericht«, fügt sie schnell hinzu.

Emma sieht zuerst sie und dann mich skeptisch an, und um ihrem nächsten Einwand zuvorzukommen, sage ich schnell: »Aber vielleicht sollten wir jetzt zum eigentlichen Thema unseres Besuches kommen. Sag, Emma, hast du dich schon ein bisschen wegen unserer neuen Filiale erkundigt?«

»Ein *bisschen* erkundigt?«, wiederholt sie, als hätte ich gefragt, ob sie schon allein aufs Töpfchen geht. »Ich habe mehr als das getan«, behauptet sie, und der Stolz lässt sie um mehrere Zentimeter wachsen. »Viel mehr!«

»Wirklich? Das ist großartig«, sage ich erfreut. »Schieß los, was hast du für uns?«

»Also, ich habe …« Sie macht es spannend, indem sie dramatisch langsam eine Mappe aus ihrer Tasche zieht und mir als Erstes ein bedrucktes Blatt Papier überreicht. »Zunächst dieses Dokument.«

»Was ist das?« Ich werfe erwartungsvoll einen Blick darauf, kann aber nur eine Tabelle mit Uhrzeiten und Zahlen erkennen.

»Das ist eine Aufstellung der bisher von mir geleisteten Arbeit sowie der Summe, die ihr mir inzwischen schuldet«, erklärt sie. »Die fünfzig Euro pro Stunde stehen doch noch, oder?«

»Natürlich«, nicke ich ernüchtert und reiche den Bogen an Lissy weiter. »Mail das später gleich an die Buchhaltung, Lissy, ja?«

Lissy nickt.

»Wie ihr sehen könnt, habe ich bisher zweiunddreißig Stunden an Arbeit in euer Projekt investiert, nicht gerechnet die Pausen«, betont Emma. »Das macht dann also tausendsechshundert Euro.« Sie legt eine Pause ein und sieht mich gespannt an.

»Okay, geht in Ordnung«, sage ich.

»Ja, wirklich?« Sie wirkt erleichtert, gerade so, als hätte sie die Befürchtung gehabt, Lissy und ich könnten ein Gaunerpärchen sein, das extra von Deutschland hierher geflogen ist, nur um sie zu ärgern. »Ganz unten steht auch die Bankverbindung«, ergänzt sie.

»Hab ich gesehen«, nickt Lissy.

»Gut, Emma, nachdem das geklärt wäre – hast du irgendwelche Ergebnisse, unser Geschäft betreffend?«, erkundige ich mich.

»Klar, was dachtest du denn?«, grinst sie. »Hier bitte!«

Das nächste Papier, das sie mir überreicht, ist bedeutend

größer und noch zusammengefaltet. Als ich es auf dem Tisch ausbreite, springt mir das Bild eines großen, mehrstöckigen Gebäudes aus Glas und Chrom entgegen. Mein Herzschlag beschleunigt sich augenblicklich. Ganz ohne Übertreibung: Hätte ich mir in meiner Phantasie eine Immobilie für unsere neue Filiale ausmalen dürfen, wäre genau das dabei herausgekommen.

»Sag bloß, das können wir mieten, Emma«, hauche ich tonlos.

Ich zeige auch Lissy das Bild, und sie ist ähnlich begeistert wie ich – allerdings mit einem Vorbehalt. »Ja, das sieht super aus, aber ist es nicht zu teuer für uns?«

»Ad eins«, legt Emma mit unverhohlenem Triumph in der Stimme los. »Ja, es ist zur Vermietung ausgeschrieben, und ad zwei: Der Preis ist verhandelbar.« Sie teilt uns das mit, als bekämen wir es zur Not auch geschenkt.

»Was bedeutet verhandelbar?«, hakt Lissy nach.

»Das bedeutet, dass die Firma, die es gebaut hat – eine Fitnesskette übrigens –, gerade pleitegegangen ist und die Bank jetzt dringend einen Mieter sucht, wodurch man den Preis natürlich kräftig drücken kann.«

»Aber es muss doch irgendeine Preisvorstellung geben«, bringe ich vor. »Wie groß ist dieses Gebäude überhaupt, und wo liegt es?«

»Steht alles auf der Rückseite«, gibt Emma Auskunft. »Es hat insgesamt dreitausend Quadratmeter, verteilt auf drei Etagen, und es ist gar nicht weit von hier. Man muss nur auf dem Hollywood Freeway ein paar Meilen in Richtung Universal Studios fahren, dann kommt es auf der linken Seite.«

»Also genau das, was wir suchen«, bringe ich es auf den Punkt.

»Auf jeden Fall«, nickt auch Lissy. »Bleibt nur noch die Frage nach dem Preis. Wie steht's damit, Emma?«

»Also, der Ausgangspunkt ist folgender«, hebt Emma an.

»Ich habe mit Ray Jackson vom zuständigen Immobilienbüro geredet, und von dem bekam ich die Auskunft, dass die Bank einen Mietpreis von vierzig Dollar pro Quadratmeter ausgerufen hat.«

Lissy und ich rechnen gleichzeitig drauflos, und wie immer ist sie die Schnellere.

»Hundertzwanzigtausend Dollar pro Monat? Die spinnen doch.« Sie tippt sich empört an die Stirn.

Oh verdammt. Das ist nicht gerade billig.

»Wie viel ist das in Euro?«, frage ich, und kaum habe ich den Satz zu Ende gebracht, als Lissy auch schon wie aus der Pistole geschossen antwortet:

»Nach aktuellem Wechselkurs gute neunzigtausend.«

»Neunzigtausend? Das ist eine Menge«, stelle ich resigniert fest.

»Du sagst es«, bestätigt Lissy. »Die Frage ist natürlich, wie tief sich der Preis noch drücken lässt. Amerika steckt immerhin noch in der Krise, und für so ein großes Objekt wird sich wahrscheinlich nicht so schnell ein Mieter finden, was meint ihr?«

»Ja, stimmt.« Ich schöpfe wieder Hoffnung. »Was denkst du, Emma, wie tief würden die noch gehen?«

Emma hat unser Gespräch aufmerksam verfolgt. »Ich habe mit Ray natürlich schon ein bisschen Klartext geredet, und er meint, dass sie vermutlich auch dreißig Dollar akzeptieren, sofern das Angebot von einer soliden Firma kommt und es keine konkreten Mitbieter gibt.«

»Dreißig pro Quadratmeter, das wären dann insgesamt …«

»Neunundsechzigtausend Euro«, souffliert Lissy mir erneut.

»Also in etwa siebzigtausend«, nicke ich. »Was meinst du, Lissy, wäre das wirtschaftlich vertretbar?«

Sie wiegt nachdenklich den Kopf hin und her.

»Das ist eine gute Frage, die sich so noch nicht beantworten lässt. Noch wissen wir nicht, wie es mit dem Preisniveau für unsere Produkte hier in Los Angeles steht. Das müssten wir als

Erstes eruieren, damit wir dann mithilfe einer Wirtschaftlichkeitsberechnung entscheiden können, ob der hohe Mietpreis aus kaufmännischer Sicht überhaupt vertretbar wäre.«

»Okay.« Mein Blick schwenkt wieder auf Emma. »Das wäre die nächste Aufgabe für dich. Könntest du das für uns erledigen?«

»Erledigen? Was denn?«

»Das Preisniveau für unsere Produkte eruieren.«

»Eruieren?«

»Erheben. Herausfinden, was das alles hier kostet, damit wir eine ungefähre Vorstellung davon bekommen, wie hoch wir unsere Preise ansetzen können und ob sich das Ganze in weiterer Folge für uns rechnet, verstehst du?«

»Ach so, ja.« Sie macht eine entschuldigende Geste. »Ihr müsst schon verzeihen, aber da ich in letzter Zeit kaum noch Deutsch spreche, tue ich mir manchmal ein bisschen schwer damit. Aber das mit den Preisen mache ich natürlich, klar. I do that with the prices, of course, clear.«

»Am besten vergibst du den Auftrag gleich an ein hiesiges Marktforschungsinstitut«, schlage ich vor. »Damit geht es wahrscheinlich am schnellsten.«

»Gute Idee«, stimmt Lissy mir zu. Und zu Emma sagt sie: »Was wir alles im Angebot haben, weißt du doch, oder?«

Emma nickt.

»Klar, Mollys Assistentin hat mir alles gemailt. Ich kenne Winners only inzwischen in- und auswendig, glaubt mir.«

»Dann wäre ja alles klar«, nicke ich zufrieden. »Okay, hast du sonst noch was für uns, Emma?«

»Ja, eines noch«, antwortet sie. »Ich habe eine passende Unternehmensberaterfirma für uns ausfindig gemacht.« Sie drückt mir eine goldene Visitenkarte mit mattschwarzem Prägeaufdruck in die Hand und erklärt: »Das Unternehmen heißt Pimp Your Enterprise, und das sind Vollprofis auf dem Gebiet. Ihr Boss heißt Levi Bernstein. Mit dem habe ich schon geredet, und er würde sich freuen, die Behördenwege und den ganzen Kram für uns übernehmen zu dürfen.«

»Ja, wirklich? Dann befürchtet er keine Probleme bezüglich der Konzessionen und dergleichen?«, frage ich.

Emma fegt meine Bedenken mit einer resoluten Handbewegung vom Tisch.

»Absolut nicht. Wisst ihr, hier in den Staaten läuft das grundsätzlich anders als in Deutschland, hier gibt es nicht halb so viel Papierkram. Nehmt mich zum Beispiel: Ich habe meine Schauspielschule von einem Tag auf den anderen aufgemacht, einfach einen Saal gemietet, ein Schild an die Tür gehängt, und los ging's, zack, und bislang gab es damit überhaupt keine Probleme.« Sie sieht uns erwartungsvoll an, als erwartete sie Applaus, und dann fällt ihr noch ein: »Apropos, falls ihr mal Interesse daran hättet, eine professionelle Schauspielausbildung zu machen, würde ich euch natürlich Rabatt gewähren. Sagen wir fünf Prozent?« Sie zwinkert uns vertraulich zu.

»Äh … das klingt wirklich interessant, wir kommen vielleicht bei Gelegenheit darauf zurück, nicht wahr, Lissy?«, antworte ich ausweichend. »Vorerst müssen wir uns aber auf Winners only konzentrieren. Wie sieht's aus, Emma, können wir dieses Gebäude besichtigen?«

»Aber natürlich, das wäre mein nächster Vorschlag gewesen.« Sie wirft einen Blick auf ihre Uhr. »Das passt sogar haargenau. Ray Jackson ist um eins vor Ort, und nachdem er uns alles gezeigt hat, könnten wir noch bei den Universal Studios vorbeischauen, falls ihr Lust habt.«

»Die Universal Studios?« Lissys Kopf ruckt hoch. »Das wäre toll, die sind die Nummer drei auf unserer Liste der zu besuchenden Sehenswürdigkeiten.«

»Die Nummer drei?«, fragt Emma interessiert. »Und was sind die Nummern eins und zwei?«

»Die Nummer eins ist der Rodeo Drive«, erklärt Lissy mit einer Spur von Widerwillen. »Wenn auch nur unter Protest.«

»Wieso denn Protest?«, will Emma wissen.

»Na, weil Molly darauf bestanden hat, und sie ist die Chefin.«

»Und Lissy nicht besonders auf Shopping steht«, ergänze ich. »Wobei es mir auch nicht so sehr aufs Einkaufen ankommt, sondern vielmehr auf die Tatsache, dass das die berühmteste Einkaufsstraße der Welt ist, nur um das klarzustellen.«

»Ah, kluges Mädchen«, lobt Emma, wobei ich mir nicht sicher bin, wen von uns beiden sie damit meint. »Und was ist Nummer zwei?«

»Beverly Hills«, antwortet Lissy.

»Beverly Hills? Nun, das ist für Neuankömmlinge bestimmt sehenswert«, meint Emma mit einer Prise Herablassung in der Stimme. »Was habt ihr sonst noch auf eurer Liste?«

»Lass mich nachsehen …« Lissy zieht den Zettel aus ihrer Handtasche und liest vor: »Den Walk of Fame und das Chinese Theatre, Malibu, die Santa Monica Pier, Venice Beach, den Sunset Boulevard und die Hollywood Bowl … Tja, das war's für den Anfang.«

Emma hat bedächtig zugehört und genickt, aber man kann ihr ansehen, dass sie noch ein paar andere Ideen auf Lager hat.

»Was würdest du denn noch vorschlagen?«, frage ich sie.

»Das meiste war auf eurer Liste schon dabei«, meint sie, »aber was ich euch unbedingt empfehlen würde, ist eine Celebrity Tour, das ist eine geführte Rundreise zu den Villen der Stars. Und das Rathaus solltet ihr euch auch reinziehen, das sieht einfach hammermäßig aus, und nicht zu vergessen Madame Tussauds – das ist übrigens keine zweihundert Meter von hier, und die haben jetzt auch eine Figur von Zac Efron da.«

»Sehr schön.« Lissy hat alles mitnotiert. »Vielen Dank für die Tipps.«

»Also gut.« Ich greife nach meiner Handtasche. »Ich werde noch schnell zahlen, und dann können wir aufbrechen.«

Gerade will ich nach der Bedienung rufen, da läutet mein Handy. Als ich sehe, dass es Ranger ist, zucke ich unwillkürlich zusammen.

»Hi, Joe«, nehme ich ab.

»Hallo, Molly. Ranger hier«, meldet er sich.

»Haben Sie Neuigkeiten für mich?«, frage ich unbehaglich.

»Allerdings«, sagt er und lässt mich ein bisschen schmoren.

»Und welche?«, frage ich ungeduldig und schiebe gleichzeitig Lissy die Firmenkreditkarte über den Tisch, damit sie sich um die Rechnung kümmern kann.

»Sie wollten doch, dass ich Philips Aktivitäten in Paraguay überprüfe«, beginnt er.

»Ja, und weiter?«

»Das habe ich getan, indem ich unsere Außenstelle in Asonk … Asunk … also, in der Hauptstadt darauf angesetzt habe.«

»Sie meinen, Sie haben eine ansässige Detektei damit beauftragt?«, konkretisiere ich.

Auf einmal wird mir bewusst, dass Lissy und Emma mithören, also stehe ich auf und entferne mich ein paar Schritte vom Tisch.

»Sie sagen es«, bestätigt Joe. »War übrigens nicht so leicht, wie es sich anhört. Wussten Sie, dass es in Paraguay eine eigene Landessprache gibt, die so heißt wie dieser spezielle Vogeldreck?«

»Die Sprache heißt Guarani, Joe.« Ich erinnere mich noch von meiner letzten Reise mit Philip daran. »Und der Vogeldünger Guarano, soviel ich weiß. Ist also nicht ganz dasselbe.«

»Ach so? Na, klingt auch wie Vogelmist.« Er lacht. »Jedenfalls hat sich herausgestellt, dass unser Mann in Asum… also in Paraguay auch ein bisschen Deutsch kann, was die Sache um einiges erleichtert hat.«

»Das klingt interessant, Joe, aber könnten Sie zum Punkt kommen?«

»Ja natürlich«, beeilt er sich zu sagen. »Ich wollte Ihnen gerade berichten, was José – so heißt unser Mann dort – herausgefunden hat, weil ich denke, dass Sie das interessieren wird.«

Ich fühle, wie sich meine Nackenhaare kerzengerade aufrichten.

»So? Was hat er denn herausgefunden?« Meine Kehle ist vor Aufregung ganz trocken geworden.

»Also, es war so: Als Erstes wollte er Philips aktuellen Standort ausfindig machen, was die Grundvoraussetzung ist, um eine professionelle Beschattung zu organisieren …«, beginnt Joe seine Ausführungen mit nervtötender Gründlichkeit.

»Aber Philips Standort kannten Sie doch«, falle ich ihm ungeduldig ins Wort. »Die meiste Zeit hält er sich entweder im Hotel auf oder in seiner Firma.«

»Ja, das dachten wir auch, aber da war er nicht«, antwortet Joe.

»Wie bitte? Na schön, dann war er eben woanders, vielleicht hat er sich mit Leuten getroffen, oder er hatte irgendwo geschäftliche Termine«, krame ich in meiner Phantasie nach weiteren Möglichkeiten.

»Sicher, das wäre natürlich alles möglich gewesen«, stimmt Joe mir geduldig zu, und der Klang in seiner Stimme lässt bei mir auf einmal sämtliche Alarmglocken schrillen.

»Kommen Sie, Joe, spannen Sie mich nicht auf die Folter«, rufe ich aus. »Konnten Sie ihn nun aufspüren oder nicht?«

»Natürlich konnten wir das«, antwortet er. »Nachdem José einen halben Tag lang vergebens herumgesucht hat, habe ich Bronson aktiviert …«

»Warten Sie, Joe. Damit ich jetzt nichts durcheinanderbringe: Bronson ist Bronislaw, Ihr polnischer Hacker, stimmt's?«

»Stimmt genau …« Er senkt verschwörerisch die Stimme. »… wobei es mir lieber wäre, wenn wir das *H*-Wort nicht am

Telefon verwenden würden, der Feind hört mit, vergessen Sie das nie.«

»Welcher Feind?«, fauche ich. »Und jetzt raus damit, Joe: Was hat Bronson herausgefunden?«

»Also, er hat Folgendes getan: Er hat sich Philips Kreditkarten vorgenommen, und dabei hat er eine ziemlich interessante Entdeckung gemacht. Eine von Philips Kreditkarten wurde gestern Abend dazu benutzt, um Flugtickets zu kaufen ...«

»Flugtickets? Wohin denn?«

Aus den Augenwinkeln kann ich sehen, dass Lissy inzwischen bezahlt hat und dass sie und Emma nur darauf warten, dass wir endlich aufbrechen können. Ich deute ihnen, noch ein wenig Geduld zu haben, woraufhin Emma auf ihre Armbanduhr zeigt, um mir zu bedeuten, dass wir es eilig haben.

»Nach Deutschland«, antwortet Joe.

»Wie bitte, nach Deutschland?«, echoe ich ungläubig.

»Dann wussten Sie es also nicht«, stellt Joe fest.

»Nein, ich hatte keine Ahnung. Bei unserem letzten Telefonat meinte Philip, er werde noch mindestens eine Woche lang in Paraguay festhängen.«

In meinem Gehirn wirbeln die Gedanken durcheinander. Wieso zum Teufel reist Philip zurück nach Deutschland, ohne mir ein Wort davon zu sagen? Was soll diese Geheimniskrämerei?

Ah, ich hab's. Er will mich überraschen. Genau, so muss es sein. Auf einmal wird mir ganz warm ums Herz. Das Telefonat fällt mir wieder ein, und sein merkwürdiger Tonfall, diese völlig unangemessene Distanziertheit. Auf einmal ergibt das alles einen Sinn. Er hat sich absichtlich bedeckt gehalten, damit ich ihm nicht auf die Schliche komme, ist doch klar.

Ich stoße einen erleichterten Seufzer aus. Dann ist ja alles in bester Ordnung. Gott sei Dank. Und ich hatte schon die allerschlimmsten Befürchtungen.

Ich paranoide Gans.

Bleibt nur ein winziges Problem, das meine Freude ein wenig trübt. Philip ist nach Hause geflogen, um mich wiederzusehen, und ich bin hier in Amerika …

Was er jedoch wusste!

»Sagen Sie, Joe, wann ist Philip denn in Deutschland angekommen?«, frage ich.

»Noch gar nicht«, antwortet er. »Sein Flug kommt erst in zwei Stunden an.«

In zwei Stunden? Das ist merkwürdig. Philip wusste doch, dass ich heute Morgen nach Los Angeles abfliege, er hat mich noch extra danach gefragt. Wie will er mich also überraschen, wenn er seinen Flug so wählt, dass ich bei seiner Ankunft bereits weg bin?

Plötzlich ist da wieder dieses unangenehme Gefühl in meiner Bauchgegend. Er kann also nicht die Absicht gehabt haben, mich zu überraschen, es sei denn …

Er hat sich mit dem Datum vertan. Aber natürlich. Philip ist zwar superintelligent, aber er hat so viel um die Ohren, da kann es schon mal vorkommen, dass er sich um einen Tag …

»Molly, da ist noch etwas«, schiebt sich Joes Stimme plötzlich wieder in mein Bewusstsein.

»Noch etwas?«, frage ich. »Was denn?«

»Philip hat nicht nur ein Ticket gekauft«, sagt Joe, »sondern zwei.«

»Wie bitte?« Ich brauche ein paar Sekunden, um diese Information zu verdauen, und beginne sofort Überlegungen anzustellen. »Dann gehe ich davon aus, dass ihn jemand aus seiner Firma begleitet«, mutmaße ich.

»Nein, Molly, ich fürchte, so ist es nicht«, sagt Joe, und die Worte kommen ihm hörbar schwer über die Lippen. »Das war auch mein erster Gedanke, aber ich habe das sicherheitshalber von Bronson checken lassen.«

»Und mit welchem Ergebnis?« Es gelingt mir kaum, die Frage auszusprechen.

»Die Person, mit der er reist, ist weder in seinem Unternehmen beschäftigt, noch hatte sie bisher irgendetwas damit zu tun.«

»Okay …« Meine grauen Zellen rotieren. »… dann ist es wahrscheinlich ein Geschäftspartner, den Philip auf den Flug eingeladen hat. So abwegig ist das nicht, Joe, schon gar nicht in großen Unternehmen.«

»Nein, Molly …« Joe atmet tief durch, als müsste er sich für die folgenden Worte selber Mut machen. »Soviel wir in der Eile ermitteln konnten, handelt es sich um keinen Geschäftspartner, und es ist auch kein Mann. Die Person, von der ich spreche, ist eine Frau namens Lima Monteiro, und sie ist zweiunddreißig Jahre alt.«

Heinrich VIII

Schön. Dann ist Philip eben zusammen mit dieser Frau nach Deutschland geflogen.

Das muss noch überhaupt nichts bedeuten.

Höchstwahrscheinlich gibt es dafür sogar eine völlig harmlose Erklärung. Sie könnte zum Beispiel eine neue Geschäftspartnerin sein, die in Zusammenhang mit Philips Firmen noch nirgends aufscheint, weil ... na, weil sie eben neu ist und die Geschäfte mit ihrer Firma erst anlaufen. Genau.

Oder noch einfacher: Sie ist die Frau eines Geschäftspartners, der Philip gebeten hat, sich ein bisschen um sie zu kümmern, weil sie eine Kulturreise nach Europa machen will.

Oder sie ist die heimliche Geliebte dieses Geschäftspartners.

Oder ... seine Tochter.

Na also. Ich finde, ohne lange nachzudenken, mindestens ein Dutzend Gründe dafür, warum Philip diese fremde Frau im Schlepptau hat, und sie sind allesamt völlig harmlos.

Seit Joe mir gestern davon berichtet hat, bete ich mir das immer wieder vor, und dennoch taucht diese Person stets aufs Neue wie ein Gespenst in meinen Gedanken auf.

Als wir das Gebäude für unsere neue Filiale besichtigten, zum Beispiel. Es war unglaublich. Dieses Projekt ist wirklich zu hundert Prozent das, was wir suchen, das Einzige, worüber wir uns noch nicht einigen konnten, ist der exorbitant hohe Mietpreis, aber auch der wäre verhandelbar, meinte Ray Jackson, übrigens ein ziemlich gut aussehender farbiger Immobilienmakler mit perlweißen Zähnen und einem perfekt sitzenden dunkelblauen Zweireiher. Nachdem wir uns verabschiedet hatten, war ich hin und weg – um schon im nächsten Augenblick in Gedanken wieder bei Philips geheimnisvoller Begleiterin zu landen.

Wieso zum Teufel hat er sie bei unserem Telefonat mit keinem Wort erwähnt?

Im Anschluss hat uns Emma mit ihrem riesigen roten Cabriolet direkt zu den Universal Studios kutschiert, wo wir an einer wahnsinnig interessanten Führung teilnahmen. Wir wurden zu den Kulissen von *Der weiße Hai* gefahren, und zur »Wisteria Lane« von den *Desperate Housewives*, und zum »Bates Motel« aus *Psycho*, und später kamen wir zu einem Drehort, wo die rauchenden Überreste eines abgestürzten Jumbojets aus *Krieg der Welten* vor sich hin kokelten. Lissy und ich schossen mit unseren Handys ungefähr eine Million Fotos, und wenige Minuten später dachte ich: *Zweiunddreißig? Für eine neue Geschäftspartnerin ist das doch eindeutig zu jung, oder?*

Im Anschluss haben wir uns dann Shows mit sensationellen pyrotechnischen Effekten und irren Stunts angeguckt, und im »House of Horrors« wurden wir von gruseligen Figuren zu Tode erschreckt. Als Emma dabei einem Darsteller, der uns als Mumie verkleidet aus einer verborgenen Nische heraus mit lautem Gebrüll ansprang, mit ihrer Handtasche eins überzog, schoss mir plötzlich durch den Kopf: *Und falls sie als Touristin unterwegs ist: Wieso ausgerechnet Deutschland? Sightseeing in Europa würde man doch eher in Paris starten, oder in Rom, nicht wahr?*

Und als wir im Anschluss im The Grill zu Abend aßen, dachte ich mir beim Anblick des Schokoladenkuchens: *Dem Namen nach ist sie eine Latina. Ob sie auch so verführerisch aussieht wie dieser Kuchen?*

Später, nachdem wir uns von Emma verabschiedet hatten und an der Hotelbar noch einen Absacker tranken, habe ich Lissy alles erzählt, und obwohl sie sich alle Mühe gab, mir meine Bedenken auszureden, merkte ich ihr deutlich an, dass auch sie sich ziemliche Sorgen machte. In der Nacht hatte ich dann prompt einen Traum, in dem ich Philip in flagranti im

Bett mit einer rassigen Señorita erwischte und er mir weismachen wollte, das sei eine Flamencolehrerin, die er mir als Geschenk mitgebracht habe, und erst heute Morgen beim Frühstück fiel es mir dann wieder ein:

Ich kann hier zurzeit unmöglich weg.

Das waren Philips Worte gewesen. Das heißt also, er hat mich belogen!

Es ist übel. Wirklich übel. Ich bin hier am aufregendsten Ort der Welt, und doch kann ich das alles nicht richtig genießen. Lissy und ich haben am Vormittag Emmas Empfehlung befolgt und an einer dieser Celebrity Tours teilgenommen. Dabei wurden wir in einem offenen Bus quer durch Beverly Hills und Bel Air gefahren, wo wir uns an den Villen von allen möglichen Superstars die Augen aus dem Leib starrten, und später haben wir dann am Rodeo Drive gehalten, wo wir eine Stunde Zeit für Sightseeing bekamen.

Ich meine, jetzt mal im Ernst, wir reden hier vom *Rodeo Drive!* Dort gibt es alles, was einen modernen Menschen glücklich macht, angefangen von Gucci bis hin zu Jimmy Choo, Chanel, Prada und Dior und und und. Normalerweise wäre ich ausgeflippt, und man hätte mich an einen Laternenmast ketten müssen, damit ich nicht in einen Kaufrausch verfalle, aber heute geschah nichts dergleichen. Im Gegenteil, am Schluss war sogar ich es, die von Lissy überredet werden musste, überhaupt einen Fuß in eines der Geschäfte zu setzen, und gekauft habe ich bloß einen Seidenschal, der mir zehn Minuten später schon gar nicht mehr gefiel, weil er ein völlig veraltetes Paisleymuster hat. Nach dieser Enttäuschung haben wir uns auf der Rückfahrt direkt am Walk of Fame absetzen lassen, dieser berühmten Flaniermeile entlang des Hollywood Boulevard, in die die Sterne der Stars eingelassen sind, und sind auf ihm bis zum H&H-Center zurückgelaufen. Lissy war ganz aus dem Häuschen beim Anblick der ganzen berühmten Namen, und auch ich habe zahlreiche Fotos geschossen, obwohl ich in Gedanken überhaupt nicht bei der Sache war.

»Molly, so kann es nicht weitergehen.«

Als ich Lissys Blick erwidere, sehe ich, dass ihre Stirn vor Sorge ganz zerfurcht ist. Wir stehen vor dem Chinese Theatre, wo die Großen der Traumfabrik sich mit ihren Händen und Füßen im Beton verewigt haben.

»Was kann so nicht weitergehen?«, frage ich.

»Dass du mit deinen Gedanken nur noch bei Philip bist.«

»Aber das bin ich gar nicht, Lissy«, behaupte ich trotzig.

»Ach ja?« Lissy deutet vorwurfsvoll auf die Betonplatte direkt vor unseren Füßen. »Und was ist damit?«

»Was soll damit sein?« Ich betrachte die Platte mit den Abdrücken von zwei Riesenlatschen und zwei eher kleinen Händen sowie den ineinander verschlungenen Buchstaben B und P.

»Machst du Witze?« Lissy starrt mich ungläubig an. »Das sind die Abdrücke von Brad Pitt!«

»Echt?« Einen Moment lang sind meine Sorgen wie weggeblasen. Der Gedanke, dass *er* hier gestanden hat und dass das *seine* Hände waren, die er da in den kühlen, feuchten Beton gedrückt hat …

Ein wohlig warmer Schauer durchrieselt meinen Körper. Zugegeben, das hat was. Wir stehen ein paar Sekunden lang tief in Gedanken versunken nebeneinander und schweigen andächtig, dann kommt Lissy wieder auf unser Thema zurück.

»Molly, seit diesem blöden Telefonat mit Joe stehst du völlig neben dir«, sagt sie mitfühlend und vorwurfsvoll zugleich. Sie drückt sachte meinen Arm. »Du darfst das nicht zu nahe an dich heranlassen, sonst macht es dich völlig verrückt.«

Ich erwidere ihren Blick und fühle, wie mich sofort wieder diese tiefe Trauer überkommt.

»Das weiß ich auch, Lissy, aber ich kann nicht anders«, antworte ich düster. »Zu hören, dass der Mann, mit dem man sein ganzes zukünftiges Leben geplant hast, heimlich mit einer

Zweiunddreißigjährigen um die Welt fliegt, ist nun einmal etwas, das einen verrückt machen kann, findest du nicht?«

»Molly, du hast ja recht – dennoch, wir waren uns doch beide einig darüber, dass es eine ganze Menge von guten Gründen dafür geben kann, nicht wahr?«

»Ich weiß, Lissy, aber trotzdem bleibt die Frage, warum er sie vor mir verheimlicht«, murmle ich niedergeschlagen. »*Dafür* haben wir noch keinen plausiblen Grund gefunden.«

Ich habe natürlich schon erwogen, Philip einfach anzurufen, aber dann ließ ich es bleiben. Ich will stattdessen lieber abwarten, bis er sich von sich aus bei mir meldet, und in der Zwischenzeit sind ihm ohnehin Joes Leute auf den Fersen, um mir Klarheit darüber zu verschaffen, was Philip mit seinem merkwürdigen Verhalten eigentlich bezweckt.

»Molly«, Lissy sieht mich eindringlich an, »eines weiß ich ganz genau: Philip liebt dich, und wenn er dir nichts von dieser Frau erzählt hat, dann gibt es bestimmt einen Grund dafür. Und es hat ganz sicher nichts mit eurer Beziehung zu tun, darauf würde ich wetten.«

Ich erwidere hoffnungsvoll ihren Blick.

»Meinst du?«

»Ja, Molly, ich bin mir sogar hundertprozentig sicher«, nickt sie überzeugt. »Du und Philip, ihr seid füreinander geschaffen. Es ist wie bei …« Sie sucht nach einem passenden Vergleich, und als ihr Blick auf eine der Platten fällt, findet sie ihn: »… Liz Taylor und Richard Burton.«

»Die haben sich andauernd gezankt und später scheiden lassen, zweimal sogar«, wende ich ein.

»Zweimal? Wie geht das denn?«, fragt Lissy verwundert.

»Indem man zweimal heiratet«, kläre ich sie auf.

»Okay, vergiss die beiden.« Sie denkt angestrengt über ein besseres Beispiel nach. »Dann seid ihr eben füreinander geschaffen wie … Cäsar und Kleopatra.«

»Das ging auch nicht gut aus«, schüttle ich den Kopf. »Die

sollen sich ständig in den Haaren gelegen haben, und nachdem Cäsar ermordet worden war, hat sie sich gleich dem Nächsten – Mark Anton war das, glaube ich – an den Hals geworfen. Und wie das dann endete, weißt du ja.«

»Schon gut. Schon gut.« Lissy wirkt jetzt ein bisschen angesäuert. »Dann eben Brad Pitt und Angelina Jolie. Die sind doch noch ein glückliches Paar, oder?«

»Na ja, wie man's nimmt«, finde ich auch da ein Haar in der Suppe. »Angeblich machen die Sadomasosex, und seit dieser Geschichte damals mit Lilly bin ich mir auch nicht sicher, ob Brad immer treu ist – oder Angelina, die kommt mir nämlich ehrlich gesagt nicht ganz koscher vor.«

»Herrgott noch mal, Molly«, stößt Lissy entnervt hervor. »Es kann doch nicht sein, dass du an jeder Beziehung auf diesem Planeten etwas auszusetzen hast.«

»Aber das hab ich gar nicht«, sage ich und bin ein wenig überrascht wegen der Heftigkeit ihres Gefühlsausbruchs. »Im Gegenteil, ich weiß, dass es sehr gute Beziehungen gibt, die ein ganzes Leben lang halten.«

»Ach?« Sie mustert mich skeptisch. »Also gut, dann nenn zur Abwechslung du mir eine«, verlangt sie plötzlich.

Merkwürdig, wollte nicht gerade *sie mir* beweisen, dass …

»Meine Eltern«, fällt mir ein. »Die führen eine perfekte Ehe, und zwar schon seit … also, seit ganz vielen Jahren. Natürlich abgesehen davon, dass Paps immerzu Sport guckt und Mami ihre Zeit lieber mit ihren Freundinnen verbringt.«

»Na bitte, das ist der Beweis.« Lissy nickt mir zu wie einem Kind, dem sie gerade die Gesetze der Schwerkraft demonstriert hat, indem sie einen Ball zu Boden hat fallen lassen. »Sie führen die perfekte Ehe, und ihr Geheimnis dabei heißt *Toleranz.*« Sie spricht es aus wie ein abgehobener Motivationstrainer bei einem dieser überteuerten Seminare.

»Schön, Lissy, und weiter? Inwiefern soll mir das jetzt weiterhelfen?«, gebe ich schnippisch zurück.

»Aber das liegt doch auf der Hand, Molly«, antwortet sie. »Wenn du und Philip eine gute Ehe führen wollt, dann werdet ihr genau das brauchen: Toleranz.«

Ich forsche in ihrem Gesicht, ob sie das ernst gemeint hat, finde aber keinerlei Anzeichen dafür, dass dem nicht so wäre.

»Lissy, du willst mir hoffentlich nicht einreden, dass Toleranz unter anderem beinhaltet, es Philip zu gestatten, mit einer zweiunddreißigjährigen Mexikanerin um die Welt zu jetten, oder?«

»Sie ist aus Paraguay, und sie sind nicht um die Welt gejettet, sondern bloß nach Deutschland«, versucht sie sich mit Haarspaltereien zu retten.

Ich starre sie ungläubig an. »Vergiss es, Lissy«, sage ich dann. »Ich weiß, du meinst es gut, aber du hast dich gerade in etwas hineingeredet, das keinen Sinn ergibt.«

»Es ergibt *wohl* einen Sinn«, protestiert sie, aber gerade als sie zu einem umfassenden Plädoyer ansetzen will, unterbricht uns das Läuten meines Handys.

Wie sind beide angespannt, als ich es hervorziehe, und als ich sage: »Es ist Joe!«, zieht auch Lissy scharf die Luft ein.

»Hallo, Molly, Ranger hier«, meldet er sich in gewohnter Schnörkellosigkeit. »Ich habe Neuigkeiten für Sie.«

»Ach ja?« Ich verziehe mich in eine weniger belebte Ecke des Innenhofes. »Ich hoffe, diesmal ist es etwas Gutes.«

Die kleine Pause, die nun folgt, zeigt mir, dass dem nicht so ist.

»Das kann ich mir leider nicht aussuchen«, schickt er als Unheil verkündende Einleitung voraus. »Wir haben Philips Spur anhand seiner Kreditkartenabbuchungen weiterverfolgt, und dabei kamen ein paar ziemlich merkwürdige Ergebnisse heraus.«

»Ach ja?«, frage ich tonlos.

Lissy ist ganz nahe an mich herangerückt, um mithören zu können, und drückt mir zur Unterstützung den Arm.

»Also, nach der Landung in Frankfurt waren sie als Erstes in einem Restaurant …«, legt Joe los.

»In Frankfurt?«, wiederhole ich. »Wieso sind sie in Frankfurt gelandet und nicht in München?«

»Ganz einfach, weil der Flug dorthin gebucht war«, antwortet Joe. »Habe ich das gestern nicht erwähnt?«

»Nein. Ich nehme aber an, das war bloß ein Zwischenstopp, oder?«

»Nein, war es nicht. Der Flug ging direkt von Asunkzi… also, von Paraguay nach Frankfurt, und ein Anschlussflug war nicht vorgesehen.«

»Okay …« Ich schließe kurz die Augen, um mich zu sammeln. »Und weiter?«

»Dort gingen sie in ein Restaurant in der Nähe des Flughafens, das Little Italy, wo sie Spaghetti gegessen haben …«

»Nur Spaghetti? Und was haben sie getrunken?«, frage ich hastig.

»Rotwein, Chianti, zwei Gläser«, berichtet Joe. »Ansonsten nur Mineralwasser, ach ja, und Cappuccino, auch zweimal.«

Spaghetti, Wasser, Kaffee … Das klingt nicht gerade nach einem Menu für zwei Jungverliebte, was mich ein bisschen Hoffnung schöpfen lässt.

»Gut, Joe, und weiter?«

»Was dann kam, war wirklich seltsam«, hebt er an, und mir wird flau im Magen. »Sie waren nämlich bei Winners only.«

»Wie bitte, bei Winners only? Was haben sie denn dort gewollt?«, frage ich ungläubig.

»Wie es aussieht, haben sie es sich dort gut gehen lassen«, antwortet Joe. »Also eigentlich eher sie.«

»Wie meinen Sie das?«

»Na ja, Philip hat alles mit seiner Kreditkarte bezahlt – was merkwürdig ist, wo er doch der Haupteigentümer der Firma ist, nicht wahr?«, unterbricht er sich.

»Nein, ist es nicht«, kläre ich ihn auf. »Wir haben das so

vereinbart, damit es keine Probleme mit der Buchhaltung gibt. In den auswärtigen Filialen zahle sogar ich für meine Anwendungen.«

»Ach so, gut, dann streiche ich diese Notiz. Also, sie hatten dort eine Hypnosesitzung …«

»Die muss für diese Frau gewesen sein«, füge ich ein. »Philip würde sich niemals hypnotisieren lassen.«

»… dann eine Hot-Stone-Massage …«

»Die muss auch für sie gewesen sein. Philip hat das einmal ausprobiert und danach nie wieder, er hat gemeint, wenn er schwitzen will, geht er lieber in die Sauna.«

»… weiterhin eine Solariumeinheit …«

»Auch wieder für die Frau. Philip geht nur in die Sonne, wenn es sich nicht vermeiden lässt.«

»… okay, und dann hatten sie noch zwei Kaffee, mehrere Flaschen Mineralwasser und eine Cremetorte in der Cafeteria«, schließt Joe seine Aufzählung ab.

Ich überlege schnell.

»Das heißt also, Philip hat diese Fremde zu all diesen Sachen eingeladen«, schlussfolgere ich und denke mit jagendem Herzen über alles nach. »Joe, mir ist gerade etwas eingefallen. Um bei Winners only etwas konsumieren zu können, muss diese Frau sich bei uns eingeschrieben haben, was wiederum bedeutet, dass wir jetzt ihre genauen Daten haben müssten. Können Sie diesen Datenbogen für mich abrufen?«

»Den Datenbogen?« Er scheint den Hörer von seinem Kopf wegzuhalten, und im Hintergrund läuft ein kurzer Dialog ab.

»Bronson, wir brauchen Datenbogen!«

»Was Datenbogen?«

»Datenbogen von fremdes Frau bei Winners only in Frankfurt!«

»Ah so … ich probieren … Scheiß mich an – nix Datenbogen!«

»Wieso nix Datenbogen?«

»Weil Scheißinternetsecurity bei Scheißladen, ich nix kommen rein!«

»Nix kommen rein? Dann du nix Genie!«

»Ich nix Genie? Du nix Genie! Mach selba Scheißdreck!«

Es klingt, als würde jemand heftig eine Tür zuknallen, dann meldet Joe sich wieder bei mir.

»Molly, sind Sie noch dran?«

»Natürlich, Joe.«

»Bronson und ich haben das gerade diskutiert, und so wie es aussieht, kommt er nicht in Ihr System«, lässt er mich wissen.

»Wie bitte?«, frage ich entgeistert. »Der Typ hackt sich in die Dateien von Kreditkartenfirmen, Finanzamt, Sozialversicherungen und was weiß ich was, und ausgerechnet bei Winners only ist für ihn Endstation?«

»Sieht so aus. Vergessen Sie nicht, dass Sie letztes Jahr alles auf allerhöchstem Niveau haben absichern lassen, so gesehen haben Ihre Sicherheitsleute einen hervorragenden Job gemacht.«

»Auch wieder wahr«, räume ich ein, wenn mir die Begründung auch nicht ganz einleuchten will. Aber ich wische die Zweifel ungeduldig beiseite. »Egal, das ist kein Problem, dann soll sich einfach Fiona die Daten schicken lassen. Aber jetzt sagen Sie, Joe, was haben Philip und diese Frau später noch gemacht?«

Jetzt wird es wirklich spannend, denn später heißt *in der Nacht.*

»Sie sind mit dem Auto weitergefahren nach Nürnberg …«

»Woher wissen die das?«, fragt Lissy neben mir ungläubig.

Sie hat recht. Irgendwie ist das echt unheimlich.

»Wer ist da bei Ihnen?«, will Joe wissen.

»Es ist Lissy«, antworte ich.

»Ah … Hallo, Lissy. Wie geht's denn so?«

»Danke, gut. Und Ihnen?«, fragt sie höflichkeitshalber zurück.

»Ich kann nicht klagen, danke der Nachfrage.«

»Schön, es geht uns also allen gut«, falle ich ihnen unwirsch ins Wort. »Könnten wir weitermachen? Also, Joe, nachdem die Frage schon mal gestellt ist: Woher wissen Sie das alles?«

»Na, weil Philip bei Avis ein Auto gemietet und außerdem noch in der Nähe von Würzburg getankt und alles mit seiner Kreditkarte bezahlt hat«, entgegnet Joe. »Es war übrigens ein BMW 535 Diesel, und bezahlt hat er achtundsechzig Liter Benzin, zwei Snickers, eine Cola und ein Mineral«, konkretisiert er.

Alles klar. Ich zahle nie wieder etwas mit meiner Kreditkarte.

»Gut, und weiter?«

»Danach sind sie weitergefahren bis Nürnberg, wo sie vor wenigen Minuten im Hotel Sheraton Carlton eingecheckt haben.«

Mit stockt der Atem. Sie sind in Nürnberg in einem Hotel? Philip hätte doch ebenso gut auch gleich weiter nach München fahren können. Was zum Geier wollen sie ausgerechnet in Nürnberg? Bratwürste kaufen oder was?

»Und was für Zimmer haben sie genommen?«, frage ich schnell.

»Was meinen Sie? Wollen Sie die Zimmernummer?«

»Ich will wissen, ob sie jeder ein eigenes Zimmer haben oder ein …« *Doppelzimmer*, das ist das Wort, das ich nicht über die Lippen bringe.

»Ach so. Ja, das ist natürlich eine interessante Frage … nein, sie haben zwei Zimmer genommen …«, antwortet Joe, und mir fällt ein Riesenstein vom Herzen.

»… die allerdings direkt nebeneinanderliegen«, schickt er nach.

»Und woher will er das wissen?«, zischt Lissy. »Steht es auf der Rechnung?«

»Nein, aber die Zimmernummern sind 205 und 206«, erklärt Joe, der anscheinend über einen ausgezeichneten Gehörsinn verfügt.

»Schon gut, Joe, das klingt plausibel«, sage ich. Ich atme tief ein und stoße dann hörbar die Luft aus meinen Lungen. »Also gut, lassen Sie uns rekapitulieren: Philip und diese Fremde haben also den Umweg über Frankfurt genommen, wo sie sich in einer unserer Filialen auf seine Kosten hat verwöhnen lassen. Danach sind sie weiter nach Nürnberg gefahren anstatt nach Hause, wo sie sich Hotelzimmer genommen haben – und zwar getrennte Zimmer …« Ich mache eine kleine Pause, bevor ich die entscheidende Frage in den Raum stelle: »Und was sagt uns das alles?«

Aus dem Hörer kommt Schweigen, und selbst Lissy sieht mich nur verständnislos an.

»Keine Ahnung«, bekennt Joe schließlich.

»Na, dass Philip *keine* Affäre mit dieser Frau hat!«, platze ich endlich heraus.

Wieder glotzt Lissy, und Joe fragt: »Ja, und wieso?«

»Aber das liegt doch auf der Hand«, ereifere ich mich. »Wäre sie Philips Geliebte, würde er wohl kaum mit ihr zu Winners only gehen, oder?«

»Ach so.« Lissy zieht die Augenbrauen hoch. »Ja, stimmt.«

»Und schon gar nicht würde er mit seiner Kreditkarte bezahlen, wodurch er doch alles aktenkundig macht, meint ihr nicht auch?«, führe ich meinen Gedanken weiter. »Und für mich der wichtigste Punkt von allen: Aus welchem Grund sollte er getrennte Hotelzimmer nehmen, wenn er mit ihr … ihr wisst schon …«

»Mit ihr vögeln wollte, genau«, tönt es aus dem Hörer. »Ich glaube, Sie haben recht, Molly, damit würde er es sich doch nur unnötig kompliziert machen. Gerade, wenn man frisch zusammen ist, ist man doch heiß aufeinander, und da will man nicht …«

»Joe, wir haben's kapiert«, falle ich ihm ins Wort, ehe er wieder Dinge ausspricht, die ich aus meinem Bewusstsein verbannen will. »Aber ich denke, wir sind uns darüber einig, dass Philip diese Frau aus Gründen bei sich hat, die wir im Moment zwar noch nicht kennen, die aber höchstwahrscheinlich einen harmlosen Hintergrund haben.«

»Genau«, nickt Lissy erleichtert. »Bestimmt ist sie nur die Verwandte eines Geschäftspartners oder so.«

»Das könnte sein«, räumt Joe ein. »Wobei wir aber beim gegenwärtigen Stand der Ermittlungen nicht hundertprozentig ausschließen können, dass sie doch Philips Geliebte ist und er zum Beispiel mit ihr bei Winners only war, um mit seinem tollen Unternehmen anzugeben.«

»Joe, was soll das?«, fahre ich ihn an.

»Was denn?«, fragt er arglos zurück.

»Das fragen Sie noch, Joe?«, ruft Lissy ins Telefon. »Wieso streuen Sie unnötig Salz in Mollys Wunden, wo sie sich doch an die Hoffnung klammert, dass Philip keine Affäre hat ...« Ihr Blick trifft meinen, und sie ergänzt schnell: »Was zudem für jeden vernünftigen Menschen ersichtlich ist!«

»Verstehe«, brummt Joe zurück, um dann geschraubt anzufügen: »Aber Sie müssen auch verstehen, dass ich bei aller persönlichen Involviertheit meinen professionellen Ansprüchen gerecht werden muss und daher sämtliche Aspekte eines Falles in Betracht ziehe.«

»Joe, lassen Sie es gut sein«, sage ich.

Plötzlich fühle ich mich merkwürdig ausgelaugt. Die emotionale Achterbahnfahrt hat meinen Nerven ordentlich zugesetzt. Aber das macht nichts, Hauptsache, ich kann glauben, dass Philip nichts mit dieser Frau hat. Und genau genommen wusste ich es die ganze Zeit. Ich kenne Philip inzwischen gut genug, um zu wissen, dass er eine treue Seele ist. Er ist kein Mann, der sich seine Männlichkeit beweisen muss, indem er ständig in fremden Betten ...

»Und dann wäre noch etwas, Molly«, unterbricht Joe meine Gedanken.

»Ja?«

Er zögert. »Ich bin mir nicht sicher, ob Sie das nicht lieber unter vier Ohren besprechen wollen.«

»Unter vier Ohren? Was soll das heißen?«

Lissy und ich wechseln einen Blick.

»Das soll heißen, dass ich nicht weiß, ob das, was ich Ihnen jetzt mitteilen werde, auch für die Ohren Ihrer Freundin bestimmt ist. Nichts für ungut, Lissy«, schiebt er schnell nach.

»Keine Ursache, Joe«, antwortet sie automatisch.

»Was meinen Sie, Joe? Ich habe keine Geheimnisse vor Lissy, falls Sie das meinen.«

Abgesehen von der Kleinigkeit, dass ich mal anderthalb Mille im Lotto gewonnen und ihr das bis zum heutigen Tag verschwiegen habe, schießt es mir durch den Kopf, aber das steht auf einem ganz anderen Blatt geschrieben.

»Also schön«, sagt Joe mit lähmender Langsamkeit. »Aber ich warne Sie, das, was jetzt kommt, ist wirklich ... *delikat.*«

»Delikat?« Ich stoße ein ungläubiges Lachen aus. »Was soll denn noch delikater sein als die Befürchtung, dass Philip mich betrügt?«

Joe zögert mit der Antwort, und plötzlich fühle ich einen Anflug von Panik.

»Also, Molly, wie Sie ja wissen, haben wir noch weitere Nachforschungen über Philip angestellt, und dabei hat Bronson ein weiteres Konto ausfindig gemacht, von dem wir bisher nichts wussten ...«

Ach so, es geht wieder um Schwarzgeld. Schon klar, dass er das nicht vor Lissy ausbreiten will, immerhin handelt es sich dabei um schwere Gesetzesverstöße, und Lissy hat das Moralempfinden eines Pfadfinders.

Ich sehe sie an und verziehe dabei bedauernd das Gesicht.

»Lissy, tut mir leid, aber könntest du vielleicht ...?«

»Schon kapiert.« Sie hebt beschwichtigend die Hände und macht ein paar Schritte rückwärts, bis sie bei einer japanischen Touristengruppe stehen bleibt, die gerade mit entzückten Ausrufen wie besessen Fotos von John Waynes Fußabdrücken schießt.

»Wir sind unter uns, Joe, legen Sie los«, sage ich mit gesenkter Stimme und schirme dabei mit der Hand den Hörer ab wie eine Geheimagentin.

»Also, Molly, dieses Konto befindet sich auf Jersey, das ist eine Insel im Ärmelkanal ...«, beginnt er.

»Ist mir bekannt. Und weiter?«

»... und von diesem Konto werden in regelmäßigen Abständen Überweisungen an mehrere Personen getätigt ...«

Autsch, das klingt jetzt eindeutig nach Bestechung. Scheint so, als hätte Philip da ein ausgeklügeltes Netzwerk im Hintergrund laufen.

»*Wie* regelmäßig?«, frage ich.

»Jeden Monat.«

»Und um wie viele Personen handelt es sich?«

»Um vierzehn.«

Vierzehn also. Hm. Ich könnte mir vorstellen, dass sich darunter auch der eine oder andere bekannte Name befindet. Immerhin muss es sich um einflussreiche Persönlichkeiten handeln, sonst könnte Philip ja keinen Vorteil daraus ziehen. Plötzlich bin ich ganz fasziniert von dem Gedanken, dass Philip ranghohe Politiker und Funktionäre an seiner langen Leine laufen lässt, aber zugleich wird mir auch bewusst, wie brisant diese Angelegenheit ist.

»Sind darunter Namen, die ich kenne?«, frage ich in möglichst beiläufigem Tonfall und sehe mich unauffällig um, ob uns auch niemand belauscht. Doch die einzige Kandidatin dafür wäre Lissy, aber die ist im Moment damit beschäftigt, ein Gruppenfoto von den dauerlächelnden Japanern zu schießen.

»Das glaube ich kaum«, meint Joe. »Wie kommen Sie darauf?«

»Na ja, ich dachte nur, vielleicht aus den Medien oder so ... Aber sagen Sie, über welche Summen reden wir hier überhaupt?«

»Nun, es sind keine allzu hohen Beträge, jedenfalls nicht pro Person«, erklärt Joe zu meiner Verwunderung. »Ganz genau sind es fünfhundert Euro, die jede dieser Frauen am Monatsersten erhält …«

Nur fünfhundert? Merkwürdig. Bei dem Thema Bestechung denkt man doch automatisch an größere Summen, nicht wahr? Und wieso bekommt jede dieser Frauen genau dieselbe …

Moment mal. Stopp!

Sagte er gerade *Frauen*? Aber ja doch, er hat Frauen gesagt!

»Joe, wollen Sie mir erzählen, dass Philip jeden Monat fünfhundert Euro an vierzehn verschiedene *Frauen* überweist?«, rufe ich ungläubig aus.

»Genau so ist es«, bestätigt er.

Mein Gehirn geht für einen Moment in Leerlauf, und die Geräusche aus meiner Umgebung sind wie in einen großen Wattebausch gepackt. Als ich mich wieder gefangen habe, stoße ich hervor: »Und was sind das für Frauen? Haben Sie sie bereits überprüft?«

»Natürlich haben wir das, jedenfalls, was die wichtigsten Aspekte betrifft«, kommt es von Joe. Dann berichtet er schwungvoll weiter, und jedes einzelne seiner Worte trifft mich wie ein Hammerschlag: »Sie leben alle in unterschiedlichen Städten in Deutschland, sie haben alle mindestens zwei Kinder, und altersmäßig rangieren die Ladys zwischen zweiundfünfzig und vierundsechzig Jahren.«

»So schlimm ist das nicht, Molly«, versucht Lissy mir zum x-ten Mal einzureden. »Probier mal den Muffin, der ist köstlich.« Wie zum Beweis beißt sie von ihrem ein großes Stück ab und macht dazu »Mmm«.

Wir sitzen bei Starbucks. Lissy hat für uns Caramel-Frappuccinos und Blaubeermuffins gekauft, die ich aber noch nicht angerührt habe, weil mir Joes Bericht gründlich den Appetit verdorben hat.

»Du hast gut reden, Lissy«, sage ich frustriert. »Du hast ja auch nicht gerade erfahren, dass Manfred heimlich einer Latina Hot-Stone-Massagen spendiert und so ganz nebenbei vierzehn Frauen finanziell aushält.«

»Aber Philip hält sie doch nicht aus«, hält Lissy dagegen. »Er überweist ihnen bloß fünfhundert Euro im Monat, und davon kann man nicht leben.«

»Und wenn schon. Wofür kriegen sie überhaupt Geld von ihm?«, sage ich anklagend.

»Ich weiß es nicht«, zuckt sie die Achseln. »Er wird schon seine Gründe haben.«

»Aber Lissy, dafür kann es doch nur einen Grund geben«, jaule ich auf, »und der ist bei allen derselbe: ihre Kinder müssen von Philip sein!«

Ich sehe sie an in der Hoffnung, dass ihr ein vernünftiges Gegenargument einfällt, doch sie stochert stattdessen nur betreten in ihrem Frappuccino herum und meint: »Gut, Molly, aber selbst, wenn es so wäre: Diese Frauen sind allesamt schon älter, was bedeutet, dass auch ihre Kinder nicht mehr ganz klein sein können – hatte Joe diesbezüglich übrigens nähere Informationen?«

»Nein, noch nicht, das wollte ich natürlich auch gleich wissen. Um das herauszufinden, war die Zeit zu kurz, aber sie bleiben am Ball«, antworte ich.

»Gut, gehen wir einfach mal davon aus, dass es so ist«, spinnt sie ihren Gedanken weiter. »Dann bedeutet das doch nur, dass die Beziehungen zu diesen Frauen schon eine Ewigkeit her sind. Überleg doch: Selbst, wenn die Jüngste von denen noch mit vierzig ein Kind zur Welt gebracht hätte, wäre das jetzt über zwölf Jahre her.«

Ich verstehe nicht, worauf sie hinauswill.

»Und inwiefern soll mir das jetzt weiterhelfen?«

»Aber überleg mal, Molly, das bedeutet doch, dass das längst Schnee von gestern ist«, ereifert sie sich. »Schön, dann hat Philip eben vor ewig langer Zeit ein paar Affären gehabt, na und? Er war damals schon Multimillionär, vergiss das nicht, und er war ein sexy Typ, der viel herumgekommen ist, da kann so etwas schon vorkommen. Wichtig ist doch nur, dass das vor deiner Zeit war, Molly, *lange* vor deiner Zeit.«

»Hm, ich weiß nicht.« Ich lasse mir ihre Worte durch den Kopf gehen. »Aber gleich mit vierzehn Frauen – ist das nicht irgendwie … abartig?«

»Ach, Unsinn! Ich meine, zugegeben, vierzehn sind nicht gerade wenig«, rudert sie zurück, als sie meinen Blick sieht. »Aber man kann das auch durchaus positiv sehen.«

»Positiv?« Ich glaube mich verhört zu haben.

»Na, das beweist doch nur, dass Philip ein vitaler Mann ist, was euch andererseits auch die Möglichkeit gibt, noch für viele Jahre ein erfülltes und befriedigendes … ähm … Intimleben zu haben.« Sie ist ein bisschen rot angelaufen, während sie das gesagt hat, und schlürft zur Ablenkung lautstark an ihrem Frappuccino.

»Ja, super«, sage ich lahm. »Ist echt toll, mit Heinrich dem Achten liiert zu sein.«

Ich meine, mir ist klar, dass Philip kein Heiliger war, bevor er mich kennengelernt hat. Jetzt mal ehrlich, wer ist das schon? Aber Kinder von vierzehn Frauen? Das klingt für meinen Geschmack nach neuem Weltrekord, von irgendwelchen saudiarabischen Prinzen vielleicht abgesehen.

»Molly!« Lissy beugt sich über den Tisch und legt besänftigend ihre Hand auf meine. »Der größte Fehler wäre jetzt, voreilige Schlüsse zu ziehen. Alles, was du mit Gewissheit über Philip weißt, ist, dass er dich liebt. Und du liebst ihn doch auch, nicht wahr?«

Ich nicke widerwillig, obwohl ich mir im Moment keineswegs über meine Gefühle im Klaren bin.

»Siehst du«, nickt sie überzeugt. »Und hat er dir jemals einen Grund gegeben, an ihm zu zweifeln?«

Ich schüttle den Kopf und schöpfe wieder ein bisschen Mut. »Nein, hat er nicht.«

»Eben. Wieso sollen wir dann nicht einfach an das Gute glauben? Wichtig ist immer nur das, was vor uns liegt, und nicht irgendwelche Geschichten, die längst Vergangenheit sind. Und falls Philip Kinder mit anderen Frauen hat, dann ist das doch auch kein Verbrechen, nicht wahr?«

»Es sei denn, er wäre damals schon verheiratet gewesen«, wende ich ein. Philip war nämlich noch verheiratet, als ich ihn kennenlernte, auch wenn seine Scheidung zu diesem Zeitpunkt längst beschlossene Sache war.

»Das wissen wir aber nicht, außerdem hast du mir erzählt, dass er mit dieser Frau nie glücklich gewesen ist.«

Das stimmt. Philip hat seine erste Frau nur geheiratet, weil ihr Vater das verlangt hat, um ihre Unternehmen bequemer fusionieren zu können.

»Richtig«, bestätige ich. »Es war nur eine Zweckheirat, Liebe war da nie im Spiel.«

»Na also, dann kann man Philip auch keinen großen Vorwurf machen, selbst wenn er fremdgegangen wäre«, schlussfolgert sie.

»Aber warum hat er mir nie etwas davon erzählt?«, bringe ich vor. »Er will, dass ich seine Frau werde, da habe ich doch auch das Recht zu erfahren, dass er bereits Kinder hat, oder nicht?«

»Tja, keine Ahnung, wie er darüber denkt. Vielleicht hatte er Angst, du würdest es nicht verstehen«, meint Lissy achselzuckend. »Verstehst du es denn jetzt?«

»Ich weiß nicht«, sage ich kleinlaut. »Ja, doch, irgendwie schon. Aber dass es gleich so viele sind, und jede von denen hat auch noch mindestens zwei Kinder«, sage ich niedergeschlagen.

»Die aber nicht zwangsweise alle von Philip sein müssen«, gibt Lissy zu bedenken.

»Ja, stimmt. Aber noch etwas ist merkwürdig …«

»Was denn?«

»Wieso zahlt er an jede dieser Frauen exakt dieselbe Summe?«

Lissy starrt mich an, dann hat sie einen Einfall: »Dafür kann es nur einen Grund geben: Er hat mit jeder nur ein Kind, daher auch dieselbe Summe!«

»Was aber auch bedeuten würde, dass er sich jedes Mal gleich aus dem Staub gemacht hat, sobald eine schwanger wurde – nicht gerade ein feiner Charakterzug. Außerdem, sind fünfhundert Euro nicht ein bisschen wenig? Philip ist doch Millionär, müsste er da nicht mehr zahlen?«

Lissy sieht mich mit großen Augen an.

»Vermutlich schon, aber das hängt natürlich auch davon ab, wie hoch er sein persönliches Einkommen ansetzt. Vergiss nicht, bei großen Unternehmen gibt es da eine Menge Spielraum.«

»Ja, wahrscheinlich hast du recht.«

Wir verfallen in nachdenkliches Schweigen, und ich nehme jetzt doch einen Bissen von meinem Muffin.

»Also gut«, sage ich nach einer Weile und richte mich wieder auf. »Es hat keinen Sinn, hier Trübsal zu blasen, solange wir nichts Genaues wissen.«

»Das ist meine Molly«, lächelt Lissy erleichtert. »Apropos nichts wissen: Was hältst du davon, Philip einfach zu fragen? Bei der Gelegenheit könnte er dich gleich darüber aufklären, was er eigentlich mit seiner paraguayischen Freundin vorhat.«

»Nenn sie nicht so, Lissy«, sage ich schnell. »Jetzt, wo wir wissen, wie … ähm … triebstark er ist.«

»Entschuldige, war keine böse Absicht. Aber mal im Ernst, Molly, wieso stellst du ihn nicht einfach zur Rede? Dann könntet ihr ein für alle Mal reinen Tisch machen.«

Sie hat recht. Natürlich hat sie recht. Das ist es doch, was ich von Anfang an wollte: reinen Tisch machen. Deswegen habe ich Joe überhaupt erst auf Philip angesetzt, ich konnte ja nicht ahnen, dass *so etwas* dabei herauskommen würde.

Das Dumme ist nur, dass ich nicht mehr zurückkann.

»Das kann ich nicht, Lissy, nicht mehr«, antworte ich schweren Herzens. »Erst muss ich Gewissheit haben, was Philip mir noch alles verschweigt, daher muss ich abwarten, was Joe noch alles herausfindet. Und wie soll ich Philip überhaupt erklären, dass ich einen Detektiv auf ihn angesetzt habe?«

Lissy sieht mich an. »Das ist natürlich ein Argument. Dir ist aber klar, dass du nie wieder einen Mann wie Philip finden wirst?«

»Ja, Lissy, dessen bin ich mir bewusst, glaub mir. Und trotzdem geht es nicht anders.«

Wieder mustert sie mich nachdenklich. »Okay«, sagt sie dann. »Es ist deine Entscheidung. Aber nur für den Fall, dass es dabei bleiben sollte, ich meine, dass keine weiteren Geheimnisse hinzukommen – könntest du mit dem, was du bisher über ihn weißt, leben?«

»Du meinst, falls es mit dieser Frau aus Paraguay nichts weiter auf sich hat?«

Lissy nickt.

»Doch, ja, ich denke schon«, nicke ich überzeugt, und der Gedanke daran verleiht mir wieder ein klein wenig Zuversicht.

Was das angeht, war ich nämlich immer schon der Meinung, dass zu einer guten Beziehung auch ein gewisses Maß an Großzügigkeit gehört. Und was Philips uneheliche Kinder angeht – kein Problem. Dann sind wir in Zukunft eben eine große Patchworkfamilie, das kann durchaus auch seine Vorteile haben. Sollten wir eines Tages eigene Kinder haben, und die wollen auf Reisen gehen, hätten sie an den verschiedensten Orten Brüder und Schwestern, weil Papi früher so viel herumgekommen ist …

Augenblick mal.

Dieser letzte Gedanke – dass Papi viel herumgekommen ist …

Philip ist doch nicht nur in Deutschland tätig gewesen. Eragon war ein Weltkonzern, das bedeutet dann genau genommen doch …

Oh mein Gott.

»Molly, was hast du?«, ruft Lissy bestürzt aus, als sie meinen veränderten Gesichtsausdruck sieht.

»Mir ist gerade etwas eingefallen«, stammle ich.

»Was denn?«

»Wir sind ja gerade davon ausgegangen, dass Philip damals in ganz Deutschland Kinder gezeugt hat, weil er so viel auf Reisen war …«

»Und weiter?«, fragt Lissy mit gerunzelter Stirn.

»Aber Lissy, denk doch mal nach: Was ist mit dem Rest?«

»Mit welchem Rest?«, fragt sie verständnislos.

»Na, mit dem Rest der Welt«, stoße ich hervor. »Soviel ich weiß, war Eragon in mehr als zwanzig Ländern tätig, und das bedeutet, dass Philip die auch alle bereist hat …«

Lissy starrt mich an, und als auch bei ihr der Groschen fällt, murmelt sie erschüttert: »Ach du liebes bisschen!«

Doof ist gut

Aber wozu sich jetzt noch aufregen?

Ist alles längst passiert, und Vergangenes lässt sich bekanntlich nicht mehr ungeschehen machen. Am besten analysieren wir die gegenwärtige Situation in aller Ruhe und sehen dann, wie wir am besten damit umgehen.

Philip hat also aller Wahrscheinlichkeit nach vierzehn Kinder in Deutschland, was vermutlich darauf zurückzuführen ist, dass er damals erstens viel gereist ist und zweitens auf dem Zenit seiner Triebe war. Ach, und nicht zu vergessen eine Frau hatte, die er weder liebte noch begehrte, vermutlich, weil sie hässlich war. Oder lesbisch. Oder beides.

Jedenfalls geschah das alles unter Voraussetzungen, die heute längst nicht mehr zutreffen, soviel ist Gott sei Dank sicher.

Dazu kommt die unbekannte Größe X, die sich aus mehreren Variablen ergibt.

Variable eins (nennen wir sie L) steht für die Anzahl der Länder, die Philip beim Aufbau von Eragon regelmäßig bereist hat. Ich meine mir gemerkt zu haben, dass es über zwanzig waren, auf der ganzen Welt verstreut.

Variable zwei (F) ist die Anzahl der Frauen, mit denen er in diesen Ländern unter Umständen intime Kontakte hatte. In Deutschland waren es vierzehn, daher erscheint es nur logisch, diese Zahl zumindest als Näherungswert heranzuziehen, solange keine genaueren Erkenntnisse vorliegen.

Und dann gibt es noch die Variable drei (K): Sie bezieht sich auf die Anzahl der Kinder, die Philip mit jeder dieser Frauen gezeugt haben könnte. Zieht man Lissys Denkansatz heran (dass Philip jeweils nur ein Kind pro Frau hatte und danach jeweils sofort das Weite gesucht hat), ergibt das bei nüchterner Berechnung folgendes Ergebnis:

$$X = L \text{ mal } F \text{ mal } K = 20 \text{ mal } 14 \text{ mal } 1 = \underline{280\ K}$$

Zweihundertachtzig Kinder also. Plus die vierzehn aus Deutschland, das macht dann über den Daumen … *dreihundert* Kinder?!

Okay, auch nüchtern betrachtet wird mir jetzt ein bisschen schlecht.

»Ach du Scheiße, Molly!« Lissy ist wie vom Donner gerührt. »Ich habe gerade nachgerechnet. Ist dir klar, was das bedeuten könnte?«

»Ja, ich weiß«, nicke ich frustriert. »Ich könnte die Stiefmutter von dreihundert Kindern werden, wenn ich Philip heirate.«

»Nein, könntest du nicht«, kommt gleich wieder die Juristin in ihr durch. »Solange die leiblichen Mütter noch existieren und du diese Kinder nicht adoptierst …«

»Darum geht es doch gar nicht, Lissy«, falle ich ihr ins Wort. »Du weißt, was ich meine: Philip hat möglicherweise dreihundert Kinder!« Das laute Aussprechen dieser Zahl haut mich fast aus den Schuhen.

»Ja, möglich wäre es.« Sie starrt bedrückt auf ihren Teller, doch dann schwenkt sie plötzlich um: »Andererseits sind das bloß Vermutungen. Wir wissen ja nicht einmal mit Sicherheit, wie es sich mit den Frauen in Deutschland verhält, nicht wahr?«

»Hm, stimmt.«

Ich nicke, um mir selbst Mut zu machen, aber es gelingt mir einfach nicht, diesen irrwitzigen Gedanken aus meinem Gehirn zu verbannen. Nur mal angenommen, es wäre tatsächlich so. Dreihundert Kinder! Verdammt noch mal, hat er noch nie was von Kondomen gehört?

Aber okay. Nur die Ruhe. Lissy hat recht. Das sind bloß Vermutungen. Vielleicht erweist sich alles als völlig bescheuerter

Irrtum, und am Ende lachen wir herzhaft darüber. Genau, warum eigentlich nicht? Das könnte genauso gut sein.

Dennoch, nur so zum Spaß: Wie viel sind eigentlich dreihundert mal fünfhundert?

Ach, du Schande!

Und was, wenn sie eines Tages erbrechtliche Ansprüche erheben?

Hm. Vielleicht sollte ich mit Philip doch besser eine Gütertrennung vereinbaren, wenn er das nächste Mal um meine Hand anhält, nur zur Sicherheit.

Jedenfalls muss ich jetzt so schnell wie möglich zurück nach Deutschland, um mir Klarheit darüber zu verschaffen, sonst treibt mich diese Ungewissheit noch geradewegs in den Wahnsinn, das ist mir in den letzten Minuten klar geworden. Ich muss persönlich mit Philip reden, von Angesicht zu Angesicht, wobei ich das Gespräch sicherheitshalber so führen werde, dass er nicht gleich mitkriegt, dass ich ihn habe beschatten lassen, und dann werde ich an geeigneter Stelle eine raffinierte Falle einbauen, indem ich zum Beispiel sage …

»Molly!«

Lissy sieht mich auffordernd an.

»Was ist?«, frage ich.

»Dein Handy – es läutet!«

»Oh … ich war gerade in Gedanken.« Ich sehe, dass es Emma ist, und nehme schnell ab. »Hallo, Emma!«

»Hi, Molly«, grüßt sie mich fröhlich. »Na, wie steht's bei euch zwei Hübschen? Alles Roger in Kambodscha?«

Oh Mann. Wie alt ist *der* Spruch denn?

»Ja, geht so, danke«, antworte ich vage.

Ich habe keine Lust, sie in meine privaten Probleme einzuweihen, zumal ich mir ihre Empfehlungen für mein weiteres Vorgehen ausmalen kann, die garantiert mehrere Varianten von roher Gewalt beinhalten.

»Prima«, sagt sie und fügt dann voller Elan hinzu: »Ich habe heute übrigens schon Vollgas gegeben, um dir so schnell wie möglich deine Produktpaletten-Preiserhebungs-Studie liefern zu können.«

»Ach ja? Sehr gut, Emma.«

Stimmt ja. Das hätte ich in der ganzen Aufregung beinahe vergessen, wir haben hier doch eine Riesenaufgabe vor uns. Plötzlich bin ich froh über Emmas Anruf, bedeutet er für mich doch eine dringend nötige Ablenkung von meinen Sorgen. Wie aus heiterem Himmel erfasst mich plötzlich beinahe so etwas wie ein Hochgefühl.

»Das heißt, du hast ein Marktforschungsunternehmen beauftragt?«

»Nein, ich hab's mir anders überlegt«, antwortet sie. »Bis ich die entsprechend instruiert hätte, würde nur wieder eine Menge Zeit vergehen, und teuer sind die auch, frage nicht, deswegen habe ich das gleich selbst in die Hand genommen.«

»Du willst damit sagen, du warst schon den ganzen Vormittag auf Achse und hast die entsprechenden Läden abgeklappert?«, vermute ich.

»Wie bitte? Nein, ich doch nicht«, dementiert sie in einem Tonfall, als hätte ich etwas ziemlich Dummes gesagt. »Wieso sollte ich so etwas tun?«

»Na, um die Preise für uns zu erheben«, antworte ich verwundert.

»Dazu muss ich doch nicht herumrennen wie ein aufgescheuchtes Huhn«, stellt sie klar. »Ich habe mir im Gegenteil etwas ganz Cleveres einfallen lassen, indem ich einfach die Mädels aus meiner WG auf die Reise geschickt habe.«

»Du wohnst in einer WG? Das wusste ich gar nicht. Wie viele seid ihr?«

»Vier, meine Wenigkeit mit eingerechnet. Was dachtest du denn, wie ich mir die Mietpreise hier leisten kann?« Wieder klingt es so, als müsste jeder Mensch mit diesem Wissen geboren sein. »Jedenfalls habe ich jeder von ihnen eine Liste in die

Hand gedrückt, und damit sind sie jetzt seit dem frühen Morgen unterwegs. Was ich dazu aber fragen wollte, Molly: Wir bezahlen sie doch dafür, oder?«

»Aber ja, Emma. Auf ein paar Euro mehr oder weniger kommt es im Moment nicht an, wichtig ist für uns vor allem die Geschwindigkeit, damit wir uns entscheiden können, bevor uns jemand dieses sensationelle Mietobjekt wegschnappt. Also kann es uns nur recht sein, wenn deine Freundinnen das in einem Drittel der Zeit für uns erledigen. Und von den Kosten her läuft es doch auf das Gleiche hinaus, nicht wahr?«

»Gut, dass du das erwähnst, das wäre nämlich meine nächste Frage gewesen«, sagt sie, und im Hintergrund kann ich Verkehrslärm und aufgeregtes Geschnatter hören. »Ist es okay, wenn ich das direkt mit euch abrechne und die Mädels dann aus meiner eigenen Tasche bezahle? Das wäre nämlich günstiger für uns alle, wegen der Buchhaltung, weißt du.«

»Von mir aus, Emma, kein Problem. Rechne einfach alles zusammen«, biete ich ihr an.

»Fein, dann wäre das geklärt.« Sie klingt zufrieden. »Übrigens, Molly, weil du das gerade erwähnt hast ... Ich meine, dass ihr es eilig habt, um euch entscheiden zu können – das kapier ich ehrlich gesagt nicht ganz.«

»Ach, und wieso nicht?«, frage ich verwundert.

»Na, weil ...« Lautes Stimmengewirr dringt in unser Gespräch, und Emma unterbricht sich. »Jetzt haltet doch mal die Klappe! Verdammte Japsen!« Und dann wieder zu mir: »Weißt du was, Molly, am besten treffen wir uns gleich irgendwo. Wo seid ihr denn im Moment?«

»Wir sitzen in einem Starbucks direkt am Hollywood Boulevard«, antworte ich.

»Was du nicht sagst, das trifft sich ja hervorragend. In welchem seid ihr denn?«

»In dem schräg gegenüber vom Chinese Theatre«, sage ich, »du weißt schon, dieses Kino mit den Betonplatten davor.«

»Als ob du mir das erklären müsstest, Molly«, unterbricht sie mich tadelnd. »Du scheinst vergessen zu haben, dass ich mittlerweile Teil dieser Stadt bin – I am meanwhile part of this city, you seem to have forgotten.« Ihrem Schnaufen nach hat sie jetzt einen Zahn zugelegt. »Ich bin übrigens gleich bei euch. Könnt ihr mich sehen?«

Ich werfe einen suchenden Blick aus dem Fenster, und Lissy fragt: »Was suchst du?«

»Emma. Sie ist in der Nähe und will sich mit uns treffen.«

»Sieh mal, da drüben ist sie!« Lissy deutet auf die andere Straßenseite.

Jetzt sehe ich sie auch. Sie ist wie immer kunterbunt angezogen und schiebt gerade einen Spiderman-Imitator zur Seite, der für eine Familie Modell gestanden hat und ihr dabei im Weg war.

»Wir sehen dich, Emma«, sage ich ins Telefon und winke ihr zu. »Lissy und ich sind genau gegenüber.«

Emma hebt den Kopf, und als sie uns erblickt, winkt sie auch und schreit laut »Huhu!« ins Telefon, dass es mir nur so in den Ohren klingelt.

»Du, Molly, ich habe mir etwas überlegt«, startet sie dann von Neuem. Währenddessen schickt sie sich an, die Straße zu überqueren, und zwingt dabei einen herannahenden Schulbus zu einer Notbremsung. Als dessen Fahrer erschrocken hupt, schreit sie ihn durch die Windschutzscheibe an: »Hast du keine Augen im Kopf, Blödmann! Do you have no eyes in your head, jackass!« In passender Ergänzung dazu zeigt sie ihm ihren Mittelfinger, was die Kinder im Bus ziemlich lustig zu finden scheinen. Emma walzt weiter quer über die Straße und sagt dabei empört ins Telefon: »Das ist doch nicht zu fassen. Molly, hast du das gesehen? Und so was soll ein Vorbild für die Kinder sein!«

»Ich hab's gesehen, Emma. War wirklich ein unverschämter Kerl. Gut, dass dir nichts passiert ist«, antworte ich mit hochgezogenen Augenbrauen, während Lissy sich grinsend an die Stirn tippt. »Aber du wolltest mir gerade etwas sagen.«

»Aja, stimmt. Also, was ich mir überlegt habe, Molly: Ihr habt ja inzwischen mitbekommen, dass mir die amerikanische Sprache so in Fleisch und Blut übergegangen ist, dass ich automatisch alles auf Englisch wiederhole – I automatic repeat everything on English …« Sie hat jetzt unsere Seite der Straße erreicht und stößt wie ein Rugbyspieler mit der Schulter die Eingangstür zu unserem Lokal auf. Dann steuert sie direkt auf uns zu, ohne dabei jedoch das Handy vom Ohr zu nehmen. »Und da habe ich mir überlegt, ob das nicht auch für euch eine gute Methode wäre, um die Sprache zu lernen …« Sie stoppt vor unserem Tisch und sagt ins Telefon: »This would probably be a good method also for you to learn the language.«

Auf die Schnelle fällt mir keine passende Antwort darauf ein, daher begnüge ich mich vorerst mit einem neutralen: »Hi, Emma.«

»Hi«, gibt sie zurück. Dann bemerkt sie, dass wir gar nicht mehr telefonieren müssen, versenkt ihr Handy in den Tiefen einer geblümten Tasche vom Format eines Reisekoffers und grinst uns mit aufgeblähten Nüstern an. »Und hi, Lissy.«

»Hallo, Emma«, sagt die lächelnd.

»Was habt ihr denn da? Mmm, Muffins und Frappuccino!« Emmas Blick streift gierig über unsere Sachen, und einen Moment lang befürchte ich, dass sie sich darauf stürzen und sich alles in den Mund stopfen wird. Aber stattdessen fragt sie Lissy: »Könntest du mir auch so was holen?«

»Ich? Klar, warum nicht?« Lissy steht überrumpelt auf. »Genau das Gleiche?«

»Ja, bitte«, nickt Emma. »Aber nimm sicherheitshalber zwei Muffins, ich bin heute noch fast nicht zum Essen gekommen.«

Lissy schlurft zur Theke, und Emma wuchtet sich ohne Umschweife auf den Platz neben mir.

»Also, wegen der Sprache«, kommt sie wieder zum Thema.

»Wie du weißt, habe ich während meines langjährigen Aufenthalts hier in den Staaten jede Menge Erfahrung damit gesammelt, und ich wäre unter Umständen bereit, diese Erfahrung mit euch zu teilen«, trägt sie schwülstig vor, um nachzuschieben: »Gegen entsprechendes Entgelt natürlich.«

»Was du nicht sagst«, bemerke ich überrascht. »Und was genau stellst du dir da vor?«

»Also, dieser Tick bei mir, das mit dem Wiederholen – this with the repeating –, den könnte ich mir als gutes Hilfsmittel beim Erlernen von Sprachen vorstellen.« Sie schickt einen nachdenklichen Blick zur Decke. »Hm, vielleicht könnte ich mir das sogar patentieren lassen …« Sie nimmt mich erneut ins Visier. »Jedenfalls habe ich mir gedacht, dass bei euch immer wieder Mitarbeiter aus Deutschland hierherkommen werden – ist doch so, oder?«

»Ja, schon«, räume ich ein.

»Wusst ich's doch«, nickt sie zufrieden. »Und die könnten alle ein professionelles Sprachcoaching vertragen, zum Beispiel von jemandem, der zweisprachig ist, findest du nicht?«

»Ah, darauf willst du hinaus!«, dämmert es mir. »Du denkst an Lilly. Ihr Vater ist doch Engländer, nicht wahr?«

»Lilly?« Emma guckt irritiert. »Okay, ja, die würde auch gehen. Aber die hat ja kaum Zeit, das kannst du vergessen. Nein, ich habe natürlich mich gemeint.« Sie tippt sich mit dem Zeigefinger an die Brust. »Ich bin doch längst halbe Amerikanerin, schon vergessen? I am longest half American, already forgotten?«

»Wie bitte, *du* willst uns Sprachunterricht geben?«, stoße ich überrascht hervor.

»Wer will uns Sprachunterricht geben?«, möchte auch Lissy wissen, die mit Emmas Sachen zurück ist und das Tablett auf dem Tisch abstellt.

»Emma«, antworte ich und vermeide es, Lissy anzusehen. Stattdessen schiebe ich mir lieber einen Löffel Sahne von meinem Frappuccino in den Mund und beobachte die Menschen vor dem Fenster.

»Emma?«, wiederholt Lissy ungläubig. Für eine Sekunde klingt es, als müsste sie losprusten, was aber natürlich in Emmas Anwesenheit einem Todesurteil gleichkäme.

»Aber sicher, das wäre doch das Logischste auf der Welt«, nickt Emma überzeugt, bevor sie mit routinierten Handgriffen die Sahnehaube von ihrem Frappuccino abschöpft, sie gleichmäßig auf ihre Muffins verteilt und sich dann den ersten davon zur Hälfte in den Mund schiebt. Sie beißt ab, macht ein paar erbarmungslose Kaubewegungen und schluckt dann gut hörbar alles hinunter. »Immerhin lebe ich seit Ewigkeiten hier, weshalb ich die Sprache inzwischen genauso gut beherrsche wie die Eingeborenen.« Und zu Lissy gewandt fährt sie fort: »Ich habe Molly gerade erzählt, dass ich dabei bin, eine neue Lernmethode zu entwickeln, indem der Lernende einfach jeden Satz auch auf Englisch wiederholt, so wie ich es mache – mit dem Unterschied, dass es bei mir natürlich automatisch geht, weil Englisch inzwischen meine zweite Muttersprache ist – because English is my second mother-language.«

»Ach, wirklich?«

Ich riskiere einen Blick und sehe, dass Lissys Mundwinkel verräterisch zucken. Da die Folgen aber vermutlich verheerend wären, wenn sie jetzt loslachen würde, sage ich schnell: »Das klingt alles wirklich interessant, Emma, wir werden das zu gegebener Zeit mit unserer … ähm … Auslandsabteilung besprechen und dir dann Bescheid geben, einverstanden?«

»Ja, gut«, antwortet sie, während sie ihren Frappuccino mit einer halben Tonne Zucker verfeinert. »Und was euren Mitarbeitern auch nicht schaden könnte, wäre professioneller Schauspielunterricht«, klärt sie uns auf.

»Schauspielunterricht? Wozu sollten unsere Leute so was brauchen?«, fragt Lissy.

»Na, überleg doch mal«, meint Emma. »Ihr wollt euren

Kunden etwas verkaufen, nicht wahr, und da ein Kunde bekanntlich nur dann kauft, wenn er dem Verkäufer auch abnimmt, dass seine Ware etwas taugt, wäre es nicht schlecht, wenn der es entsprechend rüberbringt, findet ihr nicht?«

Wir sehen sie verblüfft an.

»Augenblick mal, Emma«, stoße ich schließlich mit einem künstlichen Lachen hervor. »Ich glaube, du hast da etwas missverstanden. Die Produkte von Winners only *sind* gut, wir müssen unseren Kunden nichts vorspielen.«

Sie hält für ein paar Sekunden meinem Blick stand.

»So, meinst du?«, sagt sie dann wenig überzeugt. »Na, wie auch immer, ich würde jedenfalls auf Nummer sicher gehen. Und für den Fall, dass ihr es euch überlegt ...« Sie greift routiniert in ihre Tasche und knallt einen dicken Stapel Visitenkarten auf den Tisch. »... ihr wisst ja, wo ihr das beste Angebot findet.«

»Gut zu wissen.« Ich nehme die Karten und schlichte sie unter Emmas argwöhnischen Blicken fein säuberlich neben mein Handy zu einem Stoß. »Wir kommen bei Gelegenheit darauf zurück.«

»On English, please!«, sagt Emma plötzlich.

»Wie bitte?«, frage ich.

»Wiederhol den Satz auf Englisch«, verlangt sie. »Du weißt schon, wegen meiner neuen Sprachenlernmethode, das probieren wir jetzt gleich mal aus – we try it out right now!« Sie zwinkert mir aufmunternd zu.

»Also, Emma, ich weiß nicht, ob das jetzt der richtige Zeitpunkt ist ...« Ich wechsle einen unsicheren Blick mit Lissy.

»Dafür ist *immer* der richtige Zeitpunkt«, stellt Emma energisch klar. »Also los, trau dich, wiederhol es auf Englisch – repeat it on English!«

»Äh ... ja, gut«, gebe ich nach. »Was habe ich denn überhaupt gesagt? Ach ja, ich weiß: Wir kommen bei Gelegenheit darauf zurück ...« Ich denke schnell nach. »I come back on it by … ähm … occasion?« Mist. Das war jetzt sicher megapeinlich.

»Bravo, Molly«, ruft Emma jedoch zu meiner Verwunderung aus, und Lissy glotzt sie an, als hätte sie nicht alle Tassen im Schrank. »Seht ihr, es funktioniert. Man muss sich nur trauen, dann geht es wie von selbst. Nicht, dass es perfekt gewesen wäre, Molly«, schränkt sie allerdings ein. »An deiner Aussprache musst du noch arbeiten, aber ansonsten war es tadellos.« Ihr Blick schwenkt auf Lissy. »Und jetzt du!«

»Wie bitte?«

»Sag etwas, und dann wiederhole es auf Englisch – and then repeat it on English!«

»Heißt das nicht *in* English?«, wagt Lissy einen zaghaften Widerspruch.

»Wie bitte? Will das Fräulein aus Deutschland mir etwa erzählen, wie *meine* Sprache funktioniert?«, faucht Emma sie entrüstet an.

»Oh nein, Emma, das wollte ich natürlich nicht«, lenkt Lissy schleunigst ein.

»Also gut, nachdem das geklärt wäre …« Emma feuert zur Sicherheit noch einen drohenden Blick auf Lissy ab. »Wiederhol es auf Englisch!«

»Was denn jetzt?«

»Was du als Letztes gesagt hast.«

»Also schön, von mir aus.« Lissy lässt ihre grauen Zellen arbeiten. »Also, das wäre dann wohl sinngemäß: *Oh no, Emma, such wasn't my intention.*«

Sie sieht uns erwartungsvoll an. Ich will sie gerade loben, weil Lissy im Gegensatz zu mir immer eine Eins in Englisch hatte und ich mir deshalb sicher bin, dass das fehlerfrei war, doch Emma kommt mir zuvor.

»Was soll das denn bitte heißen?«, schüttelt sie mit abfällig gekräuselten Lippen den Kopf. »Der korrekte Satz wäre gewesen: *Oh no, Emma, this I did not want*, und mit der Aussprache fange ich gar nicht erst an. Tut mir leid, Lissy, aber du wirst noch viel lernen müssen. Es gibt allerdings auch eine gute Nachricht«, schaltet sie auf einen versöhnlicheren Tonfall um. »Mit meiner Methode kannst sogar du es schaffen.«

Sie nickt Lissy aufmunternd zu, während die sichtlich aufgebracht nach Luft schnappt und offenbar zu einer heftigen Entgegnung ansetzt.

Oh, oh, nicht gut. Emma ist kein Typ zum Diskutieren, besser, ich kratze schnell die Kurve.

»Nun, das ist alles sehr schön, Emma«, mische ich mich sanft ein. »Aber erwähntest du vorhin nicht irgendetwas von wegen, du hättest etwas mit unserem Geschäft nicht verstanden?«

»On English, please!«, fordert sie prompt im Oberlehrertonfall.

»Didn't you ...«, setze ich an, breche aber gleich wieder ab. »Tut mir leid, Emma, das Lernen muss jetzt warten, das Geschäft geht vor.«

Es ist nicht zu übersehen, dass ihr ein strenger Verweis auf der Zunge liegt, aber dann zuckt sie glücklicherweise nur mit den Achseln.

»Wie du willst, Molly, du bist der Boss. Der Satz hätte übrigens *Didn't you have said before something because of you wouldn't have understood something with our business* geheißen, falls es dich interessiert.«

Lissy will etwas einwenden, aber ich bedeute ihr, es bleiben zu lassen.

»Vielen Dank, Emma«, sage ich höflich, »aber im Moment geht es nur um das Geschäft, wie du sicher verstehen wirst. Also sag, was hast du vorhin nicht verstanden?«

Emma überlegt kurz, und dann fällt es ihr wieder ein.

»Ach das.« Sie klopft sich an die Stirn. »Genau, das schnall ich nicht. Du hast doch gesagt, dass ihr euch erst noch entscheiden müsst, nicht wahr?«

»Ja, genau«, nicke ich. »Wir brauchen zuerst noch die Wirtschaftlichkeitsberechnung, vorher können wir kein Okay geben.«

»Was du nicht sagst.« Emma sieht mich irritiert an. »Und wieso lasst ihr dann schon eure Sprecherin die bevorstehende Eröffnung im Fernsehen verkünden?«

»Wir lassen *was*?«

Ich wechsle einen irritierten Blick mit Lissy, die aber auch nur ratlos die Hände ausbreitet.

»Tut mir leid, Emma, ich habe keine Ahnung, wovon du da sprichst«, sage ich dann.

»Wie jetzt?« Sie sieht mich an, als wollte ich sie auf den Arm nehmen. »Du veräppelst mich, oder?«

»Nein, wieso sollte ich?«

»Na, weil … Wartet mal.« Sie stoppt und holt ihren Tabletcomputer hervor. Ein paar Handgriffe später legt sie das Gerät auf den Tisch, damit wir es uns gemeinsam ansehen können. »Dachte ich mir, es ist bereits auf YouTube«, nickt sie und presst angespannt die Lippen aufeinander.

Wir starren neugierig auf den Bildschirm, wo jetzt ein Rednerpult zu erkennen ist, hinter dem eine deutsche und eine amerikanische Flagge aufgezogen sind, und jetzt tritt eine Frau an das Pult heran. Sie scheint groß zu sein und hat eine rote, auftoupierte Mähne, die mit Unmengen von Haarspray fixiert sein muss, weil sie sich keinen Millimeter bewegt, als sie einen energischen Schwenk zur Kamera hin vollführt.

Als ich ihr Gesicht erblicke, durchzuckt es mich wie ein Blitz, und auch Lissy zieht scharf die Luft ein.

Es ist Clarissa! Clarissa *Höllenhund*-Hohenthal, meine ehemalige Chefin bei Winners only und seit ihrem Rauswurf auch meine erbittertste Feindin, die mehrere Male versucht hat, mich und das Unternehmen auf hinterhältigste Art und Weise zu sabotieren.

»Dann kennt ihr sie also?«, stellt Emma fest.

»Klar kennen wir sie«, gibt Lissy knapp zurück.

»Und zwar besser, als uns lieb ist«, ergänze ich.

Clarissa. Mein Mensch gewordener Albtraum. Wo kommt die auf einmal her? Und wieso zum Teufel wird jetzt am unteren Bildschirmrand die Schrift *Winners only Chairwoman* eingeblendet? Bedeutet Chairwoman nicht etwas Ähnliches wie *Boss*?

Dann beginnt Clarissa mit ihrer Ansprache, und ich schiebe meine wirren Gedanken beiseite und versuche mich auf das zu konzentrieren, was sie sagt. Sie hält ihre Ansprache auf Deutsch, während eine Dolmetscherin aus dem Off alles ins Englische übersetzt:

»Sehr geehrte Zuschauer, verehrtes Publikum, liebe Amerikaner«, legt sie mit einer Miene los, als wäre sie der amerikanische Präsident, der eine Rede zur Lage der Nation halten muss. »Endlich ist der Tag gekommen, an dem ich voller Stolz verkünden kann, dass eines der erfolgreichsten Unternehmen Europas, *Winners only* …« Sie ruft den Namen theatralisch aus und hält dazu den Umschlag eines unserer alten Prospekte in die Kamera. »… endlich den lange ersehnten Schritt in die Vereinigten Staaten von Amerika tun wird und demnächst seine Zelte direkt in der Wiege des Filmschaffens, in Hollywood, Los Angeles, aufschlagen wird.« Ich kann gar nicht glauben, was ich da höre. In meinem Kopf dreht sich mit einem Mal alles, während Clarissa sich an einem huldvollen Lächeln versucht, was jedoch angesichts des Botoxgehaltes ihres Gesichts nicht eindeutig zu erkennen ist. Dann führt sie weiter aus: »Winners only ist das erfolgreichste Lifestyleunternehmen weltweit, und mit dem Eintritt in den amerikanischen Markt werden wir unsere Marktführerschaft nicht nur sichern, sondern auch noch weiter ausbauen. Unsere Filiale in Los Angeles wird mit über fünftausend Quadratmetern nicht nur die größte, sondern zugleich auch die modernste und innovativste aller unserer Filialen.« Sie räuspert sich und wirft einen schnellen Blick auf ihren Spickzettel. »Näheres zu unserem Angebot erfahren Sie unter www.winnersonly.com und in Kürze auch unter www.winnersonly-america.com in englischer und spanischer Sprache. Als Eröffnungstermin haben wir den kommenden Oktober vorgesehen, und wir freuen uns schon jetzt darauf, Sie dann als unsere Kunden begrüßen zu dürfen, um Ihnen den Weg zu einem erfolgreicheren Leben weisen zu können. Vielen Dank, vielen Dank …« Sie winkt überaus gnädig mit der rechten Hand, als wäre sie eine Königin, die die Ovationen ihrer Untertanen entgegennimmt, und im Hintergrund werden Applaus und begeisterte Pfiffe eingespielt, wie man es von den Fernseh-Sitcoms kennt. Dann endet die Videosequenz mit einem abrupten Schnitt, und an ihrer Stelle kommt jetzt eine Werbung für laktosefreie Babymilch.

Lissy und ich starren mehrere Sekunden lang auf den Bildschirm, ohne dass einer von uns etwas Vernünftiges dazu einfällt.

»Versteht ihr jetzt, was ich meine?«, sagt Emma und sieht uns fragend an.

»Schon klar, Emma, darauf konntest du dir natürlich keinen Reim machen«, sage ich tonlos. »Und wir, um ehrlich zu sein, auch nicht.«

»Aber wer ist diese Lady denn?«, fragt Emma und wirft mir einen argwöhnischen Blick zu. »Da stand Chairwoman. Sie ist doch nicht deine Chefin, oder?«

»Nein, Emma, natürlich nicht«, antworte ich schnell. »Clarissa *war* mal meine Chefin, während meiner Anfangszeit bei der Firma.«

»Ah, verstehe. Das war, bevor du dir den Oberboss geschnappt hast, stimmt's?«

»Ja, irgendwie schon«, räume ich ein, um dann zu betonen: »Aber ich habe mir Philip nicht geschnappt, damit das klar ist.«

»Ja, ja, schon gut.« Sie zwinkert mir wissend zu. »Dennoch,

cleverer Schachzug von dir. Und du hast kurz drauf diese Schlampe gefeuert, oder wie?«

»Aber nein, so war es nicht«, widerspreche ich energisch. »Clarissa wollte zuerst mich feuern, aber als sich herausstellte, dass sie sich den falschen Typen geangelt hatte, musste sie gehen, und ich … na ja, wurde die neue Chefin.« Mist. Kann man diese Geschichte überhaupt so erzählen, dass sie nicht so klingt, als hätte ich mich hochgeschlafen? »Wie gesagt, das ist alles ein bisschen kompliziert«, weiche ich aus. »Lissy, was hältst du von Clarissas Auftritt?«

Bitte, lieber Gott, lass sie jetzt gar nichts sagen und sich in Luft auflösen, oder von mir aus soll sie sich in Clarissa verwandeln und auf mich losgehen, oder irgendetwas in der Art, das mir beweist, dass es sich hier bloß um einen schrecklichen Albtraum handelt, aus dem ich gleich erwache. Bitte, bitte.

Doch Lissy zuckt nur hilflos mit den Schultern.

»Keine Ahnung, Molly, ich weiß nicht, was ich davon halten soll«, meint sie. »Bestenfalls ist es ein schlechter Scherz von Clarissa.« Sie denkt einen Augenblick über ihre eigenen Worte nach, und dann kommt wieder ein bisschen Schwung in ihre Stimme: »Ja, genau, Molly, warum nicht? Sie hat wahrscheinlich irgendwie mitgekriegt, dass wir expandieren wollen, und sich gedacht, ha, da würge ich dieser blöden Becker-Tussi mal ordentlich eins rein, und wie man sieht, ist ihr das auch ganz gut gelungen.«

Ich erwidere skeptisch ihren Blick und klammere mich gleichzeitig an den winzigen Hoffnungsschimmer.

»Hm, möglich …« Ich denke fieberhaft nach. »Emma, hast du nicht gesagt, du hättest diese Rede als Erstes im Fernsehen gesehen?«

»Ja, stimmt.« Sie nickt, während sie kunstvoll die Reste ihrer Muffins mit der Gabel aufpickt. »Das war heute Vormittag. Ich hab's mir gerade mit einer Tüte Nachos und einem Käsedip auf der Couch gemütlich gemacht, und auf einmal …«

»War das, während du für uns Vollgas gegeben hast?«, fällt ihr Lissy ins Wort.

Ich sehe sie erstaunt an, weil ich derlei schnippische Direktheiten von ihr gar nicht gewohnt bin. Doch dann verrät mir das Funkeln in ihren Augen, dass das eine kleine Retourkutsche für Emmas Rüge von vorhin war.

»Nun, also …« Für einen winzigen Moment gerät Emma tatsächlich außer Fassung, aber sie fängt sich erstaunlich schnell wieder. »Genau genommen war es während der einzigen Pause, die ich einlegte, nachdem ich alles für euch organisiert hatte. Sonst noch Zwischenfragen?« Als von Lissy nichts mehr kommt, wendet sie sich wieder mir zu. »So, jetzt habe ich den Faden verloren, weil Lissy mich unterbrochen hat. Was war schnell noch deine Frage, Molly?«

»Ich wollte wissen, ob du es im Fernsehen gesehen hast, beziehungsweise auf welchem Sender es lief«, helfe ich ihr auf die Sprünge.

»Ach ja, genau.« Sie legt die Stirn in Falten. »Also, das muss auf *Good Morning, Hollywood* gekommen sein, der Sender läuft bei uns immer am Vormittag – nicht dass ich das gucken würde, aber die Mädels aus der WG reden ständig davon.«

»Ich werd verrückt. Seht mal, wer da ist!«, ruft Lissy auf einmal aus.

Sie zeigt mit ausgestreckter Hand nach draußen, und einen kurzen Moment lang befürchte ich schon, dass Clarissa vor dem Schaufenster steht. Aber dann bemerke ich das aufgeregte Leuchten in ihren Augen und folge ihrem Blick.

Oh mein Gott. Von einer Sekunde auf die andere sind sämtliche Sorgen bedeutungslos, denn da draußen steht wahrhaftig …

»Vergesst es, Leute!« Emma wedelt herablassend mit der Hand. »Das ist auch bloß ein Double.«

»Das gibt's doch nicht«, sagt Lissy ungläubig. »Ich könnte schwören …«

»Du kannst schwören, bis du schwarz wirst«, meint Emma. »Aber dadurch wird der auch nicht echter.«

Wir starren ungläubig auf die Szene vor unserem Fenster. Ryan Gosling steht da, er trägt einen grauen Anzug und sieht unverschämt gut aus. Eine Menschentraube umgibt ihn, und er schreibt seelenruhig Autogramme.

»Und woran erkennst du das?«, will Lissy wissen.

»Würde Ryan Gosling sich für Geld fotografieren lassen?«, fragt Emma zurück.

Sie hat recht. Der Mann posiert gerade mit einer aufgedonnerten Blondine und lässt dann lässig einen Geldschein in der Sakkotasche verschwinden, und als Nächstes nimmt er ein kleines Mädchen auf die Schulter, nachdem ihr Vater ihm ebenfalls einen Schein zugesteckt hat. Lissy und ich sehen uns enttäuscht an.

»Okay, dann also erneut zu diesem Sender«, komme ich auf unser Thema zurück. »Der ist hier ortsansässig, vermute ich mal«, rate ich.

»*Good Morning, Hollywood?* Ja, klar«, nickt Emma.

»Das hatte ich schon befürchtet.« Meine Stimmung sinkt augenblicklich. »Das heißt nämlich, dass Clarissa das Interview hier in Los Angeles gegeben hat«, schlussfolgere ich. »Und ich kann mir beim besten Willen nicht vorstellen, dass sie hierher geflogen ist und einen amerikanischen Sender kontaktiert hat, bloß um mir einen Streich zu spielen.«

Auch Lissy steht der Schrecken ins Gesicht geschrieben.

»Dann ist sie also hier«, ruft sie aus. »Aber wozu? Was hat sie davon, dass sie sich im Fernsehen hinstellt und ankündigt, dass wir hier demnächst ein Geschäft eröffnen?«

»Das ist eine gute Frage«, sage ich, und zugleich beschleicht mich ein ungutes Gefühl. Ich beginne erneut fieberhaft nachzudenken, und nach einer Weile klicken plötzlich die Zahnrädchen in meinem Hirn ineinander.

Ein heftiger Schock ist die Folge.

»Sag, Lissy, wie steht es eigentlich um die Rechte von Winners only?«, frage ich hastig.

»Welche Rechte meinst du?«, fragt sie zurück.

»Na, die Namensrechte, oder Markenrechte«, suche ich nach dem korrekten Begriff. »Keine Ahnung, wie das juristisch heißt … die Firma ist diesbezüglich doch geschützt, oder?«

»Du meinst, ob jemand anders unseren Namen verwenden dürfte?«

»Nicht nur den Namen, sondern überhaupt das ganze Konzept. Was ich meine: Clarissa dürfte doch nicht mit unserem Namen und mit haargenau demselben Konzept ein Geschäft eröffnen, oder?«

Lissys Augen werden größer, als sie begreift, worauf ich hinauswill, und ihre lange Nachdenkpause verursacht ein heftiges Rumoren in meiner Magengegend.

»Um ehrlich zu sein, weiß ich es nicht genau«, antwortet sie beklommen. »In Deutschland wäre es sicher nicht zulässig, aber hier in den Staaten …« Ich kann sehen, dass ihre grauen Zellen auf Hochtouren laufen. »Das hängt vermutlich davon ab, ob sich die Firma den Namen und das Konzept weltweit hat sichern lassen.«

»Ja, und hat sie? Du arbeitest doch in der Rechtsabteilung, du musst das doch wissen«, jaule ich auf.

»Nein, Molly, das weiß ich nicht«, gibt sie mit panischer Stimme zurück. »Das war nie ein Thema, seit ich dort bin, außerdem ist das nicht mein Fachgebiet.«

Ich starre sie fassungslos an. Das schlechte Gewissen steht ihr ins Gesicht geschrieben, aber dennoch hat sie recht. Sie kam erst viel später als Praktikantin hinzu, und wer interessiert sich schon für solche Sachen?

»Okay, okay, beruhigen wir uns erst mal alle ein bisschen«, sage ich mit einer beschwichtigenden Geste und atme gleichzeitig tief durch.

»Mir musst du das nicht sagen«, kommt es von Emma, die

gleichzeitig einen sehnsüchtigen Blick auf die Kuchenteller am Nachbartisch wirft. »Ich *bin* ruhig.«

»Es tut mir so leid, Molly, ich hätte mich darum kümmern müssen«, murmelt Lissy mit hoffnungslosem Blick und hängenden Schultern. »Wenn du mich deswegen feuern willst, kann ich das verstehen.«

»Unsinn, Lissy, du kannst nichts dafür«, rufe ich aus und kann nur schwer dem Impuls widerstehen, sie in die Arme zu nehmen und zu drücken. »Ich meine, ich bin die Chefin, und nicht einmal ich habe bisher einen Gedanken an dieses Thema verschwendet.«

»Ja, meinst du?«, kommt es kläglich zurück.

»Aber natürlich, Lissy, ich würde dir nie einen Vorwurf machen, niemand weiß besser als ich, was für eine gute Mitarbeiterin du bist«, tröste ich sie.

»Schön, wir haben's alle kapiert«, baut sich Emma plötzlich reichlich unsentimental wieder in unser Gespräch ein. »Könnten wir wieder auf diese rothaarige Giftspritze zurückkommen? Was ist denn nun mit der, und wieso seid ihr überhaupt so fertig wegen ihrer Ankündigung? Dann macht sie eben ein bisschen Werbung für uns, na und? Ist doch nicht weiter schlimm, oder?«

»Nicht weiter schlimm?«, wiederholt Lissy ungläubig. »Ja, Emma, begreifst du nicht, was das bedeuten könnte?«

»Nein, was denn?« Emma schlürft mit hochgezogenen Augenbrauen ihren Kaffee.

»Na, dass Clarissa möglicherweise vorhat, uns zuvorzukommen und auf eigene Faust eine Winners-only-Filiale zu eröffnen«, stößt Lissy hervor.

»Und wie soll das gehen?«, wundert sich Emma. »Sie kann doch nicht euer Geschäft eröffnen.«

»Aber darum geht es ja, Emma«, stöhne ich auf. »Wenn wir die Rechte nicht weltweit gesichert haben, könnte sie uns möglicherweise unser ganzes Konzept stehlen.«

»Oh.« Jetzt begreift sie es. »Das wäre natürlich doof.«

»Doof ist gut«, sage ich sarkastisch. »Es wäre eine Katastrophe.«

»Und woher hat sie so viel Kohle?«, fragt Emma. »Ich dachte, so ein Laden kostet Millionen.«

Lissy und ich sehen uns fragend an.

»Hat sie ihren Freund noch?«, fragt Lissy.

»Du meinst Hans Meier? Genau weiß ich es nicht, aber ich denke schon.«

»Damit wäre auch klar, wie sie das finanziell schaffen will. Hans Meier ist ein hohes Tier bei Eragon«, klärt Lissy Emma auf, »und das wiederum ist ein großer Konzern, der in alle möglichen Firmen auf der ganzen Welt investiert. Mit Eragon im Hintergrund könnte sie das locker stemmen.«

Lissys Darstellung ist ebenso präzise wie niederschmetternd.

»Verdammt, Lissy«, sage ich. »Denkst du wirklich, es könnte so sein?«

Sie erwidert meinen Blick, und die Antwort fällt ihr sichtlich schwer. »Es ist die einzig vernünftige Erklärung, Molly, so leid es mir tut.«

Ich nicke, und gleichzeitig fühle ich, wie sich eine riesige schwarze Wolke über mir zusammenbraut. Kann es sein, dass Clarissa mich am Ende tatsächlich noch austrickst und mir meinen großen Traum zerstört? Aber was rede ich, es ist ja noch schlimmer. Viel schlimmer. Wenn ihr das gelingt, dann nimmt sie mir meinen Traum nicht nur weg, sondern sie verwirklicht ihn an meiner Stelle!

Eine Mischung aus Wut und Empörung erfasst mich.

Wie kann sie es wagen!

Diese Frau hat es vom ersten Tag an auf mich abgesehen gehabt. Zuerst hat sie mir schon das Leben in ihrem Vorzimmer zur Hölle gemacht, ohne dass ich ihr den geringsten Anlass dazu gegeben hätte, und später hat sie versucht, Winners only durch gezielte Sabotageakte zu schädigen, und nachdem ich schon geglaubt habe, sie endgültig los zu sein, betritt sie ausgerechnet jetzt mit ihrer Spezialnummer wieder die Bühne, indem sie aus dem Nichts auftaucht und mich zu Tode erschreckt.

Ausgerechnet jetzt. Als ob ich nicht schon genug um die Ohren hätte. Dieses Auslandsabenteuer wäre Aufgabe genug für mich, und dazu die Geschichte mit Philip, die immer tiefere Wunden in mein Herz schlägt, und jetzt auch noch Clarissa, dieses Biest.

Auf einmal wird mir bewusst, dass Lissy und Emma nur darauf warten, dass ich ihnen irgendwelche Anweisungen gebe. Ich erwidere ihre Blicke, und ein tiefer Seufzer entringt sich meiner Brust.

Ist es also wieder so weit.

Ich bin der Boss, also muss ich auch die wichtigen Entscheidungen treffen. Oh, wie ich das hasse. Aber es hilft nichts. So läuft das nun mal. Wir stecken in einer Krise, die bewältigt werden muss, also müssen wir auch etwas unternehmen.

»Okay, Leute …«, hebe ich an, nur um irgendetwas zu sagen. »Als Erstes werden wir …« Ja, was werden wir denn? Die Gedanken in meinem Kopf überschlagen sich. Ah, ich hab's. »Wir telefonieren«, verkünde ich.

»Telefonieren?«, wiederholt Emma. »Wir alle zusammen, oder wie?«

»Nein, natürlich nicht. Jede von uns wird einzeln telefonieren«, erkläre ich.

»Okay, und mit wem?«, erkundigt sich Lissy.

»Lass mich nachdenken …« Wieder wirbeln meine Gedanken durcheinander, und ich muss mir Mühe geben, um sie in eine vernünftige Reihenfolge zu bringen. »Lissy, du rufst jetzt gleich unsere Rechtsabteilung an. Die sollen sich schlaumachen, ob Clarissa sich unser Konzept im Ausland aneignen darf oder nicht.«

»Gute Idee«, nickt Lissy voller Eifer, doch dann zieht sie die

Augenbrauen zusammen. »Warte mal, wie spät ist es jetzt überhaupt in Deutschland?«

»Während der Sommerzeit sind es sieben Stunden Unterschied«, antworte ich und werfe gleichzeitig einen Blick auf meine Uhr. »Das heißt, bei uns zu Hause ist es jetzt sechs am Abend.«

»Oh, dann werden die Kollegen nicht mehr im Büro sein«, sagt Lissy enttäuscht.

»Verdammt.« Ich denke nach. »Dann ruf Fiona auf ihrem Handy an und erklär ihr alles. Sie soll die Privatnummern von den Leuten aus der Rechtsabteilung ausfindig machen und sie kontaktieren, damit sie ihre Hintern in Bewegung setzen und die Sache abklären. Und ich will keine Ausreden hören«, setze ich nach. »Ich will hieb- und stichfeste Antworten.«

»Geht klar, die kriegst du.«

»Und du, Emma …« Sie kann ihren Blick nur schwer von einem Donut abwenden, den ein kleiner Junge gerade auf einem Teller an ihr vorbeiträgt. »… rufst Ray Jackson, den Immobilienmakler, an. Ich will wissen, welches Gebäude Clarissa gemeint haben könnte. Sie sprach von fünftausend Quadratmetern, also frag ihn, ob es in der Nähe ein anderes Objekt außer unserem gibt, das dafür infrage käme.«

»Okay, mach ich«, nickt sie ein bisschen widerwillig.

Ihr Gesichtsausdruck lässt mich zögern. Ein kleiner Motivationsschub könnte an dieser Stelle wohl nicht schaden.

»Übrigens, Emma: Wenn du das erledigt hast, kannst du dir hier auf Firmenkosten alles bestellen, was du willst«, schicke ich beiläufig nach.

»Echt?« Plötzlich ist sie putzmunter. »Na, dann wollen wir keine Zeit verlieren.« Sie reißt ihr Handy aus der Tasche und hämmert mit dem Zeigefinger entschlossen darauf ein.

Also gut, die beiden wären erst mal beschäftigt.

Und jetzt zu mir. An wen könnte ich mich wenden? Was brauche ich am dringendsten? Informationen natürlich. Weiß doch jeder, dass gerade in kniffligen Situationen wie dieser Informationen der Schlüssel zum Erfolg sind.

Joe Ranger, natürlich, schießt es mir durch den Kopf.

Wer wäre besser dafür geeignet als er?

Molly in Not

»Ranger hier.«

»Hier ist Molly«, sage ich.

Ich habe mich in Richtung Toiletten verzogen, weil es mir neben Lissy und Emma zu laut war, und lasse mich auf einem Hocker nieder, der im Vorraum vor den Eingangstüren steht.

»Weiß ich«, kommt es stolz von ihm zurück. »Ich seh's auf meinem Display. Wie kommen Sie denn voran im Sunshine-State?«

»Sunshine-State? Ist das nicht Florida?«

»Also, meines Wissens wird Kalifornien so genannt.«

»Wo haben Sie denn dieses Wissen her?«, wundere ich mich.

»Gute Frage.« Er scheint nachzudenken. »Schätze mal, aus der Schule.«

»Dann haben Sie möglicherweise etwas verwechselt, Joe«, sage ich sanft, »oder aber Ihr Lehrer war ein Idiot.«

»Das war er definitiv, obwohl ich das mit der Verwechslung auch nicht ganz ausschließen kann«, räumt er ein. »Sei's drum. Was kann ich für Sie tun, Molly?«

»Es geht um mehrere Dinge«, hole ich aus. »Zum einen wollte ich mich erkundigen, ob Sie Neuigkeiten bezüglich Philip haben.«

»Neuigkeiten? Oh ja, so kann man es durchaus nennen. Sie werden nie erraten, was die beiden heute gemacht haben.«

»Joe, mir ist nicht nach Raten zumute. Sagen Sie es einfach!«

»Gut, wie Sie wollen. Also, nach dem Frühstück haben sie im Hotel ausgecheckt …«, beginnt er vielsagend.

»Okay, und weiter?«

»Jetzt kommt das, was Sie nie erraten würden …«

»Spannen Sie mich nicht auf die Folter, Joe«, sage ich ungeduldig. »Ich habe heute nicht die Nerven für so was.«

»Schon gut.« Er klingt, als hätte ich ihm seine große Überraschung verdorben. »Sie waren wieder bei Winners only.«

»Wie bitte?«, rufe ich überrascht aus. »Aber da waren sie doch gestern schon.«

»Ja, aber gestern waren sie in der Filiale in Frankfurt, heute dagegen waren sie in Nürnberg.«

»Das gibt's doch nicht! Und was haben sie dort gemacht?«

»Warten Sie, ich mache schnell die Datei auf ...« Ich höre ihn auf einer Tastatur herumklimpern. »So, da steht alles: Also, sie hatten eine Pediküre ...«

»Für wen die wohl war«, bemerke ich.

Zwei Teenager kommen an mir vorbei. Aus den Augenwinkeln sehe ich, dass sie kurz stoppen. Die eine zeigt auf mich, und dann stecken sie tuschelnd die Köpfe zusammen, bevor sie wieder verschwinden.

»... weiterhin einen Friseurbesuch mit allem, was dazugehört«, fährt Joe währenddessen mit seiner Aufzählung fort. »Spitzen schneiden, Waschen, Legen, Föhnen, inklusive Schaumfestiger und Hairconditioner.«

»Wieder für sie!«, rufe ich aus.

»Und später noch eine Aromatherapie inklusive Akupressur in der Wellnessabteilung ... ach ja, und in der Cafeteria stehen zwei schwarze Espressi, ein Kombucha und ein Cappuccino zu Buche.«

»Das ist schon wieder alles nur für diese Frau, bis auf die zwei Espressi, die waren vermutlich für Philip, und möglicherweise auch der Kombucha...«, stelle ich aufgebracht fest. »Und weiter, Joe?«

»Wie weiter?«, sagt er verständnislos. »Sonst war nichts.«

»Okay, dann lassen Sie mich kurz nachdenken ...«

»Einen Augenblick, Molly, gerade kam eine Notiz von Bronson rein ... Na so was, sie sind anscheinend mit dem Auto weitergefahren und haben dann in einem Restaurant in der Nähe von Ingolstadt zu Abend gegessen. Die Rechnung wurde erst vor wenigen Minuten bezahlt.«

»Ingolstadt? In welche Richtung fahren sie jetzt?«

»Ich würde sagen, nach München.«

»Sie fahren zu uns nach Hause?! Okay, das muss ich erst mal verdauen ...« Ich denke fieberhaft nach. »Also gut, Joe, wir machen Folgendes: Ich möchte, dass Philip ab sofort persönlich beschattet wird, und ich will Fotos von den beiden, ist das klar?«

»Die kriegen Sie, Molly, kein Problem. Ich setze meinen besten Mann darauf an.«

»Das wäre angebracht. Und er soll bloß achtgeben, dass Philip ihm nicht auf die Schliche kommt.«

»Das versteht sich von selbst, Molly, Sie können sich auf uns verlassen. Sonst noch was?«

»Ja, wegen dieser vierzehn Frauen ...« Es fällt mir schwer, das Thema noch einmal anzuschneiden.

»Gut, dass Sie das erwähnen, Molly«, übernimmt er gleich. »Ich habe mir darüber inzwischen auch schon meine Gedanken gemacht ...«

»Ach ja? Und zu welchem Schluss sind Sie gekommen?« Jetzt bin ich neugierig. »Das wird Ihnen jetzt nicht gefallen, Molly ...«, zögert er.

»Darauf kommt es heute auch nicht mehr an«, sage ich trübe.

»Okay. Also, meiner Meinung könnte der Verdacht in die Richtung gehen, dass die Kinder dieser Frauen möglicherweise von Philip sind.«

»Und das war es?«, entfährt es mir. »Aber Joe, das lag doch auf der Hand. Wobei Lissy und ich uns zudem überlegt haben, dass es sich wahrscheinlich nur um ein Kind pro Frau handelt, weil er an jede die haargenau gleiche Summe überweist.«

»Donnerwetter, das haben Sie gut analysiert, Molly.« In seiner Stimme klingt Respekt mit. »Ich kann mein Angebot von damals nur wiederholen: Falls Sie mal die Branche wechseln wollen, bei mir ist jederzeit ein Platz für Sie frei. Wir beide wären das perfekte Team.«

»Ja, äh ... danke, Joe, ich überleg's mir«, antworte ich ausweichend. »Noch etwas: Lissy und ich haben uns auch überlegt, ob es vielleicht noch weitere ...« Ich zögere. »... also, Überweisungen gegeben hat.«

»Wie meinen Sie das?«

»Nun, es ist doch so, dass Philip nicht nur in Deutschland aktiv gewesen ist, und daher dachten wir ...«

»Ach, Sie meinen, ob er auch noch in anderen Ländern Kinder angebaut hat?«, formuliert er es schonungslos.

»Nein, so habe ich das nicht gemeint – oder ja, eigentlich doch. Jedenfalls sollten wir diesbezüglich alle Möglichkeiten in Betracht ziehen.«

»Verstehe. Aber ich kann mich nur wiederholen, Molly: Bronson ist an der Sache dran, und sobald er etwas findet, geben wir Ihnen natürlich umgehend Bescheid.«

»Danke, Joe«, sage ich. »Ehrlich, ich wüsste gar nicht, was ich ohne Sie anfangen sollte.«

»Keine Ursache, Molly. Kann ich sonst noch was für Sie tun?«

»Allerdings, Joe, und das ist gelinde gesagt ein echter Brocken«, sage ich schweren Herzens.

»Nanu, das klingt ja gar nicht gut. Wo drückt denn der Schuh?«

»Wie Sie wissen, befinden Lissy und ich uns gerade in Los Angeles, um die Eröffnung unserer ersten Auslandsfiliale vorzubereiten«, starte ich mühsam.

»Das ist mir bekannt. Wie kommen Sie voran damit?«

»Eigentlich ganz gut, wir haben sogar schon eine geeignete Immobilie dafür gefunden.«

»Sehr gut.«

»Ja, nur gab es heute Vormittag einen heftigen Rückschlag für uns«, bremse ich seine Begeisterung. »Wir haben erfahren, dass niemand Geringerer als Clarissa Hohenthal die Eröffnung einer Winners-only-Filiale hier in Los Angeles angekündigt hat.«

»Clarissa Hohenthal? Ist das nicht die rothaarige Hexe vom letzten Jahr?«, ruft er aus, und den Hintergrundgeräuschen nach würde ich darauf tippen, dass er soeben aufgesprungen ist und seinen Stuhl dabei umgeworfen hat.

»Genau die.«

Joe schweigt ein paar Sekunden lang.

»Und warum hat sie das getan?«

»Tja, wir sind da auf Vermutungen angewiesen, aber eigentlich kann es dafür nur einen Grund geben: Clarissa will auf eigene Faust ein Geschäft eröffnen und uns damit im Ausland das Wasser abgraben.«

»Ach du Schande«, ruft Joe aus. »Darf sie das denn?«

»Das ist die nächste gute Frage, wir sind gerade dabei, das zu überprüfen. Aber wir wissen auf jeden Fall, dass Clarissa hier in Los Angeles ist, und daher wollte ich Sie jetzt fragen, ob Sie sie hier aufstöbern und in weiterer Folge überwachen lassen können.«

»Ja, sicher, kein Problem. Wie Sie wissen, operieren wir mittlerweile länderübergreifend«, antwortet er gestelzt. »Bronson soll sich gleich mal übers Internet an sie ranmachen, und ich könnte zusätzlich noch unsere Außenstelle in Los Angeles einschalten, falls Sie das wünschen.«

»Das heißt, Sie beauftragen eine Detektei?«, präzisiere ich.

»Richtig, wir suchen uns ein geeignetes Partnerunternehmen zwecks Kooperation«, räumt er ein. »Aber bevor wir loslegen: Können Sie uns nähere Angaben zur Zielperson liefern?«

»Ja, kann ich. Am besten rufen Sie gleich meine Assistentin Fiona an, damit sie Ihnen die Akten von Winners only rüberschickt.« Dann fällt mir noch etwas ein: »Ach ja, und es könnte auch sein, dass sie mit einem Mann namens Hans Meier unterwegs ist. Er bekleidet eine hohe Stellung bei Eragon, Bronson soll sich also am besten auch dort reinhängen, um nähere Informationen über ihn zu bekommen.«

»Geht klar, machen wir.« Es klingt, als würde er sich alles aufnotieren. »War das alles?«

»Ja, Joe, vorerst zumindest. Ach, noch etwas: Am besten schicken Sie mir die laufenden Ergebnisse ab sofort immer gleich per SMS aufs Handy, damit ich stets auf dem neuesten Stand bin.«

»Geht in Ordnung, Molly. Alles Gute, ich drücke Ihnen die Daumen.«

»Danke, Joe.«

Nachdem ich aufgelegt habe, starre ich verwirrt auf mein Handy. Philip und diese geheimnisvolle Frau sind also auf dem Weg nach München. Was zum Teufel will er da mit ihr?

Plötzlich überkommt mich ein unwiderstehlicher Drang, ihn anzurufen. Ihn einfach zu fragen, wo er gerade ist und was er so treibt. Einfach hören, was er dann sagt.

Während ich mit bebenden Fingern seine Nummer wähle, kommt plötzlich ein korpulenter Mann in einem bunten Hawaiihemd aus der Herrentoilette. Als er mich sieht, stutzt er, dann greift er in seine Hosentasche, drückt mir einen Geldschein in die Hand, murmelt irgendwas und geht weiter.

Nanu. Was war das denn? Ich betrachte den Eindollarschein. Wieso gibt dieser Typ mir Geld?

»Hi, Molly.« Ich zucke zusammen, als Philips Stimme aus dem Lautsprecher erklingt.

»Ja … hallo, Philip«, beginne ich wackelig. »Ich dachte, ich ruf dich mal an.« Na super. Wenn das keine tolle Eröffnung für ein Gespräch ist.

»Schön, Molly, das freut mich …«

Täusche ich mich, oder hat er gerade kurz das Mikro mit der Hand abgedeckt? Ist sie etwa bei ihm? Blöde Frage. Natürlich ist sie bei ihm, und wahrscheinlich hat er ihr gerade etwas zugeflüstert.

»Tut mir übrigens leid, dass ich beim letzten Mal so kurz angebunden war«, sagt er auf einmal.

Ach, es ist ihm also aufgefallen? Immerhin, das ist doch schon was.

»Das lag wohl daran, dass ich zurzeit wieder mal bis über beide Ohren in Arbeit stecke«, redet er weiter. »Und ich schätze, das war der Grund, weshalb du dich so lange nicht gemeldet hast, stimmt's?«

»Ja, war es«, antworte ich, und für einen Augenblick muss ich gegen das Selbstmitleid ankämpfen, das mich überkommt.

Eine Frau kommt vorbei und wirft mir einen erstaunten Blick zu, bevor sie in die Frauentoilette abbiegt.

»Das tut mir leid, Molly, und ich mach's wieder gut, das verspreche ich dir.« Er schlägt einen versöhnlichen Tonfall an, und die Wärme in seiner Stimme lässt mich den Grund meines Anrufs beinahe vergessen. »Aber jetzt erzähl: Wie läuft's denn bei euch in Hollywood?«, erkundigt er sich. »Wollte euch schon ein Agent unter Vertrag nehmen?«

»Ein Agent? Wieso …« Ich brauche ein bisschen, bis ich begreife – und dann ist es plötzlich wieder da, dieses wunderbare Gefühl zwischen uns, wenn Philip seine kleinen Witzchen reißt und wir uns die Bälle gegenseitig zuspielen. »Ach so, du meinst wegen der Filmrollen … klar, da gab es haufenweise Angebote«, steige ich spontan darauf ein. »Tom Cruise wollte mich für eine Fortsetzung von *Mission Impossible* haben, aber ich habe abgelehnt, weil zur gleichen Zeit auch Zac Efron angeklopft hat – der ist übrigens ganz heiß auf mich, hat er gesagt.«

»Zac Efron? Ist das nicht der Grünschnabel aus diesem Musical?«, kommt es von Philip zurück.

»Aus *High School Musical*, genau.«

»Keine gute Wahl, der braucht bestimmt nur jemanden, der ihm die Windeln wechselt«, meint Philip trocken, und ich kann förmlich sehen, wie seine Mundwinkel dabei eine Spur nach außen wandern.

Plötzlich überkommt mich eine tiefe Sehnsucht. Ich will wieder bei ihm sein, mich mit ihm unterhalten, mit ihm scherzen und ihn dann in meine Arme nehmen und küssen. Nur wir zwei, wie in guten alten Zeiten … na ja, genau genommen wie in den wenigen Wochen, die wir hatten, bevor Philip sich in dieses Paraguayprojekt gestürzt hat … und bevor ich diese Expansion in Angriff genommen habe …

… und bevor ich das mit seinen vierzehn Frauen und dieser Tussi erfahren habe …

Sofort verwandelt sich das schöne Gefühl wieder in tiefen Schmerz, und ich seufze unwillkürlich auf.

»Was hast du, Molly?«, fragt Philip besorgt. »Alles in Ordnung bei dir?«

»Na ja, wie man's nimmt …« Ich überlege schnell, wie viel ich ihm verraten soll. »Wir kamen anfangs ziemlich gut voran, aber dann ist plötzlich Clarissa aufgetaucht …«

»Clarissa, deine Exchefin?«

»Genau die.« Ich berichte ihm kurz von unseren Befürchtungen, und auch davon, wie wir dagegen vorgehen wollen.

»Okay, ich denke, ihr macht das ganz vernünftig.« Er legt eine kleine Pause ein. »Wenn ich irgendetwas für dich tun kann, Molly, dann sag es. Ich könnte mir Hans Meier vorknöpfen, und ich habe immer noch ein paar Freunde bei Eragon«, bietet er an, und kämpferisch fügt er hinzu: »Wir lassen auf keinen Fall zu, dass die unser Konzept klauen, das verspreche ich dir.«

»Danke, Philip, es tut gut, das zu hören. Aber ich hoffe, ich kriege das auch alleine in den Griff, beim letzten Mal habe ich es doch auch hinbekommen.«

»Ja, stimmt, Molly, niemand hätte das besser gekonnt als du«, stimmt er mir zu.

Plötzlich steht die Frau von vorhin wieder vor mir und fragt mich etwas, während sie mit einem Geldschein vor mir herumwedelt. Da ich sie nicht verstehe, mache ich eine hilflose Geste, woraufhin sie die Augen verdreht, mir den Schein in den Schoß wirft und dann abrauscht.

»Wo bist du denn gerade, Molly?«, will Philip wissen, weil er die fremde Stimme gehört hat.

»Ich? Oh, ich sitze hier gerade bei Starbucks und ... ähm ... bekomme von fremden Leuten Geld«, antworte ich.

»Wie bitte?«

»Ja, es ist irgendwie merkwürdig ... Aber egal, sag mir lieber, wo du bist, Philip«, entgegne ich, und kaum habe ich das gefragt, halte ich die Luft an.

War das etwa zu direkt? Und was, wenn er mich anlügt, wenn er behauptet, er wäre noch immer in Paraguay? Dann wäre das doch der sicherste Beweis dafür, dass er ...

»Du wirst lachen, Molly: Ich bin seit gestern wieder in Deutschland«, gibt er jedoch ganz locker bekannt.

»Wie bitte, du bist in Deutschland?«, rufe ich aus, und gleichzeitig erfasst mich eine Woge der Erleichterung.

Wenn er mich nicht belügt, kann das doch nur bedeuten, dass er unschuldig ist, nicht wahr?

»Ja, weißt du, das hat sich ganz kurzfristig ergeben, weil mich ein alter Geschäftspartner für ein Projekt gewinnen wollte ...«

Sag ich doch. Sag ich doch. Ein Geschäftspartner, natürlich. Und bestimmt ist diese fremde Frau die Tochter dieses Partners, oder von mir aus auch seine Freundin, und er hat Philip gebeten, sie mit nach Europa zu nehmen, und Philip hat eingewilligt, obwohl ihm das Ganze furchtbar auf die Nerven geht.

»Und, ist dieser Geschäftspartner gleich mit dir nach Deutschland gekommen?«, baue ich eine kleine Zwischenfrage ein.

Philip wird jetzt antworten, nein, nicht er selbst, sondern seine Tochter/Freundin, der ich bei der Gelegenheit gleich ein bisschen was von Winners only zeige, und natürlich wird er so tun, als wäre das die reinste Freude für ihn, wo sie doch neben ihm sitzt und zuhört, ist doch völlig klar …

»Nein, ich reise allein«, kommt es jedoch stattdessen zurück.

Es fühlt sich an wie ein Schlag direkt in die Magengrube. Er lügt. Philip lügt mich an! Oh nein, das heißt also doch …

»Molly, bist du noch dran?«, erkundigt er sich, als ich nichts sage.

»Ja, bin ich«, ringe ich mir ab. »Und wie lange wirst du jetzt bleiben?«, frage ich kraftlos.

»Bis auf Weiteres«, antwortet er. »Ich muss mich um ein paar geschäftliche Angelegenheiten kümmern, die ich am besten von hier aus erledigen kann.«

»Das heißt also, du könntest nicht hierher nach Los Angeles kommen, wie ich es letzte Woche vorgeschlagen habe?«, frage ich in der leisen Hoffnung, dass sich auf irgendeine völlig verdrehte Weise doch noch alles zum Guten wendet.

»In den nächsten Tagen sicher nicht, aber danach … mal sehen. Ich muss erst noch ein paar Dinge abklären, Molly, aber ich gebe dir so schnell wie möglich Bescheid, okay?«

Ein paar Dinge abklären. Zum Beispiel eine fremde Frau in unseren Geschäften verwöhnen und sie zum Essen ausführen – und was im Anschluss geschieht, will ich mir gar nicht ausmalen.

»Also gut, Philip, wir hören voneinander«, bringe ich mit Mühe über meine Lippen.

»Ja, Molly«, sagt er und fügt an: »Und lass wegen Clarissa den Kopf nicht hängen. Du schaffst das, da bin ich mir ganz sicher.«

»Hoffen wir's. Also dann … mach's gut.«

»Ja, Molly, du auch.«

Dann ist die Verbindung unterbrochen, und ich sitze da wie betäubt. Das war's dann. Er treibt sich lieber mit dieser Lima herum, anstatt zu mir zu fliegen und mir beizustehen – und zudem besitzt er auch noch die Unverschämtheit, mich anzulügen.

Plötzlich bin ich so verzweifelt, dass ich auf der Stelle losheulen könnte. Das heißt, genau genommen habe ich bereits losgeheult, wie ich an den dicken Tränen merke, die mir über die Wangen kullern. Ich ziehe hastig ein Taschentuch aus meiner Tasche und schnäuze mich energisch. Sosehr ich jetzt auch am liebsten alles hinschmeißen würde, ich darf nicht klein beigeben, nicht in dieser Situation. Clarissa will mich fertigmachen, mir zum wiederholten Male alles wegnehmen, wovon ich geträumt habe, und das darf ich auf gar keinen Fall zulassen. Und was Philip angeht: Vielleicht gibt es ja doch noch eine Chance. Immerhin hat er mich einmal geliebt, und möglicherweise waren ja nur die langen Trennungen schuld daran, dass unsere Beziehung abgekühlt ist. Wenn ich also um ihn kämpfe, indem ich zum Beispiel dieser Lima heimlich einen Schaumfestiger mit falschem …

Mein Telefon beginnt zu summen, und ich zucke unwillkürlich zusammen.

Ist er das? Ist ihm aufgefallen, wie niedergeschlagen ich war? Will er jetzt reinen Tisch machen, sich bei mir entschuldigen und einen neuen Anfang vorschlagen?

Nein, will er nicht. Es ist meine Mutter.

»Hallo, Mami«, melde ich mich.

»Hallo, Molly. Hier ist deine Mutter«, kommt es aus dem Hörer, und beim Klang der vertrauten Stimme würde ich am liebsten gleich wieder losheulen.

»Ja, ich weiß«, sage ich. »Was gibt es denn?«

»Dein Vater und ich wollten uns nur erkundigen, wie es euch so geht in Amerika«, sagt sie.

»Danke, Mami, so weit ganz gut.« Ich werde ihr nichts von meinen Problemen erzählen, weder beruflich noch privat. Erstens will ich meine Eltern nicht damit belasten, und außerdem ist Mami als Geheimnisträgerin ungefähr so gut geeignet wie eine Pressekonferenz mit dem Thema *Molly Becker in Not.*

»Passt ihr auch gut auf euch auf?«, fragt sie besorgt. »Vorgestern kam im Fernsehen, dass diese Amerikaner alle bis an die Zähne bewaffnet sind. Weißt du überhaupt, wie viele Schusswaffen jeder Einzelne von denen besitzt?«

»Nein, Mami, weiß ich nicht.«

»Mehr als zwei, wenn man die illegalen mit einrechnet«, liefert sie gleich die Antwort nach. »Und weißt du auch, was das bedeutet?«

»Öhm … nein.«

»Das bedeutet, dass du dich auf gar keinen Fall auf einen Streit mit einem Amerikaner einlassen darfst, ist dir das klar?«

»Aber Mami, dass es in Amerika insgesamt viele Waffen gibt, bedeutet nicht, dass jeder von denen mit einer herumrennt«, wende ich ein. »Im Gegenteil, wo wir uns aufhalten, sind die Menschen sogar äußerst freundlich und zuvorkommend, die sind viel netter als bei uns. Stell dir nur vor, da grüßen einen völlig Fremde, wenn man den Lift betritt.«

»Das mag ja sein, aber vielleicht ist es auch nur ein Trick, um euch in Sicherheit zu wiegen«, gibt sie zu bedenken. Ihre Stimme wird eindringlich: »Hör lieber auf uns, Kind. Ach ja, und wir Frauen vom Salsakurs haben uns in der Zwischenzeit auch schon ein geeignetes Maßnahmenpaket für euch ausgedacht. Hast du etwas zum Mitschreiben?«

»Nein, Mami, leider nicht«, flunkere ich. »Aber ich werde es mir auch so merken.«

»Also gut, hör genau zu«, hebt sie an, und ich höre im Hintergrund das Rascheln des Papiers, das sie entfaltet. »Punkt eins: Pfefferspray und Elektroschocker. Besorgt euch so etwas und besucht am besten gleich einen Kurs, wie man damit umgeht. Hast du verstanden, Molly?«

»Ja, Mami, ich werd's mir überlegen«, sage ich, weil offener Widerspruch bei meiner Mutter ohnehin keinen Sinn hätte.

»Du sollst es dir nicht überlegen, du sollst es *machen*«, setzt sie sofort nach. »Und zwar so schnell wie möglich.«

»Schon gut, ich kümmere mich darum.«

»Versprichst du es?«, fragt sie misstrauisch.

»Ja, Mami, ich verspreche es«, sage ich und kreuze gleichzeitig die Finger meiner linken Hand.

»Sehr schön«, gibt sie sich zufrieden. »Dann zu Punkt zwei: Markenkleidung, Markenhandtaschen und Markenschuhe. Lasst bloß die Finger davon, damit zieht ihr nur die Räuber an. Am besten kauft ihr euch billige Sachen in einem Gebrauchtwarenladen, dann gibt es auch keinen Grund, euch zu überfallen.«

»Schon klar, Mami. Penner werden selten überfallen.« Ich muss spontan grinsen bei dem Gedanken, wie sie bei Mamis Damenkränzchen die Köpfe zusammengesteckt und dieses ausgeklügelte Maßnahmenpaket zur Verbrechensprävention geschnürt haben. Was wohl als Nächstes kommt? Dass wir keine Süßigkeiten von Fremden annehmen dürfen oder dass wir uns von Schwarzafrikanern fernhalten müssen?

»Molly Becker, das ist noch lange kein Grund, zynisch zu werden«, setzt es prompt einen strengen Verweis. »Wir versuchen lediglich, euch zu beschützen. Also, kommen wir zu Punkt drei: Personen mit dunkler Hautfarbe und ausländischem Akzent …«

Ah, jetzt kommt's.

»Ja, was ist mit denen?«, frage ich unschuldig.

»Na, was wohl? Von denen müsst ihr euch fernhalten.«

»Aber Mami, das klingt jetzt ein bisschen rassistisch, findest du nicht?« Wieder muss ich schmunzeln. Ob ich ihr erzählen soll, welche Hautfarbe der Immobilienmakler unseres Vertrauens hat?

»So, meinst du? Dann sieh dir doch mal die Verbrechensstatistik an«, sagt sie aufgebracht. »Du kannst es drehen und wenden, wie du willst, Molly, aber Zahlen lügen nicht.«

»Das mag stimmen, Mami, aber das bezieht sich hauptsächlich auf die ärmeren Viertel, in denen wir uns gar nicht aufhalten.«

»Wie auch immer, man kann nie vorsichtig genug sein«, sagt sie streng. »So, wo war ich stehen geblieben? Aja, Punkt vier: Dunkelheit. Geht unter gar keinen Umständen aus dem Hotel, wenn es dunkel ist …«

»Mami, wie stellst du dir das vor?« Jetzt muss ich einfach widersprechen. »Das gesellschaftliche Leben spielt sich am Abend ab, da können wir doch nicht in unserem Hotel hocken bleiben und uns unter der Bettdecke verkriechen.«

Sie zögert. »Hm, also um ehrlich zu sein, hielt ich diese Maßnahme auch für überzogen«, gesteht sie dann. »Aber Lieselotte Bergmann von nebenan hat darauf bestanden. Weißt du was, dann streichen wir diesen Punkt einfach und ersetzen ihn durch Punkt fünf«, schlägt sie vor.

»Ach ja? Der da wäre?«

»Nehmt niemals die U-Bahn. Dort wimmelt es nur so vor Verrückten.«

Die U-Bahn? Hm. Mit der wollten wir eigentlich sowieso nicht fahren.

»Einverstanden, Mami, keine Fahrten mit der U-Bahn«, sage ich daher.

»Wie bitte, du bist einverstanden?« Sie klingt verwundert, weil sie keinerlei Überzeugungsarbeit leisten muss. »Ja, gut … dann also zu Punkt sechs – der ja inzwischen Punkt fünf ist: persönliche Leibwächter. Am besten wäre es, wenn ihr euch einen nehmt, oder besser gleich zwei. Deine Firma ist groß genug, sodass ihr das doch sicher von der Steuer absetzen könnt.«

»Wir sollen Bodyguards engagieren?«

»Ja, warum nicht? Die reichen Leute in Amerika haben alle Leibwächter, und die werden schon wissen, warum. Überleg doch mal, Molly, das wäre überhaupt das Einfachste. Dann könntet ihr euch das Pfefferspray sparen, und ihr könntet euch auch wieder teuer kleiden und mit Ausländern unterhalten.«

»Und dürften wir dann auch mit der U-Bahn fahren?« Die Frage konnte ich mir nicht verkneifen.

Zum Glück hat Mami von dem sarkastischen Ton nichts mitgekriegt, denn sie antwortet nach einer winzigen Pause: »Wenn die Leibwächter entsprechend geschult sind ... Ich denke, das wäre dann vertretbar.«

»Gut, ich werde das mit Lissy besprechen.«

»Nicht besprechen, Molly, *machen*!«, fordert sie.

»Geht klar, ich kümmere mich darum, sobald es geht, und in der Zwischenzeit passen wir einfach selbst auf uns auf, versprochen.«

»Gut, Molly, dann bin ich ja beruhigt. Und dann wollten dein Vater und ich noch etwas anderes mit dir besprechen ...«

»Ja, Mami, was denn?«

»Wie du weißt, mischen wir uns normalerweise nicht in deine Arbeit ein«, holt sie umständlich aus, »aber in diesem Fall können wir nicht anders, weil wir glauben, dass du gerade einen großen Fehler begehst ...«

»Einen Fehler?«, wiederhole ich verwundert. »Meinst du unsere Expansion?«

»Nein, darum geht es nicht – obwohl wir auch nur schwer nachvollziehen können, wozu du dir noch zusätzliche Arbeit aufhalst«, baut sie ein. »Aber was wir ganz und gar nicht gutheißen können, ist, dass du diese grässliche Frau wieder eingestellt hast.«

»Welche grässliche Frau?«, frage ich verblüfft, und in Gedanken gehe ich schnell die Reihe der Mitarbeiter durch, deren Anstellung auf mein Konto geht. Lissy kann sie nicht meinen, und Tessa auch nicht, obwohl man über deren Arbeitsmoral natürlich diskutieren könnte ...

»Na, diese Clarissa, die einmal deine Chefin gewesen ist«, rückt sie auf einmal heraus.

»Clarissa?«, rufe ich aus. »Wie kommt ihr denn darauf, dass ich sie wieder eingestellt hätte?«

»Dann hast du sie also nicht wieder eingestellt?«

»Was für eine Frage, Mami – nein, natürlich nicht! Nach allem, was geschehen ist, wird Clarissa nie wieder einen Fuß in unsere Firma setzen!«

»Und wie kommt es dann, dass sie im Fernsehen euer neues Geschäft angekündigt hat?«, fragt sie verwundert.

»Das habt ihr gesehen?«, frage ich erschrocken. »Das lief doch nur im amerikanischen Fernsehen.«

»Lieselotte hat es im Internet entdeckt«, klärt Mami mich auf.

Verdammtes Internet. Seit es das gibt, kann man das Wort Diskretion aus sämtlichen Wörterbüchern streichen.

»Ach, *das* meinst du«, rufe ich erleichtert aus und denke gleichzeitig fieberhaft darüber nach, wie ich es meinen Eltern erklären kann, ohne dass sie sich Sorgen machen. »Deswegen müsst ihr euch gar keine Gedanken machen, Mami. Das war bloß ein dummer Scherz von Clarissa. Wie du weißt, muss sie sich in Deutschland von mir fernhalten, deswegen versucht sie jetzt, mich hier in Amerika zu ärgern.«

Meine Mutter schweigt einen Moment lang.

»Dann müssen wir uns also keine Sorgen machen?«, vergewissert sie sich.

»Nein, Mami, nicht die geringsten.« Ich bemühe mich um Zuversicht in der Stimme und schäme mich gleichzeitig, weil ich sie belüge. »Hier läuft alles genau nach Plan, wir haben sogar schon ein Gebäude für unser neues Geschäft gefunden.«

»Ach, wirklich? Das … freut uns natürlich. Und mit Philip passt auch alles?«, erkundigt sie sich als Nächstes. »Ist er immer noch in Paraguay? Weißt du, wir machen uns ehrlich gesagt schon Gedanken, weil ihr immer so lange getrennt seid. Ein Mann hat gewisse Bedürfnisse, weißt du …«

Ohne es zu wissen, hat sie mich voll erwischt. Nur mit äußerster Mühe gelingt es mir, meine Fassung zu wahren.

»Mami, das weiß ich doch«, sage ich mit belegter Stimme. »Aber macht euch deswegen keinen Kopf, bei uns ist alles in bester Ordnung.«

»Ja, wirklich?« Sie legt wieder eine kleine Pause ein, bevor sie sagt: »Gut, Kind, dann sind wir beruhigt. Und bevor ich's vergesse, dein Vater lässt dich natürlich grüßen.«

»Grüß ihn auch von mir, Mami.«

»Das mache ich. Wir haben dich lieb, Kind.«

»Ich euch auch, Mami.«

Nachdem das Gespräch beendet ist, kämpfe ich einige Augenblicke gegen die Tränen, dann gehe ich auf wackeligen Beinen wieder hinaus zu Lissy und Emma.

Lissy mustert mich forschend, als ich mich setze.

»Alles in Ordnung, Molly?«, fragt sie besorgt.

Auch Emma ist neugierig geworden, deswegen wiegle ich schnell ab: »Aber ja, alles in Butter.«

Lissy merkt natürlich, dass etwas nicht stimmt, verzichtet aber Gott sei Dank auf weitere Fragen.

Stattdessen deutet jetzt Emma auf die Geldscheine, die ich immer noch in der Hand halte. »Was ist das für Geld?«, fragt sie.

»Oh, das … also, das war echt merkwürdig«, beginne ich zu berichten, erleichtert darüber, dass ich damit den anderen Fragen ausweichen kann. »Ich habe da draußen im Vorraum gesessen, während ich telefonierte, und dann kamen andauernd fremde Leute vorbei und drückten mir Geld in die Hand. Verrückt, was?«

Lissy und Emma glotzen mich an.

»Wo genau hast du gesessen?«, erkundigt sich Lissy dann.

»Gleich da draußen, auf dem Gang vor den Toiletten«, antworte ich, und in derselben Sekunde geht mir ein Licht auf.

»Ach, darum«, sagt Emma. »Vorhin an der Theke haben sich

ein paar Gören darüber unterhalten, dass in Hollywood neuerdings sogar die Klofrauen Dolce & Gabbana tragen.«

Die Klofrauen?

Die hielten mich wirklich …?

Okay, das ist peinlich. Und ich sollte mir schleunigst etwas einfallen lassen, damit meine Freundinnen die Geschichte nicht herumerzählen.

Big Van

Ich kann mir jetzt aussuchen, was die größere Katastrophe ist: Ich weiß, dass Philip mich belügt, was diese fremde Frau angeht, und auch wenn ich noch nicht mit hundertprozentiger Sicherheit weiß, was dahintersteckt, steht eines bereits fest: Es kann nichts Gutes bedeuten – übrigens ebenso wenig wie die Tatsache, dass Philip Monat für Monat Geld an vierzehn Frauen überweist, die er bisher mit keinem Wort erwähnt hat.

So viel also zu meinen neuesten Erkenntnissen, aber das ist längst nicht alles.

Lissys Telefonrecherche hat nämlich zusätzlich ergeben, dass das Konzept unserer Firma keineswegs weltweit geschützt ist. Da die Firma in der jetzigen Konfiguration erst nach und nach entstanden ist und unsere Produktpalette sich aus verschiedenen Angeboten zusammensetzt, die alle für sich genommen nicht schützenswert sind, ist bisher niemand auf die Idee gekommen, dieses Konzept als eigenständige Marke zu definieren und es einschließlich des Namens weltweit schützen zu lassen. Vom rechtlichen Standpunkt betrachtet sieht es daher so aus, dass man uns aufgrund unseres Erscheinungsbildes und unserer Marktpräsenz in Deutschland nicht ohne unser Einverständnis kopieren dürfte, jedoch steht dem im Rest der Welt zum gegenwärtigen Zeitpunkt aller Wahrscheinlichkeit nach nichts im Wege.

So viel zur zweiten Hiobsbotschaft an diesem Tag, doch das war's noch nicht.

Emma hatte ja den Auftrag, bei Ray Jackson nachzufragen, welches Gebäude Clarissa mit den angekündigten fünftausend Quadratmetern wohl gemeint haben könnte, und die Antwort, die sie erhielt, war gelinde gesagt niederschmetternd. Nicht nur, dass es im Umkreis von zwanzig Meilen kein anderes frei stehendes Gebäude gibt, das für derartige Zwecke geeignet wäre – er hat auch darauf hingewiesen, dass Clarissa mit ihrer Quadratmeterangabe womöglich schlicht angegeben hat, und prompt kam wenig später auch die Bestätigung, dass es für unser Gebäude plötzlich einen zweiten Interessenten gibt – dreimal dürfen wir raten, wer das wohl ist.

Nach diesem wechselseitigen Austausch von Schreckensnachrichten machte Emma dann den Vorschlag, uns in ihren Wagen zu setzen und eine Spritztour nach Malibu zu machen. Was angesichts unserer verzwickten Lage auf den ersten Blick verrückt klang, hat auf den zweiten Blick doch einen Sinn ergeben.

Denn im Grunde genommen verhält es sich doch so: Meine privaten Probleme habe ich vor Emma nicht ausgebreitet, sondern nur Lissy in aller Kürze die neuesten Entwicklungen gesteckt, während Emma sich auf Firmenkosten an der Theke für die nächsten drei Tage mit Süßkram versorgt hat, und wir sind zu dem Schluss kommen, dass ich diesbezüglich einfach noch abwarten sollte, bevor ich eine endgültige Entscheidung treffe.

Hinsichtlich unseres zweiten Problems – des Patentschutzes für unsere Firma – können wir im Moment ebenso wenig ausrichten, da in Deutschland bereits das Wochenende begonnen hat und unsere Anwälte daher vor Montag früh ohnehin nichts unternehmen können.

Und was das dritte Problem betrifft – Clarissa und der Umstand, dass sie uns unser Mietobjekt wegschnappen könnte –, da heißt es jetzt gründlich nachdenken, wie wir sie loswerden können, und nachdenken kann man schließlich auch während einer Spritztour, wie Emma nicht ganz unlogisch bemerkt hat.

Also sind wir in ihrem roten Schlachtschiff losgeschaukelt, und was wir zu sehen bekamen, war wirklich bemerkenswert.

Wir sind zuerst den Sunset und dann den Santa Monica Boulevard entlanggetuckert, und Emma hat uns alles Mögliche über die verschiedenen Gebäude und Lokale erzählt, die zum Teil von weltberühmten Menschen frequentiert werden oder ihnen sogar gehören. Allerorts konnten wir bestens gelaunte und sehr gut aussehende Menschen bestaunen, die ihrerseits uns drei in unserem verbeulten Monster verwundert anglotzten, und schließlich gelangten wir über den Pacific Coast Highway bis nach Malibu, wo die teuersten Strandhäuser der Welt in Reih und Glied stehen. Nachdem wir uns dort ausreichend umgetan hatten, haben wir schließlich auf der Rückfahrt an einem entzückenden Fünfzigerjahrecafé haltgemacht, das weit draußen auf einer hölzernen Pier direkt über dem Ozean liegt.

Emma ist jetzt gerade dabei, sich durch einen gewaltigen Berg aus Vanilleeis zu graben, unter dem laut Speisekarte ein ofenwarmer Schokokuchen verborgen sein soll, während Lissy und ich uns eine Portion Pancakes mit Ahornsirup teilen und uns ansonsten auf Cappuccino und Wasser beschränkt haben.

Während ich in meinem Kaffee rühre, sehe ich gedankenverloren auf die glitzernde Wasserfläche hinaus und seufze.

»Was hast du, Molly?«

Emma hat sich kurz von ihrer Kalorienbombe losgerissen und sieht mich gemeinsam mit Lissy forschend an.

»Ach, wisst ihr …« Ich deute auf das Meer hinaus. »Das alles hier ist so schön, das Meer und der Strand, überhaupt die ganze Stadt – und doch kann ich es überhaupt nicht genießen, weil mir die ganze Zeit diese verdammten Sorgen im Kopf herumschwirren.«

»Hm.« Emmas Blick bleibt an mir haften, während sie sich einen Löffel Vanilleeis in den Mund schiebt. »Vielleicht solltest du noch einmal über meinen Vorschlag nachdenken.«

Wir haben uns während der Fahrt die Köpfe zerbrochen, wie

wir das Problem mit Clarissa in den Griff kriegen könnten, und Emmas Vorschlag war gewesen, sie niederzuschlagen und in einem Schrankkoffer wieder zurück nach Deutschland zu schicken.

»Vergiss es, Emma«, schüttle ich den Kopf. »Wir wissen ja nicht einmal, wo sie sich im Moment aufhält ...«

»Wie lange braucht dein Detektiv denn noch, um das herauszufinden?«, fragt sie, und dann ruft sie plötzlich laut aus: »Na endlich!«

»Was ist?«, fragen Lissy und ich unisono.

»Der Schokokuchen, seht nur, da ist er!« Sie dreht begeistert ihren Teller, sodass wir am Ende des Vanilleeistunnels die dunkle Schokolade sehen können.

»Gratuliere«, meint Lissy und verdreht dabei die Augen, was Emma jedoch nicht bemerkt, weil sie gierig ihren Löffel in das Loch gesteckt hat und aufgeregt darin herumstochert.

»Aber die Frage war berechtigt«, wendet Lissy sich dann an mich. »Es wäre wirklich gut zu wissen, wo Clarissa steckt, damit wir unsere weitere Vorgehensweise planen können.«

»Ich habe mit Joe vereinbart, dass er mir alle Ergebnisse sofort per SMS schickt«, antworte ich und ziehe gleichzeitig mein Handy aus der Tasche. »Oh, seht mal, da ist was reingekommen«, rufe ich aufgewühlt. »Das muss ich während der Fahrt überhört haben.«

»Und was schreibt er?« Lissy ist neugierig an mich herangerückt, um mitlesen zu können.

Ich öffne mit bebenden Fingern das Nachrichtenmenü, und gemeinsam lesen wir:

`Ranger an Pink Lady, Ranger an Pink Lady!`

»Wen meint er denn mit Pink Lady?«, fragt Lissy mit hochgezogenen Augenbrauen.

»Das dürfte wohl ich sein. Joe neigt ein wenig zur Dramatik, und auf Pink kam er wahrscheinlich wegen der Farbe meines Autos«, erkläre ich.

Lissy nickt, und wir lesen weiter:

```
Zielobjekt Red Fox im Hilton Hotel Beverly
Hills aufgespürt - stop
Red Fox in Begleitung von Hans Meier - stop
Außenstelle in L.A. aktiviert - stop
Zielobjekt Big Van in München angekommen -
stop
Weiterhin strengste Überwachung - stop
Auftragsstatus DEFCON 1 - stop
Fotos folgen - stop
Ranger an Pink Lady - over and out
```

Wir wechseln einen erstaunten Blick.

»Kann es sein, dass Joe eine SMS für eine Art Funk hält?«, fragt Lissy dann.

»Sieht ganz so aus«, seufze ich.

»Wieso, was schreibt er denn?«, will Emma wissen.

»Sieh selbst.« Ich halte ihr das Handy hin. »Jetzt wissen wir wenigstens, wo Clarissa sich aufhält«, sage ich, und die Vorstellung, dass dieses Biest in unserer Nähe ist, lässt mich frösteln. »Die Frage ist nur, was wir mit der Info anfangen.«

»Wer zum Geier ist *Red Fox*?«, fragt Emma mit konzentriertem Blick. »Sollte er nicht diese Clarissa aufspüren?«

»Das hat er«, erklärt Lissy. »Red Fox ist Clarissa. Sie hat rote Haare, kapiert?«

»Ach so, sagt das doch gleich.« Emma schiebt sich das nächste Stück Kuchen in den Mund. »Und wer ist dieser *Big Van*?«

Lissy und ich wechseln einen ertappten Blick. Mist. Ich hätte Emma die SMS nicht zeigen sollen.

»Ach, das ist … der Freund einer Bekannten«, lasse ich mir

schnell einfallen. »Sie hat mich gebeten, ihn überwachen zu lassen, weil sie befürchtet, dass er … na ja … möglicherweise fremdgeht.«

Ganz große Klasse, Molly. Der Freund einer *Bekannten*, das ist kein bisschen auffällig. Selbst der größte Hornochse würde sofort begreifen, dass …

»Einer Bekannten?«, setzt Emma auch sofort nach. »Die muss dir aber ziemlich nahestehen, wenn dieser Detektiv an dich Bericht erstattet – noch dazu, wo dieser Big Van sich in München befindet und ihr euch hier in den Staaten …« Sie durchbohrt mich mit einem argwöhnischen Blick.

Na schön, obwohl mir der Gedanke nicht behagt, muss ich jetzt wohl die Karten auf den Tisch legen …

»Es ist *Lissys* Freund, stimmt's?«, sagt Emma plötzlich, und ihr Blick beginnt zwischen Lissy und mir hin und her zu springen.

»Wie bitte?« Lissy holt entrüstet Luft für eine Klarstellung.

»Ja, Emma, du hast recht«, komme ich ihr jedoch schnell zuvor, um mich aus der Schusslinie zu bringen.

»Wie bitte?!« Lissy feuert einen empörten Blick auf mich ab.

»Das ist keine große Sache«, schicke ich mit einer wegwerfenden Handbewegung hinterher. »Sie sind noch nicht lange befreundet, und wir wollten nur sichergehen, ob er ihr auch treu bleibt, während sie weg ist. Reine Routine, nichts weiter.« Ich wedle abwiegelnd mit der Hand und schicke gleichzeitig einen flehenden Blick zu Lissy.

»Ach so«, meint Emma, und die Harmlosigkeit meiner Erklärung scheint sie ein bisschen zu enttäuschen. »Und wieso nennt dieser Joe ihn Big Van?«

»Tja, keine Ahnung …«

»Ah, ich hab's«, gibt sich Emma gleich selbst die Antwort. »Das Big steht für groß, weil er einen großen Lümmel hat, stimmt's?« Sie zwinkert Lissy kumpelhaft zu, woraufhin die einen hochroten Kopf kriegt und mich mit einem wütenden Dafür-bist-du-mir-was-schuldig-Blick bedenkt.

»Erraten, Emma«, baue ich mich mit einem künstlichen Lachen wieder ein. »Aber lass uns jetzt auf unser eigentliches Problem zurückkommen …«

»Und wofür steht Van?« Emma hat sich wie ein Bullterrier in das Thema verbissen. »Ist das sein Name?«

»Nein, ist es nicht«, gibt Lissy mit zusammengepressten Lippen zurück, und mit herausforderndem Blick zu mir: »Sag du es ihr, Molly, wofür steht denn nun dieses Van?«

»Wieso soll ich …«, suche ich nach einer guten Ausrede, doch in Emma ist längst endgültig der Detektiv erwacht.

»Sag nichts, ich weiß es«, verkündet sie triumphierend.

»Echt?«

Wir sehen sie gespannt an.

»Es ist die Abkürzung für Vandale«, sprudelt es aus Emma hervor, als wäre sie bei einem Fernsehquiz. »Weil er mit seinem großen Ding immerzu herumvandalisiert. Was ist, habe ich recht?«

Wir glotzen sie einige Sekunden lang wortlos an.

»Richtig«, nicke ich Lissy aufmunternd zu, der gleichzeitig die Kinnlade herunterklappt. »Unserer Emma kann man nichts vormachen, nicht wahr, Lissy?«

»Das stimmt allerdings«, nickt Emma selbstgefällig. »Und Lissy: Respekt! Hätte gar nicht gedacht, dass so ein dürres Gestell wie du es mit einem richtigen Kerl aufnehmen kann.«

»Schön, nachdem das auch geklärt wäre …« Ich mache eine raumgreifende Geste und fange mir dabei einen weiteren Blick von Lissy ein, der von Mord und Totschlag kündet. »… zurück zu unserem eigentlichen Thema: Was machen wir jetzt mit Clarissa?«

»Ich plädiere nach wie vor für die Paketvariante«, kommt es prompt von Emma.

»Das ist Quatsch, Emma«, weist Lissy sie energisch zurecht.

»Wir können doch niemanden betäuben und irgendwohin verschicken.«

»Stimmt – sosehr ich mir das im Moment auch wünschen würde«, stimme ich ihr zu.

»Ach was, seid nicht so zimperlich«, hält Emma unverdrossen dagegen. »Mit einem guten Betäubungsmittel und einem strapazierfähigen Koffer mit Luftlöchern wäre das überhaupt kein Problem. Ich würde es überhaupt als Tiertransport deklarieren, man könnte zum Beispiel sagen, es wäre eine seltene Affenart – oder noch besser: Sondermüll ...« Sie stoppt, als sie unsere skeptischen Blicke sieht. »Okay, ich hab's kapiert, ihr wollt das nicht. Aber wie wär's dann mit einer abgeschwächten Version? Estefania aus meiner WG hat einen Cousin in Mexiko, der importiert laufend pharmazeutische Produkte aus Tijuana. Dem könnten wir sie doch auf der Rückfahrt mitgeben, und er soll sie dann an irgendeinen Drogenbaron verkaufen oder so.«

»Emma, vergiss es. Wir können niemanden entführen lassen«, stelle ich klar.

»Was sind das denn für Produkte, die dieser Cousin importiert?«, interessiert sich Lissy.

»Genau weiß ich es auch nicht«, zuckt Emma die Achseln. »Estefania wird immer so komisch, wenn man sie danach fragt. Ich weiß nur, dass man die Sachen auch rauchen kann und dass diese Typen nicht zimperlich sind, wenn es um spezielle Aufträge geht.«

Lissy und ich wechseln einen unsicheren Blick.

»Okay, wir können das ja als allerletzte Möglichkeit abspeichern«, räume ich zögernd ein, damit Emma endlich Ruhe gibt. »Aber jetzt sollten wir uns langsam etwas Konkretes einfallen lassen, sonst reißt sich Clarissa am Ende wirklich unser Amerikageschäft unter den Nagel.« Ich sehe die beiden abwechselnd fragend an. »Hat jemand eine Idee?«

»Wieso siehst du mich an?«, fragt Emma verständnislos.

»Ich habe Vorschläge gemacht. Wie wär's, wenn ihr beide zur Abwechslung mal etwas abliefert?«

Betretenes Schweigen folgt, dann meint Lissy: »Also … vielleicht könnten wir Clarissa irgendwie ablenken, um Zeit zu gewinnen, bis wir uns die Rechte gesichert haben … Und wir müssen natürlich verhindern, dass sie sich das Gebäude an Land zieht, denn sonst können wir unser Projekt sowieso vergessen.«

»Du sagst es, Lissy«, nicke ich. »Das Dumme ist nur, dass wir den Mietpreis nicht mehr drücken können, weil ein zweiter Interessent auf der Matte steht, und um endgültig zusagen zu können, brauchen wir die Preiserhebungen von deinen Kolleginnen, Emma.«

Emma hat gerade die letzten Reste von ihrem Teller gekratzt und sich satt und zufrieden zurückgelehnt.

»Daran soll's nicht scheitern.« Sie sieht auf die Uhr. »Oh, fast schon sechs. Dann müssten die Mädels das meiste schon durchhaben. Soll ich sie ansimsen?«

»Ja, wir dürfen keine Zeit verlieren«, dränge ich, und sie beginnt sogleich, auf ihrem Handy herumzudrücken.

»Bleibt das Problem mit dem Mietpreis«, ruft Lissy uns in Erinnerung. »Wie hoch war der noch?«

»Vierzig Dollar pro Quadratmeter«, sage ich verdrossen. »Und dank Clarissa jetzt auch nicht mehr verhandelbar.«

»Okay, ist abgeschickt«, meldet Emma.

»Aber was du gerade gesagt hast, Lissy«, nehme ich ihren Gedanken von vorhin wieder auf. »Dass wir Clarissa vielleicht ablenken könnten – ich denke, das ist ein guter Ansatz. Hat jemand von euch eine Idee dazu?«

»Ich sage nur Tijuana«, wiederholt Emma mit Verschwörermiene. »Selbst wenn sie es irgendwie zurückschafft, bringt uns das locker eine Woche.«

»Okay, hat jemand eine Idee, die *nichts* mit Kidnapping zu tun hat?«, präzisiere ich leicht gereizt meine Frage.

Wir zerbrechen uns gemeinsam die Köpfe, doch die zündende Idee haben wir nicht.

Plötzlich piepst Emmas Handy.

»Ah, da ist schon unsere Antwort«, meint sie zufrieden. »Die Girls haben die nötigen Unterlagen beisammen und sind gerade dabei, sie zu sortieren.«

»Sehr gut«, lobe ich sie. »Dann sollen sie am besten gleich alles einscannen und an die Zentrale zu Fiona schicken, damit sie es so schnell wie möglich auswerten kann.« Ich diktiere Emma die Mailadresse. »Und wir machen uns inzwischen auf den Rückweg, was meint ihr?«

Da es keine Einwände gibt, packen wir unsere Siebensachen und fahren wieder Richtung Hollywood. Gerade als wir an der Santa Monica Pier mit dem berühmten Vergnügungspark vorbeikommen, läutet mein Handy.

Es ist Fiona. Ich nehme ab und informiere sie über den Stand der Dinge. Als ich fertig bin, meint sie betroffen: »Mensch, Molly, das klingt gar nicht gut.«

»Du sagst es, Fiona. Wir dürfen uns jetzt nicht den geringsten Fehler erlauben, vor allem aber brauchen wir so schnell wie möglich diese Rentabilitätsberechnung. Mach unseren Leuten aus der Buchhaltung klar, dass sie diesmal ausnahmsweise am Wochenende ranmüssen.«

»Ist bereits geschehen, Molly«, berichtet sie. »Das ganze Team steht morgen früh Gewehr bei Fuß … also, eigentlich *heute* früh«, korrigiert sie sich dann.

»Heute … Ach, stimmt ja, bei euch ist es schon nach Mitternacht. Wieso bist du noch nicht im Bett?«

»Ach, weißt du, ein paar von uns haben sich nach der Arbeit noch im Down Under getroffen, und dabei ist die Zeit wie im Flug vergangen. Abgesehen davon kann ich sowieso kaum schlafen, wenn ich weiß, dass du schon wieder diese Ziege Clarissa am Hals hast. Oh, wie ich die Frau hasse«, stößt sie inbrünstig hervor.

»Geht mir genauso«, stimme ich ihr zu.

»Weißt du, Molly, wenn du nicht du wärst, würde ich mir echt Sorgen machen!«

»Wie bitte? Was soll das denn heißen?«

»Machst du Witze? Wenn jemand mit Problemen fertigwird, dann doch wohl du«, behauptet sie. »Denk nur zurück an das letzte Jahr! Aus dem Schlamassel wäre ich nie im Leben wieder herausgekommen, du dagegen bist völlig cool geblieben und hast dir diesen genialen Plan ausgedacht, mit dem du Clarissa ausgetrickst hast.«

»Na ja, so betrachtet …«

Jetzt, wo sie das sagt, wird mir erst bewusst, wie verzwickt die Lage letztes Jahr gewesen ist. Soweit es das Geschäftliche betraf, stand es sogar weit schlimmer als heute, und am Ende bin wirklich ich es gewesen, der die Lösung eingefallen ist. Von meinen Panikattacken mal abgesehen und wenn man außer Acht lässt, dass ich mehrmals kurz vor dem totalen Zusammenbruch stand, könnte man also durchaus sagen, dass ich das souverän gemeistert habe.

»Deine Nerven sind überhaupt der Wahnsinn, Molly«, begeistert Fiona sich weiter. »Zum Beispiel unser Fallschirmsprung damals – ich habe mir fast in die Hosen gemacht, während du nicht einmal mit der Wimper gezuckt hast!« Was in Wirklichkeit dem Umstand geschuldet war, dass ich in eine Art Schockstarre verfallen bin, aber das weiß Fiona nicht. »Oder letzte Woche der Schlangenkäfig. Von der Kreuzotter will ich jetzt gar nicht anfangen, davon wussten wir ja beide nichts, aber wie du diesem Monsterpython in aller Seelenruhe quasi eine runtergehauen hast, Molly, das war einfach unglaublich.«

»Genau, der Python.« Die Erinnerung daran lässt meine Nackenhaare sofort wieder kerzengerade in die Höhe schnellen. »Dem habe ich einen Satz heiße Ohren verpasst.« Plötzlich muss ich grinsen. »Ich hoffe nur, das Vieh ist nicht nachtragend.«

»Du hast *was?*« Emma wirft mir einen ungläubigen Seitenblick zu.

»Dann stimmt die Geschichte also wirklich?«, ruft auch Lissy aus. Ihr habe ich davon erzählt, aber sie hat mir kein Wort geglaubt.

»Selbstverständlich stimmt sie«, gebe ich möglichst lässig zurück. »Was dachtest du denn? Wobei ich ihn nicht wirklich geohrfeigt habe, es waren eigentlich nur ein paar Klapse.«

»Sind das Lissy und Emma im Hintergrund?«, fragt Fiona, während Emma bei Lissy bezüglich der Schlangengeschichte nachhakt.

»Ja, genau.«

»Dann seid ihr also wieder gemeinsam unterwegs. Wo treibt ihr euch gerade herum?«

»Wir machen ein bisschen Sightseeing in Emmas Cabrio, da wir im Moment ohnehin nichts anderes tun können«, berichte ich. »Vorhin waren wir in Malibu, und jetzt sind wir gerade an der Santa Monica Pier vorbeigekommen, du weißt schon, das ist dieser Vergnügungspark direkt am Meer, den man immer in den Filmen sieht.«

»Wow, Molly, das klingt toll.« In Fionas Stimme schwingt Sehnsucht mit. »Ich kann dir gar nicht sagen, wie sehr ich euch beneide.«

»Das musst du nicht, Fiona, bei der nächsten Reise bist du mit von der Partie – sofern wir unser Problem mit Clarissa in den Griff kriegen«, schränke ich ein.

»Du kriegst das hin, Molly, bestimmt.« Fionas Zuversicht ist unerschütterlich. »Bald macht es klick, und du hast einen Wahnsinnsplan, mit dem du die dämliche Kuh in die Wüste schickst.«

»Dein Wort in Gottes Ohr, Fiona«, seufze ich, »nur ist es diesmal …«

Weiter komme ich nicht, weil ich plötzlich heftig in den Gurt geschleudert werde, als Emma den Wagen mit quietschenden Reifen zum Stehen bringt.

»Du meine Güte, Molly, was war *das* denn?«, ruft Fiona erschrocken ins Telefon.

»Ich weiß auch nicht ...« Ich versuche die Situation mit einem Blick einzuschätzen. »Emma hat gerade eine Notbremsung hingelegt, weil es sich vor uns staut. Aber keine Bange, uns ist nichts passiert«, beruhige ich sie. »Was ist denn da vorne los?«, erkundige ich mich dann bei Emma.

»Gute Frage. Wahrscheinlich drehen wieder ein paar verrückte Fans durch«, gibt sie zurück. »Seht ihr den Haufen da vorn?« Wir folgen ihrem ausgestreckten Finger und entdecken eine riesige Menschentraube, die sich vor dem Eingang eines Restaurants bis weit auf die Straße staut. »Wahrscheinlich ist dort ein Promi aufgetaucht.«

»Ein Promi? Meinst du etwa einen Filmstar?«, fragt Lissy mit großen Augen. Sie öffnet blitzschnell ihren Gurt, zieht sich am Scheibenrahmen hoch und hält angestrengt Ausschau.

»Kannst du erkennen, wer es ist?«, frage ich.

»Nun sag schon, Molly, was ist los?«, will Fiona am Telefon wissen.

»Wie es scheint, ist bei einem Restaurant vor uns ein Promi aufgetaucht, wahrscheinlich ein Schauspieler«, berichte ich ihr. »Kannst du was sehen, Lissy?«

»Nein, nichts.« Lissy späht angestrengt in die Menge. Dann stößt sie plötzlich einen keuchenden Laut aus. »Kneift mich, Leute, ich glaube, das ist George Clooney!«, kreischt sie aufgeregt.

»George Clooney? Bist du dir sicher?«, frage ich und fühle, wie mich ihre Aufregung ansteckt.

»Aber ja. Also, ich meine, *ziemlich* sicher ... zumindest sehe ich einen großen Mann mit grauen Haaren, um den sich alle prügeln ... das *muss* er sein!«

»Oder auch nicht«, zwinkert Emma mir abgebrüht zu.

»Habe ich richtig gehört? Ihr seid in der Nähe von George Clooney?« Jetzt klingt sogar Fiona ein bisschen hysterisch.

»Es könnte sein.«

Jetzt löse auch ich meinen Gurt und ziehe mich hoch, sodass ich neben Lissy zu stehen komme. Die Menge vor uns dreht jetzt regelrecht durch. Wir beobachten gebannt, wie sich die Menschen gegenseitig zur Seite schubsen und an den Haaren zerren, und eine ältere Dame prügelt empört mit ihrer Handtasche auf zwei Teenager ein, die sich an ihr vorbeidrängen wollten. All das können wir sehen – nur George Clooney leider nicht. Fragt sich, ob der überhaupt da ist, und wenn ja, ob es sich nicht schon wieder um einen von diesen Doppelgängern handelt.

Aber dennoch ist es faszinierend zu beobachten, was Menschen alles anstellen, bloß um in die Nähe eines ihrer Idole zu kommen.

Und dann trifft es mich plötzlich wie ein Blitz aus heiterem Himmel.

… was Menschen alles anstellen, um in die Nähe ihres Idols zu kommen …

Das ist der Schlüssel! Ich weiß jetzt, wie wir unser Problem lösen können. Dass ich nicht schon längst daraufgekommen bin. Es ist doch ganz einfach!

»Fiona, weißt du, was gerade geschehen ist?«, rufe ich aufgeregt ins Telefon.

»Äh … du hast George Clooney gesehen?«, rät sie.

»Vergiss Clooney!«, schreie ich, und Lissy und Emma reißen schockiert die Köpfe herum. »Es hat gerade klick gemacht, Fiona, *das* ist geschehen!«

Pizookies

Zugegeben, *ganz* so einfach ist es auch wieder nicht.

Wir mussten im Gegenteil sogar eine ganze Menge Vorbereitungen treffen, um meinen Plan in die Tat umzusetzen, aber nachdem wir uns die halbe Nacht um die Ohren geschlagen, zwischendurch kaum vier Stunden geschlafen und gleich wieder von Sonnenaufgang an geackert haben, ist der Großteil erledigt. Und die Liste der erledigten Arbeiten kann sich durchaus sehen lassen. So haben wir bis jetzt unter anderem

– bei RadioShack ein Prepaidhandy mit der Nummer (213) 975-555-1200 erstanden;

– über Ray Jackson wortwörtlich über Nacht eine Traumvilla in den Hollywood Hills mit Meerwasserpool und Blick über die Stadt angemietet;

– ebendiese Villa zusätzlich von einer Sicherheitsfirma mit Dutzenden von geheimen Kameras und Aufnahmegeräten präparieren lassen;

– Visitenkarten mit dem Aufdruck

Donna Winston
George Clooney Personal Assistance & Management
1050 Sunset Blvd
(213) 975-555-1200

entworfen und sie heute Morgen in einem Printshop am Santa Monica Boulevard mit goldenem Prägedruck auf Büttenpapier drucken lassen;

– Adele Parker – das ist eine zierliche, rothaarige WG-Kollegin von Emma, die ein paar Brocken Deutsch beherrscht – intensiv auf ihre Rolle als Donna Winston eingeschworen;

– mehrere Doppelgänger-Agenturen abgeklappert, bis wir bei der vierten endlich einen perfekten George-Clooney-Klon engagieren konnten;

– nicht zuletzt einen Botendienst damit beauftragt, Clarissa einen Strauß roter Rosen samt einer Donna-Winston-Visitenkarte mit der Notiz »We will contact you!« auf ihrem Hotelzimmer zu überbringen, nicht ohne vorher Hans Meier unter dem Vorwand einer dringenden geschäftlichen Angelegenheit aus ihrer gemeinsamen Suite in die Hotellobby zu locken.

Jetzt ist es elf am Vormittag, und wir sitzen zu viert auf der Terrasse von BJs Restaurant im Century City Shopping Center und gönnen uns eine kleine Pause bei frischen Pizzas.

»Und?«, fragt Emma mit vollen Backen. »Habe ich euch zu viel versprochen?«

»Überhaupt nicht, Emma, es ist wirklich lecker«, antwortet Lissy. Sie sieht wie wir alle ein bisschen mitgenommen aus und kaut eifrig an einem Stück Thunfischpizza. Dann huscht ein Lächeln über ihr Gesicht, und sie fügt an: »Fast genauso lecker wie Don.«

Don Wyman ist unser George-Clooney-Double. Er sieht dem echten George zum Verwechseln ähnlich, wie überhaupt auch die anderen Doppelgänger von »Double Team« den Originalen beinahe aufs Haar gleichen. Am besten fand ich die Kopie von Queen Elizabeth II, die sich gerade für einen Auftrag bereit machte, als wir bei der Agentur reingeschneit kamen. Die sah mit ihrer Schärpe und dem Krönchen dermaßen majestätisch und Ehrfurcht gebietend aus, dass ich um ein Haar vor ihr auf die Knie gesunken wäre und ihr die Hand geküsst hätte.

»Übrigens, Molly, für wie lange hast du ihn denn gebucht?«, erkundigt sich Emma.

»Sicherheitshalber für das ganze Wochenende«, antworte ich, »da wir ja nicht wissen, bis wann wir Clarissa drankriegen.«

»Das heißt also, falls es heute über die Bühne geht, können

wir ihn für den Rest des Wochenendes behalten?«, fragt sie hastig und hat dabei dasselbe merkwürdige Glitzern in den Augen, das ich schon an ihr beobachtet habe, wenn ihr etwas Leckeres zum Essen in Aussicht gestellt wird.

Für einen winzigen Moment durchzuckt mich eine Vision, wie der arme Don als Spanferkel drapiert mit einem Bratapfel im Mund auf einer riesigen Servierplatte kauert und Emma sich händereibend über ihn hermacht. Ich schüttle den Gedanken schnell wieder ab, nicht ohne mir vorzunehmen, den armen Kerl auf keinen Fall allein mit Emma in der Villa zurückzulassen.

»Apropos Clarissa drankriegen, Molly, was ist denn nun unser nächster Schritt?«, meldet sich Lissy.

Der nächste Schritt. Ich seufze innerlich. Das ist der Teil, vor dem ich mich ehrlich gesagt am meisten fürchte.

»Als Nächstes müssen wir sie anrufen«, antworte ich und lege mein Besteck auf dem Teller ab, weil mir plötzlich der Appetit vergangen ist.

»Und wer soll das übernehmen?«, fragt sie weiter.

»Na, wer wohl?« Emma guckt, als hätte sie den totalen Durchblick. »Adele natürlich, die spielt doch Donna.«

»Tja, in dem Punkt bin ich mir noch nicht ganz sicher«, wende ich vorsichtig ein.

»Wobei? Dass sie unsere Donna ist?« Emma blinzelt verwundert.

»Nein, nein, das geht schon in Ordnung. Die Frage ist nur, ob es klug wäre, sie das Telefonat mit Clarissa führen zu lassen.«

»Das verstehe ich nicht«, bekennt Lissy.

»Ganz einfach, weil Adeles Deutsch nicht besonders ist, und umgekehrt habe ich keine Ahnung, wie es um Clarissas Englisch bestellt ist«, erkläre ich. »Und der Punkt ist: Wenn es Adele nicht gelingt, Clarissa in die Villa zu locken, dann war's das mit unserem famosen Plan.«

Lissy und Emma machen betroffene Gesichter, während Adele nur kurz aufblickt, weil sie ihren Namen gehört hat, und dann weiter unverdrossen ihre Pizza futtert.

»Seht ihr, sie hat nicht einmal verstanden, was ich gerade gesagt habe«, füge ich hinzu. »Wie soll sie da ein ganzes Gespräch mit Clarissa führen und sie in unsere Villa locken?«

Adeles schmales Näschen ruckt erneut hoch, als sie merkt, dass wir sie beobachten.

»What?«, fragt sie.

»Ach, nichts, Adele, wir haben nur gerade über unseren Plan gesprochen«, versuche ich ihr zu erklären.

»Ah, the plan. Really tricky«, lächelt sie und reckt den Daumen hoch, bevor sie an ihrer Cola nuckelt.

»Versteht ihr jetzt, was ich meine?«, wende ich mich wieder Lissy und Emma zu. »Wenn wir Clarissa erst mal in der Villa haben, reicht das, was wir Adele beigebracht haben, wahrscheinlich aus, aber bei einem Telefongespräch können wir nicht wissen, was Clarissa sagen wird. Also ehrlich gesagt, kann ich mir nicht vorstellen, dass es funktioniert, wenn Adele sie anruft.«

Lissy und Emma schweigen einen Moment, dann fragt Lissy: »Und was machen wir jetzt?«

»Ich habe schon darüber nachgedacht«, sage ich. »Und ich denke, dass ich das Telefonat übernehmen sollte.«

Lissy sieht mich an, als wäre ich nicht ganz bei Trost. »Du? Aber gerade dich kennt sie doch am besten von uns allen. Wie kommst du darauf, dass ausgerechnet du mit ihr reden solltest?«

»Ganz einfach«, sage ich. »Es muss eine Person sein, die weiß, wie sie Clarissa nehmen kann, dazu muss sie einerseits ausreichend Deutsch können, andererseits aber auch einen glaubwürdigen englischen Akzent einbauen können, und ich denke, ich würde das schaffen.«

»Du?«, wiederholt Lissy erstaunt. »Und woher willst du das können?«

Jahrelange Übung, liegt es mir auf den Lippen. Weil ich seit meinem Lottogewinn schon gefühlte hundert Mal für meine Eltern und meine Freunde am Telefon die Lottofee der von mir erfundenen European Luck Company gespielt habe, ohne dass mir je einer von ihnen auf die Schliche gekommen wäre, nicht meine Eltern, nicht meine Freunde, nicht einmal Lissy. Aber das kann ich ihr jetzt natürlich nicht sagen, also muss ich mir etwas anderes einfallen lassen.

»Ich kann das, weil …« Meine kleinen, grauen Zellen rotieren. »… ich in der Schule die Eliza Doolittle gespielt habe, mit englischem Akzent.«

»Du hast die Eliza Doolittle gespielt?« Lissy fixiert mich argwöhnisch. »Und wann soll das bitte schön gewesen sein?«

Ups. Das ist einer der Nachteile, wenn man zusammen die Schulbank gedrückt hat.

»Das war … ähm … damals im Ferienlager, an dem du nicht teilgenommen hast, weil du krank warst«, reime ich mir schnell zusammen. Lissy hatte in den Ferien einmal Mumps, daran kann ich mich noch erinnern, aber ich habe keine Ahnung, in welcher Klasse das war, daher rede ich schnell weiter, bevor sie nachfragen kann: »Aber das ist jetzt gar nicht wichtig, Hauptsache ist, dass ich mit englischem Akzent reden kann. Außerdem haben Adele und ich ähnliche Stimmen, falls euch das noch nicht aufgefallen ist.«

Adele beobachtet mich aufmerksam, weil ich wieder ihren Namen genannt habe.

»Das ist mir noch gar nicht aufgefallen«, meint Emma.

»Ist aber so«, behaupte ich. Ich wende mich an Adele: »Adele, can you say: *Ich liebe deutsche Bratwürste?*«

Adele grinst.

»Sure. *Ick liebe doitschi Braatwurste*«, bringt sie dann konzentriert hervor.

»Thank you«, nicke ich. »So, und jetzt ich: *Ick liebe doitschi Braatwurste*«, ahme ich ihren Akzent nach.

»Hey, that sounds like me«, ruft Adele aus.

»Hm.« Lissy und Emma beäugen mich wie ein Äffchen, das gerade ein Kunststück vollführt hat.

»Was meinst du?«, sagt Emma dann zu Lissy.

»Zugegeben, es klingt schon ähnlich«, meint die. »Ich wusste gar nicht, dass Molly das kann.« Und dabei scheinen ein paar Gedanken durch ihren Kopf zu wandern, die im ungünstigsten Fall etwas mit ihrem Gewinn eines Hairstylingsets vor drei Monaten zu tun haben …

»Aber es könnte funktionieren, das müsst ihr zugeben«, setze ich schnell nach, bevor sie weiter darüber nachdenken kann. »Vor allem müsst ihr bedenken, dass Clarissa mich nur über Lautsprecher hören wird, Adele hingegen im Original, sodass ihr der kleine Unterschied gar nicht auffallen kann.«

»Das stimmt. Also mir würde es wahrscheinlich nicht auffallen«, gibt Emma mir schließlich ihren Segen. Dann schnappt sie sich die Speisekarte. »Wir wär's mit Nachtisch? Die Pizookies müsst ihr unbedingt probieren, ich sage euch, für die könnte ich morden.« Während sie das sagt, winkt sie energisch nach dem Kellner.

Mittlerweile habe ich den Verdacht, dass Emma auch für simple Hamburger morden könnte, aber freundlicherweise erkundige ich mich: »Was sind Pizookies?«

»Das sind frisch gebackene Kuchen mit verschiedenen Eissorten und Soßen darüber«, klärt sie mich auf. »Willst du einen?«

»Nein, danke«, winke ich ab, weil mir der bevorstehende Anruf schon schwer genug im Magen liegt. »Ich denke, ich werde in der Zwischenzeit ein paar Telefonate erledigen.« Ich mache Anstalten, mich zu erheben.

»Ich komme mit.« Lissy springt auf. »Wohin gehen wir?«

»Ich weiß auch nicht genau … irgendwohin, wo es ruhig ist, damit Clarissa nicht durch die Hintergrundgeräusche misstrauisch wird.«

»Ruhig, in einem Einkaufscenter?« Wir überlegen gemeinsam. »Da fällt mir nur das Klo ein«, sagt Lissy schließlich.

»Warum nicht, dann eben das Klo«, nicke ich.

Als wir den Tisch verlassen haben, sieht Lissy mich von der Seite an. »Dir ist schon klar, wieso ich mitkommen wollte?«, fragt sie mich.

Ich erwidere kurz ihren Blick und schaue dann wieder stur geradeaus. Verdammter Mist. Sie hat meine Stimme wiedererkannt. Sie weiß jetzt, dass ich hinter den ganzen Gewinnen stecke. Okay, dann sollte ich mir schnell etwas einfallen lassen. Ich könnte zum Beispiel sagen, dass das bloß eine Art Leistungsprämien waren, die ich ihr steuerschonend …

»Ich wollte dich fragen, ob es Neuigkeiten von Philip gibt«, fährt sie fort, als ich nicht gleich antworte.

Ach, darum geht es. Ich atme insgeheim auf. Genau, in meinem Leben gibt es ja noch diese andere Baustelle – und bei all der Hektik habe ich die glatt vergessen. Joe wollte mir doch laufend die Ergebnisse simsen, und Fotos hat er mir auch versprochen.

»Gute Frage«, murmle ich. Während ich nach meinem Handy krame, werde ich nachdenklich. »Ist das nicht merkwürdig, Lissy? Ich habe in den letzten Stunden gar nicht mehr daran gedacht, dabei sollte mir Philip doch viel wichtiger sein als dieses dämliche Geschäft, oder?«

»Das liegt wahrscheinlich daran, dass du bei ihm im Moment ohnehin nichts unternehmen kannst, während sich hier in den nächsten Stunden alles entscheiden wird.«

»Meinst du?«, murmle ich unsicher.

»Ja«, nickt sie überzeugt. »Es hat lange gedauert, bis ich das begriffen habe, aber in Wirklichkeit bist du ein viel rationalerer Mensch, als man auf den ersten Blick vermuten würde.«

Wie bitte? Soll das etwa heißen, dass ich wie eine Chaotin rüberkomme? Einen Moment lang bin ich versucht nachzufragen, aber dann gebe ich mich damit zufrieden, dass sie mich für einen rationalen Menschen hält. Möglicherweise hat sie ja recht damit. Vielleicht hat mein Unterbewusstsein einfach nur streng logisch gehandelt …

Oder aber du hast Philip bereits innerlich aufgegeben, flüstert mir ein gehässiges Teufelchen plötzlich ins Ohr, und allein der Gedanke versetzt mir einen heftigen Stich ins Herz.

Okay, so, wie sich das angefühlt hat, habe ich ihn längst noch nicht aufgegeben, also bleiben wir lieber bei Lissys Variante vom rationalen Menschen – dieser Mensch hat allerdings im Moment eine Heidenangst davor, einen Blick auf Joes Nachrichten zu werfen. Meine Hand zittert, als ich den Bildschirm aktiviere, doch schon der nächste Blick zeigt mir, dass es gar keinen Grund dafür gibt.

»Der Akku ist alle«, sage ich und weiß nicht, ob ich mich darüber ärgern oder freuen soll.

Ein Wunder freilich ist es nicht. In Amerika gibt es andere Steckdosen als in Europa, wie wir gleich beim Beziehen unserer Suite festgestellt haben, und später haben wir nicht mehr daran gedacht, einen Adapter zu kaufen.

Aber auch gut. Dadurch bleibt mir im Moment gar nichts anderes übrig, als das auf einen späteren Zeitpunkt zu verschieben, und das ist irgendwie erleichternd. Die bevorstehende Auseinandersetzung mit Clarissa bereitet mir genug Stress; zusätzliche negative Nachrichten von der Heimatfront kann ich gar nicht ertragen.

»Okay, dann muss das warten«, sage ich.

Vor den Toiletten zücke ich das Prepaidhandy und den Handzettel, den ich vorbereitet habe, und sage zu Lissy: »Würde es dir etwas ausmachen, hier auf mich zu warten?«

»Nein, natürlich nicht«, gibt sie leicht verdrossen zurück. »Wenn dir das lieber ist …«

»Ja, ist es.« Ich produziere ein künstliches Lachen. »Weißt du, ich würde mich in Grund und Boden schämen, müsste ich diese Show vor dir abziehen.«

Ich bin mir zwar nicht sicher, ob sie mir das abnimmt. Aber Hauptsache, sie kriegt nicht doch noch mit, dass mit ihrer Glücksfee zu Hause etwas nicht stimmt, sage ich mir und betrete die Damentoilette. Diesmal begehe ich nicht den Fehler, mich in den Vorraum zu setzen, sondern suche gleich eine der Kabinen auf und sperre mich ein. Da die amerikanischen Toilettensitze nicht unbedingt zum Sitzen einladen, bleibe ich stehen und lehne mich an die Wand.

Dann atme ich mehrmals tief durch. Es ist also wieder so weit: Ich gegen Clarissa, den Teufel in Menschengestalt.

Dann wollen wir mal. Mit bebenden Händen tippe ich Clarissas Handynummer, die wir vorhin bei 123people abgefragt haben, ein, und während ich gebannt dem Freizeichen lausche, beginne ich innerlich zu beten:

Bitte, lieber Gott, mach, dass sie abhebt!

Bitte, lieber Gott, mach, dass sie meine Stimme nicht erkennt!

Bitte, lieber Gott, mach, dass sie mir die Geschichte abkauft!

Bitte, lieber Gott … mach … also, weißt du, bei näherer Überlegung … man soll doch nicht lügen und so …

Lass sie nicht abheben! Lass sie nicht abheben! Uns fällt sicher noch was anderes ein …

»Ja, bitte!« Die Arroganz und die Härte ihrer Stimme sind unverkennbar, und ich fühle, wie mir augenblicklich das Herz in die Hose plumpst.

Bitte, lieber Gott …

Ach, vergiss es.

The Sadness of Mr. Clooney

»Am I talking to Miss Hohenthal?«

»Ja, richtig … I mean, that's right.«

»My name is Donna Winston, I am the personal assistant of Mister George Clooney – do you know Mister Clooney?«

»Ob ich … If I know him?! How can you ask! Of course I do know him! I am a great admirer of him … I really pray him on, you can tell him this!«

»Ah, I see, Miss Hohenthal, that's exactly what I expected. You come from Germany?«

»Yes, I do! Are these roses from you? Is Mister Clooney near you? Can I talk to him?«

»Miss Hohenthal, I speak a bit of German, so we can talk in your language, if you would prefer this.«

»You speak German – Sie sprechen Deutsch?«

»Ja, etwas … a bit.«

»Dann verstehen Sie also alles, was ich sage?«

»Ick denke, yes. Sie nur durfen nickt sein bose, wenn ick nickt sprecke korrekt, okay?«

»Aber natürlich nicht, ganz im Gegenteil, meine Liebe, ich liebe Ihren amerikanischen Akzent. Schön, nachdem das geklärt wäre … dürfte ich Sie fragen, ob diese wundervollen Blumen von Ihnen kommen?«

»Nein, die nickt waren from me …«

»Oh, schade, ich dachte …«

»… die sind gekommt von Mister Clooney. Er mick nur hat gebetet, sie zu schicken …«

»Dann sind die wirklich von Mr. Clooney? Von George Clooney, dem Schauspieler und Regisseur?!«

»Ja, wieso? Kennen Sie nock eine andere Mr. Clooney?«

»Aber nein, ich wollte nur sichergehen. Nehmen Sie es mir nicht übel, ich bin so überrascht … Ich bin ein großer Fan von Mr. Clooney, wissen Sie!«

»Was fur eine Zufall, because Mr. Clooney auck sein big Fan from you!«

»…«

»Hello, Miss Hohenthal, Sie sein nock da?«

»Ja, bin ich … habe ich das gerade richtig verstanden? Sagten Sie, Mr. Clooney wäre ein *Fan* von *mir*?!«

»Yes, he is indeed. Seit er Sie hat gesehen gehen in die Hotel, er ist gerissen hin from you.«

»Wirklich?! Aber … ich habe ihn gar nicht gesehen. Wissen Sie zufällig, *was* er so gut findet an mir?«

»… also, eigentlick alles: die schone Haar, die wunderbare Body, die sexy Busen … und wie man sagt in Germany … ihre Naturlickkeit?«

»Was Sie nicht sagen!«

»Yes, indeed, Mr. Clooney besitzt nun die Wunsch, Sie kennenzulernen personlick. Wurden Sie haben Interesse?«

»Da fragen Sie? Aber natürlich, meine Liebe, nichts lieber als das!«

»Sehr gut, dann ick nur nock habe ein paar von Fragen …«

»Nur zu, schießen Sie los!«

»Ick soll schießen?«

»Nein, nein, das ist bloß eine Redewendung … ich meinte damit, dass Sie ruhig fragen können!«

»Well, then … Wie sein Ihre Alter, Frau Hohenthal?«

»Mein Alter? Ich bin … achtundzwanzig.«

»Twentyeight? Ausgezeicknet, because Mr. Clooney … wie man sagt … zieht bevor junge Ladies. Und etwas nock wir mussen wissen: Wer is die Mann, mit dem Sie wohnen in die Hotel? It isn't your husband, ist he?«

»Mein Mann? Aber nein, wo denken Sie hin, haha, Hans ist mein … ähm … Bruder, ja genau, er ist mein älterer Bruder!«

»That's very good, because Mr. Clooney is so bezaubert from you, dass er maybe hat … how do you say … ernste Ansickten?«

»Meinen Sie etwa *ernste Absichten*?!«

»Yes, so man sagt, thank you, Miss Hohenthal. Ick Sie auck fragen soll, ob Sie nickt unangenehm sein?«

»Ob mir das … aber nein, ganz und gar nicht. Ich versichere Ihnen, Miss Winston, dass Mister Clooney absolut nichts tun könnte, was mir unangenehm wäre. Ach, übrigens, wären Sie vielleicht so nett, ihm das von mir auszurichten?«

»Wenn ick Sie habe verstanden ricktig, dann this is very good. Sie mussen wissen, Mr. Clooney sein nock ganz viel traurick wegen Max – you have heard about Max?«

»Max? Nein, der Name sagt mir nichts, tut mir leid. Ist das ein Verwandter von Mr. Clooney?«

»Oh no, Max sein gewesen viel mehr fur Mr. Clooney, er wie eine brother gewesen, die Mr. Clooney never had, you know, und seit Max von uns ist gegangen, Mr. Clooney nickt mehr ricktig glucklick.«

»Oh, ich verstehe. Dann war Max also sein Freund?«

»Yes, Sie sagen ricktig. Max war eine Schwein, mit große Bauch bis zu Boden …«

»Ah, jetzt erinnere ich mich: Max war das Hängebauchschwein, richtig?«

»Genau, so man sagt in Germany.«

»Ja, und was kann ich jetzt für ihn tun? Will er sich wieder ein Schwein kaufen?«

»Oh no, Mr. Clooney nickt konnte ertragen die Schmerz, wenn wieder muss gehen Schwein. Er jetzt lieber mockte eine Frau, die aber musste sein … I don't know the right term in German … sagt man *flexibel*?«

»Ah … Sie meinen, er wünscht sich eine Frau, die flexibel genug ist, um auf seine speziellen Bedürfnisse einzugehen?«

»That's it, right! Und nun ick Sie muss fragen, ob Sie sick konnten vorstellen zu sein?«

»Aber selbstverständlich, sogar mit Vergnügen. Sagen Sie Mr. Clooney, dass er garantiert niemanden finden wird, der so flexibel ist wie ich.«

»Very good. Dann Sie mockten treffen vielleickt Mr. Clooney?«

»Ob ich ihn treffen will?! Aber ja! Sagen Sie mir nur, wann und wo, und ich werde da sein!«

»Well, dann Sie mir geben Ihre Verbindung fur die Internet, und ick schicke address von die Haus. Wann Sie mockten kommen?«

»Wann? Ich kann sofort kommen, auf der Stelle!!«

»Very good, Mr. Clooney will be very pleased. Dann okay for you in drei Stunden – at three o'clock in the afternoon?«

»In drei Stunden? Ich soll in drei Stunden bei George Clooney sein? Aber sicher, ich werde da sein, und wie ich da sein werde!«

»Dann wir uns freuen sehr, Miss Hohenthal, it will be a great pleasure for us.«

»Die Freude ist ganz meinerseits, glauben Sie mir!«

Beelzebub

»Darüber mach dir keine Gedanken, Frank«, sage ich so überzeugend wie möglich, »unsere Leute in der Buchhaltung haben inzwischen die Marktdaten verglichen und sind zu dem Ergebnis gekommen, dass die Rentabilität hier in den Staaten um einiges höher sein wird als in Deutschland – und da sind die vergleichsweise niedrigen Steuern und Gebühren noch gar nicht eingerechnet.«

Ich kann beinahe hören, wie sein Herzschlag bei dem Begriff *höhere Rentabilität* um einige Takte zulegt.

»Bestens, Molly, dann steht deinem Projekt ja nichts mehr im Wege, oder?«, meint er gut gelaunt.

»Doch, ein Problem gibt es noch: den Mietpreis«, bringe ich vor. Genau genommen ist das nur eines von zwei Problemen, die zunächst aus der Welt geschafft werden müssen, aber das mit Clarissa will ich ihm nicht unter die Nase reiben. »Wie schon gesagt, das Objekt ist ideal für uns – aber bei dreitausend Quadratmetern sind vierzig Dollar Kaltmiete pro Meter doch ein ziemlicher Brocken.«

»Hundertzwanzigtausend Dollar kalt?« Er stößt einen kleinen Pfiff aus. »Damit liegt ihr allerdings um einiges höher als bei euren bisherigen Filialen. Lässt sich da nichts mehr machen mit dem Preis?«

»Sieht nicht so aus, Frank, und deswegen habe ich mir eine andere Variante überlegt: Du bist doch ständig auf der Suche nach geeigneten Anlageobjekten für deine Kunden, oder?«

»Ja, sofern sie sicher sind und die Erträge stimmen.«

»Das versteht sich von selbst. Jetzt nur mal als Hypothese: Hättest du Interesse an einem Objekt mit hundertprozentiger Sicherheit und einem jährlichen Ertrag von sieben Prozent?«

»Lass mich raten: Ich soll euer Gebäude kaufen und es an dich vermieten?«

»Genau.«

»Wie hoch wäre denn der Kaufpreis?«

»Dreizehn Millionen Dollar, das wären zum aktuellen Wechselkurs etwa zehn Millionen Euro.«

Er pfeift erneut durch die Zähne, als er die Summe hört.

»Nicht gerade wenig«, sagt er.

»Stimmt, aber die Mieteinnahmen sind im Gegenzug auch nicht zu verachten«, halte ich dagegen. »Und sie kommen noch dazu von einem hochseriösen Mieter, niemand weiß das besser als du.«

»Und wie viel springt für dich dabei raus, Molly?«

»Ich erspare mir ein Drittel der Miete«, sage ich geradeheraus, weil er es mit seinem Superhirn in weniger als einer Minute auch selbst errechnet hätte. »Außerdem bekäme ich einen verlässlichen Vermieter, ein nicht zu unterschätzender Umstand, wenn man auf die Schnelle fünf Millionen investiert.«

»Okay, Molly, du sagtest sieben Prozent pro Jahr ...« Ich sehe ihn vor mir, wie er sich mit der Hand über die Stirn reibt, das macht er immer, wenn größere Entscheidungen anstehen. »Also gut, schick mir die Unterlagen, und falls mit dem Objekt alles in Ordnung ist, haben wir einen Deal.«

»Ja, wirklich? Dann kann ich mich darauf verlassen und dem Makler zusagen?« Ich muss mich beherrschen, nicht auf der Stelle einen Freudentanz aufzuführen.

»Sofern es keinen Haken an dem Objekt gibt, ja.«

»Alles klar, Frank. Die Unterlagen haben wir übrigens bereits an dein Büro geschickt, damit du dir alles ansehen kannst.«

»Hätte ich mir denken können. Ach, Molly, und noch etwas: Die endgültigen Kaufverhandlungen will ich selbst führen, das ist dir doch klar?«

»Du denkst, dass du den Preis noch drücken kannst?«

»Ich bin mir sogar sicher. Jede Wette, dass ich Minimum noch fünf Prozent raushole, wenn ich denen einen ausgefüllten Scheck auf den Tisch lege, und für fünfhunderttausend Scheine kann ich meinen bleichen Hintern schon mal für ein paar Tage ins sonnige Kalifornien bewegen, findest du nicht?«

»Du sagst es, Frank. Also, dann haben wir einen Deal.«

»Den haben wir, Molly. War mir wie immer ein Vergnügen, mit dir Geschäfte zu machen.«

Nachdem er aufgelegt hat, starrt Lissy mich aus großen Augen an.

»Er hat zugesagt, einfach so?«, fragt Lissy.

»Ja, du hast es gehört«, nicke ich.

Wir sitzen auf der Terrasse der Villa, die wir gemietet haben, und schlürfen Eistee, den uns ein mexikanisches Hausmädchen in Spitzenschürzchen serviert hat, das im Mietpreis inbegriffen ist. An einem zweiten, kleineren Tisch ist Emma gerade dabei, Don und Adele auf ihre Rollen vorzubereiten, wie wir es besprochen haben. Don hat dabei den leichteren Teil zu spielen. Er muss nur in einer weißen Sommerhose und einem Poloshirt auf der Terrasse unter dem Sonnenschirm sitzen und wie George Clooney aussehen, während Adele Clarissa in Empfang nehmen und in das Nebenzimmer führen muss, wo wir ein paar Kleinigkeiten für sie vorbereitet haben.

»Eigentlich ist es kaum zu glauben«, schüttelt Lissy fassungslos den Kopf. »Es ist keine zwei Jahre her, da wussten wir oft nicht, wovon wir unser Essen für das Wochenende kaufen sollen, und jetzt fixierst du ein Millionengeschäft per Telefon.«

Plötzlich überkommt mich der Stolz. Lissy hat vollkommen recht. Die kleine Molly Becker, die in der Schule mit allen möglichen Kosenamen bedacht worden war, von denen nicht einer auch nur irgendetwas Positives verheißen hätte, sitzt hier vor einer Supervilla mitten in den Hollywood Hills und wickelt Millionendeals ab. Das ist wirklich unglaublich. Spontan durchzuckt mich der Gedanke, dass Philip und ich uns vielleicht irgendwann einmal selbst so ein Haus zulegen könnten, und dann könnte ich ein Klassentreffen organisieren …

Nein, könnte ich nicht. Der Plan hat nämlich einen klitzekleinen Haken: Philip. Bevor ich Zukunftspläne schmieden kann, muss ich erst Ordnung in unsere Beziehung bringen – sofern wir überhaupt noch eine Beziehung haben. Sofort legt sich wieder dieser große Schatten über mich, der meine Stimmung schlagartig kippen lässt.

»Molly, wir wären so weit.«

Emma ist zusammen mit den anderen beiden an unseren Tisch gekommen und schenkt sich aus der Karaffe ein Glas Eistee ein, das sie auf einen Zug leert. Dann schenkt sie noch einmal nach und hält Don das Glas hin, der jedoch dankend ablehnt. Wie gut er aussieht, durchzuckt es mich. Er dürfte ein bisschen jünger sein als der echte George und vielleicht ein klein wenig fülliger, was aber kaum auffällt.

»Großartig, Emma. Könntest du mir noch einen Gefallen tun, bevor wir hier starten?«

»Ja, klar, was denn?«

»Gib Ray Jackson Bescheid, dass wir das Gebäude kaufen wollen.«

»Du meinst das für Winners only?«

»Genau das.«

»Aber hast du bei der Besichtigung damals überhaupt mitbekommen, wie hoch der Kaufpreis sein soll?«

»Ja, habe ich. Er hat von dreizehn Millionen Dollar gesprochen, nicht wahr?«

»Genau.«

»Wunderbar. Dann kaufen wir es.«

Emma fallen fast die Augen aus dem Kopf.

»Das kannst du, einfach so?«

»Ja, oder besser gesagt, ein guter Freund von mir, der es dann an uns vermieten wird. Könntest du ihn gleich anrufen und ihm das ausrichten, damit uns nicht noch ein Interessent dazwischenfunkt?«

»Ja, mach ich.« Sie zieht sich mit einem Blick zurück, in dem ich sowohl Verblüffung als auch Respekt erkenne.

»Okay, und wir anderen sollten dann langsam auf unsere Positionen gehen«, meint Lissy mit einem mahnenden Blick auf ihre Uhr. »Ich könnte mir nämlich vorstellen, dass Clarissa ein bisschen früher als vereinbart auf der Matte stehen wird.«

»Darauf kannst du wetten, so gierig, wie die geklungen hat«, pflichte ich ihr bei. Ich erhebe mich und fasse Don und Adele noch einmal prüfend ins Auge. »You know what to do?«

»Sure«, nickt Don mit einem umwerfenden Lächeln. »I'm gonna be Mr. George Clooney as usual.«

«Und ick bin Donna Winston, Mr. Clooneys assistant, die schon hat gesprocken mit diese woman Miss Hohenthal auf die Telefon«, führt Adele uns zur Probe vor. »Ick muss bringen die woman in die Garderobe, um sie zu macken ready for Mr. Clooney.«

»Bestens. Very good.« Ich lächle sie an. »Also schön, dann gehen wir auf unsere Plätze.«

Drei Minuten später sitzen Lissy, Emma und ich in bequemen ledernen Ohrensesseln im Herrensalon. Vor uns auf dem Billardtisch stehen Monitore, die mit diversen Kameras im Haus verbunden sind. Ich trage zusätzlich noch ein Headset mit Kopfhörer und Mikro, das mit mehreren geschickt verborgenen Lautsprechern im Eingangsbereich, im Garderobenzimmer sowie in dem riesigen Wohnzimmer verkabelt ist. Auf einem der Monitore können wir jetzt Don alias George beobachten, der es sich in einem Liegestuhl auf der Terrasse mit einer Zeitschrift gemütlich gemacht hat, und auf einem anderen sehen wir Adele alias Donna, die sich direkt neben der Haustür auf ein Kanapee platziert hat und wie wir hochkonzentriert auf Clarissas Ankunft wartet.

»Mann, ist das spannend«, flüstert Lissy, obwohl uns draußen ohnehin niemand hören kann und auch mein Mikro noch ausgeschaltet ist.

»Das kannst du laut sagen«, pflichtet Emma ihr bei und nimmt über einen kunstvoll geschwungenen XXL-Strohhalm einen kräftigen Zug aus ihrer Erdbeermilch, die sie vorhin schnell zur Stärkung aus der Küche geholt hat. Sie wirft Lissy einen Seitenblick zu. »Das hab ich übrigens wörtlich gemeint. Wir können hier ganz normal reden, oder, Molly?«

»Ja«, nicke ich. »Solange das Mikro ausgeschaltet ist. Aber danach will ich keinen Ton mehr hören, ist das klar?«

Emma klingt ein wenig beleidigt: »Hältst du uns etwa für Anfänger?«

Anfänger? Natürlich sind wir Anfänger. Keine von uns hat jemals etwas Ähnliches gemacht. Gerade will ich ihr entsprechend antworten, als Lissys Arm hochschnellt.

»Da, sie kommt!«, zischt sie.

Und wirklich, auf dem rechten Monitor, der die Auffahrt zeigt, erscheint jetzt ein großes, weißes Cabrio. Clarissa sitzt darin wie eine Hollywooddiva. Soweit ich das erkennen kann, trägt sie ein weißes Kostüm, und auf dem Kopf hat sie eine riesige Sonnenbrille und ein Tuch, das um ihre voluminösen Haare geschlungen ist, um ihre Frisur vor dem Fahrtwind zu schützen.

Bei ihrem Anblick halte ich unwillkürlich den Atem an. Diese Frau ist für mich die Personifizierung des Bösen, sie ist Hölle und Fegefeuer in einem, sie ist der *Antichrist.* Ich fühle meine Knie weich werden, und gleichzeitig beschleunigt sich mein Herzschlag.

»Kleine Stärkung gefällig?«

Emma hat mich mit irgendetwas an der Schulter angestupst. Als ich meinen Kopf drehe, sehe ich den Flachmann, den sie mir hinhält.

Also echt. Einen unpassenderen Zeitpunkt hätte sie sich nicht aussuchen können, um sich einen Schnaps hinter die

Binde zu kippen. Andererseits, was soll's, wir sind gerade im Begriff, Beelzebub ein Bein zu stellen, also kann eine kleine Auflockerung nicht schaden. Kurz entschlossen greife ich nach dem glänzenden Ding und nehme einen Schluck, doch schon im nächsten Augenblick fasse ich mir an die Kehle und fürchte, aus Versehen Säure erwischt zu haben. Meine Güte, was ist das denn für ein Höllenzeug? Meine ganze Kehle brennt bis hinunter zum Magen wie Feuer. Will sie mir die Stimmbänder wegätzen, oder was?

»Was zum Teufel ist das, Emma?«, krächze ich.

»Selbstgebrannter, von meiner Oma«, berichtet sie stolz. »Made in Germany. Gut, was?« Sie nimmt zur Bestätigung selbst einen kräftigen Schluck, ohne eine Miene zu verziehen, und hält die Flasche dann Lissy vor die Nase.

»Ja, klasse«, würge ich hervor.

»Genau das Richtige für die Python-Lady.« Emma zwinkert mir zu, und im nächsten Moment windet sich Lissy auf der anderen Seite in Krämpfen.

Python-Lady? Ach, stimmt ja, ich bin ja die Mutige von uns dreien. Gut, dass sie mir das sagt, denn meine wackeligen Knie melden gerade etwas ganz anderes.

»Aufgepasst, Leute, ab sofort will ich absolute Ruhe«, sage ich streng, und dann beobachten wir gebannt, was sich auf den Bildschirmen vor uns abspielt.

Clarissa ist ausgestiegen und wirft einen abschätzenden Blick auf das Haus, als würde sie überlegen, ob es einen neuen Anstrich braucht, wenn sie demnächst hier einzieht. Selbst aus unserer Kameraperspektive ist gut erkennbar, dass der Rock ihres Kostüms ultrakurz und eng ist, während ihre Stilettos Höhen erreichen, für die man eigentlich Sauerstoffmasken bräuchte.

Zugegeben, das Biest sieht nicht schlecht aus – ein Umstand, den wir in Kürze drastisch ändern werden.

Clarissa ist jetzt an die Tür getreten. Sie nimmt das Tuch

vom Kopf, vergewissert sich mit einem tastenden Griff, ob auch alles sitzt, und wirft dann kokett ihr Haar nach hinten – was aber natürlich auf ihrem Haarspraypanzer keinerlei Veränderungen bewirkt. Dann rückt sie den Riemen ihrer Handtasche an der Schulter gerade und drückt auf den Klingelknopf.

Im nächsten Augenblick sehen wir auf dem zweiten Monitor Adele aufspringen. Sie streicht hastig ihre Bluse glatt und ist dann mit zwei Schritten an der Tür. Als sie sie öffnet, sehen wir Clarissa auf zwei Monitoren, einmal von außen und einmal aus dem Inneren des Gebäudes.

»Ah, Miss Hohenthal«, flötet Adele übertrieben freundlich und reicht ihr die Hand. »Very pleased … ick bin se' e'froit!«

»Und ich erst, Miss Winston, und ich erst!«

Von der Kameraperspektive aus kann man nicht erkennen, ob sie dabei lächelt, aber ich weiß aus Erfahrung, dass man das bei Clarissa auch aus zehn Zentimeter Entfernung kaum sehen würde.

»Please come in – kommen Sie dock herein«, fordert Adele sie auf, und Clarissa betritt den Vorraum und sieht sich schnell um.

»Ist Mr. Clooney da?«, ist das Erste, was sie fragt.

»Oh, yes, for sure, he is on die Terrasse und warten schon auf Sie«, antwortet Adele programmgemäß.

»Wie schön, dann kann ich also gleich zu ihm?«

Clarissa will auf der Stelle losgaloppieren, doch Adele kriegt sie gerade noch am Ärmel zu fassen.

»Oh no, Miss Hohenthal«, sagt sie hastig und zugleich mit leichtem Tadel in der Stimme. »Sie mussen erst nock macken die preparations …« Sie kämpft mit dem schwierigen Wort, das wir ihr eingetrichtert haben: »… die Vo-be-rei-tun-gen.«

»Vorbereitungen? Welche Vorbereitungen denn?« Clarissa starrt sie an wie ein lästiges Insekt.

»Sie nickt erinnern?« Adele stellt sich ihr todesmutig in den

Weg. »I told you on the telephone, that Mr. Clooney has some special wishes – Sie mussen sein … flixeibl!«

Mist. Bei mir am Telefon hat das Wort völlig anders geklungen.

»*Flixeibl*?«, wiederholt Clarissa prompt, und ich halte erschrocken die Luft an. »Ach, Sie meinen *flexibel*?«

»Yes, das is die word«, stößt Adele eine Spur zu schnell hervor, doch Clarissa ist viel zu sehr auf ihr Ziel fixiert, um es zu bemerken.

»Also, da machen Sie sich mal keine Sorgen, Schätzchen, das bin ich«, versichert sie ihr. »Ich wusste nur nicht, dass es dazu spezieller Vorbereitungen bedarf.«

»Aber so es ist. Dock nickt macken Sorge, sein nickt schwierick – Sie mussen nur gehen in diese room und dann befolgen die An-wei-sun-gen.« Auch dieses Wort macht ihr schwer zu schaffen, während sie die Tür zur Garderobe öffnet.

»Soso, die Anweisungen.« Clarissa ist deutlich anzuhören, wie sehr ihr die Vorstellung widerstrebt, irgendwelche Kommandos zu befolgen, aber schließlich betritt sie das Zimmer. »Und was weiter?«

»Einfach bleiben hier und befolgen die An-wei-sun-gen!«, wiederholt Adele, und dann schließt sie kurzerhand die Tür – womit ihr Part auch schon beendet ist.

Clarissa starrt einen Moment lang verblüfft auf die geschlossene Tür, dann ruft sie verärgert aus: »Hey, Moment mal … Miss Winston? Hallo?«

Okay, jetzt muss ich ran. Ich schalte mit bebenden Händen mein Mikro ein und sage: »Miss Hohenthal, can you hear me?«

Wir können sehen, wie Clarissa zusammenzuckt, als plötzlich die Stimme aus dem Lautsprecher ertönt. Auf einmal wirkt sie wie ein Tier, das man in die Enge getrieben hat und das am liebsten sofort die Flucht ergreifen würde.

»Sind Sie das, Miss Winston?«, fragt sie unsicher.

»Yes, it's me«, antworte ich.

»Was soll das?«, fragt sie, und ihre Unsicherheit beginnt sogleich wieder in Ärger umzuschlagen. »Wieso lassen Sie mich hier allein in diesem Zimmer, und wozu dieser däm… ich meine, dieser Lautsprecher?« Sie besinnt sich im letzten Moment darauf, worum es hier geht, und versucht, höflich zu bleiben.

»Sie mussen macken keine Sorge, Mr. Clooney das so wunscht, um zu sein alone mit Sie«, sage ich mit möglichst amerikanischer Klangfärbung.

»Ach so, Mr. Clooney will das so«, gibt sie sich sofort wieder gefügig. »Ja, dann … was soll ich jetzt tun?«

»Now Sie mussen legen ab ihre Gewand«, fordere ich sie geradewegs auf, und gleichzeitig halte ich gespannt den Atem an. Das ist der entscheidende Moment. Gleich werden wir sehen, wie weit sie zu gehen bereit ist.

»Wie bitte? Ich soll mich *ausziehen*?«, fragt sie, und auf einmal ruckt ihr Kopf einer Eingebung folgend hoch zu der Kamera, über die wir sie beobachten.

Obwohl sie uns nicht sehen kann, zucken wir alle drei unwillkürlich zurück.

»Was war das?« Clarissas kalte Schlangenaugen haben sich zu bösartigen Schlitzen verengt.

»What?«, frage ich wenig schlagfertig zurück.

»Beobachten Sie mich etwa?«

Verdammte Scheiße. Das läuft im Moment gar nicht gut. Wenn ich mir nicht schnell etwas einfallen lasse, wird sie alles hinschmeißen, und dann kann ich mir meinen supercleveren Plan sonst wohin stecken.

Denk nach, Molly. Denk nach!

Ah … So könnte ich sie wieder auf Kurs bringen.

»Ick nickt wicktig for you, Miss Hohenthal, but Mr. Clooney sick mockte macken Bild from seine neue woman, you know«, erkläre ich, und dann warten wir gebannt, wie sie darauf reagieren wird.

Für einen Augenblick steht sie still wie eine Statue, doch dann kommt plötzlich Leben in sie.

»Heißt das, Mr. Clooney beobachtet mich gerade?«, vergewissert sie sich, und zum ersten Mal in meinem Leben höre ich, wie ihre Stimme quietschig wird vor Aufregung. Und schon im nächsten Augenblick besinnt sie sich auf ihre Rolle als sexy Vamp. Sie schürzt die Lippen ein wenig und setzt einen verführerischen Blick auf – soweit sich das mit einem Gesicht ohne jede Muskelaktivität bewerkstelligen lässt –, und dann stellt sie sich in Positur, indem sie das Kreuz durchbiegt, den Hintern rausstreckt und eine Hand herausfordernd in die Hüfte stemmt.

Wir tauschen verwunderte Blicke aus, und ich überlege mir schon weitere Anweisungen, doch da legt sie von selber los.

Sie beginnt langsam ihre Hüften in irgendeinem imaginären Takt zu schwingen und feuert wenige Sekunden später ihre Handtasche in die Ecke. Als Nächstes vollführt sie eine Drehung, dann öffnet sie mit einer einzigen geschickten Bewegung die Knöpfe ihres Blazers, schickt einen schmachtenden Blick in die Kamera, dreht sich wieder um die eigene Achse, und plötzlich gleitet der Blazer wie von Zauberhand von ihrer Schulter.

Was zum Teufel macht sie da? Ich werfe einen fragenden Blick zu Lissy und Emma, und Lissy grinst und formt stumm mit den Lippen: »*9½ Wochen*«. Hach ja, dieser Film mit Kim Basinger, in dem sie so sexy vor Mickey Rourke gestrippt hat …

Alles klar. Clarissa hat den Film auch gesehen, und jetzt legt sie sich mächtig ins Zeug, um Mr. Clooney zu imponieren.

Und sie macht das nicht mal schlecht. Inzwischen hat sie Knopf und Reißverschluss ihres Rocks geöffnet, sie bewegt sich immer heftiger im Takt von »You can leave your hat on« und wirft zwischendurch immer wieder rhythmisch ihren Kopf hin und her. Und erst die Figur, alle Achtung. Ich habe keine Ahnung, wie alt sie in Wirklichkeit ist, aber einer persönlichen Hochrechnung nach müsste sie bereits auf die fünfzig zugehen, und dennoch sieht sie aus, als wäre sie gerade einem Cheerleader-Camp entsprungen.

Auch Lissy und Emma verfolgen ihre Darbietungen mit offenem Mund, und als sie den Rock fallen lässt und wir ihrer knackigen Kehrseite in einem Nichts von einem String ansichtig werden, ziehe ich schließlich die Notbremse.

»Very good, Miss Hohenthal, very good, Mr. Clooney is really pleased«, rufe ich ins Mikro.

Clarissa stoppt und blickt zur Kamera hoch.

»Was denn? Soll ich nicht weitermachen?«, fragt sie ein bisschen irritiert.

»Oh no, das nickt notig ist, not at the moment«, bremse ich sie ein. »Wir mussen jetzt macken die Vo-be-rei-tun-gen …« Ich bemühe mich um eine ähnliche Aussprache wie vorhin Adele und füge an: »… aber naturlick nur, wenn Sie mockten!«

»Aber sicher, klar – wo ich schon mal dabei bin.« Ein bisschen atemlos sieht sie sich in dem Raum um. »Also, was soll ich tun?«

Sie macht mit? Sie macht mit! Riesige Erleichterung überkommt mich, und ich muss mir Mühe geben, um ruhig zu bleiben.

»Sehen Sie die Sacken auf die Sofa beside you?«, frage ich.

Clarissas Blick wandert umher, bis sie die Sachen entdeckt hat. Sie hebt sie hoch und beäugt sie misstrauisch.

»Was ist das?«, will sie wissen.

»Ick Sie habe erzählt von die sadness of Mr. Clooney because of Max, you remember?«

»Natürlich – das war sein Hängebauchschwein, nicht wahr?« Während sie das sagt, hält sie mit skeptischem Blick ein Ding hoch, das aussieht wie ein großer, fleischfarbener Sack mit Gurten.

»Ricktig«, fahre ich fort. »Und Sie auck haben gesagt, dass Sie sein … flixeibl. Is that right?«

»Das Wort heißt *flexibel*«, faucht sie. »Und ja, ich *bin* flexibel, das habe ich doch bereits gesagt!« Man kann ihr deutlich ansehen, dass sie zu erraten versucht, welche Perversion der gute Mr. Clooney wohl von ihr erwartet, und plötzlich schickt sie leise, aber für uns doch gut hörbar nach: »Okay, ich werde das jetzt durchziehen, was immer es auch sein mag. Aber das wirst du mir büßen, du Mistkerl, das schwör ich dir. Warte nur, bis wir verheiratet sind, dann kannst du was erleben!«

Und kaum ist ihr das herausgerutscht, weiß ich, dass ich gewonnen habe. Clarissa wird mitspielen – natürlich wird sie das, gierig, wie sie ist –, und damit habe ich sämtliche Trümpfe in der Hand. Alles, was ich jetzt noch tun muss, ist, den Sack in aller Ruhe zumachen.

Das werde ich – und verdammt noch mal, ich werde es genießen.

Mutter Molly

»Was ist *das* denn?«

Günther, der rundliche Mann im Sportsakko neben mir, lehnt sich herüber, um auf meinem Tabletcomputer mitgucken zu können. Ich seufze innerlich auf. Das ist das Problem, wenn man Economy fliegt: Man hat null Privatsphäre, um sich zum Beispiel ein privates Video reinziehen zu können. Eigentlich hatte ich mir ja auf der Rückreise ein Businessclassticket gönnen wollen, doch es waren kurzfristig nur noch Sardinendosenplätze frei gewesen.

Ich erwäge, das Gerät einfach auszuschalten, doch ich kann mich von diesem Video einfach nicht losreißen, obwohl ich es inzwischen schon mindestens ein Dutzend Mal gesehen habe. Außerdem bin ich so stolz, und der Gedanke, meinen Triumph jemandem vorzuführen, und sei es diesem Günther, bedeutet mir eine gewisse Genugtuung. Also denke ich mir einfach spontan eine Geschichte aus.

»Das ist ein Videomitschnitt von einem Workshop«, erkläre ich.

»Ah, ein Workshop.« Günther nickt verstehend und glotzt dabei auf Clarissas Hintern. »Und welches Thema hatte der, wenn ich fragen darf?«

»Schauspiel«, erkläre ich mit gewichtiger Miene. »Eine gute Freundin von mir betreibt eine Schauspielschule in Los Angeles, und sie arbeitet dabei bevorzugt nach der Method-Acting-Methode.« Emma hat mir von dieser Methode berichtet, mit der man zum Beispiel einen Stein darstellen kann. Meine im Anschluss gestellte Frage konnte sie jedoch nicht beantworten, wozu ein Schauspieler das können sollte – wo man doch einfach auch einen Stein nehmen kann, wenn man einen Stein braucht.

»Was Sie nicht sagen!« Er beobachtet fasziniert, wie Clarissa in Unterwäsche und High Heels auf allen vieren den Flur der Villa entlangkrabbelt. »Und wie funktioniert die?«

»In der Hauptsache geht es darum, sich vollkommen in die Lage des darzustellenden Objektes zu versetzen«, führe ich aus.

»Aha.« Günther kann den Blick nicht von Clarissa wenden, die es inzwischen bis zur Sofalandschaft mit dem offenen Kamin geschafft hat. »Und was für ein Objekt musste diese Akteurin darstellen?«

»Aber das sieht man doch: ein Schwein. Genauer gesagt, ein Vietnamesisches Hängebauchschwein. Darum auch das Gegrunze«, erkläre ich.

»Ach darum, ich wollte schon fragen, wozu sie diese Laute macht. Und darum hat sie auch diesen Sack um, verstehe, und diese Schweinsohren auf dem ... was ist überhaupt dieses rote Ding auf ihrem Kopf? Ist das ein Helm?«

»Nein, das ist ihre Frisur – sie übertreibt's nur manchmal mit dem Haarspray, wissen Sie. Und dieser Sack ist ein Babybauch zum Umschnallen, mit dem man normalerweise Schwangerschaften simuliert. Bei der darstellenden Kunst muss man kreativ sein, wie Sie sehen.« Ich lächle ihn an.

»Verstehe.« Er nickt beeindruckt, und dann scheint er zu überlegen, wie er die nächste Frage formulieren soll. »Und wieso ist sie untenrum nackt? Muss sie in dieser Rolle als Schwein noch irgendwelche ... ähm ...« Er räuspert sich. »... *speziellen* Aufgaben erledigen?«

Spezielle Aufgaben? Was meint er denn damit? Ach, er denkt wohl ...

»Oh nein, *so* ein Workshop ist das natürlich nicht«, stelle ich schnell klar. »Und sie ist auch gar nicht nackt, sie trägt nur einen Stringtanga – der war allerdings nötig, damit ihre Schweinebacken besser zur Geltung kommen.« Den Seitenhieb konnte ich mir nicht verkneifen. Schade nur, dass Clarissa ihn nicht gehört hat.

»Ach so.« Günther scheint ein bisschen enttäuscht zu sein, doch Clarissa ist auch fast nackt noch Blickfang genug. »Und was muss sie als Nächstes machen?«

»Sie muss versuchen, ihr Herrchen anzulocken.«

Im selben Augenblick beginnt Clarissa zwischen ihren Grunzlauten laut zu rufen: »George! Oink, oink! George! Where are you? Oink! Let me be your little swine and make me happy! Oink, oink! George, where are you? Come to me and make me happy! Oink, oink!«

Das war übrigens der Moment, in dem Emma vor Lachen ihre Erdbeermilch auf dem Teppich verschüttet hat, und auch Lissy und ich kriegten uns kaum noch ein. Clarissa auf dem Boden mit dieser Megawampe, dazu die Grunzlaute und das Bekenntnis, dass sie ein kleines Schweinchen ist – ich kann gar nicht in Worte fassen, was für eine Riesengenugtuung das für mich war nach all dem Ungemach, das diese Frau mir bereitet hat.

»Und wieso George?«, fragt mein Sitznachbar. Dann geht ihm plötzlich ein Licht auf. »Augenblick mal, der Typ da draußen auf der Terrasse, ist das etwa …?«

»Das ist nur ein Double«, kläre ich ihn auf. »Aber er sieht dem echten George wirklich verdammt ähnlich.«

So ähnlich, dass Clarissa sich am liebsten auf ihn gestürzt hätte, als sie ihn im Liegestuhl erblickt hat, und umso fassungsloser war sie, als wenig später nicht er, sondern ich gemeinsam mit Lissy und Emma ins Wohnzimmer marschiert kam. Clarissa war derart schockiert, dass sie mehrere Minuten brauchte, um überhaupt wieder ein Wort hervorzubringen, was wiederum mir die Gelegenheit gab, ihr mit ein paar knappen Sätzen die neue Ausgangslage zu erklären:

Dass wir ihren megapeinlichen Auftritt auf Video haben und zusätzlich das Telefonat, in dem sie Hans Meier als ihren älteren Bruder ausgegeben hat, und dass sie sich ab sofort für alle Zukunft von mir und meinen Geschäften fernhalten soll, so sie nicht will, dass wir diese Aufnahmen nicht nur ins Internet stellen, sondern vor allem auch ihrem wohlhabenden Gönner Hans zukommen lassen, damit der sieht, wie weit zu gehen sie bereit ist, um sich einen anderen Mann zu angeln. Zu guter Letzt haben wir ihr dann noch einen Schrieb unter die Nase gehalten, den Lissy verfasst hat und in dem Clarissa sich einverstanden erklärt, mir in Zukunft weder in privaten noch in geschäftlichen Belangen in die Quere zu kommen.

Natürlich stand Clarissa knapp davor, sich auf mich zu stürzen, und nur die Anwesenheit von Emma, die sich mit der Entschlossenheit eines Allgäuer Kampfstieres vor mich gestellt hat, hinderte sie daran, aber letztendlich musste sie einsehen, dass es aus dieser Falle kein Entrinnen für sie gab. So setzte sie zähneknirschend ihre Unterschrift unter das Schriftstück und machte sich fluchend vom Acker.

Wir waren natürlich völlig aus dem Häuschen, umso mehr, als gleich darauf auch noch die Bestätigung von Ray Jackson eintrudelte, dass die Eigentümer unseres Wunschobjektes möglichst schnell in konkrete Verkaufsverhandlungen einzutreten wünschen, was ja nichts anderes bedeutet, als dass unser Amerikageschäft praktisch unter Dach und Fach ist.

Die anderen beschlossen daraufhin, gleich in der Villa zu bleiben und gemeinsam mit Don und Adele sowie Ray Jackson und ein paar weiteren Bekannten von Emma eine ausgelassene Poolparty steigen zu lassen, und ich gönnte ihnen den Spaß auch von Herzen – nur musste ich leider absagen.

Das Amerikaprojekt und Clarissas Versuch, mich dabei neuerlich auszubooten, waren zwar große, aber nicht meine größten Probleme gewesen, und nachdem ich das zu den Akten legen konnte, hatte ich nur noch den Wunsch, schleunigst zurück nach Hause zu kommen, um endlich abklären zu können, wie es denn jetzt eigentlich um Philip und unsere Beziehung steht.

»Wirklich interessant«, meldet sich Günther. »Aber sagen

Sie, Molly, können an diesen Workshops auch Laien teilnehmen?«

»Sie meinen Leute wie Sie?«

»Ja, zum Beispiel. Wie ich Ihnen erzählt habe, bin ich geschäftlich öfter in den Staaten unterwegs, und da wäre so etwas eine willkommene Abwechslung.« Gleich nachdem wir unsere Plätze eingenommen haben, hat er sich mir vorgestellt und erwähnt, dass seine Firma Düngemittel vertreibt. Er legt seine glänzende Stirn in Falten. »Ich könnte mir das sogar als gute Alternative zu diesen bescheuerten Management-Bootcamps vorstellen, wäre mal was anderes, als tagelang durch den Schlamm zu kriechen und Maden zu fressen.«

»Ja, im Vergleich dazu …« Wie zum Teufel kommen Firmenbosse auf die Idee, so etwas zu machen und dafür auch noch Unsummen zu bezahlen? Da stellt sich doch automatisch die Frage, ob nicht die falschen Leute in den Chefetagen sitzen. »Ich denke, das ist gar keine schlechte Idee. Wissen Sie was, Günther, geben Sie mir einfach Ihre Visitenkarte. Ich werde den Kontakt an meine Freundin Emma weiterleiten, damit sie etwas Derartiges für Sie organisiert«, biete ich ihm an.

Das ist in der Tat keine üble Idee. Ich bin Emma ohnehin noch etwas schuldig für ihren großartigen Einsatz, und bei der Gelegenheit kann sie vielleicht gleich ein paar Schauspielschüler rekrutieren. Obwohl ich Emma für die andere Art von »Schulung« durchaus für geeignet hielte, kommt mir in den Sinn, und ich muss grinsen bei dem Gedanken, wie sie in Feldwebeluniform eine eingeschüchterte Truppe von Topmanagern durchs Gelände scheucht.

»Ja? Das wäre toll«, strahlt Günther.

Der Film ist zu Ende, und ich klappe mein Tablet zu. »Die anschließende … ähm … Gruppenreflexion haben wir bei dem Mitschnitt natürlich weggelassen, die würde einen Außenstehenden lediglich langweilen«, erläutere ich geschwollen.

Abgesehen davon hat Lissy uns darauf hingewiesen, dass der

anschließende Wortwechsel für einen Staatsanwalt keine Gruppenreflexion wäre, sondern strafbare Erpressung.

Aber sei's drum. Der Zweck heiligt die Mittel, und wenn man es mit einem Biest wie Clarissa zu tun bekommt, muss man eben harte Bandagen anlegen.

Ich packe den Computer weg und werfe einen Blick auf die Infotafel über dem Ausgang. Nur noch eine knappe Stunde bis zur Landung, es wird Zeit, mich bei dem freundlichen Steward nach meinem Handy zu erkundigen. Ich habe ihn gebeten, es während des Fluges für mich aufzuladen.

»Wären Sie vielleicht so nett?«, bemühe ich Günther, woraufhin er sofort hochspringt, um mich auf den Gang hinauszulassen.

Mit steifen Beinen stakse ich los und stöbere den Steward in der Bordküche auf, wo er mir mein frisch aufgeladenes Handy überreicht – das sich glühend heiß anfühlt. Ob beim Ladevorgang etwas schiefgegangen ist? Doch dann wird mir klar, dass ich mir die Hitze nur einbilde – es sind allein meine Befürchtungen, was die Nachrichten von Joe angeht. Mittlerweile habe ich überhaupt den Verdacht, dass ich den Kontakt mit ihm unbewusst sabotiere, denn irgendwie wollte es mir bisher nicht gelingen, mich mit ihm in Verbindung zu setzen. Zuerst habe ich das Aufladen an einem einfachen Adapter, den ich für ein paar mickrige Dollar hätte kaufen können, scheitern lassen, dann habe ich das Prepaidhandy vergessen, als ich mich von Lissy und den anderen verabschiedete, und schließlich habe ich während der Wartezeit am Flughafen immer wieder so lange herumgetrödelt, bis die öffentlichen Telefone allesamt wieder besetzt waren. Da musste ich den Plan aufgeben, Joe anzurufen, ehe mein Handy wieder aufgeladen ist und ich den richtigen Zeitpunkt für gekommen sehe, um mir seine Nachrichten anzusehen, mögen sie nun gut oder schlecht sein.

Aber jetzt ist es so weit. Der Steward hat mich darauf hingewiesen, dass die Mobiltelefone während des Landeanfluges ausgeschaltet werden müssen, also verbleiben mir noch etwas mehr als zwanzig Minuten, um mir Gewissheit über die Vorkommnisse der letzten vierundzwanzig Stunden zu verschaffen. Während ich das Telefon einschalte und den Pincode eingebe, überlege ich schnell. Ich brauche einen Platz, an dem ich unbeobachtet bin, außerdem wäre es nicht schlecht, wenn ich dabei sitzen könnte, da ich nicht weiß, wie gut ich die Neuigkeiten verkraften werde. Bleibt also genau genommen nur die Toilette. Zum Glück ist die Kabine am Mittelgang gerade frei, also zwänge ich mich in die winzige Koje hinein, verschließe die Tür und lasse mich auf dem geschlossenen Toilettensitz nieder.

Das ist sie nun, die Stunde der Wahrheit. Ich warte mit pochendem Herzen, bis das Handy ein Netz gefunden und sich konfiguriert hat, dann sehe ich oben auf dem Display zu, wie die Anzahl der eingegangenen Nachrichten gezählt wird: eine, zwei, drei, vier … Mir stockt der Atem. Es sind neunzehn Nachrichten, und als ich das Menu öffne, sehe ich, dass es sich dabei um fünfzehn MMS und vier SMS handelt. Okay, womit fange ich an? Bei den MMS dürfte es sich um Fotodateien handeln, und da sie möglicherweise keinen Kommentar enthalten, könnte ich damit ohne die dazugehörigen Informationen gar nicht viel anfangen.

Beginnen wir also mit den SMS.

Mit bebenden Fingern öffne ich sie. Es handelt sich um Statusberichte von Joe, und der erste kam gestern Vormittag nach deutscher Zeit herein. Ich beginne zu lesen:

```
Ranger an Pink Lady! Ranger an Pink Lady!
Überwachung von Zielobjekt 1 (Big Van)
aufgenommen - stop
Bester Mann eingesetzt - stop
DEFCON 1 - stop
Ranger an Pink Lady - over and out
```

Okay, das ist nicht besonders aufschlussreich. Sehen wir weiter. Die nächste SMS kam am frühen Nachmittag:

```
Ranger an Pink Lady! Ranger an Pink Lady!
Zielobjekt 1 hat mit Zielobjekt 2
zu Mittag gegessen - stop
Steak, Lachs, Mousse au Chocolat,
Crème brûlée - stop
Dazu Sekt und Bier - stop
Und Kaffee - stop
Fotos folgen - stop
Ranger an Pink Lady - over and out
```

Lachs und *Sekt?* Das darf doch wohl nicht wahr sein! Mit deutlich erhöhtem Pulsschlag öffne ich die dritte Nachricht, die am späteren Nachmittag eingegangen ist:

```
Ranger an Pink Lady! Ranger an Pink Lady!
Bester Mann von Zielobjekt 1 durch
hinterlistiges Manöver abgeschüttelt - stop
Spur über Kreditkarte wiederaufgenommen -
stop
Zielobjekt 1 und Zielobjekt 2 haben
Nachmittag bei Winners only München
verbracht - stop
Konsumation: Autogenes Training,
Gesichtsmaske, Kosmetik-Full-Service,
zwei Cappuccino, zwei Mokka schwarz,
eine Flasche Mineralwasser, zwei Flaschen
Champagner - stop
Ranger an Pink Lady - over and out
```

Zwei Flaschen *Champagner?!* Und ausgerechnet in unserer Zentrale? Jetzt bleibt mir echt die Spucke weg. Was zum Teufel treiben die da? Bei dem Gedanken, dass Philip und diese Frau sich mit eleganten Stielgläsern zuprosten, wird mir regelrecht schlecht vor Wut. Was kommt denn noch? Zielobjekt 1 mit Zielobjekt 2 vor dem Traualtar angelangt, oder was? Nur mit allergrößter Anstrengung gelingt es mir, die vierte und letzte SMS zu lesen, die Joe heute Vormittag geschickt hat:

```
Ranger an Pink Lady! Ranger an Pink Lady!
Zielobjekt 1 hat besten Mann erneut
abgeschüttelt - stop
Rücksichtslos und brutal - stop
Konnte aber vorher noch Fotos machen - stop
Werde Fotos schicken - stop
Ranger an Pink Lady - over and out
PS: Schicke auch Dossiers von 14 secondary
targets - stop
```

Meine Verwirrung nimmt mit jedem seiner Worte zu, und das nicht bloß wegen Joes merkwürdiger Formulierungen. Philip hat dieser Lima Monteiro also nicht nur wieder ein Verwöhnprogramm spendiert, sondern sie auch noch auf Mousse au Chocolat und Champagner eingeladen. Und er hat seinen Verfolger abgeschüttelt, rücksichtslos und brutal, wie Joe es formuliert hat. Muss ich befürchten, dass Philip vollkommen durchdreht?

Und dann hat Joe noch diese »Dossiers von 14 secondary targets« erwähnt. Dabei muss es um die vierzehn Frauen, denen Philip Monat für Monat Geld schickt, gehen.

Okay, das sehen wir uns gleich mal an. Hastig hämmere ich auf das Display, um die MMS zu öffnen.

»Hallo, Sie da drinnen!«, ertönt plötzlich von außen eine resolute weibliche Stimme, und gleichzeitig wummert jemand kräftig gegen die Tür. »Dauert es noch lange? Andere müssen auch mal, und wir landen gleich!«

Verdammt. Ausgerechnet jetzt. Ich brauche noch ein bisschen Zeit, also rufe ich: »Nur noch eine Minute, ja? Ich muss nur ganz schnell was nachsehen!«

»Was nachsehen? Von mir aus, aber machen Sie schnell, ja?«, kommt es ungehalten zurück.

Es dauert ein paar Sekunden, bis sich die erste Bilddatei öffnet, und dann sehe ich das Foto einer etwas älteren Frau mit angegrautem Haar und einem freundlichen Lächeln. Als ich weiter nach unten blättere, entdecke ich auch die dazugehörigen Daten: Anna Grabmeier, geb. 14.05.1961, Wohnort Frankfurt am Main, und auch die genaue Adresse sowie eine Telefonnummer sind angeführt. Für eine Sekunde starre ich fassungslos in ihr Gesicht. Sie wirkt gemütlich und strahlt Wärme und Geborgenheit aus – aber ich kann mir beim besten Willen nicht vorstellen, dass Philip mit dieser Frau Sex hatte, auch nicht, als sie noch jünger war.

Also schön, die Nächste: Verona Kippling, geb. 26.08.1955, Wohnort Berlin. Oh Mann, selbst auf diesem offensichtlich etwas älteren Foto sieht sie aus wie Fräulein Rottenmeier.

Die Nächste: Hannelore Solbach, geb. 27.11.1949. Die wohnt sogar in München, wie ich sehe – aber auch sie wirkt eher wie Grandma Walton als eine Frau, für die Philip sich begeistern könnte. Ich meine, die Dame ist Jahrgang 1949 – hallo!?

Das kapier ich nicht. Kann es sein, dass er eine Art Ödipuskomplex hat und sich deswegen bevorzugt Frauen sucht, die seinem Mutterideal entsprechen? Kaum ist mir dieser Gedanke gekommen, stehe ich auf und betrachte prüfend mein Gesicht im Spiegel. Bin ich etwa auch so ein Typ? Sehe ich aus wie diese Frauen in jungen Jahren?

Bin ich für Philip *Mutter Molly?*

»Hören Sie mal, Schätzchen«, reißt mich die erzürnte Stimme der Dame vor der Tür aus meinen Gedanken, »jetzt ist es aber wirklich genug. Wir gehen gleich in den Landeanflug über, also lassen Sie mich gefälligst auch mal rein!«

»Einen Augenblick, ich hab's gleich«, gebe ich gehetzt zur Antwort und widme mich wieder meinem Handy.

Ich kann unmöglich alle Dateien durchsehen, ohne dass die da draußen Amok läuft. Joe hat geschrieben, dass er die Dateien der vierzehn Frauen schicken wollte sowie Fotos von dieser Lima Monteiro. Nachdem mein Handy die letzte MMS als Erste geöffnet hat und die zu einer der vierzehn Frauen gehört hat, müsste also folgerichtig die fünfzehnte und letzte Datei in meinem Speicher die von Lima Monteiro sein.

Ich scrolle also hastig über alle anderen und öffne die letzte Datei. Das Bild dürfte eine höhere Auflösung haben als die anderen, denn wie zum Hohn entblättert es sich mit quälender Langsamkeit. Als ich es in voller Größe erblicke, krampft sich alles in mir zusammen.

»Du meine Güte, die sieht ja aus wie Miss Brasil!«, entfährt es mir. Und das ist nicht übertrieben!

»Falls Sie damit meinen, dass sie gerötet ist, dann handelt es sich wahrscheinlich um einen Pilz, Schätzchen«, kommt es unwirsch von draußen vor der Tür. »Aber keine Sorge, besorgen Sie sich eine Salbe, dann ist in ein paar Tagen alles wie neu.«

Wie bitte? Was meint sie? Klar ist nur, dass ich jetzt meinen Platz räumen muss, sonst besorgt sie sich noch einen Vorschlaghammer und kommt so zu mir rein. Ich packe meine Sachen zusammen, fühle mich dabei jedoch wie betäubt. Diese Frau, Lima Monteiro, sieht einfach umwerfend aus. Und noch etwas ist mir aufgefallen: Die Fotos, die Joes Detektiv geschossen hat, sind vor unserem Hauptsitz entstanden, wo sie den gestrigen Nachmittag gemeinsam verbracht haben, und obwohl Philip und sie sich nicht etwa küssen oder dergleichen, so sagen doch ihre Blicke, dass sie ziemlich vertraut miteinander sind.

»Na, das wurde aber auch Zeit!«

Die Frau, die mir auf dem engen Zwischengang den Weg

versperrt, ist groß und breitschultrig, und spontan erinnert sie mich an Emma in einer Langversion.

»Tut mir leid«, murmle ich gedankenverloren. »Ich musste etwas wirklich Dringendes nachsehen.«

»Schon gut, ich weiß, dass so was nicht angenehm ist«, lenkt sie ein, als sie merkt, wie niedergeschlagen ich bin, und drückt sich dabei an die Kabinenwand, um mich vorbeizulassen. »Aber wie gesagt, bei Rötungen handelt es sich in den meisten Fällen um einen harmlosen Pilz. Besorgen Sie sich gleich nach der Landung eine Salbe, dann ist das schnell wieder weg.«

Ich stehe neben dem Steward, der sich gerade das Mikro für die Borddurchsage gerichtet hat, und drehe mich um. »Ich weiß ehrlich gesagt nicht, was Sie meinen.«

»Aber Sie sagten doch vorhin, dass sie aussieht wie Miss Brasil«, erwidert sie verwundert. »Also schätze ich mal, dass sie gerötet ist, oder etwa nicht?«

»*Wer* soll gerötet sein?«, frage ich begriffsstutzig.

»Na, ihre Kleine da unten, ihre Schamlippen, oder wie immer Sie es nennen wollen«, meint sie mit zusammengezogenen Augenbrauen.

Ich brauche eine Sekunde. Ach, sie dachte …

»Oh, nein, das ist ein Irrtum«, kläre ich sie hastig auf, »meinen Schamlippen geht es ausgezeichnet.«

… *Schamlippen geht es ausgezeichnet*, hallt es über die Bordsprechanlage.

Ups. Den letzten Satz habe ich ausgesprochen, während ich mich bereits umdrehte, um wieder zu meinem Platz zu gehen, und dabei bin ich wohl etwas zu nahe an das Mikro des Stewards geraten, wie mir die Gesichter von mindestens einem Dutzend Fluggäste zeigen, die mich mit aufgerissenen Augen anstarren.

Na bravo. Als ob mir das Foto von dieser superheißen Latino-Tussi nicht gereicht hätte.

Fehlt nur noch, dass mir jetzt die halbe Rolle Klopapier hinten raushängt, während ich den Gang entlangschreite! Und obwohl ich gar nicht auf dem Klo war, vergewissere ich mich mit einem schnellen Blick, ob alles in Ordnung ist, bevor ich mich mit glühendem Gesicht zurück an meinen Platz begebe und für die Landung anschnalle.

Bester Mann

Ich bin völlig hin- und hergerissen.

Gleich nach der Landung habe ich mich in ein Taxi gesetzt und bin nach Hause gefahren. Tessa war nicht da, und weil es drückend heiß ist, bin ich schnell in den Pool gesprungen, um wieder einen einigermaßen klaren Kopf zu kriegen.

Und jetzt weiß ich nicht, wie ich mich verhalten soll. Die Anrufliste meines Handys hat gezeigt, dass es abgesehen von Joes Nachrichten auch noch eine Menge anderer Anrufe gegeben hat, während ich nicht auf Empfang war, darunter Fiona, meine Eltern und Philip. Er hat es sogar mehrmals versucht, gestern schon, und auch heute wieder, das letzte Mal relativ kurz bevor ich das Handy wieder eingeschaltet habe.

Aber ich schaffe es nicht, ihn zurückzurufen. Ich wüsste im Moment einfach nicht, wie ich mich ihm gegenüber verhalten soll, nachdem er mir nicht nur seine gemeinsame Reise mit dieser Lima Monteiro verschwiegen hat, sondern sie noch aussieht wie die zukünftige Miss World.

Und auch mit meinen Eltern kann ich nicht telefonieren. Sie kennen mich von Geburt an, sie würden sofort merken, dass etwas nicht stimmt. Und was soll ich ihnen sagen, wenn sie nicht lockerlassen? Ich weiß doch selbst nicht, wo ich im Moment stehe, und in meiner derzeitigen Verfassung könnte ich es nicht ertragen zu hören, dass meine Beziehung mit Philip ohnehin keine Zukunft gehabt hätte, weil er nun mal älter sei als ich, oder zu reich, oder was auch immer Eltern sich in solchen Situationen einfallen lassen, um einen zu trösten.

So war die einzige Person, mit der ich telefoniert habe, Joe. Von ihm erfuhr ich, dass Lima Monteiro die Nacht im Hotel verbracht hat und Philip anscheinend bei sich zu Hause in seinem Penthouse. Genaueres konnte Joe mir allerdings nicht sagen, weil Philip seinen Beschatter auch in dieser Nacht wieder abgeschüttelt hat. Aber immerhin wissen wir, dass er sie zu ihrem Hotel gebracht hat und danach wieder weggefahren ist, was wenigstens einen kleinen Hoffnungsschimmer am Leben hält, und bislang hat Bronson trotz hartnäckiger Recherche auch keine weiteren Konten gefunden, von denen Philip Geld an irgendwelche Menschen überweist. Immerhin.

Bleiben also dieselben fünfzehn Fragezeichen. Lima Monteiro plus die Frauen in Deutschland. Ich seufze auf, während ich mich mit einem Glas frischen Orangensaft in einen Liegestuhl sinken lasse, und grüble zum tausendsten Mal.

Ob ich diese Frauen aufsuchen soll? Die eine wohnt doch sogar in München, und nicht einmal weit von hier. Ich könnte mich einfach als die Verlobte von Philip vorstellen und sie ohne Umschweife fragen, ob sie vor einigen Jahren ein Kind mit ihm gezeugt hat.

Andererseits, wozu überhaupt persönlich zu ihr fahren? Ich kann sie ebenso gut anrufen. Und ehrlich gesagt wäre mir das auch lieber, denn im Moment fühle ich mich gar nicht stark genug, um einer von Philips Verflossenen persönlich gegenüberzutreten – wer weiß, was die mir noch alles über ihn zu berichten hat. Denn wenn ich eines in den letzten Tagen gelernt habe, dann dass ich Philip längst nicht so gut kenne, wie ich dachte. Zugegeben, ich habe hinter seinem Rücken nach Geheimnissen geforscht, was nicht die ganz feine Art ist, aber ganz ehrlich, wer konnte denn ahnen, dass er solche Leichen im Keller hat, und auch noch fünfzehn Stück davon?

Also nehme ich all meinen Mut zusammen, rufe die MMS mit der Frau aus München auf, präge mir ihre Telefonnummer ein, um sie gleich darauf einzutippen, und lausche mit pochendem Herzen dem Läuten.

»Solbach.« Der Klang ihrer Stimme lässt mich zusammenzucken.

»Ja, äh … guten Tag. Spreche ich mit Hannelore Solbach?«

»Richtig. Wer spricht da?«, erkundigt sie sich. Ihre Stimme klingt gemütlich, irgendwie nach Apfelkuchen und Kakao, eigentlich genau so, wie man sie sich beim Anblick ihres Fotos vorstellen würde.

»Mein Name ist Molly Becker«, beginne ich zaghaft. »Ich bin die Verlobte von Philip Vandenberg.« Das stimmt nicht ganz. Philip und ich haben uns nicht wirklich verlobt, aber irgendwie hielt ich unsere Beziehung die ganze Zeit für etwas Ähnliches.

Eine kleine Pause entsteht.

»Sie sind die Verlobte von Philip?«, kommt es dann zurück, und zu meiner Verwunderung klingt sie dabei ziemlich … *erfreut?*

»Ja, bin ich«, sage ich und fühle, wie sich meine Anspannung ein wenig lockert. »Also, genau genommen ist es nicht formell«, rede ich weiter, »aber wir sind schon seit zwei Jahren ein Paar, und daher ist es … irgendwie so ähnlich.«

»Aber das weiß ich doch«, sagt sie.

»Wie bitte? Das wissen Sie? Und woher?«

»Philip hat mir von Ihnen erzählt.«

»Das heißt … Sie haben noch regelmäßig Kontakt mit ihm?«, frage ich.

»Aber natürlich«, antwortet sie fröhlich. »Wobei der Begriff *regelmäßig* vielleicht nicht ganz richtig ist. Wir telefonieren gelegentlich, und hin und wieder schafft er es für einen kurzen Besuch, aber natürlich viel zu selten. Wissen Sie, wir freuen uns immer sehr über ihn und seine Aufmerksamkeiten, er ist so ein großzügiger Mensch …« Plötzlich stoppt sie, und ich merke, wie sie nachdenkt. »Oh nein, jetzt habe ich hoffentlich nichts Falsches gesagt«, fährt sie dann unsicher fort. »Jetzt, wo ich darüber nachdenke, wird es mir erst bewusst.«

»Was denn?«

»Dass Philip nie erwähnt hat, ob Sie über alles Bescheid wissen … Ich habe keine Ahnung, wie Sie und Philip es mit den finanziellen Dingen halten und ob Sie überhaupt von seinen Zuwendungen wissen …« Man kann förmlich hören, wie sie das schlechte Gewissen packt: »Oh je, ich hoffe nur, dass es jetzt keine Probleme gibt.«

»Machen Sie sich keine Sorgen, Frau Solbach«, beruhige ich sie schnell. »Ich wusste von den Überweisungen, und ich bin auch einverstanden damit …« Bin ich übrigens wirklich. Wenn jemand schon Kinder in die Welt setzt, dann muss er auch dazu stehen und für sie sorgen – auch wenn es in Philips Fall vielleicht ein bisschen *viele* sind. »… und wir wissen schließlich alle, wie viel Geld es braucht, um ein Kind aufzuziehen, nicht wahr?«

»Heißt das, Sie haben auch Kinder? Davon hat Philip nie etwas erzählt.«

»Ich? Oh, nein, ich habe keine Kinder. Ich meinte damit nur, dass ich passiv Erfahrung mit solchen Sachen habe, Sie wissen schon, aus der Sicht des Kindes«, stelle ich schnell klar.

Ich kann mich wirklich noch gut daran erinnern, wie schwer es Papi manchmal fiel, das Geld für eine dringend benötigte neue Schultasche aufzubringen, oder für die nächste Klassenfahrt, oder für das Piano, das ich mir unbedingt gewünscht hatte und auf dem ich doch nie spielte, weil meine Klavierlehrerin mich immerzu nur diese superschwierigen Fingerübungen machen ließ, anstatt gleich mit einer hübschen Sonate von Mozart loszulegen.

»Ach so«, sagt sie. »Na, dann sind wir ja einer Meinung. Ehrlich gesagt bin ich froh, dass Sie so denken, nichts wäre mir unangenehmer, als dass Sie und Philip sich deswegen in die Haare geraten – vor allem, da er immer so liebevoll von Ihnen spricht.«

»Ach ja, tut er das?« Mein Herz macht einen kleinen Hüpfer.

»Absolut, er lobt Sie in den höchsten Tönen. Wirklich schade, dass wir uns noch nicht kennengelernt haben.«

Ehrlich gesagt kann ich mir denken, warum Philip uns noch nicht vorgestellt hat. Hätte er dann doch damit herausrücken müssen, dass er bereits Kinder hat, und vor allem hätte er zugeben müssen, dass es noch weitere davon gibt.

Woraus sich die nächste Frage ergibt: Weiß Hannelore Solbach überhaupt von den anderen Müttern?

»Sie sagen es, Frau Solbach, Philip hat nun mal so entschieden, nicht wahr? Aber eine Frage hätte ich noch …«

»Bitte, nur zu.«

»Nachdem Philip Sie über mich informiert hat, würde ich gern wissen, ob Sie …« Wie formulierc ich das jetzt am besten, ohne ihr gleich unter die Nase zu reiben, dass Philip noch weitere dreizehn Frauen beglückt hat? »… auch über die anderen diesbezüglichen Aktivitäten von Philip unterrichtet sind«, versuche ich mich ganz diplomatisch.

»*Andere Aktivitäten*?«, fragt sie, um sich jedoch gleich selbst die Antwort zu geben: »Ach, Sie meinen die anderen Mütter? Aber natürlich, die kenne ich gut. Wir unterstützen uns gegenseitig und tauschen uns regelmäßig aus, und mindestens einmal im Jahr gibt es ein Treffen, pünktlich am Ostersamstag, darauf freuen wir uns immer schon.«

Donnerwetter. Sie weiß alles und trifft sich sogar mit den anderen? Eifersucht scheint für diese Frauen wirklich ein Fremdwort zu sein. Plötzlich nimmt mein Bild von der riesigen Patchworkfamilie wieder Gestalt an, und ich sehe mich und Philip, wie wir mit seinen vierzehn anderen Familien Ostereier suchen und im Anschluss daran Räucherfleisch mit Meerrettich futtern.

»Alle Achtung, Frau Solbach, Hut ab vor so viel Toleranz«, sage ich anerkennend.

»Wieso Toleranz? Ich bitte Sie, Molly, das versteht sich doch von selbst«, wiegelt sie ab. »Wo kämen wir denn hin, wenn ich den anderen etwas neiden würde, was auch mir selbst zum Vorteil gereicht, nicht wahr?«

Zum Vorteil gereichen? Nun, so kann man es natürlich auch sehen, wenn man sich von einem Millionär schwängern lässt.

»Zugegeben, Frau Solbach. Dennoch bewundere ich es, wie gut Sie es verkraftet haben, dass er Sie damals verlassen hat.«

»Stimmt schon, das war natürlich nicht einfach«, gesteht sie ein. »Aber andererseits wussten wir doch immer, dass er nicht ewig bei mir bleiben würde«, bekennt sie freimütig, »also war es auch keine allzu große Überraschung für mich.«

Ach so ist das. Langsam kapiere ich, warum sie so locker mit dem Thema umgehen kann. Ihr war von vornherein klar gewesen, dass sie Philip nicht würde halten können, daher erschien es ihr besser, wenigstens ein Kind von ihm zu haben als gar nichts.

So was aber auch.

Und noch etwas wird mir plötzlich klar. Das muss der wahre Grund sein, warum Philip mir bisher nichts von diesen Abenteuern erzählt hat. Ich meine, jetzt mal ehrlich, sich von einer Frau ein Kind andrehen zu lassen ist schon peinlich genug, aber wenn einem das gleich vierzehnmal hintereinander passiert …

Stellt sich allerdings auch die Frage, wie jemand so doof sein kann.

Aber sagen wir einfach, es waren seine jugendlichen Triebe. Jedenfalls bin ich jetzt um einiges schlauer, und inzwischen ist auch klar, warum er diese Frauen jedes Mal gleich verlassen hat, sobald sie schwanger wurden. Er war es einfach nur leid, sich andauernd Kinder unterjubeln zu lassen!

»Gut, Frau Solbach, jedenfalls bin ich froh, dass wir einmal miteinander sprechen konnten«, sage ich.

»Mich hat es auch sehr gefreut, Molly. Vielleicht kommen Sie ja bei unserem nächsten Treffen einfach mit, damit wir uns näher kennenlernen können. Sie würden uns allen eine Freude bereiten.«

»Ich werde das mit Philip besprechen«, sage ich ausweichend, und gleichzeitig höre ich plötzlich im Lautsprecher, dass mich jemand anrufen will. Ich nehme das Handy kurz vom Ohr, um zu sehen, wer es ist, und zucke zusammen wie unter einem Peitschenhieb.

Es ist Philip.

Ausgerechnet jetzt, wo ich hinter seinem Rücken mit einer seiner Verflossenen plaudere!

»Ja, tun Sie das, Molly«, ermutigt Hannelore Solbach mich gut gelaunt. »Und bleiben Sie hartnäckig, ich möchte unbedingt die Frau kennenlernen, die meinen Philip so glücklich macht.«

Dann sollte sie sich im Moment vielleicht besser mit Lima Monteiro treffen, schießt es mir durch den Kopf, aber das behalte ich natürlich für mich.

So oder so, es ist schon bemerkenswert, wie unverkrampft und locker Hannelore Solbach ihr Verhältnis zu Philip sieht, und ebenso bemerkenswert ist es, dass sie dabei völlig frei von Eifersucht zu sein scheint. Denn in Wahrheit ist es doch so: Falls Philip mich heiratet, würde ich den Traum verwirklichen, den sie vermutlich irgendwann einmal geträumt hat, oder sehe ich das falsch?

Doch im Moment habe ich nicht die Zeit, um mir noch länger den Kopf darüber zu zerbrechen. Philip ist immer noch in der Leitung, und ehrlich gesagt habe ich immer noch keine Lust, mit ihm zu sprechen. Was soll ich auch zu ihm sagen, nachdem unser Hauptproblem – Miss Brasil – weiterhin zwischen uns steht?

»Ich werde sehen, was sich machen lässt, Frau Solbach. Einen schönen Tag noch«, sage ich und drücke auf *Gespräch beenden.*

»Molly, hallo?«, ertönt im nächsten Moment Philips Stimme aus dem Hörer, und zum dritten Mal in nicht einmal zwanzig Minuten durchläuft es mich siedend heiß.

Misthandy, verdammtes. Es hat offenbar in Sekundenbruchteilen von *Beenden* auf *Annehmen* umgeschaltet.

»Äh, ja ... Hallo, Philip«, würge ich hervor.

»Molly, endlich.« Er klingt erleichtert. »Ich habe schon die ganze Zeit versucht, dich zu erreichen, aber dein Handy war ausgeschaltet. Ich habe mir ernsthafte Sorgen gemacht.«

»Sorgen, um mich?« Zu meiner eigenen Überraschung klingt mein Tonfall ungewollt spitz. Ich räuspere mich schnell. »Weshalb denn?«

»Na, weil ich von Lissy erfahren habe, dass du schon längst auf der Rückreise bist«, erklärt er. »Und wenn jemand eine zehnstündige Flugreise antritt und man danach nichts mehr von ihm hört, dann macht man sich Sorgen.«

»Du hast mit Lissy geredet? Wann denn?«

»Es ist noch gar nicht lange her«, meint er. »Vielleicht vor einer Stunde oder so. Aber jetzt sag, wo bist du gerade?«

Er hat mit Lissy telefoniert? Und warum hat die sich dann nicht bei mir gemeldet? Irgendwie wird das Ganze immer verrückter, und irgendwo ganz tief in mir drinnen macht sich das unangenehme Gefühl breit, völlig die Kontrolle zu verlieren.

»Ich?«, frage ich, um Zeit zu schinden. Dann entscheide ich mich einfach für die Wahrheit: »Ich bin zu Hause und hab mich gerade im Pool abgekühlt.«

»Was? Du bist zu Hause und gibst mir gar nicht Bescheid? Wieso hast du mich nicht angerufen?«

Sein Tonfall klingt vorwurfsvoll, was mich in leichte Rage versetzt. *Ich* bin es doch, die *ihm* Vorwürfe machen könnte!

»Ich habe einfach nicht daran gedacht«, gebe ich zurück. »So was kommt vor, Philip, du rufst mich doch auch nicht immer an, um mich über alles, was du tust, zu informieren, oder?«

Volltreffer.

Ich höre ihn tief einatmen, dann lässt er ein paar Sekunden verstreichen, bevor er antwortet: »Nein, natürlich nicht, Molly, und ich habe das auch nicht als Vorwurf gemeint«, sagt er in versöhnlichem Tonfall. »Ich wollte nur sagen, dass ich mich gefreut hätte, wenn du mich informiert hättest ... Ach, übrigens, Lissy hat mir berichtet, dass ihr Clarissa so richtig in die Pfanne gehauen habt«, schwenkt er plötzlich auf ein völlig anderes Thema um, und bei dem Gedanken steigt meine Laune augenblicklich wieder.

»O ja!« Ich muss kichern. »Das hättest du sehen sollen, Philip: Clarissa auf allen vieren, und dazu das Gegrunze und der riesige Bauch ...«

»Ich hab's bereits gesehen, Lissy hat mir das Video geschickt«, sagt er, und ich bin ein bisschen enttäuscht, weil ich es ihm eigentlich zeigen wolltc. »Das ist wirklich zum Schießen. Waren überhaupt ziemlich verrückt, die letzten Tage ...«, sagt er dann, und es klingt so, als dächte er darüber nach, noch etwas anzufügen.

»Was zum Beispiel meinst du damit?«, hake ich nach.

»Na, alles, in der Hauptsache aber dein Amerikaprojekt, und dass dir dabei ausgerechnet Clarissa wieder in die Quere gekommen ist.« Er legt erneut eine kleine Pause ein. »Und bei mir gab es auch ein paar merkwürdige Sachen«, fügt er an.

Oh, oh. Jetzt kommt's. Bestimmt wird er in möglichst einfühlsamem Tonfall etwas Ähnliches sagen wie: »Molly, für dich wird es immer einen festen Platz in meinem Herzen geben, aber als mir diese Frau begegnet ist, konnte ich einfach nicht gegen meine Gefühle ankämpfen ...«

»Sag, Molly, ist dir in letzter Zeit irgendetwas Merkwürdiges aufgefallen, jetzt mal abgesehen von Clarissa?«, fragt er dann jedoch völlig unerwartet.

»Etwas Merkwürdiges?« Der Ton in seiner Stimme hat mich neugierig gemacht, und ich richte mich kerzengerade auf. »Nicht, dass ich wüsste. Was genau meinst du?«

»Nun, anfangs war ich mir nicht sicher, aber seit ich einen kleinen Test gemacht habe, weiß ich, dass mich in den letzten Tagen jemand beschattet hat«, sagt er.

Ein Riesenschreck durchfährt mich. Joes Worte fallen mir

wieder ein: … *abgeschüttelt … rücksichtslos und brutal* …, und plötzlich habe ich Bilder von sich überschlagenden, brennenden Fahrzeugen vor meinen Augen.

»Einen kleinen Test?«, keuche ich.

»Ja, das ist übrigens gar nicht schwer.« Philip klingt, als würde er grinsen. »Dazu muss man bloß in einen Kreisverkehr einfahren und dann immer weiter beschleunigen. Ich habe keine fünf Runden gebraucht, bis ich hinter dem Kerl war. Du hättest das Gesicht von dem Blödmann im Rückspiegel sehen sollen, als ich ihn von hinten angehupt habe.« Er lacht vergnügt auf. »Der Idiot ist sogar dreimal auf denselben Trick reingefallen, und einmal bin ich ihm auf der Autobahn davongefahren, bis er mich nicht mehr sehen konnte, hab dann die nächste Ausfahrt genommen und bin hinter ihm wieder aufgefahren, und fünf Minuten später sah ich schon wieder sein Ohrfeigengesicht im Rückspiegel.« Philip lacht noch einmal auf, um dann mit den Worten zu schließen: »Jedenfalls hängt dieser Typ seit ein paar Tagen in meinem Windschatten, und daher wollte ich dich fragen, ob du dazu vielleicht irgendeine Idee hast.«

Okay, so viel zum Thema *Bester Mann.* Und ich hatte Joe noch ausdrücklich um größte Vorsicht gebeten.

»Nein, also mir ist nichts … aufgefallen«, sage ich vage und schwitze Blut und Wasser.

»Alles klar, dann gehe ich mal davon aus, dass es mit meinem Paraguaygeschäft zusammenhängt. Vielleicht versucht mich ja ein Konkurrent auszuspionieren«, meint er leichthin, und ich atme insgeheim auf, weil er mich nicht verdächtigt. Dann kommt er auf ein anderes Thema zu sprechen: »Übrigens, Molly, Frank hat mich angerufen und mir von deinem Vorschlag mit der Immobilie in Los Angeles erzählt …«

»Ja? Und, was hältst du davon?«

»Was soll ich sagen – es ist genial. Es ist keineswegs leicht, eine gute Investitionsmöglichkeit zu finden, und in Kombination mit deinen Plänen passt dieses Objekt wie die Faust aufs Auge«, antwortet er, und sein Lob lässt mich beinahe platzen vor Stolz. »Du bist eine verdammt clevere Geschäftsfrau, Molly Becker, weißt du das?«, legt er nach, und von einer Sekunde zur anderen bin ich den Tränen nah. Seine Stimme hat jetzt haargenau so geklungen wie damals im Down Under, als er mir seine Liebe gestanden und zum ersten Mal um meine Hand angehalten hat. Diese Art, mit mir zu reden, war einer der Gründe, warum ich mich so hoffnungslos in ihn verliebt habe – und warum ich ihn immer noch so sehr liebe, dass es fast schon wehtut.

Wenn doch bloß diese doofe Lima Monteiro nicht wäre. Alles könnte so schön sein, Philip und ich könnten zu seinem Haus am See fahren, nur wir beide, und dort würden wir …

»Molly, was ist denn los?«

Philips Stimme dringt wie aus einem dichten Nebel zu mir durch.

»Wie bitte …?«, frage ich benommen zurück.

»Du hast gerade geseufzt, als hättest du einen ganzen Berg von Sorgen«, behauptet er. »Dabei ist im Moment doch das Gegenteil der Fall, oder nicht?«

Das Gegenteil? Ja klar, abgesehen von der unbedeutenden Kleinigkeit, dass er mit einer fremden Schönheit durch die Landschaft gondelt und einen Reisebus voller Kinder hat, die er mir unterschlagen hat.

Aber abgesehen davon ist alles toll.

Für einen kurzen Moment stehe ich nur einen Millimeter davor, einfach mit der Wahrheit herauszuplatzen.

Jetzt mal ganz ehrlich, worauf soll ich denn noch warten?

Er ist mit dieser Lima Monteiro im Gepäck zurückgekommen, ohne sie auch nur mit einem Pieps zu erwähnen, und man muss kein Genie sein, um zu begreifen, was das bedeutet: Meine Zeit ist abgelaufen, für mich bleibt nur noch ein mitleidiges »Hasta la vista, Baby«, und ganz offensichtlich sucht Philip nur noch nach einer Möglichkeit, um es mir einigermaßen schonend beizubringen.

»Molly, ist alles in Ordnung bei dir?«, hakt er nach, und dabei klingt er auf einmal ernsthaft besorgt.

Am liebsten würde ich in den Hörer schreien, dass gar nichts in Ordnung ist und dass er sich zum Teufel scheren soll mit seiner Tussi. Stattdessen höre ich mich nur erschöpft sagen: »Ja, sicher, Philip, ich bin nur müde. Wahrscheinlich der Jetlag.«

»Daran hatte ich gar nicht gedacht, tut mir leid«, sagt er. Doch schon im nächsten Augenblick nimmt er neuen Anlauf: »Weißt du, worauf ich jetzt Lust hätte, Molly?«

»Nein, keine Ahnung.«

»Wir beide könnten uns doch bei Winners only treffen und uns ein bisschen verwöhnen lassen«, schlägt er vor.

Ich bin augenblicklich alarmiert. Ich wäre auf vieles gekommen etwa dass er zu mir kommen will oder ich zu ihm in sein Penthouse, oder dass wir hinaus zu seinem Haus am See fahren oder irgendwo gut essen gehen – natürlich immer unter dem Vorbehalt, dass es eine Abschiedsvorstellung sein wird –, aber in den zwei Jahren, die wir uns jetzt kennen, ist es noch nie vorgekommen, dass er mit mir zu Winners only fahren wollte. Noch nie. Warum also jetzt plötzlich? Was bezweckt er damit?

»Und woran genau hast du dabei gedacht?«, gehe ich zum Schein auf seinen Vorschlag ein.

»Ich weiß nicht ... Wir könnten uns zum Beispiel von diesem Samir eine Entspannungseinheit verpassen lassen«, fällt ihm ein. »Davon hast du doch immer so geschwärmt.«

Alles klar. Das ist der endgültige Beweis, dass hier etwas mächtig faul ist. Philip und eine Entspannungssitzung, das passt ungefähr so gut zusammen wie Hugh Hefner und der Papst. Nicht, dass Philip sich nicht entspannen könnte, aber er ist nun mal ein Mensch, der sich dazu keine Anleitungen geben lässt, und dementsprechend hat er sich auch immer nur lustig darüber gemacht, wenn ich ihm von meinen phänomenalen Sitzungen berichtet habe.

»Eine Entspannungssitzung, wir beide? Bist du sicher, dass du das willst?«

»Aber ja, warum nicht?« Er bemüht sich hörbar um Lockerheit, doch das will ihm nicht ganz gelingen.

»Es ist nur … du hast mich bisher immer ausgelacht, wenn ich mit dem Thema anfing, weißt du nicht mehr?«, bringe ich vor.

»Und wenn schon, Molly, man kann seine Meinung auch mal ändern, nicht wahr?«, sagt er, und jetzt höre ich ihm sogar ganz deutlich an, dass er lügt.

»Also gut, von mir aus, einverstanden.« Ich bemühe mich, möglichst unbefangen zu klingen, während ich innerlich angespannt bin wie ein Flitzebogen. »Und wann würde es dir passen?«

»Wie wäre es in einer Stunde?«, schlägt er vor.

»In einer Stunde? Ja, okay. Ist ein bisschen knapp, aber das schaffe ich. Ich werde da sein.«

Dann tauschen wir noch ein paar verdächtig belanglose Sätze aus, und nachdem ich aufgelegt habe, sitze ich ein paar Sekunden lang da wie versteinert.

Philip will sich mit mir treffen.

Bei Winners only.

Für eine *Entspannungssitzung*.

Was zum Teufel geht da eigentlich vor sich?

Molly Vandenberg

Es ist ein lupenreines Déjà-vu.

Damals vor zwei Jahren wurden wir alle in die Zentrale beordert, um die neue Unternehmensführung kennenzulernen, und auch da hatte ich dieses extrem unangenehme Gefühl in der Magengegend. Zugegeben, die Begleitumstände waren nicht dieselben, ich war damals noch eine kleine Angestellte unter Clarissas Fuchtel, und ich besaß auch noch keine Firmenanteile, und kurz vor der Pleite stand ich außerdem – aber rein gefühlsmäßig hatte ich auch damals dieses überaus hartnäckige Jetzt-geht's-zur-Schlachtbank-Empfinden.

Aber selbst wenn dieses Treffen nichts Gutes erahnen lässt, habe ich es mir nicht nehmen lassen, mich besonders schick zu machen. Ich trage mein neues graues Seidenkostüm von Armani, dessen raffiniert geschnittener Minirock meine sommergebräunten Beine besonders gut zur Geltung bringt, und dazu meine sündteuren schwarzen Lieblings-Louboutins, außerdem habe ich meine Haare hochtoupiert und mit einer rosaroten Schleife befestigt, damit sie nicht das dezente Make-up verdecken, das ich rasch aufgelegt habe. Wenn ich schon abtreten muss, dann wenigstens mit Stil.

Nachdem ich den Wagen auf meinem Parkplatz abgestellt habe, schließe ich für ein paar Sekunden die Augen, um das Gefühl ohnmächtiger Verzweiflung abzustreifen, das sich so hartnäckig in mir breitzumachen versucht. Dann gebe ich mir einen Ruck und steige schwungvoll aus, wobei mein Blick automatisch auf die kleine Tafel an der Wand fällt: *Molly Becker, Geschäftsführerin*, steht da in geschwungenen, goldenen Lettern geschrieben. Das ist mein Parkplatz. Der Parkplatz der *Chefin*. Sofort überkommt mich wieder eine düstere Vorahnung.

Ob ich das nach diesem Tag noch sein werde?

Ich habe mir seit unserem Telefonat andauernd vergeblich den Kopf darüber zerbrochen, was Philip mit diesem Treffen bezwecken könnte. Er will höchstwahrscheinlich mit mir Schluss machen, davon muss ich ausgehen, nachdem er mir diese fremde Schönheit in seinem Schlepptau so hartnäckig verschweigt – aber wieso will er sich dazu ausgerechnet in der Firma mit mir treffen? Und noch eine Frage beschäftigt mich: Wozu hat er mit Lima Monteiro unsere anderen Filialen besucht? Ganz nüchtern und konsequent betrachtet, kann es auch darauf nur eine schlüssige Antwort geben, und allein beim Gedanken daran setzt mein Herz augenblicklich einen Schlag aus: Philip will mich komplett ersetzen. Er möchte diese Frau ab sofort nicht nur an seiner Seite haben, sondern plant auch, dass sie meinen Platz an der Spitze von Winners only Deutschland einnimmt.

Und doch geht es nicht in meinen Kopf hinein. Ich meine, wir reden hier von Philip. Er ist abgesehen von meinem Papi der großzügigste und warmherzigste Mann, den ich kenne, daher kann ich einfach nicht glauben, dass er fähig ist, mir so etwas anzutun.

Und dann gibt es wieder diesen anderen, neuen Aspekt. Philip könnte denken, dass mich das neue Amerikaprojekt über den Verlust hinwegtrösten wird. Hat er nicht sogar unlängst etwas Ähnliches gesagt? Von wegen *Du hast doch jetzt Amerika, du wirst schon bald gar nicht mehr an mich denken.* Irgendwas in der Art, und in diesem Zusammenhang ergeben seine Worte plötzlich einen ganz neuen Sinn, so schockierend und schrecklich er für mich auch sein mag.

Aber diese Grübelei bringt mich nicht weiter. Antworten auf meine Fragen kann ich nur bekommen, indem ich jetzt da hineingehe.

Also fasse ich mir ein Herz, steige in möglichst würdevoller Haltung die Stufen zum Eingang hoch und betrete durch die gläserne Drehtür das Foyer. Dort verharre ich für ein paar Sekunden, um die Lage zu peilen. Am kleinen Springbrunnen zu meiner Linken unterhalten sich ein paar Kunden, die ich kenne und die mir jetzt höflich zunicken, und in der Cafeteria schräg gegenüber scheint einiger Betrieb zu herrschen. Vicky, die Kellnerin, erspäht mich und winkt kurz, um sich gleich danach wieder umzudrehen und intensiv mit der Politur eines Tisches zu beginnen. Merkwürdig. Normalerweise fallen Begrüßungen bei ihr um einiges intensiver aus, vor allem, wenn ich von einer längeren Reise zurückkomme. Und täusche ich mich, oder ist das da am hintersten Tisch Doc Weitzmann, der sich gerade mit Samir unterhält? Auch eigenartig. Heute ist Sonntag, da hält er sich doch normalerweise gar nicht im Haus auf, soviel ich weiß. Und noch etwas fällt mir auf: Kaum haben sie mich erblickt, wenden sich alle ab und tun so, als wären sie gerade extrem beschäftigt.

Hm.

Das kann nichts Gutes für mich bedeuten. Plötzlich überkommt mich eine schreckliche Ahnung. Kann es sein, dass sie bereits in Philips Pläne eingeweiht sind? Oder ist es inoffiziell durchgesickert, und jetzt ahnen alle, was mir bevorsteht? So oder so wäre es eine logische Erklärung für die peinliche Befangenheit, die sie an den Tag legen, wo wir doch so lange ein eingeschworenes Team waren, das sich gegenseitig geachtet und respektiert hat.

Ich überlege, ob ich einfach zu ihnen hinübergehen und sie direkt darauf ansprechen soll, doch dann mache ich mir klar, in welche Zwickmühle ich sie damit bringen würde. Ich bin die alte Chefin, das Auslaufmodell, wie sollen sie sich mir gegenüber in solch einer Situation verhalten? Nein, es hilft alles nichts, endgültige Gewissheit kann mir nur einer verschaffen: Philip.

Bleibt nur noch die Frage, wo der steckt. Wir haben keinen genauen Treffpunkt ausgemacht, also beschließe ich, in mein

Büro hochzufahren, möglicherweise wartet er ja dort auf mich.

Als ich es betrete, erfasst mich sofort die Wehmut. Die kuschelige Ledercouch, mein riesiger Chefsessel, der Duft meines Parfüms, der im Raum hängt – wie lange wird das wohl noch mein Büro sein?

Ein tiefer Seufzer entringt sich meiner Brust, und ich frage mich ernsthaft, womit ich das verdient habe. Und dazu diese quälende Ungewissheit. Die macht mich fix und fertig, und schön langsam habe ich die Nase gestrichen voll.

Schluss jetzt. Mir reicht's. Ich will jetzt endgültig wissen, woran ich bin, und ich habe nicht die geringste Lust, auch nur eine Minute länger auf die Antwort zu warten.

Mit grimmiger Entschlossenheit verlasse ich mein Büro wieder, steige in den Aufzug und fahre nach unten. Ich werde jetzt ohne Rücksicht auf Verluste in die Cafeteria krachen, und als ihre Immer-noch-Chefin werde ich auf der Stelle Aufklärung von jedem einzelnen meiner Mitarbeiter fordern, und dann werde ich …

In diesem Moment öffnen sich die Fahrstuhltüren im Parterre mit einem leisen Surren, und ich pralle zurück, als wäre ich gegen eine Wand gelaufen. Eine Frau mit langem, dunklem Haar geht gerade vorüber, und auch von der Seite erkenne ich sie sofort: Das ist Lima Monteiro!

Sie sieht atemberaubend aus in ihrem Hauch von einem Sommerkleid, und obwohl ihre Schuhe noch höher sind als meine, bewegt sie sich mit der Selbstsicherheit und Eleganz eines Topmodels. Sie war schon halb vorbei, als sich die Lifttür geöffnet hat, und das dürfte auch der Grund sein, weshalb sie mich nicht bemerkt hat. Ich trete vorsichtig auf den Gang hinaus und sehe ihr mit einer Mischung aus Wut und Neugierde nach. An ihrer Figur gibt es nicht das Geringste auszusetzen, und auch ihr Parfüm ist eine Mischung aus Rosen und … also, keine Ahnung, jedenfalls riecht es extrem gut, was meine Wut nur steigert.

Sie scheint irgendetwas zu suchen, ihr Blick geht unschlüssig zwischen den Türen links und rechts des Ganges hin und her, und es ist unschwer zu erraten, was es ist: die Toilette, natürlich. Nur noch wenige Meter trennen sie davon, dazwischen befindet sich nur noch der Abstellraum für unsere Hygieneartikel. Dessen Tür ist unbeschriftet und meistens nicht versperrt, wie ich weiß, weshalb Neuankömmlinge immer wieder versehentlich eintreten – ein Umstand, der mich spontan auf eine ziemlich verrückte Idee bringt.

Denn auch Lima Monteiro erliegt diesem Irrtum. Sie stoppt vor der Tür, wirft einen nachdenklichen Blick darauf und … öffnet sie dann. Da der Raum dunkel ist, zögert sie erneut, dann fährt ihre Hand langsam in das Innere und beginnt nach dem Lichtschalter zu tasten. Inzwischen sind nur wenige Sekunden verstrichen, doch die habe ich genutzt, um den Zentralschlüssel aus meiner Handtasche zu ziehen, meine Schuhe abzustreifen und mich lautlos wie ein Attentäter von hinten an sie heranzupirschen. Dann vergewissere ich mich, dass mich vom Foyer aus niemand beobachtet, und versetze ihr einen kräftigen Schubs, der sie mit einem hysterischen Aufschrei in den finsteren Raum hineinstolpern lässt, während ich blitzschnell die Tür ins Schloss ziehe und versperre.

Das Herz schlägt mir bis zum Hals, doch ich achte gar nicht darauf, sondern mache auf der Stelle kehrt, zische zurück zu meinen Schuhen und schlüpfe schnell wieder hinein.

In dem Moment höre ich es auch schon klopfen, und sie ruft: »Hallo, ist da jemand?« Ihre Stimme klingt weich, und sie hat einen spanischen Akzent, und sie scheint sich selbst nicht ganz sicher zu sein, was da gerade mit ihr geschehen ist. »Hallo, kann mich jemand hören? Ich bin hier eingesperrt! Hallo?!«

Ich ignoriere ihr Rufen geflissentlich, stattdessen schreite ich mit erhobenem Haupt und mühsam erzwungener Ruhe zurück in Richtung Eingangshalle, während sich die Gedanken in meinem Kopf förmlich überschlagen. Nachdem sie hier ist, muss auch Philip schon eingetroffen sein, und allein die Tatsache, dass er sie mitgebracht hat, beweist ja nur, dass seine Absichten keine guten sein können. Sei's drum. Was immer geschieht – so muss ich ihr wenigstens nicht Auge in Auge gegenübertreten, und den kleinen Zwangsaufenthalt in der Besenkammer gönne ich ihr von Herzen.

Ich habe beinahe die Vorhalle erreicht, als plötzlich eine große Gestalt so rasant um die Ecke kommt, dass sie mich beinahe über den Haufen rennt. Ich brauche eine Sekunde, um zu begreifen, wer es ist, und dann stehen wir beide da wie vom Donner gerührt.

Es ist Philip. Er starrt mich an, und ich starre ihn an, und dann … nimmt er mich auf einmal in seine Arme und küsst mich impulsiv auf den Mund.

Einen Moment lang bin ich völlig perplex. So habe ich mir das eigentlich nicht vorgestellt. Ist das vielleicht seine Art, Abschied zu nehmen, indem er mich ein letztes Mal küsst und dann sagt: »Molly, endlich habe ich dich wieder!«?

Denn genau das hat er soeben getan, und dazu sieht er mich jetzt auch noch mit einem Blick aus seinen grünen Augen an, in dem ich am liebsten ertrinken würde. Ich fühle, wie meine Knie augenblicklich zu Butter werden, aber Philip lässt mir gar keine Zeit, mich zu sammeln.

»Molly, ich habe dich so vermisst.« Er hält mich ein Stück von sich weg und mustert mich mit einem schnellen Blick. »Du siehst umwerfend aus!«

Endlich finde ich meine Worte wieder.

»Philip, wieso …«

Doch er legt nur einen Finger auf meine Lippen und sagt: »Nicht jetzt, Molly. Ich habe etwas für dich vorbereitet …« Dann unterbricht er sich plötzlich und lauscht in den Gang hinein. »Was ist das? Hörst du das auch?«

Natürlich höre ich es. Es ist Lima, die immer noch an der Tür rüttelt und dazu »Hallo, ist hier jemand? Hallo? Ich bin hier eingesperrt! Hallooho!« ruft, aber zum Glück stehen wir direkt unter einem Lautsprecher, sodass die hauseigene Musikuntermalung den Krach weitgehend übertönt.

»Nein, was denn?«, sage ich mit Unschuldsmiene, und gleichzeitig gehe ich schnell um Philip herum, sodass er jetzt in Richtung Halle blicken muss.

»Ach nichts«, sagt er verwundert, »ich dachte nur … Egal. Komm mit!« Damit nimmt er mich am Arm und zieht mich entschlossen hinter sich her in Richtung Cafeteria.

»Philip, was ist denn los?«, rufe ich atemlos, während ich Mühe habe, auf meinen Stöckelschuhen mit ihm Schritt zu halten.

»Es ist eine Überraschung, also frag nicht«, antwortet er, doch dann dreht er sich im Gehen zu mir um und sagt: »Ach, übrigens, Molly, ist dir vorhin niemand begegnet?«

»Begegnet? Nein … niemand, keine Menschenseele«, sage ich hastig. »Wieso?«

»Na, weil …« Er zögert. »Von wo kommst du jetzt überhaupt?«

»Ich komme von oben, aus meinem Büro.«

»Ach so, dann ist sie wahrscheinlich … Was soll's, fangen wir einfach ohne sie an«, sagt er mehr zu sich selbst als zu mir.

»Philip, würdest du mir bitte verraten, was das alles soll?«, frage ich, doch in dem Moment haben wir die Cafeteria erreicht.

Philip marschiert geradewegs bis nach vorn zur Theke, wo er stoppt und mich an seine Seite zieht. Endlich habe ich Gelegenheit, mich umzusehen, und plötzlich sehe ich mich einer ganzen Gruppe von Personen gegenüber, die sich vorhin anscheinend im hintersten Winkel verborgen hat, um nicht von mir entdeckt zu werden.

»Überraschung!«, hallt es übermütig durch den Raum, und jetzt erkenne ich erst, wer alles gekommen ist.

Nicht nur der lange Samir und Doc Weitzmann und Vicky. Auch Tessa und Fiona, die übermütig auf und ab hüpft und dabei ein Fähnchen mit einem amerikanischen Banner schwenkt. Ich fasse es nicht. Die halbe Belegschaft ist da, und sogar einige Stammkunden sehe ich sowie Spider vom Down Under, und Joe Ranger, und an der Seite beim Fenster entdecke ich … Oh mein Gott, das sind ja meine Eltern, die ebenfalls begeistert winken und dabei überglücklich wirken!

Ich begreife das alles nicht. Ich bin so überrascht, dass die Gedanken in meinem Kopf wirr durcheinanderpurzeln. Spontan will ich zu ihnen laufen und sie in meine Arme nehmen und ganz fest drücken, doch Philip hält mich mit sanfter Gewalt zurück und hebt dabei seine andere Hand, damit sich alle wieder ein bisschen beruhigen.

Als es stiller geworden ist, ruhen alle Augenpaare erwartungsvoll auf uns, und plötzlich merke ich, dass Philip mich mit einem undefinierbaren Funkeln in seinen Augen betrachtet, und jetzt erst fällt mir auf, wie gut er heute aussieht. Er hat sich für seine Verhältnisse regelrecht in Schale geworfen mit seinem Sportsakko und der glatten Rasur, und dennoch verleihen ihm die frische Bräune in seinem Gesicht und das strubbelige Haar den gewohnten Hauch von Freiheit und Abenteuer.

»Molly, bevor ich dich an deine Lieben weiterreiche, muss ich ein paar Dinge verkünden, die keinen Aufschub dulden …«

… Dinge verkünden … keinen Aufschub …

Er wird doch nicht …

Ich starre in die Gesichter der anderen, die alle strahlen wie Honigkuchenpferde, und im Hintergrund macht sich Vicky an einer Magnumflasche Champagner zu schaffen, während Marie, die zweite Kellnerin, eine Reihe langstieliger Gläser auf einem extra dafür bereitgestellten Tisch aneinanderreiht.

Nein, es *kann* doch gar nichts Schlimmes sein, was er mir jetzt mitteilen will, oder?

»Molly …«, hebt er an und fasst mich dabei mit einem sanften Lächeln an der Hand. »Wie vermutlich jeder hier im Raum weiß, war unser gemeinsamer Weg bisher nicht immer ganz frei von Hindernissen, und vor allem die Zeiten der Trennung, die sich berufsbedingt immer wieder ergeben haben, stellten jedes Mal eine harte Probe für uns beide dar …« Vicky hat jetzt die Musik leise gedreht, und auf einmal ist es so still im Raum, dass man eine Stecknadel fallen hören könnte.

»Hilfe, hört mich jemand? Hallooo?«

Ups. *Das* kann man jetzt natürlich auch gut hören.

Alle Köpfe rucken gleichzeitig herum, und auch Philip runzelt die Stirn.

»Was ist das?«, fragt er.

»Da ruft jemand«, bringt Joe es auf den Punkt und setzt sofort seine Ermittlermiene auf.

»Ja, und es klopft«, ergänzt irgendwer.

»Das kommt von den Toiletten, oder täusche ich mich?« Philip sieht mich fragend an.

»Ja, also, keine Ahnung, ich weiß auch nicht …« Ich tue so, als würde ich ebenfalls angestrengt lauschen. »Mhm, das könnte sein.«

»Verdammt, das ist Lima!«, ruft er plötzlich und will loshasten.

»Lima?«, frage ich und halte eisern seine Hand fest. »Wer ist Lima?«

Plötzlich fühle ich wieder den Ärger in mir aufsteigen. Gerade noch hat es geklungen wie der Start zu einer superromantischen Ansprache, und jetzt will er davonrennen, bloß weil diese Tussi in der Besenkammer nach ihm schreit.

»Also, das …« Sein Blick streift mich und richtet sich dann gleich wieder Richtung Gang. »… wollte ich dir gerade erklären, unter anderem! Wo zum Teufel steckt sie denn?«

»Halloo, hört mich denn niemand?«, ertönt es klagend vom Gang.

Menno, die kann aber auch ein Theater machen wegen so ein bisschen Eingesperrtsein.

»Aha. Es ist also eine Frau?«, frage ich streng.

»Ja, natürlich ist sie eine Frau.« Als er meinen Blick erwidert, scheint er völlig frei von Gewissensbissen zu sein, und das bringt mich ein bisschen durcheinander. »Aber das erkläre ich dir gleich – kann jemand nachsehen, wo sie steckt?«, wendet er sich an unser Publikum.

»Ich sehe nach!« Es ist Fiona, die sich sogleich in Bewegung setzt. »Fiona, warte!« Sie stoppt, als sie meine Stimme hört. Ich halte meinen Schlüssel hoch. »Sie ist in der Abstellkammer.«

»In der Abstellkammer?«, fragt sie verwundert, und gleichzeitig schwenken alle Blicke zurück auf mich.

»Und woher weißt du das?«, fragt Philip.

»Oh, das … war nicht schwer zu erraten, weil …« Ich räuspere mich und vermeide dabei jeglichen Blickkontakt. »… es schon öfter vorgekommen ist, dass Neuankömmlinge die falsche Tür nehmen, weil sie keine entsprechende Aufschrift trägt, und wenn man Pech hat, fällt sie dann auch noch hinter einem ins Schloss«, erkläre ich mit prickelndem Gesicht und hoffe, dass die kleine Ungereimtheit an meiner Geschichte niemandem auffällt. »Das müssen wir übrigens unbedingt noch einmal unserem Hausmeister sagen, Fiona«, betone ich, während ich ihr den Schlüssel in die Hand drücke.

»Klar, mach ich, Molly«, sagt sie und drückt mich kurz und fest. »Übrigens herzlich willkommen daheim, Boss!«, ruft sie fröhlich aus und zischt ab.

Als sie weg ist, verstreichen drei bis vier reichlich peinliche Sekunden, bevor ich mich wieder an Philip wende.

»So, Philip, was wolltest du mir denn nun sagen?«, erkundige ich mich in möglichst beiläufigem Tonfall.

»Also, was ich sagen wollte …« Er ist nicht richtig bei der Sache, weil immer noch die Hilferufe und das Klopfen im Hintergrund stören. »… hat eigentlich auch mit Lima zu tun.«

Also doch. Also doch! Ist er wirklich so unverfroren und will sie uns vorstellen, und das vor versammelter Mannschaft, vor unseren Freunden, ja sogar vor meinen *Eltern*?

Okay, das ergibt genau genommen überhaupt keinen Sinn.

Vom Gang hören wir jetzt einen erleichterten Ausruf, und dann plappern Fiona und diese Frau gleichzeitig drauflos, während sie zu uns zurückmarschieren: »... wollten die Tür schon beschriften lassen ... öfter passiert ... zum Glück nicht gefährlich ... keine Ahnung ... wie ein Schubs ... auf einmal ganz dunkel ... niemand gehört ...« Und dann sind sie auf einmal da. Fiona reiht sich gleich wieder unter den Gästen ein, während Lima Monteiro kerzengerade auf mich zusteuert.

Okay, das wird peinlich. Ihrer Zielstrebigkeit nach hat sie bereits die richtigen Schlüsse gezogen, vermutlich wird sie jetzt auf mich losgehen und sich mit mir prügeln wollen, weiß doch jeder, wie temperamentvoll diese Südamerikaner sind. Aber schön, von mir aus, das kann sie haben. Sie ist der Eindringling, sie hat mir den Mann weggenommen, also werde ich auf gar keinen Fall den Schwanz einziehen und klein beigeben. Ich stelle unauffällig ein Bein nach hinten, um stabiler zu stehen, besinne mich auf Fionas Schilderungen ihrer Kickboxeinheiten und mache mich bereit, die Fäuste zu heben. Da! Auch Lima hebt die Arme und ... Oh mein Gott! Und dann ...

... nimmt sie mich in ihre Arme, drückt mich und sagt mit samtweicher Engelsstimme: »Molly Becker! Endlich lerne ich Sie persönlich kennen, es ist mir eine große Freude!«

Ich glotze sie an, und sie lächelt entzückend, wobei sie zwei Reihen perlweißer Zähne zeigt und mich aus ihren großen, braunen Augen anstrahlt.

»Wie bitte? Sie *wussten* von mir?«, entfährt es mir.

»Ja, natürlich, und ich kann Ihnen gar nicht sagen, wie stolz es mich macht, dass Philip ausgerechnet mich zu Ihrer Stellvertreterin auserkoren hat«, sagt sie.

»Womit die Katze aus dem Sack wäre«, kommentiert Philip, grinst und zwinkert Lima zu. »Böses Mädchen, Lima, das wollte ich ihr doch sagen.«

»Oh, entschuldige, Philip!« Sie schlägt sich die Hand vor den Mund. »Das kommt nicht wieder vor, ich verspreche es.« Sie lacht uns abwechselnd an.

Wie denn nun? Was denn nun? Ich verstehe wirklich nur noch Bahnhof. Sie soll meine Stellvertreterin werden?

Dann will er mich also doch ersetzen! Dieser Schuft. Fragt sich nur, wie weit diese Stellvertretung eigentlich gehen soll. Meinen die beiden das nur beruflich oder etwa auch privat?

Oder vielleicht *nur* privat?!

»So, jetzt aber genug!« Auch Philip lacht, als würde ihm das Ganze ein Riesenvergnügen bereiten. »Jetzt will ich endlich meine Rede halten, sonst vergesse ich am Ende noch, was ich sagen wollte.«

Lima Monteiro nickt und weicht ein paar Schritte zurück, ohne dabei jedoch ihren Blick von mir abzuwenden.

»Meine liebe Molly«, hebt Philip erneut feierlich an und greift wieder nach meiner Hand. »Unsere Beziehung ist das Beste, was mir in meinem ganzen Leben passiert ist, und das Einzige, was mich jemals daran gestört hat, waren diese ewig langen Trennungen, die sich vor allem durch die neue Firma in Paraguay ergeben haben …«

»Hört, hört!«, ruft jemand, und plötzlich entdecke ich Frank, der aus dem Foyer zu uns getreten ist und uns grinsend zunickt.

»Ah, Frank«, unterbricht sich Philip. »Schön, dass du es noch geschafft hast … also, wo war ich stehen geblieben … aja, diese verdammten Trennungen …« Er dreht den Kopf und sieht mir in die Augen. »Die gehören ab sofort der Vergangenheit an. Ich habe letzte Woche die Leitung der Firma zur Gänze dem neuen Führungsteam übertragen, das ich im letzten Jahr herangebildet habe, sodass längere Aufenthalte meinerseits in Zukunft nicht mehr erforderlich sein werden …«

»Es sei denn, Molly will es so«, wirft Frank schmunzelnd ein.

»Ach, Philip, das wäre so schön«, kommt es mir sehnsüchtig über die Lippen.

»Gut, dann soll es so sein«, lächelt Philip. »Aber abgesehen davon habe ich mir auch noch erlaubt, ein paar weitere Dispositionen zu treffen, und die betreffen unser gemeinsames Projekt, Winners only.«

Wie bitte? Er ist der Hauptaktionär der Firma, und von meiner Beteiligung weiß er noch gar nichts, und dennoch betrachtet er es als unser *gemeinsames* Unternehmen? Ich fühle, wie mich eine warme Woge der Zuneigung durchflutet.

»Wie inzwischen alle wissen, hast du in der letzten Woche den ersten Schritt für eine zukunftsweisende Expansion über den Atlantik getan«, fährt er fort, »und nachdem ich bei meinen Geschäften stets der Meinung war, dass Klotzen allemal besser ist als Kleckern, habe ich in der Zwischenzeit zusammen mit Frank ein Investitionspaket geschnürt, mit dem wir nicht nur den nordamerikanischen Markt erobern werden, sondern in einem Aufwasch auch gleich den Lateinamerikanern ein wenig Nachhilfe in Sachen Lifestyle angedeihen lassen.«

»Wie bitte, du willst auch in Südamerika Winners-only-Filialen errichten?«, hauche ich ungläubig. »Aber ... das würde doch ein Vermögen kosten.«

»Genau, aber dafür haben wir ja Frank, nicht wahr?«, meint Philip mit einem Achselzucken.

»Keine Bange, Molly«, ergänzt der. »Die dreizehn lateinamerikanischen Staaten sind eine Kleinigkeit im Vergleich zu den fünfzig Bundesstaaten der USA, die wir ohnehin alle beglücken wollen, und dann noch der Rest von Europa, Russland, Asien, Australien ...« Er tut so, als würde er mit den Fingern mitzählen. »... jedenfalls wird es im Endausbau in jedem kultivierten Land der Erde Winners only geben, na ja, bis auf Irland vielleicht, die Sturköpfe dort sind lifestyleresistent, fürchte ich.«

Jedes Land der Erde? Aber das ist ja genau mein Traum.

Winners only all over the world!

Ich muss mich bei Philip festhalten, weil mir ein bisschen schwindelig wird. Doch dann fällt mir etwas ein, und zwar etwas Wesentliches.

»Aber Philip, damit hätten wir doch wieder genau das, was du vorhin angesprochen hast, den problematischen Teil unserer Beziehung – dann bliebe kaum Zeit für uns«, wende ich ein.

Das ist ja genau unser Problem. Neue Geschäfte, schön. Eine Expansion in die ganze Welt, noch besser. Wer würde das nicht wollen, ein weltweites Firmenimperium? Auch ich habe mir das immer gewünscht, aber inzwischen weiß ich, dass ich es nicht unbedingt brauche – jedenfalls nicht um den Preis, dass Philip und ich wieder die meiste Zeit auf verschiedenen Kontinenten zubringen.

»Wenn wir dafür unsere Beziehung aufs Spiel setzen müssen, will ich es nicht«, füge ich entschlossen hinzu.

»Das werden wir nicht, Molly.« Philip schüttelt sachte den Kopf. »Und aus diesem Grund habe ich dir diese bezaubernde junge Dame mitgebracht. Darf ich übrigens vorstellen? Lima Monteiro.« Sie neigt lächelnd den Kopf und deutet einen Knicks an. »Sie ist nicht nur die Tochter eines alten Freundes von mir«, fährt Philip fort, »sondern auch wie eine kleine Schwester für mich sowie ...« Er legt eine theatralische Pause ein. »... die zukünftige stellvertretende Geschäftsführerin von Winners only Südamerika.«

Wie bitte? Tochter eines Freundes? Kleine Schwester? Zukünftige stellvertretende ...?

»Du meinst ...«

»Genau«, nickt Philip. »Wir werden in Zukunft bei allen unseren Expansionen einen stellvertretenden Geschäftsführer in jedem Land einsetzen, was bedeutet, dass wir beide uns nur noch um die grundlegenden Planungen zu kümmern haben – und die können wir auch gemeinsam erledigen.«

»Ja, das … das klingt phantastisch«, stammle ich.

»Du sagst es«, nickt Philip ernst. Dann sieht er mir tief in die Augen. »Und nachdem wir in Zukunft so viel Zeit miteinander verbringen werden, will ich dir jetzt eine Frage stellen …«

»Eine Frage?«

Oha. Er wird doch nicht spitzgekriegt haben, dass ich hinter seiner Überwachung gestanden habe. Möglich wäre es, ich brauche nur an die Vorgehensweise von *Bester Mann* zu denken. Wenn auch Bronson ähnlich stümperhaft agiert hat …

»Genau, eine Frage.« Philip fasst in seine Sakkotasche, zieht irgendetwas Winziges hervor, und dann … sinkt er vor mir auf die Knie.

Nein. Nein! Er macht … er macht jetzt … er will tatsächlich …

»Ja, ja, ja!«, kreische ich auf. »Ich will, natürlich will ich! Ja, Philip, ich will! Ich will!«

Plötzlich ist es mucksmäuschenstill geworden im Raum. Philip sieht zu mir hoch, lässt eine Sekunde verstreichen, und fragt dann: »*Was* willst du? Ich wollte mir nur meine Schnürsenkel …«

Weiter kommt er nicht. Seine Mundwinkel zucken, und ich weiß, dass er mich nur auf den Arm nehmen will. »Untersteh dich, Philip Vandenberg, jetzt noch deine Scherze mit mir zu treiben«, drohe ich ihm und muss mir dabei selbst ein Lachen verkneifen. Ach, wie ich ihn liebe, diesen Schuft!

»Also gut, dann eben ohne dramatischen Höhepunkt«, grinst er lausbubenhaft, um schon im nächsten Moment wieder ernst zu werden. »Molly Becker, willst du meine Frau werden?« Mit diesen Worten öffnet er die kleine Schatulle und zieht einen Ring hervor, dessen Diamant mir fröhlich entgegenfunkelt.

»Okay, falls es jemand noch nicht gehört haben sollte: Ja, ich will!«, hauche ich.

Dann kann ich meine Tränen nicht länger zurückhalten. Ich

sinke zu ihm hinunter und küsse ihn lange und zärtlich, während im Hintergrund heftiger Applaus lostobt und wir von Glückwunschrufen regelrecht überflutet werden.

Es dauert eine gute Stunde, bis sich die größte Aufregung gelegt hat und ich alle Anwesenden begrüßt und mit allen auf das freudige Ereignis angestoßen habe. Danach tragen wir alle rosarote T-Shirts mit der Aufschrift *Molly Vandenberg,* und ich bin beduselt vom Champagner, aber glücklich wie noch nie in meinem Leben, und irgendwann nützt Philip eine günstige Gelegenheit, um mich beiseitezuziehen.

»Wie wär's, Molly, verziehen wir uns irgendwohin, wo wir ungestört sind?«, fragt er mit rauer Stimme.

Oh. Alles klar. Zeit für Wiedersehenssex. Oder noch besser: für Beinahe-getrennt-und-dann-doch-noch-verlobt-Wiedersehenssex!

Das wird super. Ich bin schon ganz heiß auf Philip und kann es selbst kaum erwarten.

»Komm, wir fahren rauf in mein Büro«, flüstere ich ihm zu.

Wir warten einen geeigneten Moment ab und stehlen uns davon. Bereits im Aufzug fallen wir übereinander her und reißen uns einen Teil der Kleider vom Leib, und schaffen es kaum bis in mein Büro und auf die Couch, bevor wir loslegen.

Als wir danach schwer atmend wieder voneinander ablassen und ich mich zufrieden an Philips Brust kuschle, überkommt mich plötzlich ein Anfall von Vertrauensseligkeit und auch ein bisschen schlechtem Gewissen, nachdem er sich mir gegenüber nachträglich betrachtet als so zuvorkommend und großzügig erwiesen hat.

»Philip, ich muss dir etwas sagen«, beginne ich vorsichtig. »Aber du musst mir versprechen, nicht böse zu werden.«

»Wie kann ich das, wenn ich gar nicht weiß, worum es geht?« Ich hebe den Kopf und sehe, dass er schmunzelt. »Was, wenn du mich mit einer ganzen Reihe von gut aussehenden Hollywoodstars betrogen hast?«

»Nein, das ist es natürlich nicht«, lache ich.

»Was nicht, Hollywoodstar oder die ganze Reihe?«, grinst er.

»Weder noch«, schüttle ich den Kopf. »Nein, jetzt mal im Ernst, Philip, ich habe etwas getan, worauf ich nicht besonders stolz bin, und es tut mir wahnsinnig leid, nur kann ich es jetzt nicht mehr rückgängig machen«, sage ich schweren Herzens.

»Es ist also etwas, worauf du nicht stolz bist, aber du hast mich nicht betrogen?«, fragt er und betrachtet mich neugierig.

»Genau.« Ich richte mich auf und sehe ihm in die Augen. »Philip, dieser Typ, der dich verfolgt hat … das war ich.«

Philip erwidert einige schreckliche Sekunden lang schweigend meinen Blick. Dann schüttelt er den Kopf und sagt: »Unmöglich, Molly, dafür war der Kerl viel zu hässlich.«

»Nein, Philip, ich meine … ich habe ihn engagiert – also eigentlich Joe –, damit er dich überwacht.«

Plötzlich wird Philips Miene verschlossen, und sein Blick geht mir durch und durch.

»Und wieso hast du das getan?«, fragt er.

»Na, weil …« Ich zucke hilflos die Schultern. »… du immer so lange weg warst, und ich konnte mir nicht vorstellen, dass du die ganze Zeit, also, so ganz allein …« Ich kann ihm den wahren Grund für meine Nachforschungen nicht sagen. Ich kann es einfach nicht. »Jedenfalls erfuhr ich dann, dass du nach Deutschland geflogen bist, und du hast mir nichts davon gesagt, deswegen habe ich diesen Detektiv auf dich angesetzt«, entscheide ich mich für eine Abkürzung und bete innerlich, dass er nicht weiter nachfragt.

Er mustert mich nachdenklich.

»Und dann musstest du natürlich denken, dass ich und Lima … Hm, das war naheliegend.«

»Ja, nicht wahr?«, nicke ich und bin heilfroh, dass er nicht in die Luft geht. »Ich konnte doch nicht wissen, dass das als Überraschung für mich gedacht war, und jetzt mal ehrlich, so, wie sie aussieht …«

»Schon klar«, nickt er. »Aber als deine Stellvertreterin ist sie doch perfekt. Sie ist jung und klug und voller Ehrgeiz, und dazu hübsch und sexy – genau wie du.« Er stupst mich mit dem Finger an der Nase, und sein Kompliment geht mir runter wie Butter. Dann grinst er auf einmal. »Und dieser Typ arbeitet echt für Joe? Im Vergleich zu dem geht Inspektor Clouseau ja als Einstein durch.«

»Ja, scheint so, als hätte Joe da nicht den besten Griff getan«, stimme ich ihm zu und lasse meinen Kopf erleichtert zurück auf seine Brust sinken. »Dann bist du mir also nicht böse?«

»Ach was«, antwortet er. »Nennen wir es einfach eine Verkettung unglücklicher Umstände.«

Ich seufze auf vor Erleichterung, und wo wir gerade so gut in Schwung sind in Sachen Geständnisse, lege ich gleich noch eins drauf: »Ach, und noch was: Ich habe auch von deinen Ehemaligen erfahren, Philip.«

Ich habe wieder den Kopf gehoben, um seine Reaktion zu beobachten, doch er erwidert nur verblüfft meinen Blick.

»Bitte? Von meinen Ehemaligen?«

»Ja. Ich weiß von allen vierzehn, und auch von den Kindern, Philip – und ich nehme es dir nicht übel, dass du sie mir bisher verschwiegen hast«, füge ich großzügig an.

So, nachdem das gesagt ist, wird er sich wahrscheinlich ein bisschen dumm vorkommen und ein schlechtes Gewissen haben, und nachdem ich ihm verziehen habe, wäre das eigentlich eine gute Gelegenheit, um endlich mit meinem Lottogewinn herauszurücken …

»Meine *vierzehn Ehemaligen?*«, wiederholt Philip noch einmal langsam, und diese Reaktion kommt mir jetzt doch irgendwie merkwürdig vor. »Und meine *Kinder*?«

Okay, mein Plan scheint nicht hundertprozentig zu funktionieren.

»Ja, richtig, deine Kinder«, bekräftige ich. »Du brauchst es gar nicht abzustreiten, ich bin dir nicht böse deswegen. Übrigens, mit Hannelore Solbach habe ich schon telefoniert, die ist echt nett, und ich will auch die anderen kennenlernen, und natürlich auch die Kinder, die du mit ihnen hast …«

»Du denkst also, das waren alles Affären von mir, und ihre Kinder sind von mir?«, fragt er ungläubig.

»Ja, was denn sonst?«, frage ich. Langsam werde ich ein wenig ärgerlich und zugleich unsicher wegen seiner unpassenden Reaktion.

Eine Antwort gibt er mir aber nicht.

Stattdessen beginnt er zu lachen, wie ich ihn noch nie habe lachen hören. Noch nie, seit wir zusammen sind.

Ich schwör's.

Flac Hebron

Zugegeben, möglicherweise habe ich ein kleines bisschen überreagiert, aber ich mache mir ehrlich gesagt gar keine großen Selbstvorwürfe, zumal von meiner Warte aus betrachtet einiges in der Tat reichlich irreführend war.

Nehmen wir nur zum Beispiel Lima Monteiro. Woher hätte ich denn wissen sollen, dass sie Philips Ersatzschwester ist, nachdem er sie mir gegenüber nie zuvor auch nur mit einem Wort erwähnt hat? Und auch seine Erklärung, dass er in den letzten Jahren kaum Kontakt mit ihr gehabt und sie sich erst vor Kurzem bei ihm gemeldet habe, weil er geschäftlich in Südamerika zu tun hatte, war zwar schlüssig, aber eben auch nur ein weiterer Baustein des großen Rätsels, das sich mir gestellt hatte. Aber irgendwie hat hinterher alles perfekt zusammengepasst. Philip hat in ihr sofort die geeignete Person erkannt, um im Falle einer Expansion nach Lateinamerika meine Stellvertretung zu übernehmen, und daraufhin sogleich begonnen, in geheimer Absprache mit Frank Pläne zu schmieden, wie man das nötige Kapital für eine weltweite Expansion von Winners only auftreiben könnte. Und das Ergebnis ist ziemlich beeindruckend. Der Plan sieht nämlich vor, dass wir in regelmäßigen Abständen neue Aktien auflegen, immer entsprechend abgestimmt auf das Tempo unserer Erweiterung, und einen Teil der Kosten aus den laufenden Erträgen bestreiten, sodass wir auf keinerlei Fremdfinanzierung angewiesen sind. Der Startschuss für dieses gigantische Unternehmen wird die Eröffnung in Los Angeles sein, und danach wollen wir einem präzisen Stufenplan entsprechend im nächsten Jahr zehn neue Filialen errichten, im Jahr darauf sollen es zwanzig sein, danach vierzig und so weiter, bis wir eines Tages den Plafond erreichen, der Franks Berechnungen zufolge bei circa tausend Geschäften rund um den Globus liegen soll. Als er mir diese Zahl genannt hat, habe ich mich erst einmal kräftig an meinem Prosecco verschluckt, aber dann hat er es mir ganz locker veranschaulicht: Unser Ziel wird es sein, Winners only überall dort hinzutragen, wo es noch keine Winners-only-Filiale gibt (dieses Credo hat er übrigens von einem ziemlich erfolgreichen österreichischen Getränkeerzeuger übernommen, der damit Milliarden verdient), unter dem kleinen Vorbehalt, dass die Wirtschaftsleistung und entsprechend die Kaufkraft der Bevölkerung ausreichend hoch sind. Diese Voraussetzung erfüllen ungefähr hundert Länder dieser Erde, und geht man von durchschnittlich zehn Filialen pro Land aus, dann sind das eben tausend Stück. Mir war zuerst recht mulmig zumute, weil ein Unternehmen dieser Größenordnung schlicht meine Vorstellungskraft übersteigt, aber Philip und Frank haben mir gemeinsam erklärt, wie man so eine Aufgabe relativ einfach bewältigen kann. Das Zauberwort dabei heißt *Delegieren*. Man muss sich nur für jedes Land die geeigneten Führungskräfte aussuchen, die der Konzernzentrale gegenüber direkt verantwortlich sind, und sie gemäß den Vorgaben der Muttergesellschaft selbstständig agieren lassen, dann erledigt sich die Arbeit praktisch von allein. Alles, was wir noch tun müssen, ist die richtigen Leute finden, die entsprechenden strategischen Entscheidungen treffen und in weiterer Folge alles schön hübsch kontrollieren, wobei uns angenehmerweise Frank mit seiner Wirtschaftskanzlei die Hauptarbeit abnehmen wird, was die nackten Zahlen betrifft, während Philip und ich uns in Zukunft regelmäßig auf Reisen um die ganze Welt begeben werden, um uns die Entwicklungen vor Ort anzusehen. Ach ja, und das Beste an der ganzen Sache: Ich bin in Zukunft CEO von Winners only International. Das ist die Abkürzung für Chief Executive Officer, was so viel wie oberster Boss bedeutet und den Vorteil bietet, dass das Gehalt immer am Gesamtumsatz des Unternehmens bemessen wird. Mit anderen Worten: Ich werde so viel verdienen wie noch nie zuvor in meinem Leben, was sich aber fast schon wieder wie ein Witz anhört. Denn die Wahrheit ist: Ich brauche das Geld eigentlich gar nicht mehr, verwöhnt Philip mich doch, wo er nur kann, und mein Aktienpaket bei Winners only wirft außerdem über die Dividendenausschüttungen mittlerweile ausreichend Erträge ab, sodass ich allein davon schon einigermaßen bequem leben könnte.

Soweit es also das Geschäftliche betrifft, ist im Moment alles absolut perfekt, und privat läuft es ebenfalls ganz prima, auch wenn es im Anschluss an die turbulenten Ereignisse damals noch ein paar klitzekleine Peinlichkeiten gegeben hat.

Die Sache mit Philips vierzehn Verflossenen zum Beispiel. Nachdem Philip sich von seinem Lachanfall erholt hatte, hat er mich darüber aufgeklärt, dass Hannelore Solbach einfach nur seine Pflegemutter ist, bei der er nach dem frühen Tod seiner Eltern mehrere Jahre bis zu seiner Volljährigkeit gelebt hat. Philip hat nie viel über seine Kindheit geredet, mehr noch, sobald das Gespräch sich auch nur ansatzweise in die Richtung entwickelte, hat er sofort abgeblockt und auf ein anderes Thema umgeschwenkt. Ich vermute, dass er auf die Art besser mit dem Schmerz über den Verlust seiner Eltern umgehen kann, jedenfalls hatte ich es irgendwann aufgegeben, mehr darüber erfahren zu wollen, mit dem Ergebnis, dass ich keine Ahnung von Hannelore Solbach hatte. Wie ich aber jetzt erfahren habe, sind sie und die anderen dreizehn Damen, die Philip auch finanziell unterstützt, einfach nur die Mitglieder von MAHADILI, was für »Mami hat dich lieb« steht und eine Vereinigung von Pflegemüttern darstellt, die er bei ihrer wunderbaren Tätigkeit mit seinen Spenden unterstützt.

Kein Wunder also, dass er sich halb totgelacht hat angesichts meiner Vermutung, er könnte der Vater von strammen vierzehn Kindern sein, und fast ebenso peinlich war es, als ich ihm bei anderer Gelegenheit großmütig versicherte, das Geheimnis um seine wiederholten Steuerhinterziehungen in Millionenhöhe mit in mein Grab zu nehmen. Es hat ein bisschen gedauert, bis er überhaupt begriff, was ich meinte, dann warf er sich gleich wieder weg vor Lachen und klärte mich schließlich über den wahren Sachverhalt auf: Dass er nämlich in den betreffenden Jahren seinen Hauptwohnsitz nach Monaco verlegt hatte und es deswegen logischerweise keine Steuererklärungen in Deutschland gab – ein Umstand, den Bronislaw alias Bronson schlicht und einfach übersehen hat, was daran liegen könnte, dass der Gute es mit seinen polnischen Freunden hin und wieder ein bisschen zu heftig krachen lässt.

Damit waren sämtliche Irrtümer ausgeräumt, was mich auf der einen Seite natürlich extrem erleichterte, was andererseits aber auch bedeutete, dass es in Philips Vergangenheit genau genommen gar kein großartiges Geheimnis gibt, gegen das ich im Gegenzug meinen geheim gehaltenen Lottosechser tauschen könnte. Also habe ich irgendwann beschlossen, es einfach dabei zu belassen. Es ist auch eigentlich gar nicht mehr nötig, wo ich schon so gut wie mit einem Multimillionär verheiratet bin und abgesehen davon ohnehin so viel verdiene, dass ich mir selbst so gut wie jeden Wunsch erfüllen kann, nach dem mir gerade der Sinn steht.

So viel also zum Stand der Dinge: Mein Leben ist ein einziger phantastischer, nicht enden wollender Traum. Philip und ich pendeln zwischen Deutschland und Los Angeles hin und her, wo in drei Wochen die Eröffnung unserer ersten Auslandsfiliale ansteht. Allerdings achten wir streng darauf, uns nur ja keinen Stress aufzuerlegen. Der Einfachheit halber haben wir nämlich gleich noch eine weitere Regel von diesem sagenhaft erfolgreichen und zudem weisen Österreicher übernommen, die da besagt, auf keinen Fall mehr als drei Tage die Woche zu arbeiten, wodurch uns genügend Zeit bleibt, um zwischendurch in Philips Haus am See oder in der Villa in Beverly Hills, die wir bis auf Weiteres für die Firma gemietet haben, zu entspannen.

Und jetzt mal ehrlich, wozu sollten wir uns unnötig abrackern? Wir haben hervorragende Mitarbeiter, auf die wir uns hundertprozentig verlassen können, allen voran Lissy und Fiona, und mittlerweile hat sich auch Lima gut bei uns eingearbeitet und zu einer echten Stütze entwickelt. Apropos Stütze. Emma hat sich in den letzten Monaten auch immer mehr in die Gründungsarbeiten für unser neues Unternehmen integriert, und auch Lilly Tanner ist mittlerweile aus Rumänien zurück und hat uns bereits zu einer ganzen Reihe von Kontakten in Hollywood verholfen. So kennen wir inzwischen eine stattliche Anzahl von Leuten aus der Filmbranche, was dazu geführt hat, dass sich in meinem Oberstübchen nach und nach eine Idee entwickelt hat, die mich nicht mehr loslässt. Wir sind jetzt bald ein Weltkonzern, der mit unglaublichen Summen jongliert, zudem sind wir von unseren Produkten her ein Unternehmen, das von einem regelmäßigen Kontakt mit den gängigen Namen der Traumfabrik stark profitieren könnte. Was liegt also näher, als irgendwann in naher Zukunft etwas völlig Neues auszuprobieren, indem wir etwa zur Abwechslung mal in ein Filmprojekt investieren?

Ich weiß, das klingt womöglich ein bisschen hochgegriffen, aber auch bei vernünftiger Überlegung spricht einiges dafür. Wie wir inzwischen wissen, tun sich die Produzenten zunehmend schwer mit der Finanzierung ihrer Filme, sodass wir offene Türen einrennen würden, und eine Geschichte hätten wir auch schon: *Endless Love.* Das ist Lillys bittersüße Liebesromanze, für die sich bisher noch kein Geldgeber gefunden hat, obwohl sie zumindest beim weiblichen Publikum eindeutig Potenzial hat.

Woher ich das weiß? Ganz einfach. Lissy und ich haben geheult wie die Schlosshunde, als wir die Geschichte lasen, und auch den anderen Frauen, denen wir es probeweise zum Lesen gaben, erging es nicht anders. Wobei es natürlich auch andere Meinungen gab, Philip, Frank und Emma zum Beispiel fanden die Story eindeutig zu schnulzig, aber was kann man von Wesen mit männlichen Genen schon anderes erwarten. Ich bin nach wie vor fest davon überzeugt, dass wir die Geschichte zu einem riesigen Erfolg machen könnten, und zwar aus dem einfachen Grund, dass es schon viel zu lange nichts Derartiges mehr gegeben hat. Um jedoch ganz sicherzugehen, habe ich mir zusätzlich einen cleveren Plan ausgedacht, wie wir einen der ganz großen Namen an Bord holen könnten. Alles, was wir dazu tun müssten, ist die Geschichte ein wenig umschreiben, indem wir eine tragende Rolle einbauen, die einem der großen Stars auf den Leib geschrieben ist. Ich bin mittlerweile seit Tagen am Basteln, und inzwischen schwirren ein paar ziemlich konkrete Ideen in meinem Kopf herum.

Eine davon wäre die Figur eines Oberarztes in einem städtischen Krankenhaus. Er ist schlank und elegant und schon leicht angegraut, und sein Vorname wäre George …

Okay, das ist vielleicht doch ein bisschen auffällig.

Aber wie wär's damit? Ein sportlicher und umwerfend gut aussehender, blonder Marineoffizier namens Brad Pitt kehrt kriegsmüde von seinen letzten Einsätzen in Afghanistan zurück und …

Nein, auch zu direkt.

Ah, ich hab's. Ein talentierter junger Mann – nennen wir ihn … *Flac Hebron* – träumt von einer Karriere als Tänzer, doch als er ein kleines Mädchen vor einem herannahenden Bus rettet und dabei beinahe sein rechtes Bein verliert, scheint sein Traum zerstört. Dann jedoch lernt er in der Rehaklinik eine junge Therapeutin kennen, die ihm wieder Mut macht, und schließlich …

»Molly, kommst du?«

Ich hebe blinzelnd den Kopf und sehe einen großen Schatten direkt vor mir. Es ist Philip. Er trägt ein weißes Leinenhemd zu einer hellen Stoffhose und sieht einfach umwerfend aus mit seinem Dreitagebart und der frischen kalifornischen Bräune.

»Bastelst wohl wieder an deinem großen Hollywooddrama herum, stimmt's?«, fragt er grinsend.

»Wie bitte?« Ich stemme mich von meinem Liegestuhl hoch und lächle ihn an. »Aber nein, ich habe mir nur ganz allgemein Gedanken gemacht …«

»Gedanken, soso.« Er reicht mir seine Hand, um mir hochzuhelfen. »Die müssen aber ziemlich wichtig gewesen sein, wenn du darüber sogar unseren Einkaufsbummel vergessen hast.«

Ach, stimmt ja. Wir wollten zum Rodeo Drive, um ein paar Sachen für unsere Flitterwochen zu besorgen. Das machen wir jetzt übrigens schon seit Monaten, Sachen für die Flitterwochen besorgen, obwohl uns dafür genau genommen noch genügend Zeit bleibt. Exakt einen Monat nach der Geschäftseröffnung in Los Angeles wird es so weit sein. Philip und ich werden heiraten, zu Hause in Deutschland, gutbürgerlich und im engen Kreis, und danach geht es los auf eine Weltreise. Wir wissen noch nicht genau, wohin, wir werden einfach auf unser Bauchgefühl hören und uns treiben lassen, ja wir haben noch nicht einmal den genauen Zeitpunkt unserer Rückkehr fixiert.

»Habe ich dir übrigens erzählt, dass wir uns später mit Lilly und Jason zum Abendessen im Spago treffen?«, fragt Philip beiläufig, als wir Richtung Ausgang marschieren.

»Nein, hast du nicht«, erwidere ich, während ich nach meiner Handtasche greife und mich mit einem letzten Blick in den Spiegel vergewissere, dass auch alles sitzt. Cool. Das Spago gehört zu den Topadressen in Hollywood, da laufen uns sicher ein paar Promis über den Weg.

»Ist aber so«, nickt er. »Und sie bringen ein Paar mit, das wir noch nicht kennen. Er ist übrigens Schauspieler …«

»Schauspieler?« Mein Kopf ruckt automatisch herum. Wir haben inzwischen schon einige kennengelernt, aber die wirklich großen Namen waren noch nicht dabei, weshalb ich auch diesen eigenartigen Reflex bisher nicht ablegen konnte. »Und wie heißt er?«, erkundige ich mich.

»Ich habe nicht so genau hingehört«, meint Philip, während er vor mir her zum Wagen schlendert. »Aber ich glaube, sein Vorname war George.«

»George?!« Meine Stimme ist ein bisschen quietschig geworden. Wieder so ein Reflex, den in Hollywood übrigens alle Frauen bei der Nennung dieses Namens an den Tag legen. »Und wie noch?«

»Das hab ich nicht mitbekommen, weil der Empfang so schlecht war, aber ich glaube gehört zu haben, dass er Werbung für Kaffee macht ...« Er hat das betont beiläufig gesagt und lässt sich jetzt in den Sitz des schnittigen Cabrios fallen, das er für die Dauer unseres Aufenthalts gemietet hat.

»Kaffee?«, keuche ich. »Ein Schauspieler namens *George*, der Werbung für *Kaffee* macht? Philip, jetzt ganz im Ernst, treffen wir heute Abend wirklich George Clooney zum Abendessen?«

»Könnte schon sein«, gibt Philip locker zurück. Ich habe neben ihm Platz genommen und starre ihn an. »Aber selbst wenn, muss ich dich warnen«, fährt er fort, während er den Motor anlässt. »Der ist jetzt mit einer ehemaligen Wrestlerin zusammen. Die sieht zwar zuckersüß und sexy aus, aber mit der ist nicht gut Kirschen essen.«

»Zuckersüß und sexy?«, frage ich. »Woher weißt du das denn?«

»Hab ich gelesen«, behauptet er.

»Ach, dann liest der Herr also neuerdings Klatschmagazine?«, grinse ich.

»*Der Herr?*« Philip lacht. »Wo hast du den Spruch denn her?«

»Das ist kein Spruch, sondern bloß eine kultivierte Ausdrucksweise«, belehre ich ihn. »So wie *Der feine Herr in fremden Landen*, kennst du das etwa auch nicht?«

»Klar kenne ich das, aber das stammt aus Rittererzählungen vor Erfindung des Buchdrucks.«

»Ach, da warst du schon auf der Welt?«, frage ich kichernd.

»Ich war jedenfalls später auf der Welt als dieser George, von dem alle so schwärmen«, gibt er mit angehobener Augenbraue zurück.

»Ach, genau, jetzt rück endlich heraus damit …« Ich versuche, seinen Blick festzuhalten. »Gehen wir wirklich mit George Clooney zum Abendessen?«

»Wozu die Aufregung, mit dem könntest du doch gar nichts anfangen«, meint er mit einer wegwerfenden Handbewegung.

»Und wieso nicht?«

»Sagte ich doch schon – der ist zu alt, außerdem würde dich seine Catcherin, diese Stacy, vertrimmen.«

»Okay, das ist ein Argument …« Ich lasse ein paar Sekunden verstreichen, als würde ich nachdenken. »Weißt du was? Dann bleibe ich einfach bei dir.«

»Ja, wirklich?« Philip schmunzelt. »Hab ich ein Glück.«

Ich mustere ihn forschend, und er wird auf einmal ernst.

»Das meinte ich übrigens wirklich so, Molly Becker«, sagt er, und seine Stimme wird ganz rau dabei. »Ich würde dich gegen nichts auf der Welt eintauschen.«

»Ach ja, nicht einmal gegen eine sexy Catcherin namens Stacy?«

»Nicht einmal gegen die.«

Damit beugt er sich zu mir herüber und küsst mich lange und zärtlich auf den Mund, und da weiß auch ich mit hundertprozentiger Gewissheit, dass ich ihn gegen nichts auf der Welt eintauschen würde.

Gegen nichts und niemanden.

Ja, nicht einmal gegen einen Schauspieler namens George, der Kaffeewerbung macht …